夏生 / 著

珑雨枪

湖南文艺出版社
HUNAN LITERATURE AND ART PUBLISHING HOUSE
博集天卷
CS-BOOKY

| 目录 |

初荷一直记得第一次见到薛怀安的那个夏日傍晚。

第一部分

花与枪

花

初荷一直记得第一次见到薛怀安的那个夏日傍晚。

刚下过雨，暑气伴着西斜的日头一点点退去，晚风透过攀缘着青萝的篱笆吹进院子里，轻轻摇动着小池中三两株盛放的荷花。

她觉得屋子里依旧闷热，端了饭碗坐到院中阿公乘凉用的青竹躺椅上，刚往嘴里扒了几口饭，就看见不远处的院门口滚进来一个毛乎乎、圆球状的东西。

那东西转眼就顺着石子小路骨碌碌滚到了离初荷不远的地方。

夕阳西下，园中花草的影子被拉得长而杂乱，她一下子没看清那花影笼罩下的圆东西究竟是什么，正要起身去看个仔细，一个瘦高的年轻男子已经匆匆跑进了院子，手里拎着个破了大洞的麻袋。

"姑，姑娘。"那年轻男子气喘吁吁地唤道。

待男子一定睛，看到眼前只是一个十一二岁的小女孩儿，他的脸便微微红了，踌躇着是不是该改口叫一声"小妹妹"。

初荷倒是喜欢这个新称呼，用自以为成熟的口气笑问："这位公子，有何事啊？"

年轻男子也没再多想，有点儿急切地问："姑娘，我……我的头丢了，你可看见了我的头？"

日后，薛怀安每次回想起这段过往，便会不由得笑出来。

若是初荷恰巧在旁边，他就会再次不厌其烦地问她："初荷，你当时是怎样想我的？"

初荷总是用那双黑白分明的眼睛瞪他一眼，做出隔空扇他耳光的手势。于是，他配合地表现出惨兮兮挨打的模样，头随着初荷的手左右摆动。她若是不停手，他便继续摇头晃脑下去。

一般情况下，初荷这样假装打了十来下，就会"扑哧"一声笑出来，再瞪薛怀安一眼，扭头去忙自己的活计，留下他一个人在那里傻乐。

时过境迁，这件事如今已成了谈笑之资，但薛怀安知道，那时候初荷的确被吓得不轻。

他记得她一听自己这样问，便把眼光投向花影下面，紧接着"啊"的一声，惊叫出来。

"薛怀安的头"就躺在那丛花下。

——那是一个刚刚割下、空干了血、用石灰做过简单处理的黑人头颅，脖颈处仍然凝着血迹，凹陷的眼睛紧闭着，厚实的双唇已经没了血色，泛着带紫的青白之色。

薛怀安顺着眼前小女孩儿惊恐的目光看去，立刻喜上眉梢，乐颠颠地跑过去，拾起头颅，一边察看一边说："多谢，多谢姑娘！"

初荷不知这"谢"从何来，此刻也顾不得这些，只想抬腿往屋里跑，可是一双腿好似软成了两根面条，无论如何也拔不起来。

薛怀安见头颅没事，才想起面前还有个吓呆了的小姑娘，转头温和地微笑解释道："姑娘莫怕，在下是锦衣卫校尉薛怀安。这个头是港口英国海船上一个刚死的黑人水手的，在下这是拿去解剖研究一下，看看黑人的头脑与我等的构造有何不同。"

初荷一听说他是维护治安的锦衣卫，扑腾乱跳的心总算稍稍安稳了些。

只是眼前这个年约弱冠的青年穿着一身青布长衫，哪有半分锦衣卫的模样？再瞧瞧那个黑不溜秋、满头短短卷毛的头颅，只觉得心头泛起一股恶心，便是半句话也说不出来了。

"敢问这位官爷，是在哪位总旗下面效力？"初荷身后忽然传来阿公温厚的声音。

薛怀安闻声看去，见是一位气宇轩昂的老者，须发花白却神采奕奕。

他连忙躬身施礼道："老丈好，在下是南镇抚司福建泉州府港务千户所下辖永宁百户所李抗李总旗所属校尉薛怀安。"

面前年轻的锦衣卫一口气不喘就报了这么一长串出来，老人家听得忍不住笑问："年轻人，你对别人都是这样自报身份的吗？"

"差不多吧，如果人家问的话。"薛怀安答话时眼睛透着迷糊，不大明白眼前的老者为何如此问，难不成这么有条有理、细致全面地报出名号，有什么不对吗？

初荷撇撇嘴，觉得这人怎么好像少一根筋似的，原本的害怕顿时减了大半，加之有阿公在一旁依仗，胆子顿时大了起来："你只用说是永宁百户所李总旗下辖就好了呀，说那么多做什么，臭显摆吗？什么福建泉州府的，难不成我们还会以为你是从福州府来的？"

"福州府没有一个叫永宁的地方，你们自然不会这么想，但是广东省和四川省都有叫永宁的地方，我若像你方才那样说，不是会让人误以为我是广东或者四川来的吗？"

若是寻常人这么回答初荷，她一准儿以为这是在和自己抬杠，但眼前的青年神色认真，倒不像是在逞口舌之快，而是的确这么认为。

初荷心中好笑，只觉这人倒真是傻得可以，讥讽道："是啊，这位官爷真是思虑周到。你不说清自己是哪里的锦衣卫，说不定有人还以为你是清人的锦衣卫呢。"

"那倒不大可能。清国与咱大明南北对峙这么多年，他们的锦衣卫绝不会这么明目张胆地在咱们的地头上自报家门。更何况，他们也没有锦衣卫衙门。"薛怀安居然没听出初荷正在打趣他，继续一本正经地回答。

"难说，比如换作你吧，我看你就算是身在清国，还是会明目张胆地说，我就是泉州府锦衣卫。"

"在下哪儿有那么傻的？"薛怀安说完，挠挠头，看看眼前鬼鬼笑着的初荷，终于有点儿明白过味儿来，"姑娘，你这是在暗讽在下呆傻吧？"

"哪有，哪有，锦衣卫哥哥，你多心了。"

"但在下看来，分明觉得有一些。"

"那可真是你多心了。你呀，真是太敏感了呢。我爷爷说，这是潜在抑郁型气质的外在表现，这样的人，精神都像花儿一样娇嫩，一受打击就会枯萎。"

"真的吗？'抑郁型气质的外在表现'？"薛怀安把最后的这个陌生词组又来回念了几遍，越念越觉得很有点儿了不起的感觉，望向初荷阿公的眼神便越发恭敬。

"老人家，你们可是从北方搬来不到一两年？"薛怀安问。

初荷的阿公略有些吃惊："这位官爷怎么知道的？"

初荷不等薛怀安回答，抢白道："爷爷，他听口音就知道了呗。哦，这不，我叫您爷爷来着，北方人才喜欢这么叫的。"

阿公摇摇头道："当年李自成作乱、清兵南下之后，北方人移居此地的很多，光凭这个，可看不出我们才移居此地不过一两年。"

薛怀安一指小池里的荷花，答道："贵府的荷花是栽在盆子里再放入水中的吧，从这里能看到水中盆子的边沿。"

初荷顺着他手指的方向望过去，隔着清浅的池水，果然看见埋在泥里的荷花盆露出一道盆边儿。

"如果是本地荷花，直接种在泥里就好，但如果是名贵的品种，又是从别处用花盆移栽来的，种花人害怕荷花不适应本地土质和气候，就往往必须先在原来的盆里养上一两年，等到适应了气候再挪出盆来。"薛怀安继续解释道。

阿公赞许地点点头："不错不错，再加上口音，你自然就能猜出我们刚从北方搬来一两年。官爷有这等眼力与推理能力，一定不是负责地方治安的锦衣卫，大约是专管刑事侦缉的吧？"

"正是，不过在下刚从书院出来，被征入锦衣卫没有多久，只懂得些书本知识，一切实务还要从头学起，这人体的奥妙便是其中之一。"说罢，薛怀安把手中的人头往前递了递。

初荷不由自主地又往后退了半步，面对那颗黑头，阿公倒是依然镇静如常："你手里那麻袋漏了，这颗头颅你这么拿着走在外面总是不妥。来吧，你先跟我进来，我让儿媳找块布给你包一包。"

薛怀安闻言恍然大悟，捧着那颗脑袋略一施礼："对啊，老丈说得有理，那就多谢了。"

自从那日，薛怀安跟着阿公进了屋子，从此便成了初荷家的常客。

她阿公早年四海游历，跟着商船到过英国和土耳其，也随驼队穿越沙漠，一直向西走到了意大利，故此讲起当年的见闻，便会滔滔不绝。时间长了，家人早就耳朵起茧，难得薛怀安每次都听得津津有味，老人家讲多久，他就能听多久。

初时，初荷以为薛怀安是假装有兴趣，来讨好老人家，后来发现，这人即使听到了重复的故事，仍然是目光炯炯、兴趣盎然的样子，还喜欢和阿公讨论，当真是饶有兴趣的模样。

这人啊，可真是个呆子！初荷在心底里这样笑他。

而薛怀安喜欢待在初荷家的另一个更为重要的原因，是初荷的爹爹。

她爹学问渊博，于数学、物理、化学及哲学都有很深的造诣，但隐居于此地不为人知，只是间或用笔名刊发些书籍、文章，被薛怀安恭敬地称为大隐士。

薛怀安因为家庭变故，没能完成在书院的学业，这一直是他心中的遗憾，故而遇到如此良师，犹如久旱逢甘霖的秧苗一样，恨不得一股脑学走初荷爹爹的全部知识。

初荷的爹爹原本也就是随便和薛怀安聊聊，然而偶然知道了他的经历，顿时便来了兴趣。

说起来，这薛怀安也算有些来头。

他父母年轻时游学英国，在剑桥生下薛怀安。十岁上他的父母不幸去世，可南明的薛家人却无法很快赶来接回已然成为孤儿的薛怀安，于是他父母的导师牛顿[①]教授便将他接至家中抚养。

老教授在闲暇时以教导薛怀安学问为乐，虽然只有短短三年不到，却让他受益良多。

"牛顿教授是一个怎样的人呢？"初荷爹的口气里夹杂着崇敬与好奇。

薛怀安想了想，觉得用一两句也说不清楚，但还是尝试着描述了一下这位被人们无比敬仰的老者："他不做任何娱乐，不散步，不下棋，不打英国牌，常常忘记吃饭。脾气温和内敛，但外人看上去可能有点呆呆的吧。"

初荷在一边听了，忍不住笑着插嘴："怪不得你是如此的脾气，原来是幼时就沾染上了呆气。对吧，花儿哥哥？"

"花儿哥哥"是初荷给薛怀安起的名字。她自幼长于北方，说话"儿"音略重，语速又快，"怀安"两个字被她连读，念出来又加了个"儿"音做后缀，听着便很像"花儿"。于是，初荷干脆就叫他"花儿哥哥"。

薛怀安被起了这样的绰号，也不生气，由着初荷拿自己开心。初荷见怀安好脾气，又几乎每天都泡在自己家，一日三餐天天不落，就更是明目张胆、理直气壮地欺负起这朵娇弱的小"花儿"来。

[①] 艾萨克·牛顿，1643—1727，近代科学最重要奠基人之一，创建微积分和经典力学。

树

转眼，薛怀安在初荷家已经蹭吃蹭喝了半年。

他无父无母又尚未娶妻，加之并非泉州人士，客居此地不久，只得两三朋友，生活很是冷清，只是他心上有三分痴性，平日埋头于自己的喜好研究中，闷了就弹弹月琴舒心，倒也并不觉得寂寞凄清。但是自从认识了初荷一家，只觉与她家人处处对了脾气，加之她家每日饮食都很是美味讲究，便几乎天天来报到，晚间每每与初荷爹爹和爷爷聊得晚了，就干脆宿在她家，日子一长，俨然家人。

年关将近的时候，初荷念的公学放了假，却不知她中了哪门子邪，天天把自己关在屋里，鼓捣着自己的小秘密。

"臭丫头，快出来！你不是说要陪我玩儿的吗？"槿莹在初荷房门口一边用力拍门一边大声叫着。

槿莹是初荷在公学的好友，因为父母去云南做生意，赶不回来过年，她家中又再无他人，便被初荷邀到家中来过假期。

谁知初荷不知着了什么魔障，自从放假以来，便一直把自己关在屋里，问她在干什么，却一个字也不说。初荷娘去检查她屋里究竟藏了什么古怪，却发现这丫头比藏骨头的老狗还要狡猾，屋子给收拾得一干二净，什么东西也翻不出来。

"你先去和我爷爷、爹爹玩儿去。"初荷冲屋外叫。

槿莹有些恼了，气哼哼地双手叉腰，隔着门嚷道："真讨厌，分明是你叫我来的，现在却成天自己躲着，我走了，不住你家也罢！"

这话本来是吓唬的意味更重些，但是屋里的初荷却连句挽留的话也没有，似乎根本没有听见一样。

这样一来，原本还有几分虚张声势的槿莹真的恼了，一跺脚转身就走，不想被正好过来的初荷娘一把拉住，柔声劝道："槿莹别生气，这孩子就是这样，有时候一根筋得很。"

"她也太欺负人了。"槿莹带着委屈的哭腔，泪水在眼眶里打转。

"来，你先去前院儿，她爹爹和阿公都在扎过年的彩灯呢，可有趣了，我陪你去看看，回头我来教训这个死丫头。"

初荷在屋里听见门外两人的声音远了……之后没多久，隐约传来一阵金属敲击的声音，以及短促尖锐的呼叫，外面似乎发生了什么混乱，紧接着，门被"咚"的一声撞开了！

初荷正在看书，抬头见是娘生生撞开了门，心中甚是诧异，心想娘一定是气急了，否则怎么骤然犹如打通了任督二脉一般，生出了如此神力，竟然能撞断门闩。

她下意识地把书往后一藏，赔着笑脸道："女侠息怒，我这就去陪槿莹。"

然而娘此刻的神色却慌乱异常，也不搭理初荷，回手一关门，紧接着将门边的一只矮柜费力地推过去堵住，然后扑过来，双手抓住初荷的肩膀，以一种初荷这一生都不会忘记的绝望口气冲她低吼："不许出声！无论发生什么都不许出声，不许出声！"

初荷不知出了什么事，本能地害怕起来。

她只觉得娘的手指几乎要插入她的身体，于是两个人的身子犹如契合成一体一般，不可控制地一同颤抖。

她想问，却不敢出声。

初荷娘快速扫了一眼屋子，拽着初荷来到一口大檀木箱子前。

那箱子是用来装被褥的，因为这几天正赶上南方冬季少有的晴好天气，里面的褥子都被拿出去晾晒，此刻正好空着。

初荷娘将箱底的木板掀起，露出一个一尺深的地穴，刚好够初荷平躺下去。

"躺下，不许出声！"娘的声音从未如此不容抗拒的坚硬，可是又于这坚硬中渗出无法掩藏的恐慌。

说话间，初荷娘几乎是把初荷塞进了地穴。

初荷只觉眼前一黑，头顶的木隔板猛地砰然盖了下来，顿时将她锁入一个幽暗、狭小的空间。紧接着，她听见头顶上微微有响动，木隔板缝隙透进来的几缕光也被挡了个严实。

她感觉，有什么东西正正压在了隔板上，接着便是关箱盖的声音，隔板微微一沉，似乎是娘也跳进了箱子，并关上了箱盖。

初荷有些喘不过气来，心头慌乱不安，朦胧预感到什么可怕的事情将要发生，刚想开口询问，就听隔板那边娘又说："不许出声，无论如何都不许出声！"

这一次，娘的声音已经变得冷静，异乎寻常的冷静，仿佛一位能够预见到未来的智者，就算站在鲜血与烈火交织的修罗道前，也不会心生慌乱。

片刻令人窒息的安静之后，门被撞开的声音传来，初荷听见一个有些发闷的男声："那婆娘一定是逃到里面了，搜！"

接着，便是极其轻微细碎的脚步声，似乎有两三个人正快而轻地在屋子里走动。

仅仅一息之间，有个尖厉些的男声便说："估摸就在那口箱子里了。"

话音一出，初荷连害怕的工夫都没有，就听见箱子"砰"的一声被打开，接着便是娘的一声尖叫。

在凄厉的叫声中，隐藏于黑暗中的初荷听见一种奇异的、永生不能忘记的声音。

那是金属切入身体时的锋利，血肉与刀剑摩擦时的震颤，灵魂飞离肉体时的诀别，即使从未有过这样可怕的经验，年幼的女孩儿也几乎是在一瞬间便明白了一切。

不许出声，无论如何都不许出声！

她的喉咙被套上了娘的咒语，连本能的惊叫也无法发出。

世界在那一瞬静寂下来，悲伤或是惊恐都不再存在，连心跳也似乎停止了。在幽闭的黑暗空间里，初荷唯一的感觉只是有黏稠的液体渗过了木板的缝隙，一滴一滴落在她的脸上，再滑入她的唇中。

鲜血是温暖的，她这样想着，在被光与热抛弃的世界里，安静得犹如死去了一样。

"这里似乎是小孩子的房间。"低沉的男声响起来。

"嗯，先去书房搜搜，这里大约不会有什么了。"尖厉的声音道。

"还是先搜搜这里吧。"

"先去书房，反正一家子都被杀光了，这些无关紧要的地方一会儿再来也不迟。"

"那分头，我查完这里就过去。"

初荷听见那个有着低沉声音的男子又四处翻东西的声音，接着脚步声再次回到木箱边上，然后是箱子被打开的响动，似乎那人要再次检查一下木箱。

就在这时，初荷觉得眼前微微一亮，木板上的重压骤然消失。

突然，娘凄厉的嘶吼声响起："你杀了我女儿，我和你拼了！"

初荷心头一惊，难道娘刚才没死？这是她跳出木箱去了？

然而在短暂的搏斗声之后，初荷便听见一个重重倒地的声音，接着是一串咒骂："他奶奶的，这臭婆娘命还挺大，我看你这次死绝了没有！"

话落，又是三四声兵器插入肉体的声音，之后，那脚步声便渐渐离开了房间，终于，只有初荷一个坠入了寂静无声的地狱。

薛怀安找到初荷的时候，以为她死了。

他掀开木板，看见浑身是血的小女孩儿睁着一双空寂的眼睛，没有恐惧或者悲伤，像是魂魄已经被谁抽离出她的身体。

他一把将初荷抱入怀中，失声地叫她的名字，然而，他立刻惊讶地发现，她的身体是温热的，她的鼻息轻轻打在他手上，让人想起蝴蝶的翅膀扫过皮肤时那脆弱而微小的触感。

她还活着！

意识到这一点的刹那，薛怀安忍不住落下泪来，几乎要跪地叩谢老天的慈悲。

他迅速地检查了一遍初荷的身体，发觉并没有任何损伤，于是大声地呼唤她的名字。

初荷犹如一个没有灵魂的木头娃娃，毫无反应，眼睛直视着地上娘亲的尸体。

尸体上有四五处伤口，其中一处正在胸口，鲜血在那里与衣服凝结成一大团，像极了一朵浓艳的血玫瑰。

初荷只觉得那玫瑰正在不断变大，火一样燃烧着，眼里只剩下漫天漫地的红。

那红色浓稠焦灼，迫得她只想大声地嘶叫。

然而，她叫不出来。

从那天开始，初荷失去了声音。

薛怀安细细搜索了初荷家的每一个角落，可仍然找不出凶手留下的蛛丝马迹。所有的证据从表面看起来，似乎都只是一桩普通的入室抢劫杀人案。

"但是，这绝对不是一桩简单的入室抢劫杀人案！"薛怀安肯定地说。

"为什么？这家不是的确有被盗的痕迹吗？"锦衣卫总旗李抗问。他是事发之后，薛怀安唯一通知的人。

"杀人满门，又不留任何线索，这算得上是一伙老练的悍匪了吧。但是这么一伙人为何会毫无征兆地出现在此地？按理说，要是本地有如此强悍的黑道，方圆五十里以内必有耳闻吧。"

"也许不是一伙人，而是一个人，因为什么原因突然起了歹念。"

"他们家中有两个成年男子，再加上小孩儿和妇女，若是一个人冲进来干的，就算再怎么凶悍，响动能小到邻里都不曾发觉？"

李抗年约四十，略有些中年发福，干了二十来年锦衣卫，也只是一个百户所内下辖五十人的总旗。

他于刑名断案没什么特别的本领，好在经验丰富，为人正直，对有学问的人向来佩服，此时听薛怀安说得如此肯定，很干脆地问："薛校尉，这案子你究竟怎么想的？"

薛怀安先是回头撩起身后马车厚实的挡风帘子，确认初荷的确是睡着了，才引着李抗往院门口走了几步，指指那在冬日里萧瑟寥落的庭院。

在南方冬季阴冷的风中，庭院虽然仍然青翠，却远没有其他季节百花争艳、蜂蝶竞舞的热闹繁华，蜿蜒的石子小路上，一道鲜血汇成的小溪顺着石子间的缝隙流淌到将近院门处，才干涸凝结。

"下手狠毒准确，每一击都伤在大动脉上，才能造成如此大的流血量。"薛怀安说。

他尽量把声音放得客观而平静，然而眼睛里隐隐藏着的怒火，却烧得分外炽烈。

"还有，这家人住在海港附近，院子的后门就是一条河，门口系着一条维护得很好的小船。这说明，他们随时准备离开或者说是逃走。所以我想，他们隐居在此处，原本就是要躲避什么仇家，而现在看来，可惜最终还是被仇家寻到了。"

"你这么说虽然有些道理，但还是猜测和推论居多，就算如此，你想怎么办呢？"

薛怀安对着李总旗深施一礼，恳切地请求："总旗大人，这家幼女的躲藏之地并非什么很难发现的隐蔽所在，她母亲敢于将她藏在那里，是因为料定匪徒的目的是灭她满门。因此，既然那个叫槿莹的小女孩儿做了替死鬼，匪徒便不会再去费心寻找她家真正的孩子。所以，卑职恳请总旗大人封锁消息，只说这一家四口已然尽数被杀，卑职则负责保护这孩子，早日缉拿凶手。"

"照你这么说，这孩子可能知道仇家是谁？她现在情形如何？"

"她大约是受惊过度，现在还不能言语。"

李抗听闻，眉峰一蹙，露出同情之色："好吧，且依你的推断行事，我于泉州城内认识极好的西洋医生，明日便可请来为她诊疗。"

然而，无论是西医还是中医，都无法治好初荷的哑病，甚至，无法让她开口吃些粥饭。

到了第三天，薛怀安突然好脾气尽失，一把将卧在床上奄奄一息的初荷拽起来，劈头盖脸地呵斥：

"你想死是不是？好，你可以去死，但是死之前你要先搞明白，你这条命是怎么来的。你娘原本是你家唯一有机会从后门乘船逃走的人，可是为了跑来救你，这才失了时机。

"你知道她为什么要躲在那箱子里吗？那是为了掩护你。有了她，匪徒才会忽略隔板下面的玄机。你的命是她的命换来的，你死之前先想好，如此自暴自弃，你怎么去黄泉见你娘！"

其实这话还未说完，薛怀安便后悔了。他一向脾气甚好，虽说年长初荷十岁，算起来也是半个长辈，可平日对初荷从不曾说过一句重话，然而此时骂也骂了，本就于人情世故上不甚圆通的薛怀安一时间根本找不出什么话来回旋，支支吾吾半晌，说不出一句道歉的软话，一下子急出一脑门子汗来。

初荷看着怀安，小小的一张脸上瘦得只剩下一双大眼睛。

好一会儿，她缓缓抬起手，轻轻拭了拭他额角的汗，毫无征兆地无声哭泣起来。

那也许是这世界上最寂静的哭泣吧。

透明的眼泪顺着眼角安静地流过面颊，嘴唇抖动着，流泻出心底无法言语的悲伤。

怀安长长舒了口气，将初荷拥在怀中，想：她终于哭了，一切都会好的。

可是即使用了各种办法，初荷仍然不能说话，西洋医生说这叫失语症，中医郎中说这是郁结于心。

案子的调查也没有任何进展，初荷不知道自己家究竟有何仇家，甚至连亲戚也一个都没有。因为她家是从北方的清国移居南明，薛怀安于户籍卷宗中也找不到任何线索，更无法联系到她的其他亲友，于是，他便成了初荷的临时监护人。

日子一天天过去，初荷的身子总是病着，直到夏天将至的时候，才算好透了。

那天初荷心情好，坐在院子里看着怀安布置的小小花园。

这花园比她家原本那个寒酸太多，连一洼小池也没有。她从家里搬来的荷花只好重新又种在了花盆里。

此时，小荷已经抽出尖尖角，翠绿的荷苞顶上是一抹淡粉，那颜色鲜嫩诱人，让人不由得万分期待花开的样子。

怀安站在初荷身后，对她说："我在想，既然暂时不太可能查出更多线索，我们只好从长计议。"

初荷转过脸看他，眼神沉静，似乎知道他有什么重要的事情要说。

"你这样待在我这里，时间长了总是瞒不住的，万一被那些仇家知道就难办了。我希望可以一直保护你，所以，你需要一个新的身份。我会疏通分管户籍的锦衣卫，给你一个新户籍，以后你就是我的表妹，姓夏，好不好？"

初荷眨眨眼，微微点头。

怀安心底掠过一丝喜悦，看向初夏白金般明亮的阳光之下那即将绽放的荷花："名字就叫初荷好不好，夏初荷？"

初荷不言，又是点点头，轻轻笑着。

那天晚上，怀安照例在睡前去看看初荷，发觉那孩子忘记吹熄油灯便睡了过去。

他走到灯前，看见几案上放着一个用毛宣纸订成的册子，翻开的地方以大白话一样的文法写着一段奇怪的话：

安成六年五月十七，公元一七三二年七月八日，天气晴。

从今天开始，我的名字叫夏初荷，夏天最初的荷花之意。

花儿哥哥给我起这个名字，一定是希望我能够忘记过去，像即将开放的花朵一样迎接新的未来。

我会努力的，然而不是作为一朵花，而是一棵树，不依靠任何人、在风雨中也不会倒下的大树。

我要成为像大树一样可以被依靠的人，所以，从现在开始，必须好好吃饭，努力锻炼身体，不能哭泣，不能生病，不能贪睡，不能软弱，不做任何人的负担。

枪 —————————————————————

"怀安，咱们调到惠安百户所几年了？"李抗问。

他如今是惠安百户所的百户，此时，正一边津津有味地把玩着一把火枪，一边有一搭没一搭地和薛怀安聊天。

薛怀安想了想，从初荷家中出事后不久，他随升迁的李抗调职惠安到现在，刚好满了两年。

现在，初荷十四岁了，公学的学业已经完成，今后的去向着实令他头疼。

"你在看什么呢？"李抗瞟了一眼不远处似乎是在伏案看书的年轻人，问道。

薛怀安的案头放着一摞厚厚的卷册，他一边翻看，一边在一张纸上记着什么，头也没抬地答道："给初荷找学校呢，适合女孩子念的书院还真不好找。既要声誉好，又要位置好，还要价钱好……总之，头疼死我了。"

李抗也有个待嫁的女儿，对这一点颇有同感："是啊。你说这些丫头没事学个什么劲儿呢。公学，那是朝廷让念的，也就算了，但凡家里有个把闲钱，怎么都要撑着念完。可这再往后，还有什么学头儿？不如在家消停两三年，好好学点儿女红，嫁人就是了。"

"初荷是有潜质的，她应该继续上学。"

"是吗？那你可要想法子拼命赚钱了。那么贵的学校，你自个儿不就是因为没钱才上不下去的吗？"李抗说完，似乎是感觉到自己说错了话，正正戳到了薛怀安的痛处，偷偷把眼睛从把玩的火枪上移开，瞟了他一眼。

薛怀安看上去倒是丝毫没把这话放在心上，只是拍着脑袋，仿佛想起了什么更加让人愁苦的事情："可是，初荷的文才实在是太差了，这可真的叫人揪心！去考书院的话，以她那样的文才，可是绝对要落第的。"

"哦，你看过她写的文章？"李抗巴不得可以把话题岔开。

"是啊，就看过一次，简直写得糟透了，就和大白话一样，完全没有文法，看了半天也不明白她在写什么东西。我当时就觉得头一大，心想都这么大了，也念着公学，《论语》这些总是读过的吧，怎么会写出这样的文章来，真是愁死人了。"

"是吗，真有那么糟糕？这倒是奇怪了，你不是说她家学渊博吗？"李抗摆弄着枪，心不在焉地迎合着。

"是啊。后来我问她，她便气急了，说我再不可翻看她写的任何东西，还说那样写东西的文法，是打她太爷爷那里一代一代教下来的，要我不要管。她说，太爷爷说过，终有一日，咱们都要那么写东西的，还说……"

薛怀安话还没说完，只听李抗一拍桌子，大呼一声："好枪，真他娘的是把好枪！"

"哦？"薛怀安略略表达了一下关心，心中却仍在烦恼着初荷的事情，眼睛继续在各类书院的介绍册中逡巡，眉头不自觉地蹙起。

事实上，虽然身为锦衣卫，但他对兵器并没有什么兴趣，功夫也仅限于刚刚入籍锦衣卫时必须学习的长拳和少林金刚拳，比画两下也许还行，真与高手过招，恐怕就只有挨打的份儿了。然而他一直认为，作为一个刑侦锦衣卫，头脑比拳脚和武器都要重要得多，故此也从未起意去认真学学那些。

李抗却忍不住满腔的兴奋之情，拿着火枪三两步走到薛怀安面前道："你看！这是最新式的燧发滑膛枪，基本上是西洋火枪的构造，可是后膛和尾管采用了螺旋，用的是当年戚继光将军善使的鸟铳设计，真是绝妙啊。还有，你看这些齿轮和撞机制作得多么精巧，枪身大小只有一般短枪的一半，简直想不出是什么样的巧手才能造出来的。太精巧，太精巧了。好枪，真他娘的是好枪。"

李抗这般犹如少年人描述倾慕对象的热情介绍终于打动了薛怀安，他把眼睛从书册上移开，看了看，觉得这枪除了个头比一般短枪还要小上不少之外，完全看不出和自己用的锦衣卫标配火枪有什么天大的差别，除此之外，倒还觉得这火枪制作得确实精美，枪筒的金属部件打磨得极其细致，闪着银亮的光芒，木质枪托部分线条柔滑，呈现出圆润的美感，上面刻着一个小小的烫银菱形标记。

"这个标记是什么意思？"

那标记整体看是一个菱形，中间有一条由上到下贯穿的折线。

"这就是制造者的标记。这种枪去年年底才出现在市面上，我刚从一个聚众闹事的火枪手身上收来的，据说在枪市的价钱极高，杀伤力与那些粗制滥造的火枪大大不同，要一百两一支。就这样的高价，还等闲买不到呢。"

"啊？这么贵？"薛怀安这次倒忍不住惊叹起来，原本盯着这把宝贝火枪的迷蒙眼神也于瞬间亮了。

南明的吏制俸禄优厚，就算是薛怀安这样的小吏，一个月也有十几两的俸禄。然而想想，一年不吃不喝才能买得起这样一把枪，薛怀安一时间有些不平："杀人的东西竟然卖出了天价，那些跟着起哄的，还真是脑袋被门夹坏了。"

李抗却是爱枪之人，马上反驳："你懂什么？这种枪后坐力小，射击更精准，射速更快，填装弹丸更简便，并且性能稳定，几乎不出问题。还有，击发之后枪后部冒出的烟火极小，不会伤害射击者的眼睛……总之，一百两绝不算贵了。你要想一想，如今这年月，还有谁花这么多耐性，用手工打磨出如此精致的火枪？"

是了，如今这年月，谁有这样的耐心一寸一寸地打磨一支火枪呢？

此刻是南明安成八年，公元一七三四年，整个世界躁动得犹如即将破茧而出的蝴蝶，哲学、物理、化学、医学、机械……几乎所有人类探索世界的利器都在以过去数千年来前所未有的速度向前疾进，似乎只要再添上一把力，桎梏住世界的茧就要被冲破了。

所以，人们更关心的是速度，是如何在更快的时间里造出更多的东西、积累更多的财富、获得更大的权利，而谁又有这样的心性，把精力消耗在一把就算再精美也不过是凶器的小小物件上？

——这些原本是李抗激荡在心中，却还未来得及说出的华丽潜台词，然而，在撞到薛怀安懵懂且游离的眼神时，他顿时丧失兴趣，把话咽回了肚子。

薛怀安没有意识到这把火枪引发了面前这个中年男人哲人式的思考，心思仍然牵挂着初荷的学校，应付性地嗯嗯啊啊了几句，便继续研究那些学校卷册去了。

李抗在一边却开始觉得无聊，已经打开的话匣子一下收不回去，只得在薛怀安身边磨磨叽叽地转了两圈儿，企图再找个话题出来，由此不觉细细观瞧起认真翻看卷册的薛怀安来……

只见这年轻的锦衣卫半拢着眉，侧脸的线条因而有了一种生动的张力；双眉生得极好，不浓不淡，有缓和而修长的弧度；眼睛不大，加之是单眼皮，故而平时也不觉得如何有神采，可此刻摆出一副认真思索的模样，神思凝于手中的卷册上，那双眼便也异乎寻常地明亮起来，让整个人呈现出男人才有的安稳凝重之感。

突然，李抗把手往薛怀安的肩上重重一按，以无比恳切的语调道："怀安，不如你娶了我的女儿吧。虽然你说不上太俊，家世单薄，俸禄也不高，人还呆，反应迟钝，不懂风情，又太瘦，力气还小，但她嫁给你，我放心。"

薛怀安有些迷茫地把眼睛从卷册上移开，前一瞬还炯炯有神的双眼顿时蒙上一层懵懵懂懂的雾霭。

他看着一脸认真的上司，好一会儿，才慢吞吞地说："李百户，我想起来家里的酱油没了，现在是午休时间，我出去打趟酱油啊。"

说完，他脚底抹油，一溜烟儿地跑了。

忆

菱形，中间有一条由上至下贯穿的折线，对于夏初荷来说，这是荷花花蕾的标记。

初荷第一次摸枪，大概只有四岁，那是在太爷爷的百岁寿诞。

这样的日子，在别家都是要大肆庆祝的，可是她家人丁少，除去她，只有爷爷和爹娘而已。太爷爷的朋友们更是纷纷熬不住时间的折磨，早早做了古人，因此这个珍贵的百岁生辰并不比平时的家宴有什么格外的热闹。

那时她年纪小，搞不懂爹爹为何老让她去向太爷爷撒娇嬉闹，可现在，只剩得孤身一人，她才忽然明白，大约是因为父亲看出了那位百岁老者心中的寂寥了吧。

有的时候，活得比别人都长，也不见得是一件好事，因为一切只意味着更长时间的孤独而已。

初荷这样想着，不自觉地轻轻叹了口气，继续拿丝绵擦拭着手中的火枪。

她记得百岁寿宴上，太爷爷喝得有点儿多，带着醉意拿出一支火枪来，教她如何拆装。她不懂事，只觉得如同玩具一般有趣，从此便缠着太爷爷要枪。

四岁时的记忆零星模糊，初荷不能完全想起那枪的构造模样，可是仅凭着残留的记忆，她也肯定，那是一支即使在如今来看，也是超一流的火枪。

现在，当她自己着手制造火枪的时候，就了解到想要创造出一把完美的火器并不容易，但那时，初荷不懂得珍惜，常常把太爷爷造的枪拆了又装，装了又拆，或者把不同枪支的零件胡乱安排一通，甚至还丢失了不少。

不过太爷爷并不介意，甚至很是高兴。他常说初荷于枪之道极有灵性，强过她爷爷和爹爹甚多。

等到她再长大一点儿，是七八岁上，太爷爷开始教她练习射击。

他在她的手臂上绑上沙袋，日日戴着，锻炼臂力。又让她每天举枪瞄准，寻找抬手就射的感觉。他更一遍一遍地让她练习拆卸枪支，充实火药和弹丸，以至于初荷相信，最后她做这一切的速度恐怕要强于任何一个受过严格训练的火枪手。

当然，这件事与天赋的关系不大，速度快也不过是因为太爷爷对她的训练严格而已。一直以来，老人并非以对一个孩童的尺度来要求她，而是严格得俨如对待一名士兵。

初荷的爷爷和爹爹并不能完全理解老人家的想法，不过当一个老人活过了百岁，人们便总是会纵容他，事事随他意就好。更何况，初荷原本是有些娇气的，被太爷爷这样一训练，倒是改变了很多。

初荷自己也想不明白，当年的小小女童怎么会坚持练习那样枯燥而辛苦的事情，也许是她希望像太爷爷那样，一抬手就可以击落树上的野果，但也许只是因为，命运在冥冥中早已注定。

太爷爷在初荷十岁那年寿终正寝，在他离世的时候，嘱咐儿孙一定要在他死后去南边的明国定居，又将一只装有太奶奶首饰珠宝的木匣送给了初荷。

初荷在葬礼后打开木匣，发觉里面的簪花和玉镯看上去都甚是名贵，她不敢收着，拿去给娘，可娘却笑笑说："这是太爷爷给你的，一定有什么深意，我想在他看来，继承他衣钵的人，只能是你吧。"

想来那时的母亲是不会，也不可能知道木匣中暗藏的蹊跷的，但的确，事实被她说中了……

初荷发觉木匣的秘密时，正是那个全家遭难的冬天。

之前她家操办太爷爷的丧事，变卖家产，长途迁徙到南方，再安顿下来颇费了一番精力，待到初荷有时间细看太爷爷留给自己的遗物时，离老人家过世已有差不多两载。

开始，她不过是把玩一下那些珠宝，心里美美地描画一番自己出嫁时簪金佩玉的模样，后来觉得无聊了，便开始研究起木匣子来。

那木匣的容积颇大，一尺见方，没有过多的雕饰，但是打磨拼接得极为精致，如同太爷爷制造的那些火枪一般。然而如果仔细看的话，这匣子从内部看的感觉比从外部看起来要浅上一些，似乎是一个底子很厚的木匣。

初荷心中闪过一个念头，只觉这厚厚的底部其实可以挖空了藏些什么东西。太爷爷深通火枪中各种机簧和擒纵的制造，这样的机关只要在匣子中装上一个机栝就应该能办到。

初荷敲了敲匣底，声音听起来很实，可是她仍然不死心，不知为何生出一种执念，认定了太爷爷不会只是单纯地送她些珠宝，直觉告诉她，在他们之间应该有比珠宝更为重要和紧密的连接才对。

初荷想了想火枪上击发弹簧机关的构造，将木匣平放在地上，用力向下一压——木匣没有任何变化。

她努力回忆着太爷爷那些关于枪械构造的只言片语，心想：如果他老人家并不是按照滑膛枪回撞机关的原理，还会怎样来设计呢？

她再次下压木匣，同时逆时针一转，便听见"咔嗒"一声微微的响动，木匣的底部应声脱了下来。

初荷会意地一笑，低声自语："左轮枪。"

"机关在击发的同时转动。"太爷爷有一次这样说起一种枪，那是他最为喜欢的一类火器，据说非常实用，特别是在处理哑火问题时既简单又安全，并且击发出去的是叫作"子弹"的东西，而不是一般火枪所使用的弹丸。

"但是，我都没听说过呢？这是一种火枪吗？子弹又是什么？"那时的初荷好奇追问，在她的记忆里，这还是第一次听说"子弹"这个名词。

太爷爷的脸上露出一种似乎是说走了嘴的尴尬，好在他的眼睛因为衰老变得浑浊，可以轻易地隐藏起情绪。他并不作答，只用呵呵的笑声便掩盖了过去。

但是敏锐如初荷，还是抓住这问题不放，就算当时被糊弄了过去，隔三岔五还是会想起来，问问左轮枪的事。

太爷爷知道初荷的脾气倔强，又是打破砂锅问到底的性子，一直糊弄下去也不是办法，终于有一次与她约定说："等到你大了，太爷爷一定和你讲个明白。"

初荷粉脸挂霜，嘟着嘴，一脸的不满意："太爷爷，你都一百多岁了，我要长到多大，在你眼里才算够大了？"

"等你可以扣动扳机的时候吧。"

"当真？"

"当真。"

初荷虽然一直练习臂力，但太爷爷说她年纪还小，受不住火枪的后坐力，无论怎样也要到十四五岁以后才可以真正去扣动扳机开火，如若那时臂力不够，也许还需要再等一等。可初荷的牛脾气上来，从此比以往锻炼时更加卖力，存了心要提前拥有扣动扳机的力量。

然而太爷爷毕竟还是失了约，在初荷还没有练就足够的臂力时，就先走了一步。

初荷打开木匣底部，果然见到一个中空的夹层，里面放着一本写得密密麻麻的小册子。封面上是《枪器总要》四个楷书，正是太爷爷的字迹。

她不及细读，先速速翻了一下，正看见一幅插图上画着一把从未见过的短枪以及拆分图，旁边写着"左轮枪"三个小字。

她心中想起往事，忍不住叹了口气，自语道："原来太爷爷并没有食言啊。"

初荷本以为这书是太爷爷专门写给她的，然而翻开一读，才发觉到，这更像是一部写给后人的书。在序言中，太爷爷用他习惯的文法写道：

鉴于我对这个世界造成的过错，沉默也许是最好的选择。然而，对于枪械的热爱，我还是忍不住地提起笔来。

中国人作为很早就懂得使用火药、炼制焦炭和锻出精钢的民族，却被火枪的时代所抛弃，其中缘由耐人寻味。

本书仅以我所知所能，讲解武器制造的奥秘，也许能使看到此书、比我更具智慧的人找到这世界未来的出路。

然而，我希望读到此书的人能够明白，这本书可以制造出毒害这个世界的毒药，当你不能确认自己有足够的心智去研读它的时候，请合上书页；当你不能确认这世界的人们有足够的心智掌握书中所载武器的时候，请不要尝试制造它们。

否则，你将把你的世界提前推向毁灭。

尽管初荷不能透彻理解序言的意思，还是不由自主地有些紧张。但巨大的好奇心让她没有办法控制自己不去看这本书。

那些日子，她不去陪伴暂住在家里的槿莹，也懒得搭理父母和爷爷，一个人没日没夜地研读着这本世界的"毒药"，犹如中了魔障一般。

现在想来，初荷便会觉得万分后悔，如果当初能够知道此生再也见不到爹娘、爷爷和槿莹，那些日子，原是应该多与他们说说话的……

初荷完成了火枪最后的擦拭工作，轻轻舒了口气，看着自己精心制造的杰作。

她纤细的手指轻轻拂过属于自己的烫银荷花标记，神思不觉飘远。

扳指算算，自己制作火枪大约已有两年时间，第一支枪从用钢钻一点儿一点儿钻磨枪管开始，到最后完成，用了大约半年时间，其中钻枪孔是最为耗时的步骤。

她先从铁匠那里买来由两块锻铁打在一起的细铁管，再用钢钻在原来管洞的基础上一点点研磨，大约需要两个月的时间才能凿出厚度十分均匀的完美枪管来。

而市面上大多数的火枪，在铸造枪管的时候，仅仅是铁匠用一根冷铁棍儿做芯，然后把两块极热的铁围绕在铁芯上锻打和焊接，同时转动铁芯，最后再抽出来制造而成。

这样做快虽快，但是由于铸造工艺的水平有限，枪管的均匀度很难达到完美，不但对射击的效果有影响，更容易发生枪管爆炸的惨祸。

所以，当初荷第一次给祁家主人写信的时候，特意写明：精致火枪，手工磨钻，五两银订金。

祁家主人究竟是谁，初荷并不知道。

她最初知道这个名字，是从太爷爷留下来的《枪器总要》这部书中。

这书最后并没有完成，除去前面已经装订好的部分，还留有很多未装订的散页，而祁家主人的书信便夹杂在其中。

信的内容十分简单，不过是以二百五十两银子的价格，订购了五支火枪而已。

当初荷有心思整理这些散页的时候，离家中惨剧的发生已有半年之久。一看到这封信，她尽管年纪尚幼，还是隐约察觉到什么不同寻常来。

她心里一沉，仔细思索这信的意味，手心就微微出了一层薄汗，下意识地往门口看去，确定薛怀安不会突然闯进来，又来来回回把这简单的信读了两遍。

明律不得私制军火，造枪、售枪的商人一律要登记在册，而初荷知道，太爷爷显然是没有去登记过的。她忽然就想起家中出事后，薛怀安不止一次地追问她可知道家中有什么仇家，又或者曾经靠什么营生积累家财，那时她全然不知，唯有无力地摇头。

然而如今，她知道了，却终是下定决心不对他说。

误 ————————————

薛怀安在德兴茶楼撞见初荷之前，正琢磨着要去哪里胡混掉这个午休，等李抗忘记了提亲的事再回去。

惠安是座不算很繁华的小城，平日里并没有什么案子。薛怀安的顶头上司李抗虽然官名是百户，但实际上手边除了他这个正正经经受过刑侦训练的校尉，剩下的都是些监管治安的锦衣卫，平日里分散在各处乡里，容易指使的只此一个。

故此，薛怀安不敢走远，遂进了离百户所不远的德兴茶楼。

这茶楼是惠安最热闹的所在之一，正午时分，会请来戏子清唱。

薛怀安是个戏迷，虽然这小地方并没有什么太高明的伶人，但偷闲听听也颇为惬意。

此时戏还没有开锣，薛怀安四下瞧瞧，一想自己还穿着官服，被人看到这时出现多有不妥，便选了一个最僻静隐蔽的角落，半躲半藏地坐了下去。

不知怎的，戏子迟迟未到，薛怀安顿觉无聊起来，开始习惯性地观察起茶楼里的三教九流来。

最引他注目的，是一个坐在二楼雅座的年轻人：看相貌，年纪似乎未及弱冠，严格说来还是个少年，可是气质却很是持重，目光安静清冷，发束皂色方巾，身穿同色衣衫，腰配长剑。

出于锦衣卫的职业敏感，薛怀安喜欢对佩剑的人格外分析一下。

——衣服上的灰尘略有些明显，神色微带疲惫，大约是才赶了不少路。他这样猜测。

——身份嘛，打扮像个书生，书生中有好义气者，出门喜欢佩剑也不奇怪，可是，看那棕褐的肤色似乎常晒太阳，手指的关节粗大，仿佛也很有力，倒让人有些怀疑其是个江湖人士了。他如此推断。

——眼睛时不时瞟一下茶楼门口，看样子是在等人。等等，手是半握拳的样子，肩部的线条也显得发紧，看来并不是很放松呢。薛怀安注意到这一点，忽然觉得越来越有意思起来。

——为什么会这样呢？如果是江湖人士的话，他在等敌人、仇家还是对手？都不像，如果是如此的话，他又显得有点儿过于放松。那么，他究竟是在等什么人呢？

薛怀安正津津有味地研究着佩剑的年轻人，娇软清亮的清唱声悠然响起，原来是伶人开唱了。

豆蔻年华的伶人唱的是《西厢记》里红娘的一段唱词，薛怀安听了，猛然一个闪念，心道：哎呀呀，莫非这小子是在等心上人？难不成要与人私奔去也？

这念头让无聊的薛怀安顿时振奋起来，一时也忘了看戏，只顾着与那人一起盯住茶楼门口，等待着女主角的登场。

而初荷就是在这个时候，挎着一个蓝布大包袱，走进了德兴茶楼。

之所以挑选这里作为会面地点，只是因为初荷觉得，这里够热闹，而热闹的地方总是比僻静处更安全些。

她抬眼看向二楼雅座。

只见一身皂色的年轻人果然如往常一样比自己先到一步。两人的目光相遇，默契地互相点头示意，随即，初荷快步地走上楼去。

这细微的眼神交流被猫在一边偷看的薛怀安逮了个正着。他心头一紧，紧盯着初荷肩上的包袱，脑子里好一阵轰鸣，反反复复就只有"私奔"这两个斗大的字蹦来蹦去。

他只见初荷稳步走到佩剑少年的身旁落座，两人却一句话都不说，分明就是那种明明极其熟稔，却还要假装不认识的低劣表演。

就见初荷将包袱放在膝上，微微歪着头，佯装认真听戏的模样。这样坐了一会儿，她才缓缓将包袱递到身边的年轻人手中，稍侧过脸去，弯唇友善地对少年微笑了一下。

不知道是当时伶人正唱到让人脸红处，还是因为身侧少女如三月烟雨一样浅淡透明的笑容着实让人心跳，年轻人沉静得近乎严肃的脸上现出一抹一闪即逝的羞赧。

他快速接过包袱，利落地打开结，低头查验起来……

包袱中除去应约交货的火枪，那支额外的新型枪支显然出乎他的意料。

他转头去看初荷，满脸疑惑，略略贴近她的耳边，低声问："多少钱？"

初荷的眼睛仍旧盯着唱戏的伶人，也不言语，只用手比了个八字。

年轻人明白那是八十两白银的意思，但这个数目已经超出了他所能决断的范围。

他眉头一蹙，正身坐好，摆出继续听戏的姿势，没有立刻答应。

初荷像一个老江湖一样，并不急于迫对方表态，也如一尊小小的不动佛那般，静坐着听戏，脸上看不出分毫情绪。

年轻人用宽大的袍袖掩盖住膝头装火枪的包袱，开始暗地里摆弄起那支新款火枪来，脸上同样是不露心绪的淡定。

好一会儿，他缓缓做出一个格外明显的点头姿势，以极低的声音说："好，成交。"

初荷终究还是年幼，忍不住就带着些许得意地甜甜一笑，伸出藏在袖中的小手，做出收钱的姿势。

年轻人便也笑了，将一只袍袖挡在胸前，半掩着从怀里掏出几张银票，只用眼角一瞟，就算出数目，扣了一张揣回去，将余下的收在袖口里，隐蔽地递了过去。

薛怀安看到这里，已经按捺不住要跑上去抓人的冲动，额头上密密匝匝地布了一层细汗，心中愤愤地想：这两人根本就是在眉目传情！那个江湖小子将手用袖子掩着递过去，究竟是什么企图，难不成是去偷抓初荷的小手吗？

可是一转念，他心里又不免觉得难过和迷惑起来，只觉得初荷背着自己决定了如此大事，难道是在自己这里受了什么委屈，竟然到了要丢下自己，跟着别人偷跑的地步？到底是没有给她吃好穿好，还是让她干的家务太多了？

正反反复复琢磨纠结着，薛怀安就见那年轻男子已经拿起包袱快步走下楼去，转眼便消失在门口。而初荷略等片刻，抬步也要下楼。

他心道一声：不好！那小子一定是去牵马了，此刻再不有所行动，初荷只要一步出门，就会跃上那小子的马背，从此远走高飞，天高地远，此生再也无从相见了！

他不及多想，也忘了自己仍然官服在身，大喊一声："等等，别走！"

在茶楼众人惊愕的表情中，他三步并作两步冲上楼梯，一把拉住初荷，平复了一下急促的呼吸道："等等，我和你一起去见他。"

初荷以为怀安看破了自己正在做什么，脸色瞬时变得煞白，嘴唇翕张，想要解释，却又说不出话来。

薛怀安为了初荷专门去学过唇语，此时心中混乱，看着那口型，似乎说的是"别管"两个字，心中蓦地想起当年与初荷的君子协定。

那还是在看过初荷日记的第二日，他忧心地跑去问她，在公学里究竟是谁教她文章学问。

待到初荷终于明白过来究竟发生了什么，顿时气得小脸儿铁青，抓过一支笔来，在纸上奋笔疾书："我爹娘从来不乱动我的东西，在我们家，这叫'隐私'。"

只要一说起爹娘来，初荷便忍不住地掉泪，亮晶晶的泪珠子一串一串从眼睛里滚下来，看得薛怀安顿时乱了心意，慌了手脚。

他左哄右劝，躬身道歉，指天发誓……诸般本事一样样使将出来，这才哄得初荷的泪河关了闸门。

从此，薛怀安和夏初荷之间便缔结下一个不平等条约——任何涉及个人隐私的事情，对方都无权过问。

说这条约不平等，是因为薛怀安觉得，自己根本就没有隐私。

他虽然自认不能十分精确地理解"隐私"二字的全部含义，但是，初荷可以自由出入他的房间、开启他的箱柜、拿取他的物件，就算有所谓的"隐私"，想必也早就暴露光了。

然而初荷却说："哦？那有本事你自己打扫房间、缝缝补补、洗衣服做饭啊。可以做到的话，我倒是也没必要再去碰你的东西了。"

说这话的时候，初荷的嘴唇动得极快，似乎完全忘了薛怀安必须要依靠唇形才能判断她的语意。说完，她自顾自地咯咯笑起来，清澈的眼睛里满是得意之色，真真是毫不掩饰占了天大便宜的自得心情。

薛怀安看到这样的神情，只觉得高兴，便纵容她自此一直如此占着便宜下去。

然而现在想起这些往事，薛怀安只觉心中更是难受，带着怒意说："都是我宠你过了头，任凭你自己偷着、藏着，干什么我都不管，不想你如今竟做出这等事来！"

初荷越听越觉糟糕。她还从未见过花儿哥哥对自己如此生气，心中忐忑至极，可是唯有此事，她不愿意做任何解释，只是咬紧牙关，与面前怒气冲冲的年轻锦衣卫对峙。

薛怀安见这般僵持也是无用，一拉初荷的衣袖，就往楼下走："走，你和我一同找他去！"

自明国南迁以来，对男女之防便渐渐不再严苛，但是一个年轻男子和一个少女如此在茶楼上公然拉拉扯扯，终究引人侧目。

初荷见一时成了茶客们的消遣，脸上不觉腾起绯红。

怀安见状心里又是一阵不舒服，定了定神，平下心火，凑近初荷，以最诚恳的语气小声说："你让我见见那混江湖的小子，好歹我也该知道他的底细。如若他配得上你，又真心对你好，你只要喜欢，就跟了他去，我不会拦着。"

说完，拽着初荷不由分说地奔了出去。

茶楼外，江湖小子自然早已走得无影无踪。

薛怀安站了一会儿，四下好一阵观望，脸上渐渐现出疑惑，转回头来，问已经站在旁边偷笑了半晌的少女："初荷，你包袱里是不是塞了什么值钱的东西？"

此时，初荷已然明白薛怀安是误会了自己，心中暗笑，使劲儿憋出一个忧伤的表情，用力点了点头。

薛怀安恍然大悟，继而更加愤怒，挥臂空打一拳，骂道："妈的，你个江湖小混混，原来是个骗财骗色的下三烂！"

说完，他又觉得这么讲太伤初荷的心，马上安慰道："初荷，你别难过，咱们被骗财无所谓，只要色还在，不怕没柴烧啊。"

初荷终于忍不住，"扑哧"一声笑出来，用手语比出"呆子"二字，眉目挤成一团，弯腰捂着肚子，笑个不停。

好一会儿，薛怀安才渐渐明白过味儿来，臊了个大红脸，嘟囔着："是我误会你们了吗？"

初荷笑得喘不上气来，只能一个劲儿地点头。

薛怀安却仍觉得这事有讲不通的地方，犹如追寻一道难题答案般认真而严肃地问："那么，他是谁？你给了他什么？"

初荷直起身，坦然道："他是杜小月的朋友，小月有东西给他，可是她有课，这才托我来。"

杜小月这女孩儿薛怀安倒是认识的。

她是初荷在女学的同学，同初荷一样是个孤女，寄居在哥嫂家中，故此虽然比初荷大上两岁，却成了她最要好的朋友。

薛怀安想了想，觉得这么讲倒还说得过去。

初荷如今暂时念的女学，是专门给那些念完公学，又还没有出嫁的女孩子消磨时间的学校，各类课程完全由学生自己凭喜好去选。杜小月好学，选择的课程是初荷的一倍，没时间来送东西也是可能的。

"那么，他和杜小月又是什么关系？杜小月怎么会认识江湖人士？她又让你转交了什么？"

"你是在审犯人吗？"

"我是要搞明白。"

"这是人家杜小月的隐私，我无权问。"

薛怀安一听"隐私"两个字就头痛。

在他们的这个家，隐私第一大，比内阁首辅大，比当今皇上大，比老天爷还要大，既然事情的性质上升到隐私的高度，那就是问不得了。

但薛怀安是那种想不明白就要拼命追根究底的人，于是又问："你和那江湖人士之间怎么会那么奇怪？你们两个是认识还是不认识啊？"

"不认识，第一次见。你如果觉得我们奇怪，那就是……"初荷说到这里，闭上嘴，改用手语，大大地比了五个字"疑心生暗鬼"。

薛怀安也不知自己是不是因为一会儿要读唇语，一会儿要解手语，这才被搞得有些糊涂疲惫，总之是已无心再追究下去，点点头道："好好，算我多疑，算我多疑。"

然而，薛怀安终究还是不放心，硬要亲自把初荷送回学校去上下午的课，直到看见她娇小纤细的身影消失在挂着"馨慧女子学校"牌匾的大门之后，这才安心地回转百户所。

还未进百户所，薛怀安就见李抗李百户急匆匆地跑了出来，一把抓住他："怀安，快跟我走，有个歹人持枪闯入学校，把学生扣为人质了！"

"哪个学校？"

"馨慧女学！"

剑

馨慧女学的占地并不算大，教学用的主要建筑就是一栋砖木结构的雅致二层小楼。

此刻，闯入校园的歹人正劫持着学生们，占据了二楼最西首的教室。

因为实质上是供待嫁女子社交和消磨时间的私人学校，所以学生人数并不多，也没有分班，只是选学了同样课程的学生，会于开课时间聚在一起上课而已。

"现在是什么情形？歹人挟持了多少学生？"李抗一到，就询问匆忙赶来的女学副校长。

副校长是个四十来岁、身形瘦削、一身儒衣儒冠的学究。

此时他显然也受了惊吓，说话战战兢兢："歹人来的时候，正在上，正在上诗赋课吧。有二十来个学生和教诗赋的崔先生，都被他挟持了。"

"什么叫二十来个？你连有多少个学生在上课也不知道吗？！"李抗是个暴脾气，顿时冲副校长吼道。

"这，这，在下是副校长，在下主管……主管……"

"既然不管事就别废话了，校长在哪里？"

"校长外出办事，至今未归。"

李抗听了一皱眉，转身问薛怀安："你怎么看？"

此时，薛怀安正仰视着二楼西首的窗子，神情严肃，隔了片刻，才说：

"要先和歹人谈谈，知道他挟持人质的目的，才好定夺。"

他话音刚落，一个年轻女子冷厉的声音突然插进来："不用谈了，他的目的不过是延缓死期、垂死挣扎而已。"

薛怀安循声回头。

见是一个身穿绿色锦衣卫官服的女子，她胸前补子上绣着一只彪，看来和李抗的官职差不多，大约也是个百户。

"请问尊驾如何称呼？"薛怀安问。

那女子还未答话，她身后一个随行的锦衣校尉已经接口道："这是我们常大人，常百户！"

听这校尉的口气颇为自得，仿佛是说，薛怀安必定应该听说过常大人的名号一般。

只因早年间的战争导致人口锐减，加之如今对劳动力的大量需求，南明女子成年后仍然在外抛头露面打理经营的并非少数，但做锦衣卫的却是并不多见，就算有也多是负责些与妇女有关且不宜男子插手探查的案件，官居百户的则可说是微乎其微。

可惜薛怀安的确并不认识这位女百户，仍然以问询的眼光看着那校尉，等待他报出他们究竟属于哪个府司下辖。

他身后的李抗见状，一把将薛怀安推到一边，满脸堆笑走上前对那年轻的常百户道："久仰久仰，原来尊驾就是人称'绿骑之剑'的常樱常百户啊。在下李抗，是这惠安百户所的百户。"

常樱身形修长，鹅蛋脸，丹凤眼，肤色净白，神情于冷淡中带着一丝不易察觉的倨傲。

她冲李抗微微施礼，以例行公事般的敷衍口气说："幸会，李大人，这里现在可以全权交给本官了。"

常樱说完，对身后一众随行的锦衣卫道："你，爬到那边树上看看里面情形如何；你们三个，从侧面以绳索攀上这楼，准备一会儿破窗而入；你们俩，持火枪跟在我身后随时准备支援；我单人从正门突入，到时候，你们听我的号令行动。"

常樱才布置完，她的手下便立时各赴其位，很是训练有素的模样。

薛怀安却在一旁看得直皱眉。

他拉住李抗，小声问："李大人，这北镇抚司的绿骑百户是什么来头？您怎么让她在咱们的地头上要威风？"

南明锦衣卫北镇抚司分管国家情报机要，因为官服为绿色，所以被称为"绿骑"，而南镇抚司则分管治安刑侦，官服是赤黄，故而叫作"缇骑"。按照锦衣卫的规矩，由于绿骑职责涉及国家安全，故而在行事时的权力高于缇骑。

但是李抗毕竟与常樱同等品阶，年岁又长她不少，听到薛怀安如此问，轻轻哼了一声，听上去心中也颇有些小不痛快。

"常大人，你可否告诉本官，这歹徒究竟是何人，你们又意欲如何，楼中学生要怎么保护？"李抗正色问道。

常樱正在看着手下以钩爪绳索向小楼顶部爬去，眉头紧锁，似乎是在思考着什么，敷衍地答道："他是清国细作，这里的事本官自有谋划，请李大人放心。"

这时候，被常樱派去观察楼中情形的绿骑已经回转，神情略显焦虑："禀告百户大人，莫五手持匕首，挟制了一个学生，其余学生被他用火枪指着，围聚在一团，大约有二十人。"

"这家伙带枪了？"常樱面色一沉，"什么枪？"

"那枪的枪管远看颇粗，枪口似乎呈喇叭形。卑职担心，那枪可能是一枪击伤多人的霰弹火枪。"

常樱点了点头，手一摆，示意那绿骑退下待命，双唇一锁，不再言语，似乎遇上了难题。

李抗见了，突然大声说："常大人，歹徒有枪的话，就算常大人武功再高，出手再快，你这样正面强突进去，必然也要波及十数人命。我看，你这法子不妥。"

常樱冷哼一声问："哪里会波及十数人命，李大人未免夸大了吧。"

"常大人是什么意思？就算只死了一个学生，不也是一条宝贵的人命吗？"一旁的薛怀安忽然大声质问。

常樱瞟一眼他问："你是什么人，有什么资格这么和我说话。"

"卑职是南镇抚司福建省泉州府千户所下辖惠安百户所李抗李百户所属……"

薛怀安还未说完，李抗忽地打断他，朗声说："他就是人称'缇骑之枪'的惠安锦衣卫校尉薛怀安！"

薛怀安刚说到半截，被李抗突然插话，一愣神，差点儿咬了舌头，惊异地看着自己的顶头上司，用眼神向他询问，自己到底是何时成了"缇骑之枪"的。

李抗却装作没看见，继续说："绿骑的剑如果不能出鞘的话，不如交给我们的枪想办法。"

常樱轻蔑地一笑，上下打量一番眼前这瘦高的年轻锦衣卫，神色如浮了一层薄冰的湖面，清冷而难以捉摸，隐约有暗流涌动。

好一会儿，她才开口问："那么请问，薛校尉有什么良策？"

薛怀安被常樱看得有些发毛，任他在人情世故上颇有点儿不开窍，对于他人的脾气、脸色更是反应迟钝，也觉察出自己已经完全被这"绿骑之剑"的气势所笼罩，不由自主地挺了挺脊梁："卑职以为，应该先与歹徒谈判。歹徒只是挟持人质，并非大开杀戒，可见必有所求。我们先问问他想要什么，如果能满足那是最好；不能满足，也可以试着说服他；就算说不服，还可以让他松懈防备。"

"哼，他求什么我可以告诉你。他是清国细作，潜伏在惠安边上的崇武军港多年，这次被我们抓出，狗急跳墙跑到这里挟持学生，就是为了让我们放他走。"

"这个要求是常大人自己推测的吧。其实，也许他知道再怎么也逃不出常大人的手掌心，故而只是想要再看一眼自己的相好，又或者听一曲清国小调儿，要不，吃一顿家乡菜也说不定。总而言之，一切皆有可能。"薛怀安慢条斯理地道。

"大胆，这里岂是你说笑的地方？"常樱怒道。

"常大人觉得在下的口气、表情是在说笑？"薛怀安一脸认真地问，口气恭敬谦卑。

"你……"常樱一时气结，瞪着眼前这个不知是在装傻充愣，还是根本就又傻又愣的校尉，说不出话来。

这时，李抗插了进来，威严地说："薛怀安，本官命你速去与歹徒谈判，记住，能文斗就不要武斗，咱们缇骑向来是以头脑取胜的。"

薛怀安立即躬身施礼："卑职遵命，谢李大人提点。"

说完，扔下脸色难看的常樱，向歹人藏身的二楼教室窗户下奔去。

乱

　　二楼教室的角落里，初荷与一同上诗赋课的女孩子们挤在一处，微垂着眼帘，隐蔽而冷静地观察着眼前这个一手持枪、一手用短刀挟制着杜小月的男子。

　　他的身形短小精悍，虽然比杜小月高不出很多，可是脸色黝黑，四肢有力，看上去很是结实。

　　不是市面上或军队中惯见的普通枪型，大约是自造或改造的。枪管粗且短，枪口略成喇叭状，填装两钱一个的小弹丸的话，可以放上十七八颗，若是大弹丸，也能放上十颗左右。初荷看着枪的外形，这样猜测。

　　火药室也颇大，放入火药应该在一钱五以上，说不定可以达到两钱，这样自然可以增加威力，可是后坐力也会增大，如果臂力不够的话，大概很影响准确度，再加上本来应该双手托住的枪，他如今只用一只手拿着，大约很难在开火的时候稳住，到时一枪射出，没个准头儿，十来颗铅弹飞出，伤及多人在所难免。

　　初荷这样估摸着对方的武器，不觉忧虑起来。

　　然而她转念一想，大家和歹徒的距离这么近，他的枪发射力量又如此大，弹丸在过短的飞行距离下，必定会在还没分散的时候就已打在人的身上，故此大约波及不到那么多人。

　　这样想着，她便又稍稍舒了口气，心道不知薛怀安他们如果知道了这个情况，是不是会更容易采取行动。

但是，怎么能让花儿哥哥知道呢？现在他在做什么，要想办法与他互通消息才行啊。

想到这里，初荷大着胆子偷偷往窗口挪了半步。

"喂，莫五，你听得见吧。"薛怀安的声音遥遥从窗外传来。

屋中沉寂的气氛陡然一动，就连那几个原本在低低抽泣的女孩子，都立时止住了哭声，眨着受惊小兔般湿漉漉的眼睛，看向窗外。

莫五却动也没动，依旧左手持刀抵住杜小月的脖颈，右手举枪对着众人，仿佛根本没有听见薛怀安在叫他一样。

"哎，我说莫五，这是你的真名吗？你在家中排行老五是吧？是最小的还是中间的？"薛怀安犹如闲聊一样的声音继续传来。

莫五依然没有应答。

好一会儿的寂静之后，薛怀安的声音又响了起来："我说莫五啊，这么说来，你娘至少生了五个孩子啊，可真是辛苦呢。你想不想你娘啊？她在清国吧？很多年没见了吧？"

莫五黑得发亮的脸抽动了一下，唇角微微牵动，却仍是不做回应。

"莫五，你娘生你出来，就是为了让你没事闲着，拿把刀架在人家小姑娘的脖子上吗？是让你在一群就会哭的小女孩儿面前要威风吗？大家都是女人，哦，我是说你娘和她们都是女人，你不觉得这和欺负你娘是一样的吗？

"哎，我觉得你真是太丢人了。你说你好好地做个间谍，本本分分地窃取情报，如果打不过我们的'绿骑之剑'，就赶紧自裁，如此就算是站在敌人的立场上，我也还是要佩服你为国捐躯的觉悟。

"可惜你好好一个大男人，脑袋被门夹坏了还是怎么的，居然跑到女学劫持人质？你不怕传出去让人家笑话啊。我告诉你，这事情传出去了，人家可不是笑话你，人家是笑话你们皇上，笑话你娘和你的兄弟姐妹。你哥娶媳妇儿了没？如果因为这个，而没姑娘肯嫁他……

"嗯，我说，那边那位看热闹的姑娘，你来说一说感想吧，要是这样恃强凌弱的人有一个兄弟喜欢上你，你能答应吗？是不是觉得特跌份、特郁闷、特没前途、特……"

薛怀安这句话还未说完，莫五猛地大喊道："烦死了，你他妈的怎么这么啰唆？你的脑子才被门夹坏了，给我闭嘴！"

莫五这一声暴喝震耳欲聋，吓得女学生们俱是一哆嗦，一个胆小的女孩子更是"哇"的一声大哭了起来，随即好几个女学生都被她感染，也由嘤嘤低声抽泣改为呜呜地失声痛哭。此前凝滞的屋子骤然躁动不安了起来。

初荷却捕捉到莫五注意力已略有放松，趁着此时稍稍混乱的气氛，悄悄地又往窗子边挪了几小步。

莫五说不清自己是被窗外啰唆烦人的锦衣卫搞乱了心绪，还是被一屋子哭哭啼啼的小丫头带坏了心情，原本平静决绝的心底一阵翻涌，也不知是怒意，还是些别的什么情绪，在他筑了铁壁的心上破出了一道罅隙。

"你说什么？我听不清楚，你要是想和我谈，就到窗户边上来。"薛怀安的声音又传了上来。

"哼，别以为我会中你的计。你们在外面埋伏了火枪手，我的脑袋一探出来，就会被你们轰得稀巴烂。"莫五说着，下意识地又挪开几步，离窗子更远了。

"好吧，山不就我，我来就山，你等等啊，我上树来和你继续聊。"

初荷听说薛怀安要上树，不由自主地扭头往窗外看去。窗外一丈远处是一棵三人合抱的老榕树，枝丫粗大，须根垂地，无论怎么看都是一棵很容易爬的树，但初荷知道，想要让怀安爬树的话，比培训一只母猪学会跳火圈外加后空翻三周半的困难指数还要高，心中不由得暗自捏了把汗。

"喂，那个仰头看天发呆的大哥。对，就是你。帮忙托我一下。不，不，一个人不够，你再找一个人来。"此时窗外又传来薛怀安的声音。

"等一下，等一下，我喊一、二、三。喊到三你们托我啊。"

"不行，不行，这样用力不对，我会摔下来的，哎，哎……"

楼下忽然间热闹起来。

薛怀安的声音、他找来帮手的声音，以及时不时冒出的围观看客的笑声通通混杂在一起，将原本紧张到凝固的空气悄然融解了。

初荷听到这些动静，想起春天时薛怀安上树给自己够风筝的情景，不觉想笑，又偷偷看了一眼莫五，发觉他也正在凝神听着窗外的动静，那张一直紧紧绷住的黝黑面孔不知什么时候竟然略微有点儿松懈下来，于是又趁机往窗子移了几步。

这时候，初荷听到熟悉的李百户的声音忽然异军突起，冲破了一片嘈杂："不行，这样干不行的！怀安，你要戴上安全套，戴上安全套才能上，这样蛮干太危险了！你等着，我给你取套子去啊。"

窗

　　大约过了一刻钟，窗外再次传来李抗的声音："来，怀安，我给你戴上安全套，你上吧，小心一点儿，我女儿可还等着嫁给你呢。"

　　又过了一阵子，窗对面的树上终于传来窸窸窣窣的响动，不一会儿，薛怀安的声音从那里传了过来："莫五，我来了，咱们谈谈吧？"

　　初荷此时几乎已经走到了窗边，一听到薛怀安的声音，她忍不住扭过头去看他。

　　却听莫五大喝一声："你看什么呢？过来！"

　　初荷吓得一转身，背冲着窗口，做出夸张的害怕表情，面无血色，眼神惊惧，仿佛再被大喝一声，就要立时晕倒，可她只是象征性地往回走了半步，并没有真的远离窗口。

　　也不知莫五是起了怜香惜玉之心，还是发觉这小姑娘站在窗边，正好可以阻挡外面窥探的视线，又能够防止火枪手射击，吼完这一嗓子之后，便没再管初荷，而是冲着窗外喊道："好，我就和你谈谈。"

　　薛怀安站在树杈上可以清楚地看到初荷的背影。那个小小的身影正背着手，用手语比出"我很好"三个字。

　　他舒了口气，也说不清是因为看见了这三个字，还是因为莫五终于开口了。

　　"莫五，说说吧，你劫持人质想要交换什么条件？"

　　"给我准备四匹快马，我带着一个女孩儿作为人质，跑到边界线就会放了她。"

"哦，就这么简单啊，那你为什么不早说呢？想活命是人之常情，你早开口呀，你不说谁能知道呢？害得我还要爬上树来。你知不知道，我有恐高症啊。你知道伽利略①吗，伽利略是意大利人，他为了治好自己的恐高症，有一天爬到他家附近一座叫比萨斜塔的高塔上……"

这厢薛怀安一面开始胡乱瞎扯，一面凝神细看初荷打给自己的手语。

初荷比画得很快，距离又远，他必须集中全部精神才能读出来。

"全部，二十二人，无伤，小月，被，抓。

"短刀一，火枪一。

"改装枪，药室两钱，弹丸过十，枪管粗短，但十五步内，只能击一人，必死；六十步内，击三五人，死或重伤；两百五十步外，力竭。"

薛怀安边和莫五对话，边读着初荷的手语，一心二用之间，言语已经不知道顺嘴溜到了哪个犄角旮旯。

只听莫五一声断喝："你他妈的烦不烦啊，老子管哥白尼怎么死的！你做得了主就给我找马来，做不了主就和那个能做主的婆娘商量去。庙里的钟声再响的时候，我就开始杀人，钟声响几声，就杀几个。"

薛怀安正好看完初荷的最后一个手势，抹了抹额头上的浮汗，搞不清自己已将哥白尼给扯了出来，忙回应道："好，我这就去问。喂，那个仰头看天发呆的大哥，对，就是你，帮忙接我一下。"

常樱听薛怀安讲述室内情形的时候，一直沉着脸，好一会儿沉默之后才开口说："既然在近距离只是对一个人有危险的话，那所有人仍然按先前布置就位，莫五只可能开一枪，我不会给他再填充弹丸的机会，到时候我……"

薛怀安不等常樱说完，怒道："不可！大人身手虽然快，可莫五扣动扳机的速度更快。就算当时他只能开一枪，但一个孩子的命难道不是人命吗？"

常樱顿了顿，看他一眼，犹如没听到一样继续说："我一个人解剑除枪上

---

① 伽利略（1564—1642），西方近代科学奠基人之一，其著名的"比萨斜塔铁球试验"同"牛顿被苹果砸"一样，被大部分学者认为是并不存在的杜撰。

楼去和他面谈，只要他枪口转向我，我就会找机会空手夺刃，救下那被劫持的孩子，伏在屋顶的锦衣卫只要听见我一行动，立即会从窗户进入，击毙还是活捉，见机行事。"

薛怀安听了，原本想说莫五是训练有素的细作，并非一般的草头小贼，怎会那么容易如你所愿，与你面谈。自己可是费了半天口舌，好不容易扰乱莫五，才让他愿意答上几句话，你这样上去，他恐怕谈都不会和你谈，更别说开门面谈了。

可是话到嘴边，却迎上常樱利剑般的眼神，那眼中分明带着赴死的觉悟，明亮异常，忽而叫人从心底生出敬意来，让薛怀安把话又咽了回去。

常樱布置好自己的下属，转身看他一眼，以稍稍客气点儿的口气问："薛校尉，你可有什么法子通知你妹子，让她警告里面所有的学生切勿乱动，只要不乱动，我的人绝对能保证不伤及无辜。我只怕她们这些孩子在我行动的时候吓得乱跑，反而控制不住局势。"

薛怀安一听，犯了难。

他知道初荷现在断不能转过身子来，面向窗外冲着他打手语，该如何知会她才好呢？

常樱见他面露难色，秀眉一扬道："要是太难就算了，别让令妹只身犯险。"

薛怀安一摆手道："等等，等等，我想一下。"

须臾工夫，薛怀安计上心头，转身快步走到站在远处的副校长面前，微微施礼："老先生，不知可否借我一面小鼓，或者其他可以敲击的乐器？"

"有的有的，小鼓有的，薛校尉稍等，我这就取来。"副校长连声答应，转身匆匆去取鼓。

未几，小鼓到了薛怀安手中。他拿起鼓，往初荷所在的窗口走去，选了个隐蔽处，开始一下一下敲起来。

常樱见他如此行事，先是有些奇怪，但是仔细观察，却见他击鼓时有时一下击在鼓心上发出长而闷的一声，有时又一下击在鼓边上，发出短而脆的一声。每击打两三下停一停，然后再继续击打。

她顿时明白，这鼓声一定另有含义，大约是在以声音传递消息，心中不由得疑惑，莫不是自己小觑了这个年轻的锦衣卫，他和他那困在楼中的妹妹，看起来似乎都并非等闲人物。

　　起先，初荷因为神思都放在莫五身上，并未曾留意窗外忽然响起的鼓声中有什么奥妙。但是稍稍停了一会儿，她便听出这鼓声绝非随意敲出。

　　一来，这鼓每次敲了几声之后，都会有一个略长时间的停顿；二来，每次停顿之间的一连串敲击，都保持着一个固定的频率。

　　再仔细听听，组成鼓声的是两种声音，一声长而闷，一声短而脆。

　　长长长。

　　长长短。

　　短短。

　　长短短。

　　初荷在心头默默数着，一下子明白过来，莫尔斯电码，这是有人在用莫尔斯电码击鼓。

　　祖上传下来的莫尔斯电码，自己只教给过薛怀安一人，这击鼓之人必是花儿哥哥无疑了，这是他在和我联络啊！

　　初荷想到这里，按捺住激动的心情，倾听鼓声。

　　她先抓住一串鼓声中最长的那次停顿，知道这便是一个句子的起始位置，然后在心底默默数记着鼓点儿。

　　长长短，接着是一个小停顿——这是 K。

　　短短，接着是一个小停顿——这是 I。

　　长短短，接着是一个小停顿——这是 D。

　　短短短，接着是一个小停顿——这是 S。

　　之后，是一个长停顿——这是一个单词结束了，K——I——D——S，KIDS。

初荷默默在脑中记录下这电码——KIDS NO MOVE[①]。

是的，花儿哥哥在对我说——KIDS NO MOVE，这是什么意思呢？

KIDS，孩子们，复数，指我们这里所有的人。

NO MOVE，别动。

为什么，为什么别动？

初荷想了想，终于明白过来，一定是外面的花儿哥哥他们要有所行动，这是让我提醒同学们，在这个紧要关头一定不要乱动。

她心下豁然开朗，于是背着手，向窗外比出一个"明白"的手势。

薛怀安此时正一边敲，一边望着初荷伫立的窗口，一见初荷的手势，便知道这丫头已然明白了自己的意思，心头一喜，收去鼓声。

他正要离开，猛地又想起初荷这丫头可能会为了向同学传达这意思，做出什么冒险的举动，心里立刻又担忧起来，连忙击出"咚咚咚"的一串鼓点儿，打出一个"WARY"来。

初荷听见薛怀安用鼓声让她谨慎行动，随手快速比出一个"放心"。而楼下的薛怀安见初荷答得太快，又担心这丫头根本没有把自己的叮咛放在心上，于是"咚咚咚"又是一串鼓声，再打了一个"WARY"出来。

初荷性子硬，这个"小心谨慎"听了第二遍，已经有些不耐，又草草比了个"知道"。

薛怀安在下面看见初荷这手势比得更为潦草，半猜半蒙才能看出是个"知道"的意思，心里更是不安，越想越是害怕，举起鼓槌就要再敲一个"WARY"出来。

不远处的李抗虽然不明白薛怀安在干什么，可是凭着经验和直觉，已经觉得有些不妥。他见此时薛怀安面色焦虑，全然不见刚才平静的模样，手中不断打出一串相同的鼓点儿，鼓声中隐隐透出急迫和不安，竟是失去了先前那种完

[①] 本句并不符合严格的英文语法，是为了传递消息而简化出的句子。

美的、机械一般的精确韵律。

李抗知道他这下属虽然于刑侦上颇有天赋，可却是个七窍中有一窍未被打开的家伙，有时会有点儿呆气，若要执迷于什么，极容易一门心思沉下去。当此情形之下，他觉得自己似乎应该做些什么，但还不及行动，只见一个身形矫健的绿衣人已经飞身而去，一把抓住薛怀安的鼓槌，以极低的声音带着愠意说："薛校尉，够了，你当莫五是傻子吗。"

薛怀安抬眼看向面前怒视自己的常樱，陡然醒悟，一时也搞不清自己已经敲了几个"WARY"，尴尬地松开被对方握紧的鼓槌，带着歉意地说："抱歉，卑职的妹妹向来自行其是，卑职刚才一时焦急，只顾着提醒她谨慎行动，故此……"

薛怀安以为必然会被常樱一顿呵斥，出乎意料地，没等他说完，常樱一摆手，低声道："别解释了，我明白，你只求楼上的莫五不要明白吧。"

几乎是与此同时，楼上的莫五将枪口缓缓转动，指向了那个背着手站在窗口的少女。

计

初荷对着黑漆漆的枪口，有一刹那脑子里一片空白。

枪口是那么黑，宛如一条没有尽头的隧道，吞噬掉光、热、生命，以及一切进入它的东西。

她站在隧道的这一边，时光奇异地倒退，四周暗下来，暗到连自己也消失不见。

在这样胶着黏稠如乌漆的黑色中，她听见死亡的声音，那声音是金属切入身体时的锋利，血肉与刀剑摩擦时的震颤，灵魂飞离肉体时的诀别。

奇怪的是，这一次，她并不害怕，心跳只是滞了一下就恢复到正常的律动，一下一下平静地跳着。

她轻轻闭上双眼，脸上呈现出奇异的安详神情。

莫五看着枪口下的少女，心中生出古怪的念头。

他记起很久以前，他去泉州港的时候，出于好奇，溜进给外国船员建造的圣母堂，在那里，他看见一些很美的画。有一张上面画着一个年轻的金发女子，她垂着眼帘，温柔地抱着一具男人的尸体，没有任何悲戚或者哀痛的神情，秀美的脸上一派安宁祥和。

"这是她的男人吗？死了男人她为什么不难过？"他问同伴。

"她是圣母，那是她的儿子，上帝之子耶稣。关于这样的神情，有两个解释，一个是说，圣母其实早就预见到儿子的死亡以及后来的复活，所以很坦然地接受了这一切；另一个解释说，她神情安然平静，只是因为她真正地了解什么是死亡。"

"你觉得哪个解释对？"

"我喜欢第二个，第一个嘛，如果可以预知未来，人生是多么没有趣味。"

那么，这个女孩儿呢，为什么她脸上也是那样的神情？这样年纪的女孩儿，面对这样的情形，不是应该腿软、颤抖、哭泣、失控才对吗？

她是可以预知未来，还是真正地了解什么是死亡？

莫五想着，略微有点儿失神，停了好一会儿才说："你，挪开到那边去，别挡在窗口。"

初荷没有料到是这么一个结果，睁开眼有点儿讶异地看着莫五。

"看什么看，挪开，快点儿，想被老子轰死吗？"

初荷依言离开窗边，只听"砰"的一声轰响，莫五向窗外射了一枪。似乎是有些弹丸打在了窗外的榕树上，呼啦啦，好一阵枝叶摇响的声音。

屋内女孩子们的尖叫声几乎是在枪响的同一瞬间响起来，莫五无视这些尖锐的叫声，冲着窗外喊道："你们别想搞古怪，再敲那个破鼓，老子的枪可就不是射树了。"

初荷听见莫五这么说，马上明白过来，原来莫五只是猜出来外面的鼓声有什么门道，可是并没有看破她正在和花儿哥哥联络，心中一宽，趁着这个有点儿混乱的时候，伸手在课桌上的砚台里蘸了点儿墨汁，在手心里快速写下"勿动"两个字，把手往后一背，不易察觉地挪了几步，站到瑟缩在一起的同学们中最靠前的位置，展开手掌，拼命地摇晃着。

"莫五，你不要动那些学生，你不杀人，什么都好商量。"常樱大声冲二楼的窗子喝道。

"哼，老子现时没杀，但保不齐将来不杀，快去给老子准备东西。"

常樱听了舒口气，看向脸上几乎失了血色的薛怀安，轻声说："好了，没出大乱子，后面我来解决，这件事到此以后薛校尉请回避吧。"说完，她转过身，径直向楼里面走去。

薛怀安自然知道自己刚才所做违背了锦衣卫的行动准则，心中颇为惭愧，讷讷地站在一旁。但他心中担心初荷，只好竖起耳朵拼命去听楼里的声音。

他隐约可以听见常樱叫门的声音，然而到底在说什么却听不清楚，但是莫五那一边却是一点儿反应都没有，常樱的努力犹如石砾投入幽深的死水，激不起半分波动。

大约一炷香工夫之后，常樱黑着脸走了回来，道："他说要说的都和你讲过了，一句也不愿再和我谈。"

也许是不希望看到那么激烈而暴力的场面吧，薛怀安听了，不知道怎么心底里倒是松了一口气。

"常百户，恕我直言，这莫五身上可是携带了什么重要情报，所以放他不得？"李抗问道。

"身上携带了什么不知道，可是他本身就是一个威胁，他潜伏于崇武军港五年，现居军器库司务一职，对大明水军武器了如指掌，最近要下水试船的无敌战舰也一直在崇武港口做最后的整备，这一次我们损兵折将，掘地三尺才把这个老鼠给挖出来，绝不能让他活着离开大明。"

这时候，薛怀安忽然注意到一个更迫切的问题，插话进来说："常大人，庙里就快敲钟了，请大人速速决断。"

不想一边的李抗却呵呵一笑，道："我已经差人去告诉庙里的和尚不可敲钟。"

薛怀安没想到李抗有如此应变，刚要赞许，又觉得不妥，道："这个法子只能拖得了一时，莫五一会儿就会注意到时间上的问题，我们必须马上应对。"

"那么，你想如何应对？"常樱问道。

薛怀安觉得这一回常樱的口气并不怎样盛气凌人，的确像真的要商讨一般，想了想说："我想，暂且答应他，给他备好马，让他带着一个人质出来，这样至少能先救下大多数学生。"

"那么被莫五挟持的那一个学生你又当如何？"

“常大人的人里可有用箭的好手？”

常樱愣了一下，似乎没有马上明白薛怀安的意思，但是随即恍然大悟，道：“你是要让箭手埋伏起来射杀他？”

“正是，火枪的杀伤力虽然大，但是精确度不佳，三五十步之外单单想要射中对手已是不易，更何况莫五还带着一个人，用火枪射杀他，万一有所偏差就是一条人命。相比起来，弓箭的精确度要高很多，射箭好手的话，百步内都有百发百中的把握。我们可以让箭手埋伏在远处，等他走出来后，箭手从背后射中他要害的同时再派武功好手上去救人。只是这对箭手的要求极高，这一箭一定要射中要害，让莫五无法有余力反击。这箭手必须是有百步穿杨本领的好手才行，不知道常大人麾下可有这样的人才？”

常樱认真思考片刻，答道：“这计策似乎可行，射箭好手也有，本官便是，只是弓箭却没有。”

原来近五十年来，因为造枪术的不断改进，火枪已经逐渐替代弓箭在军中的位置。锦衣卫一般出行，都是随身携带剑与火枪，而不是不便携带的弓箭，这一时之间，还真是无处去寻一把上好的弓箭。

“有的，有的，校长那里有。”一直守在一边的副校长忽然插话说，随即差人取了弓箭来。

弓是上好的鹿筋强弓，常樱拿起弓，看了看四周的地形，选择埋伏在小楼北边的假山后面，这样莫五只要走出楼门，往放着马匹的南门一走，就会把整个后背暴露给她。

接着，她布置好其他锦衣卫，转回来指着薛怀安说：“大家听着，我埋伏的时候，你们均以薛校尉为首，突发机变之下，若是与我的布置有异，皆以薛校尉号令行事。”

薛怀安没想到常樱会如此布置，正想推脱给别人，常樱靠近他，以低而郑重的口气说：“这边托付给你了，缇骑之枪。”

质 ⸺⸺⸺⸺⸺⸺

在这一天突然荣升"缇骑之枪"的薛怀安与上司李抗一起站在馨慧女学南门口的马匹旁，静静等待着莫五走出小楼。不知道为何，薛怀安心中总是有一些不好的预感，犹如在一盘棋局中觉得自己少算了些什么，可是又说不出究竟少算了哪步。

这样的感觉让他觉得格外不安，于是转过身对李抗说："李百户，怀安有事相求……"

好一会儿工夫之后，楼门口传来一些动静，接着，紧闭的雕花门"吱呀"一声被人由里面推开，出人意料的是，初荷的身影竟然出现在众人的眼前。

她神色看上去还算镇静，可是薛怀安看得出来，这丫头在极力控制着不安的情绪，就像两年前一样，她的安静并不代表勇敢。

初荷向前走了几步，身后就现出一个人来，只露出半张黝黑精干的面孔，一双黑溜溜的眼睛机警地四下打量着。

"那就是莫五。"不远处一个常樱带来的锦衣卫对薛怀安说。

薛怀安只是点点头，眼睛盯着初荷和莫五，什么话也没有说。

李抗有些担心地看看薛怀安，低问："怎么是你妹子，不是说是杜小月吗？"

这话还没说完，莫五自己便向众人给出了答案。只见他又往前走了一步，后面就又跟出一个人来，那人背冲着薛怀安，看不到面貌，虽然如此，他也认得那大概就是杜小月。

这时候，薛怀安才注意到初荷的腰上绑着一条用衣裙做成的布带子。这带子将她和莫五还有杜小月三个人拴在一起，初荷面朝前走在最前面，莫五居中，杜小月与他背对着背走在最后，这样一来，初荷在前挡着，杜小月在后护着，竟然成了替莫五阻挡前后攻击的肉盾。

莫五原本就不算高大，此时微微猫着腰，只稍稍露了小半个头，很是难以瞄准。薛怀安看见那厢埋伏着的常樱两次拉开弓，最后又都松了回去。幸好他们三人这样也走得不快，一小点儿一小点儿地往前挪着，短时间还走不出常樱的射程。

薛怀安清楚地知道弓箭虽然精确度高但杀伤力不比火枪，一箭不中要害的话，莫五必定还有中箭后反击的余力，到时候，那歹人逞凶起来，第一个要遭毒手的恐怕就是初荷。

他亦自然明白，莫五每往前移动一步，常樱就失去一步的机会，所以，果决如常樱，很快就不会再手软，收起心中多余的慈悲，无论是否冒险、是否伤及无辜，都会毫不犹豫地射出一箭。

那女人，绝不会允许莫五走出她弓箭的射程。

仿佛能够触到百步开外那女子的意识一样，薛怀安明了常樱要除掉莫五的坚决之心，不论是她自己的性命，抑或是初荷的性命，到最后一刻都不会成为阻挡她出手的羁绊，她是真正的剑一样的人物。

但是，如果可能的话，他希望可以大声冲常樱喊："停手。"

于是，他深吸气，扯开嗓子，大声喊："停手，英雄，停手。"

莫五、常樱、初荷，也许是整个世界的人以及满天神佛在这一刻都停了下来，惊异地看着这个瘦高的年轻锦衣卫。

他扔下佩剑，双手高举过头顶，摆出没有武器的安全姿势，对远处的莫五喊道："我有话要说。"

也许是有着为国家捐躯觉悟的细作多少心中会有些"英雄情结"吧，莫五反应过来之后，没有拒绝薛怀安，道："好，你说。"

薛怀安连讲带比画，口气和手势都极为夸张地说："虽然在下不齿你以为国效力之名，劫持胁迫手无寸铁的少女，手段卑劣无耻外加下三烂，但一想到自此一别你我天南海北，相隔千山万水，犹如牛郎织女遥隔银河，含恨而望，此生也许再也没有机缘见面，我还是有一个问题不得不问。"

薛怀安伸手比了个一，不等莫五反应，他又大叫一声："哦，不，让我算算，是两个。"

他又掰手指比了个二。

"不，是三个。"

他终于摇了摇三根手指，确定地将手掌向下一压，道："是三个问题。"

莫五显然不耐烦起来，似乎被这个呆头呆脑、胡言乱语的锦衣卫搞得心烦意乱，道："你到底要耍什么花样，刚才讲了半天天体运行学说，现在又要问什么，告诉你，别想装傻来耍花样，你要是胡来，我现在就杀了她们。"

"我不是胡来，我只是想知道，你为什么愿意给一个名不正言不顺的皇族卖命？"

"你家皇帝才是名不正言不顺。崇祯的儿子早就被李贼杀了。既然帝室已亡，自然强者得之。倒是你们那个皇帝朱由榔，也不知是朱家哪里来的远房亲戚，趁我们大军入关举国混乱之际，在广东称帝，根本就是趁火打劫，是篡位谋逆的贼子。"

"话可不能这么说，先太子和几位王爷曾落入李贼之手不假，但最后都被放了。倒是你们清国的皇帝，原本只是藩臣，却趁乱入关称帝，杀了这几个孩子，这才是真正的窃国之贼。"

薛怀安所说之事正是清人心头的大忌，虽然如今事情已过去很久，所有涉及的人物都早已作古，天下南北对峙的局面也已经是不可否认的事实，但是由于清国朝廷始终无法拿出真正有力的证据，以证明他们没有杀死崇祯的几个儿子，故而，清人大多不愿意提及，一旦说起来，难免就是一场辩论。

莫五颇为不屑地哼了一声，道："那又怎么样，你们明国被李贼抢去的江山是我们夺回来的，你们算什么？你们的皇帝就是个傀儡，国家掌握在一帮奸臣手中，朋党之争祸乱天下，不过是仗着船舰厉害享一时之乐罢了。"

"莫五，这话就又不对了，内阁执政是大明的国制，早在万历年间，内阁就已经全权代理天下了，我们不过是谨承先制罢了。再者说，我们并没有因为治理国家的是内阁，就对皇帝失了半点儿尊敬，西洋人也有这样的国制，这有什么错吗？"

莫五不知道是词穷了，还是发觉竟然莫名其妙地陷入了和薛怀安的无意义争论，忽然提高声音，嚷道："妈的，你到底要干什么？快给我滚开，不然我就……"

"等等。我还有要事未说。"

"有屁就放。"

"你把那两个女孩子放了，换我做人质吧，我甘愿一路护送你至界。"

"哼，我带着这小女孩儿，一路那会是何等方便，带着你这个大男人的话，还要时刻提防。你当我傻吗，这样的计也会中？"

"那么，至少你放了挡在你前边的这个小女孩儿好不好，她是我妹妹。如果你愿意的话，我可以拿这个和你交换。"

莫五听了这话，下意识地从心里生出一丝不安，连自己也说不出这是为什么。

按理说，自己拿住的人质是这么一个重要人物，应该高兴才对，可是他想起身前女孩儿面对枪口的镇静模样，总觉得有什么不妥，隐约觉得似乎千算万算，仍有什么隐藏的危险没有算到。

然而他转念一想，自己刚才挑选这女孩子做肉盾的时候，不正是看中她不慌不乱的镇定个性吗？这样不哭、不闹、不腿软，又是锦衣卫亲属的女孩子，简直是再好不过的肉盾了，自己这是瞎紧张什么呢？

薛怀安见莫五神色略显迟疑，并没有回应自己的提议，便从怀中拿出一个黑色的小铁牌晃了一下又放回去，道："这是我们这种刑侦锦衣卫才有的大明各关口通关令牌，你拿着这个，才能保证一路畅通，否则，就是我们这里放了你，你和人质后面的路也不好走。怎么样，我用这个牌子来换我妹妹。"

救 ———————————

薛怀安此话一出，在场众人一片哗然，围观老百姓中甚至有人发出了鄙夷的嘘声。若不是常樱有令在先，那些埋伏在暗处的锦衣卫大约就会先冲出来替天行道，解决掉这个锦衣卫的耻辱。

莫五听了，哈哈大笑起来，说："原来如此，不想我莫五运气这么好，竟是找对了'挡箭牌'。好，我答应你，你把牌子给我，我自然放了你妹子。"

薛怀安点点头，摊开手掌，缓步往莫五那里走去。

两人原本相距一百多步的距离，当薛怀安走了差不多五十步的时候，莫五忽然道："好了，站在那里把令牌扔过来。"

薛怀安遵命，掏出令牌扔了过去，然而他武功不高，人又不强壮，手上也没个准头儿，这一扔离莫五非但还有些距离，而且还扔到了藏着一个锦衣卫的树丛附近。

莫五原本还没注意那里，此时却看到了那丛郁郁葱葱的灌木后面似乎有什么不对头，影影绰绰地于树影婆娑之中竟是埋伏着一个人，于是冷笑一声，道："不知道你是真笨还是给我设的陷阱，想让我去那里捡令牌，然后被你埋伏的人擒住吗？哼，如果真是如此，也算不错的计策。你自己去给我捡过来。"

薛怀安一脸冤枉，慢慢走到令牌旁，正对上埋伏在那里的锦衣卫恨不得要冲出来砍死他的眼神，无奈地摇了摇头，捡回令牌又向莫五走去。

距离只有十来步的时候，莫五又喊道："停，你就是一个废物也扔得过来了吧。"

"好。"

薛怀安答应着，将手伸向怀中，忽然停住不动，问："莫五，你确定得了令牌就会立刻放我妹妹？"

"确定，扔吧。"

"好，我扔了，你接着，一，二，三。"

初荷在薛怀安数到三的时候，猛然弯下腰，之后她听到一声清晰的枪响，那声音如此之大，以至于整个世界都被这声音笼罩，让她无从辨别是谁从哪个方向开了枪。

她不知道发生了什么，也不知道薛怀安要做什么，只是薛怀安刚才在那里手舞足蹈地说话时，他用手语告诉她，他会数一、二、三，第三声的时候，她要弯腰。

如果怀安这么说，照做就好了，这是初荷唯一的想法。

枪声响过之后，她看见身后有红色的鲜血，顺着碎石铺就的小路蜿蜒而来，惊恐地直起身，转回头一看，只见身后莫五的胸口被轰出了一个血洞，但因为有身后的杜小月撑着，人并没有倒下，而是仰面倒在他身后的杜小月的背上，眼睛直直望着天空，坚实的脸部线条构筑成泥像一样的生硬表情，死气沉沉而又透出一丝呆气，大约是在死前的最后一刹也没有明白，为什么挡在身前的女孩儿会在那么准确的时刻弯下腰去吧。

杜小月吓得呆在那里，僵直的后背支撑住莫五的尸体，不敢动，不敢叫，也不敢回头去看。

这时候薛怀安赶了过来，先解开系住三人的布带子，将莫五的尸体放倒，再扶住杜小月关切地问："你如何，没伤着吧？"

杜小月脸色苍白，哆哆嗦嗦地说："不知道，我，我觉得我后面有血。"

"没关系，没关系，那是坏人的血，小月别怕。"薛怀安安慰道，抬手帮她将面前的乱发轻轻顺在耳后。

一张惹人怜爱的瓜子脸露了出来，黑白分明的眸子带着三分怯意和七分慌乱，在薛怀安脸上稍稍一扫，就转向了地面，垂下眼帘，蝶翼样的长睫微微颤动着。

薛怀安只觉得若不是自己扶着，这女孩子便要倒下去了，心头一阵怜惜与歉意，也不去理会初荷，先招呼随后赶来的锦衣卫给杜小月验伤，直到确定她确实没事，才转回头去找初荷。

初荷铁青着小脸儿站在原处，有些气呼呼地紧闭着嘴，用手语说："花儿哥哥，你现在才知道来看我。"

"因为我知道你肯定没有事。"

"瞎说。"

"不是瞎说，我绝对不会让你出事。"

初荷听了一愣，生气的样子便再也绷不住了。

这时候，常樱手持弓箭走过来，脸上带着笑意说："薛怀安，我差一点儿就准备在你去捡令牌的时候一箭射杀你。"

"哦，那为什么饶了我一命？"薛怀安笑嘻嘻地问道。

"因为我忽然想，什么刑侦锦衣卫的通关令牌，天下哪有这么个东西，就算你是货真价实的缇骑之枪，也不会给你这种令牌吧。"

常樱故意把"货真价实"四个字说得极重，话落后坏坏一笑，一副洞察分明的模样。

薛怀安被她点破，有点儿不好意思，道："这个名号又不是我说的，我一会儿就和那个胡说八道的人算账去。"

"你和我算什么账，要不是我借给你一把好枪，你能这么威风？不过你的枪法真是差劲儿，走到那么近才敢开枪，换了我，只要有五十步，就是一只苍蝇也能打死。"李抗的声音忽然从薛怀安身后传来。

原来他不知何时已经到了薛怀安身后，话落一拳打在薛怀安的背后，没有防备的年轻锦衣卫向前一个趔趄，差点儿跌倒在地。

"瞧这牛皮吹的，五十步打苍蝇？你用火枪五十步能打到人就算好枪手。"常樱爽朗地大笑起来，接着转向薛怀安一伸手，说，"哎，拿来看看。"

"什么？"

"你的枪啊。"

薛怀安将怀中短枪递给常樱，在接到枪的一刻，即使是这位见多识广的北镇抚司百户也忍不住叹道："这火枪怎么做得如此精致小巧，难怪藏在怀里都看不出来。薛校尉，若不是你有这把能藏得住的枪，今日之事没有这么容易了结呢。这宝贝是出自哪位制枪高手？"

"不知道，市面上管这种枪叫银记枪，百多两银子一把。"李抗答道。

"嗯，制造这枪的人尽管手艺高，但我猜想，性格一定不好。"薛怀安十分肯定地说。

"哦，你猜他什么性格？"常樱颇有兴趣地问。

"他一定是离群索居，性格偏执，平日里也许一言不发，但是会突然大发脾气，把身边的人搞得手足无措。只要与他在一起就会让人感觉很有压力，就是那种非常不懂得体谅他人的人。"

常樱好奇起来，饶有兴趣地问："你为什么这么推测？"

薛怀安见自己的胡说八道有人捧场，眼睛一亮，来了精神。

"你想，一个喜欢造枪这种枯燥事情的人，必定是躲在某处阴暗偏僻的房子里，不爱与人打交道吧？而把这些金属件打磨得这样异乎寻常的光滑，一定是需要很极端的个性吧？还有为什么这人会将火枪造成这么小巧的样子，除了考虑到便于携带，更多是因为个性里的偏执吧？"

李抗听了点头同意："对，分析得有道理，这人一定是那种极端追求完美，想怎样就必须怎样，设定的目标一定要达到，不会考虑到别人的立场，很难相处的人。"

"对，在他身边的人真是叫人同情。"

薛怀安说完这话，觉得身后似乎有满怀恶意的眼睛在盯着自己，后脊梁隐隐发冷，回头一看，原来是初荷正用恶狠狠的目光盯着他。

他以为初荷是怨怪自己冷落了她，忙将她拉过来，向常樱介绍道："常百户，这是我妹妹初荷。"

常樱在女子中属于高个子，面对娇小的初荷，微微弯腰，做出亲和的姿态，说："初荷妹妹好，没想到薛校尉所说的精通枪械的妹妹竟是这么小小的一个丫头，真是可人。这次可要多谢你了，难得你虽然年幼却这么勇敢。"

初荷却毫不领情，依然臭着一张脸，瞟一眼常樱，扭头气哼哼地走了。

薛怀安一见，忙去追赶，将李抗和常樱尴尬地抛在那里。

李抗有点儿无奈地摇摇头，对常樱解释道："常百户多海涵，他妹子不能言语，脾气因而怪异些，估摸那个造银记枪的高人也是这等别扭脾气吧。"

客

馨慧女学在人质风波结束之后便暂时关了十来天，一来是为了安定一下受惊学生的情绪，二来是因为这所女学是否会继续开下去尚未有定论。

馨慧女学的校长程兰芝是个二十四岁还未嫁的老姑娘，其父是惠安最大的茶商，靠与西洋人做茶叶交易发了大财。三年前她办女学时曾经说过要一辈子不嫁人，而如今却传出婚讯，故此以后她是在家相夫教子还是继续办学仍未有定数。

初荷一时没了去处，原本想天天躲在家中看书造枪，谁知杜小月非要搬来与她住几日，她不知如何拒绝，只得答应了下来。

杜小月算得上是初荷在馨慧女学中最好的朋友，除了两人都是父母双亡的身世，还因为整间女学里真正有心向学的恐怕也只有她们两个。

南明律规定女子初婚必须满十八岁，但朝廷办的公学是从八岁念到十四岁。公学毕业之后，家中有条件供养的男孩子大多继续去书院求学，而这些书院虽说没有明令不收女子，但女孩子进去的条件却极为苛刻，故而公学毕业之后女孩子又不够婚嫁的年龄，便往往无事可做。

由于很多女孩子都觉得与其在家中闲着等到十八岁出嫁，不如念些书打发时间，私人开办的女学便应运而生。

各个女学的课程不尽相同，初荷读的这一所在学制上几乎是完全模仿那些男子读的书院，暗地里有与那些书院一较短长的意味。可是毕竟大多数学生来这里的目的是交际和消磨时光，所以认真学习的并没有几个。

诗、赋这样轻松的课程还好，数学、物理一类艰深的学问，常常是选修者寥寥无几，初荷就是在数学课上结识了杜小月。

不过，退一步说，即使不是好朋友，初荷也没有立场拒绝杜小月。

杜小月在人质事件中虽然没有受伤，可是心理上却留下了后遗症，这件事杜小月一股脑怪罪在了薛怀安头上。

"怀安哥哥，我的后背又疼了。"杜小月说道，脸上现出极其痛苦的神情。

薛怀安的神情也是同样万分痛苦，道："小月，西洋医生和中医郎中都给你检查过了，你后背的确没受伤。布朗医生不是说你这是精神上的问题嘛，治疗的方法唯有放松，绝对放松。你不放松，我有什么法子呢？"

"难道我不想放松，不想忘记那些可怕的事情吗？可是你看我嫂嫂那副刻薄嘴脸，我见了就只会更加紧张，原来还有女学可去，现下可是无处可躲了。怀安哥哥，你收留我吧，要不是因为你把那歹人杀死在我身后，血流了我一背，我不会得这怪病的。"

眼前少女可怜巴巴的恳求模样让薛怀安不知如何拒绝，只好答应让杜小月过来住几天。初荷知道了原本怕家中多出一个人来会不习惯，可杜小月经常出门，就算在家的时候也大多是一个人在自己屋中看书、写字，安静又不添麻烦，算得上很好的住客。

只有等到薛怀安回来，杜小月才会更加活跃一些，常问些百户所发生的见闻和薛怀安办案的逸事。每每讲到有趣处，总会瞪大一双眼睛，赞叹道："真的吗，好有意思啊，怀安哥你很了不起哦。"

薛怀安受不住夸赞，立时红了脸，咧嘴嘿嘿直笑，立即投入百倍的精神把后面的故事讲得更加精彩绝伦。

初荷从来不曾这样赞叹过"花儿哥哥"，倒是骂他呆子的次数比较多。每每这个时候，她便用手比一个大大的"呆"字，然后瞪他一眼，转身离开。有时候还会不由分说地拉上一脸崇拜之情的杜小月，留下讲到兴头儿上的薛怀安在那里自娱自乐。

杜小月在初荷家比平日里似乎爱笑一些，只是初荷隐隐觉得，杜小月并不是真的很快乐。有那么几次，初荷恰巧看见杜小月发呆的模样，只见那原本就生得颇为楚楚可怜的小脸儿上，浮着浅淡的愁色，整个人如同画卷中伤春悲秋的仕女，哀美却又空洞得没有什么存在感。

　　初荷问她是不是有什么心事，她眼里的光如游鱼潜水一样沉入眸子深处，淡淡笑笑，反问："初荷，人生这样长，你可想过将来要和谁一起过？"

　　初荷想也没想，指了指窗外在给院中花草浇水的薛怀安。

　　杜小月顺着她的手指凝望日光下浇水、剪枯叶的男子，低低叹一口气，说："你们要能这样一直在一起，那可真好。难怪你都不懂什么叫寂寞！"

　　初荷心有所动，提笔写道："你很寂寞吗？因为你哥哥对你不好？"

　　杜小月低头看字，再抬头的时候，脸上挂着笑，说："初荷你别担心我，虽然有时候我很寂寞，可是，我也和你一样，找到了想要共度一生的人。"

　　"是谁啊？"初荷忍不住随手写出问句。

　　杜小月却早已心思飘走，没注意到纸上的问题，望着窗外忙碌的身影，陷入自己的世界。

　　这样状态的杜小月，会让初荷从心底生出一丝不安，她不知道她在想什么，整个人像脱了肉身，眼睛看上去盯着某处，实则是凝视着虚空，幽深的瞳孔里翻滚着风暴，不断旋转凝聚，只待某一个时刻就会喷薄而出。

　　初荷不能言语，问事情只得用笔写字，一来二去问不出个所以然，也就算了。只道是杜小月终究比自己大上几岁，心事本来就重，又住在哥嫂那里寄人篱下，听说在家里跟粗使丫头一样要干许多杂事，心里的不痛快多也是自然的事。

　　然而有时候初荷看见杜小月和薛怀安相处时的怡然与快乐，心里也会生出些莫名的情绪，想了几天，终于拉住薛怀安偷偷问："花儿哥哥，你觉得小月如何？"

　　薛怀安正在看一本卷宗，眼睛从书页上离开，辨认清初荷的口型，顺嘴道："很好。"

"娶做媳妇儿还不错吧？"

"应该还不错。"

薛怀安刚一说出这个答案，忽然"啊"地惨叫一声，原来是初荷一脚踩在了他的脚指头上，然后她便头也不回，气哼哼地跑了。

薛怀安揉着脚指头，有些丈二和尚摸不着头脑，于是努力去回想刚才说了什么得罪到初荷，只是他刚才正在研究一个采花大盗的卷宗，完全是顺嘴胡说，随便应和初荷，心中一直想着案情，故此也搞不清到底哪句捅了马蜂窝。

隔了一盏茶的工夫初荷又转了回来，小小一张脸上带着委屈，道："我想了想，要是必须有个人做我嫂嫂，小月我可以接受，毕竟，毕竟她很安静。"

薛怀安一愣，问："你为什么这么说？人家杜小月又不喜欢我。"

"你真是呆子啊，难不成你非让人家小月说出来喜欢你才可以吗？她可是女孩子家。倒霉的杜小月，怎么会喜欢上你呢？"

"我说初荷，那些都是你自己乱猜的吧，我可没看出杜小月有半点儿那种意思来。我告诉你，你们这些小丫头少想这些七七八八情情爱爱的事情，外面有个采花大盗在流窜呢，当心把他给招来。"

初荷不怕他吓，却故意做出惊恐害怕的模样，说："啊，真的吗？好可怕啊花儿哥哥，怎么办？怎么办？我最害怕采花大盗了，他把你这朵大狗尾巴花儿采去了可怎么办？"

薛怀安被初荷又是装害怕又是比手语的滑稽模样逗得直笑，以夸张的口气附和道："是啊，该怎么办才好，我可是全惠安最有牡丹气质的狗尾巴花儿，真是怕死我了。"

初荷听了也笑，心头上原本一丝抓不住的轻愁不知道什么时候毫无察觉地散了。

这时候，"咚咚咚"一阵敲门声从院门处传来，薛怀安收了笑，紧跑几步走出屋子去开院门，开门一看，门口站着一个身姿修长的绿衣锦衣卫，正是多日不见的"绿骑之剑"常樱。

薛怀安乍见常樱有点儿惊讶，赶忙躬身施礼，道："常大人好。"

常樱客气地还了礼，见薛怀安的身子仍堵着门口，秀眉一挑，问："怎么，薛校尉不让我进去吗？"

薛怀安不好意思地笑笑，说："常大人请进，卑职这里只有荒院一座、陋室两间，请别嫌弃。"

常樱跨入院门一看，才知道薛怀安倒是并没有谦虚，果然只是简单陈旧的屋舍庭院。院子西头有一个藤萝架子，上面毫无生气地爬着几道绿藤，藤上稀稀落落地缀着几片叶子，看上去犹如秃顶男人奋力在脑壳上拉出的几缕发丝一样，有和没有其实差不多。

"薛校尉，这些藤萝正用低等生物的无奈方式抗议你这个主人的疏于照顾。"常樱以开玩笑的口气指着藤萝架说。

薛怀安不好意思地挠挠头，很认真地答道："常大人此言差矣，如果按照家庭地位排名来说，这藤萝在我家可算不上低等生物。"

"哦？那谁是低等生物？"

"这个，让常大人见笑了，那低等生物就是区区不才卑职我，在卑职之前，尚排有藤萝一架、荷花一盆、恶童一名。"

常樱听了，忍不住笑出了声。她此次来意在招募薛怀安到自己麾下效力，原本就不想摆上司的架子，努力想要做出亲和之态，可是她年纪轻轻就身处高位久了，行止之间还多少带着点儿上位者的气派，如今这样一番说笑，终是放松下来，饶有兴趣地问道："倒说说为什么他们都排在你之前？"

"因为啊，我嘛，给口饭、给点儿水就能生龙活虎精神抖擞，所以我家恶童给我准备的一日三餐总是很凑合。这架藤萝却不然，我家恶童八字和所有植物相克，从未养活过任何花草，唯有这架藤萝是个例外，竟然挣脱了死亡的宿命，顽强地活到了今天，故此我家恶童每日浇水，悉心照顾。至于这荷花，这是我家恶童的宝贝，必须由我每日亲自照料，不得疏忽。而我家恶童呢……"

"而你家恶童自然就是高贵无比喽。"常樱不等薛怀安说完就接了一句，然后坏坏地一笑，说，"薛校尉回身看看。"

薛怀安依言回身，正对上初荷气呼呼的小脸儿，立时机警地向后退了一步，双臂在腹前交叉一护。

以常人来说，薛怀安的反应速度已算很快，但初荷毕竟不是常人，她虽然身形瘦小可由于每日练习臂力与腕力，出拳的速度远非薛怀安这样半吊子武功的人可以阻挡，不等薛怀安护好肚子，这一拳已经打在了他的小腹上。

初荷打完这一拳，向常樱露出甜美可爱的笑容，伸出两只小手简单地比了三个字，这才转身走掉。

常樱只觉得那少女的笑容明媚如春花骤放，即便自己身为女子也看得心中欢喜，不自觉地站在了初荷那一边，拍拍薛怀安的肩膀，道："你也真是的，干什么在背后说你妹子是恶童，多可爱的小姑娘啊，你这是找打。"

薛怀安捂着肚子没有理会常樱，心中兀自懊恼不已，第一百次发誓从明日开始要勤练武功，退一万步，至少也要把男子防身术练好才行。

常樱却还对可爱的初荷感兴趣，兴致勃勃地问："我说薛怀安，你妹子比手势的样子好可爱啊。这个手势，嗯，就是这样，是什么意思？"

薛怀安抬眼看了一下常樱的手势，道："这是向你问好。"

"哦，果然，果然，可爱的人连问好都这么可爱。"常樱说着，脸上现出所有成年女性在遇见小小的可爱东西时候的花痴表情。

"那么，这两个手势又是什么意思？"常樱又边比画边问。

"这是大婶的意思，她说，大婶你好。"

"薛怀安。"

"嗯？"

"你想不想找人替你报仇？"

这厢初荷出了心头恶气，见薛怀安把常樱引入正屋相谈，自己一时间无事可做，又静不下心思去造枪，想起杜小月刚刚去了女学的藏书阁，便决定去寻她。

她来到女学门口，见乌漆大门虚掩着，便径自推了门进去。

没走几步路，迎面碰上了女学的校长程兰芝。初荷记挂女学是否能办下去的事情，想要询问，身边却没有纸笔，只好可怜巴巴地望着她的女校长，犹如雨天无家可归的小狗一样。

程兰芝显然读出了这个少女的心思，温和地笑道："初荷，你想知道女学还是不是继续办下去，对吗？"

初荷点点头。

程兰芝仍然保持着笑容，只是眼睛里透着一些无奈，说："这个我也说不好，想来你也知道一些吧，我夫家是福州府的望族，不大希望我继续经营这里了。再者说，惠安离福州府这么远，我嫁过去，怎么照顾这里呢？你看，我上次就去了福州府一天，这里就出事了，害你被恶人用枪抵着，吓坏了吧？要是我在的话，门房老贾敢这么疏于职守，让歹人那么容易溜进来吗？"

初荷听了，心下伤感，又替程兰芝觉得委屈，她看得出来，程兰芝当初决定终身不嫁兴办女学定是有自己的一番抱负，只可惜现实总是不能遂人愿，最后还是无法坚守住自己想要的人生。

初荷想要安慰一下程兰芝，却苦于无法言语，于是只得伸出手拉住她细瘦的手，轻轻地摇了几下。

程兰芝感觉到自己的指尖被面前少女温热的手掌包裹着，心下戚然，原本只道是自己的苦无人能懂，不想这样一个不能言语的小姑娘竟是明白的，但毕竟自己是师长，总不能在学生面前掉下泪来，只得按下心底泛起的酸涩，勉强回应了一个笑容，道："放心，我还好。"随即，她快速把话题带离这让人黯然的事情，问，"初荷今儿来学校做什么？"

初荷收回手，指了指藏书阁，做了一个翻书的动作。

程兰芝明白了她的意思，道："嗯，去吧，门开着呢。"

初荷向程兰芝行了礼，往藏书阁跑去，推门进去一看，没见到平日管理藏书阁的祝司库，心想大约是不在吧，就自己往书库里走去。

才一进书库，初荷就听见一种异样的声音，更确切地说，是几种古怪声音的混合，粗重的喘息、衣服的摩擦、低低的呻吟，似乎还有，嗯，也许是扭打的声音。

初荷面前是一排排一人多高的书架，她透过书架的缝隙往书库深处看去，隐约看到一个穿湖蓝衫子的女孩儿被一个男人按在了书库后方供学生们看书用的长桌上，男人正急急伸手去扯女孩儿的衣衫，一颗黑乎乎的脑袋往女孩儿的脸上压过去。

那女孩儿奋力地挣扎着，左右扭摆着头，努力躲开那人凑上去的面孔。初荷记得杜小月今早就是穿了这颜色的衣服，心上骤然一紧，恰在此时，女孩儿小半张脸在扭转中露了出来，竟然就是杜小月。

初荷顾不上多想，快跑几步冲上去，抢起拳头打向那男人的侧腰。那男人没有提防，侧腰又是人身上极弱的地方，重重挨了初荷这一拳，顿时倒向一边，露出一张被疼痛和欲望扭曲的面孔。

初荷一看，这男人竟然是女学的门房老贾，心里先是一惊，随即气恼不已，挥起拳头又出一拳，不料这老贾左臂一横，挡下了初荷这拳，紧接着跃身而起，一掌劈向初荷。

初荷跟着薛怀安学过锦衣卫必修的长拳和金刚拳，虽然这些拳法因为要在锦衣卫中普及，已经被简化了，可实用性却相当强，初荷右拳封住老贾的掌路，左拳直取他的下盘。

不想老贾也是会武功的人，他简单地往外一拨初荷的拳头，就化解了初荷原本凌厉的攻势。

初荷见状，心头一冷，明白老贾的武功肯定在自己之上。她的武功习自薛怀安，而薛怀安根本就是个二把刀，若不是因为她的臂力和腕力强，就算与一般会武功的人相斗，都不一定占得上风。

为今之计，只有赶快叫人来帮忙了。只是初荷无法出声，于是一边打一边看向杜小月，用眼神示意她赶快大喊。但杜小月瑟缩在那里，眼睛蓄着泪水，如受惊的小兔子一样看着搏斗中的两人，似乎完全没有理解初荷的眼色。

初荷心头火起，越打越急，把看家的本事一股脑全部端了出来。

说起她的看家本事，也来自薛怀安的真传。只因薛怀安武科成绩太差，当时负责他们那一批新锦衣卫的百户实在看不过去，怕他将来遇险，于是把一些虽然下九流但却很实用的招数掺和在金刚拳中，编排出一套特别的拳法教给了薛怀安，而薛怀安则又无私地传授给了初荷。

这些招式虽然登不上武学的大雅之堂，但由于都是一些攻击对方阴户或者抠眼珠子这般的阴损招数，初荷使将出来，在这个狭小的空间竟然也是颇为好用。老贾武功高于初荷，原本心中并不惧怕她，不想这小丫头看着瘦瘦小小，但是拳头竟又快又重，倒像是每天都在扛大包、举石方一般。更想不到的是，这么个面目秀气纯净的少女，出手竟是这般下三烂的功夫，三五个回合之间，已经两次直取他阴户，一次在锁喉这个招式的半道突然变招，直戳他的眼睛。

这样纠缠下去，老贾一时占不到半点儿便宜，心里就虚了，他估摸自己若是这么打下去，倒是能赢得过这个小姑娘，只是不知道要在这里耗上多久，于是虚晃几招之后，瞅准一个空当，拔腿就溜掉了。

初荷见他跑了，明白只是侥幸，故而不敢去追，平复了一下呼吸，回身去看杜小月。她见桌上正好摊着笔墨，提笔写道："怎么不呼救，傻了啊？"

杜小月歪头看看初荷的问题，突然抱住初荷，"哇"的一声大哭出来，一边哭一边呜呜咽咽地说："初荷，初荷，只有你对我最好。初荷，我害怕，我害怕。"

原本初荷是有些怪她不懂自我保护，可是那样一具温热而瘦弱的身体，在初荷怀里战栗着，像怀抱某种受惊的小动物，她便生不起气来，在心底里翻转着：拳脚还是有局限，火枪随身带也太突兀，这次回去要研制一些诸如炸雷这样的东西，将来给小月一个随身带着。

然而，初荷还没来得及把炸雷做出来，杜小月便死了。

尸

杜小月的尸体是初荷在惠安城外的一片山林中第一个发现的。

待到薛怀安赶来，一见那尸身的惨状，第一个反应就是用手掌去遮住初荷的眼睛。

他的手覆盖在她眼睛上的时候，能够清楚地感觉到她的身体在微微颤抖。虽然知道这样做无济于事，作为报案者之一的初荷恐怕早就把杜小月的惨状刻在了脑海深处，可是，他仍然固执地希望，能以这样的方式为她挡住这世界的丑陋。

虽然初荷从未再提起过那些可怖而伤心的过往，可是有的时候，他会在她的眼里看到一种坚硬而冰冷的东西，好像是一些黑色的水在岁月里凝成了千年不化的玄冰，沉在眼底，沉在心里。

他不期望能让这坚冰消融，却以为也许能为之镀上一层温暖的颜色，那么美的眼睛，如若总是暖暖看着人，多好。

然而这世界总是一再让他失望，他不知道为什么，明明所有的一切都在以前所未有的速度向前发展，人们能够航行得更远，看到更多的星辰，生产出效率更高的机器，创造出更多的财富，却让心更加黑暗。

不知道是不是记忆力的问题，他对自己幼年时代的印象很是模糊，几乎记不起什么具体的事件和人物，可是印象里，倒退二十年，人们还是那么闲适地生活着，在类似惠安这样的小城镇，几乎是路不拾遗、夜不闭户的。

而现在，到处犯罪横生，在那些被财富抛弃的阴暗角落里，被父母遗弃的女孩儿变成了雏妓，失去田地的农民变成了抢劫犯，遭老板解雇的工人变成了亡命徒。

而在那些被金钱光芒照耀的厅堂中，也不过只是表面看上去优雅体面而已，如同冰冻的河流，于虚伪的道德冰层之下涌动着欲望与恶念的激流。

也许这世界真的要改变了吧，而这些罪恶就是蜕变前的阵痛。

在这样的阵痛中，有些人不幸成了世界车轮的牺牲品，这一次，是杜小月。

杜小月衣衫凌乱地躺在离山道不远的草丛中，白皙的胸部和大腿半露在一袭紫衣外面，显得格外刺眼。隔着被撕裂的衣服可以看见她身上有三五处伤口，下体处沾满鲜血，一双曾经明媚闪亮的眼睛笼罩着死亡的灰暗，直直看向天空，仿佛诉说着死不瞑目的怨恨。

唯一值得庆幸的是，当时正在这山顶茶室的初荷和同学们及早发现了杜小月，而平日里对刑侦耳濡目染的初荷第一时间保护好现场，不让任何人去碰触尸体或者破坏凶案现场的一草一木，也不让当时任何在山上茶室中的人离开，她自己看着现场，又找了一个仆役快速下山给薛怀安报信儿，这才让薛怀安和李抗在赶到的时候看到一个几乎没有被破坏的案发现场。

李抗布置好随行的锦衣卫去搜山，希望寻找到凶器之类的线索，自己则带上初荷和剩下的几名锦衣卫去山上茶室给被扣下的众人录口供，留下薛怀安和仵作齐泰一同勘查尸体。

薛怀安见初荷的身影终于消失在山道上，这才安下心细看杜小月的尸体，然而只是扫了一眼，心头便再次抑制不住地升起怒意。只见那早晨还在自家院子中低眉浅笑的少女，如今却化作眼前一具冰冷的尸身，那样红红白白的一副血肉瘫在地上，突兀而霸道地彰显着罪恶与死亡的真实存在，容不得人略微闪避，只得迎上去，以钢铁一般的心去面对。

仵作齐泰见薛怀安沉着面孔盯住尸体不说话，便弯下身自行解开尸体上的衣裙，细致检验起来。

齐泰四十来岁，方脸阔口，相貌老成，仵作经验丰富，看了一下伤口便说：

"腹部有一道六寸上下的伤口，左乳房下面有两道三四寸的伤口，看样子似乎是刀伤。以伤口的深度来看，腹部这道伤可能是致命的。"

杜小月的下体有些血肉模糊，阴道口沾着少量白色黏稠物，齐泰在野外不方便仔细检查，粗粗看了一下，确认说大概是阴道撕裂的损伤所致，而白色黏稠物则是精液。

齐泰扭头去看薛怀安，向他征求意见："看来是奸杀？"

薛怀安眉头紧锁，却并没有去应，犹如没听到齐泰的问询一般。

齐泰和薛怀安合作久了，知道这薛校尉虽然于刑侦断案上头脑灵光，可是一思考起来心头上就装不得别的东西，故而见薛怀安不理他也并不在意，只是继续埋头做事。

他将杜小月的手臂弯了弯，也不管薛怀安是否在听，自顾自说道："尸首只是刚刚有一点儿僵硬。"

这一次，薛怀安倒是有了回应，说："如今是初夏傍晚，山中还有些凉意，以这僵硬程度来看，杜小月死亡的时间应该在一个时辰以内。"

这推断和齐泰的推测差不多，他点点头，道："超不过一个时辰。"

"嗯，算起来，光那报案的仆从来百户所花费的时间再加上咱们赶来的时间也要有小半个时辰，这样的话，初荷她们发现杜小月尸体的时间大约和杜小月被害的时间相隔不久。"

齐泰点点头，又仔细翻看了尸体的眼睛、口鼻、手脚和腋下等细微之处，瞧着尸体正面再没有什么重要之处，便翻过尸身，去检查背面。

这身体一翻过去，就看见左后背上部有一个大血洞，齐泰脸上露出疑惑之色，抬起头望向薛怀安，道："这伤口也是可以致命的，比肚子上的那一刀只重不轻，说不定是一刀捅在了后心上。"

薛怀安只是点点头，却又不说话了，只是神色越发地凝重起来。

杜小月原本皮肤白皙，此时她的背部和臀部还有大腿后侧散布着几处深深浅浅的紫红色尸斑，虽然不多，却对比强烈，很是醒目。

齐泰看了看，说："尸斑还不算多，身体才发硬，死了一个时辰这事估计是错不了了。尸斑位置在后背和臀部等处，应该是死了以后一直保持背朝下的姿势所致。"

齐泰又认真检查了一会儿，见薛怀安站在那里眼神直愣愣地盯着尸体发呆，也不多言，拿出记录验尸情形的尸格开始填写，待到尸格都填好了，他才听见薛怀安慢悠悠地开口问："以这伤口来判断，你认为当时的情形是怎样的？"

齐泰缓缓地斟酌着回答说："只看伤口的话，凶犯大约是先从后背一刀扎在这孩子的背心，将她放倒之后再奸淫。"

"那么，为何在正面又有那么重的刀伤？难不成杜小月这么一个十六岁的小姑娘在被人插了背心一刀之后还有力量与人搏斗来着？"

"这也许是因为凶犯在奸淫杜小月的时候，她还没有完全丧失意识，故而有过挣扎，所以凶犯又丧心病狂地给了她几刀。也可能是，杜小月在背心中刀之前先和凶犯搏斗过，伤在前面，但是最后致命的一刀是伤在了后部。"

薛怀安摇摇头，道："你看这后背伤口处凝着的血如此之多，我相信这个伤口一定很深、很重，我不认为一个小姑娘在受了这样的伤之后还能如何挣扎，以至于还必须要再补上几刀。回百户所后你清洗好尸体，看看伤口深度，就知道说的对不对。"

齐泰点头称是，问："那么，就只可能是在背后受伤之前有过搏斗喽？"

"这个可能性倒是有的。这腹部的伤虽然也可致命，但是如果伤口不够深的话，人伤了腹部的确能比伤了其他要害部位多存活一会儿。假设这两人在山中相遇，搏斗中杜小月不敌歹人，受伤奔逃，不幸被歹人从后面追上，背心中了这致命的一刀。"

薛怀安说到这里，抬手示意蹲在地上的齐泰将尸体再次反转到正面，之后蹲下来，戴上验尸专用的麂皮手套，亲自拨开尸体腹部伤口的凝血，粗看了一下伤口的深度，肯定地说："不错，这条伤口虽然长，但是深度未及腹腔内大动脉，故此不会在极短的时间致命。"

齐泰就怕薛怀安这样念过大书院的人说什么"动脉"啊"腹腔"之类文绉

绉的词，半开玩笑地说："校尉大人，你跟我这个粗人直接说血管儿和肚子就好了，你们学的那个叫啥哈利的洋大人的东西我听着晕乎。"

"是哈维，威廉·哈维①。"薛怀安说着，站起身，向四周看了看，道："如果是这样的话，这附近应该有搏斗和奔逃的痕迹，待我勘察一下附近再说。"

---

① 威廉·哈维（1578—1657），和牛顿、伽利略齐名的科学巨匠，建立心脏中血液通过动脉与静脉循环的理论，对胚胎学也有巨大贡献。

记

薛怀安起身细看尸体四周，只见周围的杂草除了有几处被踩倒的地方，并没有任何剧烈搏斗过的痕迹，至于踩倒之处则已经分辨不出是初荷赶来时所踩踏造成，还是凶犯踩过的痕迹。

他又俯身去看地上凝结的血迹，这条血线蜿蜒着向树林边的小路而去，沿着血迹很容易找到青石板山路上，那大概是杜小月最初受伤的地方，那里的青石阶上凝着一大摊已经发黑的血迹，当初初荷她们正是因为看到这摊血，才追踪着血迹找到了林中杜小月的尸体。

"在石阶这里搏斗，胸前受伤，然后跑进去，背后重创。"薛怀安低声自言自语着，眼睛盯着地上的血迹，脑海中努力勾画着当时可能发生的情景。

他这样站在青石阶上，面对着一摊血迹一动不动足足有一盏茶的工夫，直到齐泰实在忍不住了，在旁边假咳了一嗓子才回过神儿来，指着地上的血迹说："齐泰，你怎么看这摊血，还有这一路上的血迹？"

齐泰盯着一大摊黑色的血迹看了一会儿，又顺着血迹往林子深处望去，似乎有些明白薛怀安的意思，但神色又并不确定，略一犹豫，道："如果只是胸前那几处伤口流出的血，不会造成这么一大摊血迹，这里的血迹似乎是太多了。

"更何况，如果是受了伤就往林子里跑，地上根本就不该有这么多血迹，整条向林子中延伸的血迹都似乎太过清晰了，如果单纯看血迹，倒是印证了你先前所说，杜小月背后先受重伤，然后倒地在此，染了一地血迹。接着歹人再将杜小月拖到林子里施暴，才会在地上留下一条清晰的血线。可是如果是这样的话，她胸前的那几处伤口就如我们刚才所说，有点儿讲不通了。"

齐泰想了想，道："但也很可能是杜小月和歹人先在这里搏斗，胸前受了伤，接着，在争斗之中背后受了最致命的一击，倒在地上，才会有这么大一摊血迹。"

薛怀安摇摇头，道："我也这么想来着，可是两个人面对面搏斗，却是后面受了重创，这件事本身就有些不近情理，但假使这可以用在殊死搏斗中任何意想不到的情况都可能发生来解释，却还有一处也有些说不通。"

说到此处，薛怀安指着地上的血迹，又道："你看，地上没有留下一个带血的脚印，按理说，如果是搏斗和追赶的话，歹人很难不踩到血迹而留下血脚印，很显然，这里没有发生过剧烈的搏斗。"

听薛怀安这么一说，齐泰眼中露出了迷茫的神色，问道："大人，您这么说卑职可就真的不明白了。您最开始说，杜小月背后先中了致命一刀，然后被奸淫这个推断不对，因为她正面胸口还有刀伤。现在您又说，杜小月先在搏斗中正面受伤，然后背后才受了致命一击这个推断也不对，可是这件事不外乎就是这么两种情况，还能如何呢？"

薛怀安刚想回答，忽然眼睛一亮，指着低一些的一处青石阶大喊一声："你看。"

此时太阳已经几乎落山，山道上昏暗不明，薛怀安所指的地方半隐在石阶投下的阴影中，齐泰伸脑袋看了看，大概是看不出什么，又步下几级台阶，走了几步凑过去，才见到了一处血迹。

确切地说，这并非一处血迹，而是一个用血写下的记号。

齐泰并不认得那记号，疑惑地看向薛怀安。

薛怀安按捺下有些激动的心情，说："这个是小写的英文字母 i。"

"哎哟，大人，您别欺负小的不认识洋文好不好，卑职年幼时家里穷，连公学都没有读完，您就直说了吧，这个洋文又说明了什么？难不成凶手是一个洋人？"

"这个字母被写在这里是什么意思我不知道，但是你看看它和这摊血迹之间的距离，以杜小月的身高和臂长来看，如果她背后受了重伤，倒在这里，手部位置大概正好就是这个记号。"

齐泰恍然大悟，道："哎呀呀，这样我就明白了。既然这里没有搏斗过，那么杜小月就是一刀被歹人刺中后心，趴倒在这石阶上，虽然无力反抗，却还是用最后的力气，趁着歹人不注意用带血的手指写下了这个字母，然后便被带到林中奸淫，至于胸口的刀伤……这个，这个……"

"还是解释不出来胸口的刀伤对不对，我的解释是，这几处胸口的伤无法解释。"

"是哦，要是没有前面胸口的这几处刀伤，就好解释了，这里的伤还真是古怪。"

就在这时，李抗带着其他锦衣卫从山上走了下来，薛怀安见了迎上去，略一施礼，问："李大人，你那里有什么进展？"

"山上的人我们挨个儿录了口供，几乎都是差不多的。这清凉山茶室是馨慧女学校长程兰芝家的，因为地方幽静清凉，风景又好，女学的很多聚会活动都在这里举办，这一次她们聚在这里，是因为程兰芝要宣布停办女学的事情。"

"这事情早听初荷说过，这回是定下来了，不过何必跑到这里呢，在女学里面讲一声不简单吗？"

"你个大老爷们儿怎么知道人家一群小姐的心思性情，人家要的就是这个雅致调调。人家这是搞一个最后散伙的聚会，席间又是饮茶又是赋诗，还有人上去唱曲儿演戏。"

李抗说完不屑地摇摇头，突然又想起了什么，略带忧虑地一拍薛怀安的肩膀，道："怀安，我开始犹豫要不要把女儿嫁给你了，她最讨厌没情趣的粗人，我担心你们小两口儿性情不和，日子久了要生口角，闹是非。"

薛怀安立刻顺杆儿爬地说："是，是，我也这么担心。大人，她们可说了杜小月何时、为什么离开？"

"杜小月何时走的没人注意，有和她比较亲近的人，说是看见她在程兰芝正式宣布了女学停办以后没多久就不声不响一个人走了，后来因为一直等到聚会结束她也没回来，你妹子几人才出来寻人的，不想在下山的山路上看见了血迹，追踪着血迹就发现了她的尸体。

"话说回来你妹子可真是胆子够大，别的小女孩儿都不敢进林子，她一个人往里面找去的。哦，对了，你妹子还说三天前女学的门房老贾欺负过杜小月，我已经差人去抓他回来问案了。"

薛怀安听了露出极不高兴的神色，一下子黑了面孔，抬头在人群中寻找初荷，正好与一个气质高雅的女子四目相对。

那女子身形瘦削，脸上的轮廓分明，一双眼睛却温柔安定，别有一种风致。她冲薛怀安点了点头，紧赶几步走过来，说："薛校尉，不知道我和其他人什么时候可以走呢？马上天就要黑了，学生们都很害怕。"

不等薛怀安回答，李抗接话道："程校长，这个你不用担心，出了这种事，我一定会派锦衣卫送所有人回家的，稍等片刻，我的人已经录好口供，马上你们就可以走了。"

程兰芝温雅地一笑："那就好，希望李百户把精神多放在该抓的人身上。"

程兰芝说完转身走了，空气中唯有似有若无的兰香暗盈。

李抗看着她走远才对薛怀安说："别看这女人身量不大，其实厉害得很，据说年纪轻的时候什么人都看不上眼，所以才一直没有人敢娶她，这次好不容易有人愿意娶了，听说也是因为金钱的原因。说心里话，我觉得你要注意点儿初荷，令妹也有点儿往那个方向发展的势头。"

薛怀安敷衍地笑笑，忽然看见初荷在一群女孩子中一闪，快走几步拉住她带到一旁，说："快走，我先送你回家，晚上估摸着我要在百户所干通宵了，你到邻居王婆婆家睡去。"

初荷有些不大愿意，脸上露出讨好的笑容，问："我和你一起去百户所好不好，我也许能帮帮你。"

薛怀安不说话，臭着脸，用手比了大大的"不可以"三个字，拽着初荷下山去了。

笨

一路上初荷一直试图打听案子的事情，可是薛怀安却打定了主意不说，一来二去两人闹得僵了，一路无语回了家。

快到家门口的时候，两人发现门口站着一个少年，那少年东方面孔，却穿着西洋人的长靴、紧身裤和白色蕾丝衬衫加暗红色天鹅绒外套，只是衣物都有些陈旧了，白衬衣变成洗不出来的灰白色，天鹅绒外套在肘部已经磨光了绒毛，黑靴子也有点儿褪色，外加身边地上还放着一只破破烂烂的巨大旅行皮囊。

少年站在夕阳最后一缕余晖之中，四周是越来越浓的夜色，整个人却好像发着光一样，一时之间，让人觉得并非黑夜在将他的世界逐渐吞噬，而是他在用自己的光一点儿一点儿地驱赶着黑暗。

薛怀安定了一下神，才能明白这样犹如幻觉的景象不过是因为那少年实在长得太美了。他暗自舒了口气，想：我就说嘛，这种超自然现象是不存在的。

少年也看见了薛怀安，脸上露出极度喜悦的神情，几步跑上来，热切地以外国腔问："你是壮士，是吗？"

薛怀安一愣，不大明白这么个绝色少年为什么要叫自己"壮士"。

"是吧，是吧，我可找到你了。"少年雀跃地说，漂亮的眼睛里闪着光。

薛怀安听着他的口音，觉得他汉话说得很是生硬，根本就是洋人的口音，恍然大悟，这东方面孔的少年一定是在外国长大的，所以对汉语词汇的用法掌握很不精确，他所谓的"壮士"，大约就是想表达"大侠"啊，"好人"啊这样的意思，再看他一身破败的样子，莫不是遇到诸如抢劫什么的倒霉事情，因而来寻求帮助的？

想明白这一层，他和气地点点头，笑眯眯地说："不要叫我壮士，这个不敢当，在下从小到大没有壮过。愿意的话，称我一声大侠倒是可以的，小兄弟，有什么要大侠哥哥帮忙吗？"

少年听了一脸失望，用他的外国腔难过地说："不对吗，不是？不是壮士？"

薛怀安耐心地说："不是我不是壮士，是我觉得我不是壮士，所以，我说我不是壮士，但实际上你可以认为我等同于壮士。"

有着绝美东方面孔的少年彻底被搞晕了，骤然露出极度绝望的神情，一把拉住薛怀安说："壮士，壮士在哪里？不是说，住在这里吗？他，原来的，房东，说，他留下的，地址是，这里。"

话说到最后，少年已经急得汉话都讲不连贯了，薛怀安看着着急，心说：没想到原来还有比不会说话的哑巴更难沟通的人啊，这少年长得这么伶俐，怎么这么难讲道理呢。

初荷在一旁看着觉得好笑，一拉薛怀安，用手语说道："花儿哥哥，你问问他要找的壮士叫什么名字吧，他都抓狂了。"

"嗯，小兄弟，你要找的壮士叫什么名字？大侠哥哥我是锦衣卫，也许能帮你找到。"

"就，叫，壮，士，啊。"少年哭丧着脸，一字一顿地说。

初荷心思灵，一下子反应过来，对薛怀安比着手势："'壮士'大概是个人的名字。"

薛怀安恍然大悟道："啊，你是找姓'壮'名'士'的人？"

少年汉话不灵光，一下子没有听得太懂，迷茫地眨眨眼看着薛怀安，绝美的脸上便添了一份趣致的神情。

初荷想起这少年汉话发音不准确，大约是发错了音，哪有姓"壮"的，忙拿出随身携带的本子和炭笔，写了一个"张"字，递到薛怀安眼前。

薛怀安见了明白过来，又慢慢地说："小兄弟，你看我的口型，你，是，不，是，找，一，个，姓，张，的，人？"

那少年又眨了眨眼睛，终于有点儿明白过来，也顾不上礼貌，一把拿过初荷的炭笔，写下 Johan Shyer 这个英文名字，问："是你吗？"

薛怀安看着这个名字，眼睛里升起回忆的雾霭，恍然想起很久以前有个不修边幅的英国老人操着口音浓重的英文问他："以后叫你 Johan 好不好？"

"壮？好难听的名字，不好，我叫薛怀安。"

老人努力地绕着舌头，练习了好久，仍然发不好"薛"和"怀"这两个字，唯有"安"的读音精准无比。

"教授先生，就叫我壮好了。"小小的男孩儿看着老人吃力发音的样子终究于心不忍。

老人拿起鹅毛笔，在纸上写下 Shyer 这个字，说："Shyer 这个发音和你的中文姓很像，你的英文姓就这么写吧。"

"嗯，Johan Shyer，这是先生在叫我，怀安记住了。"

薛怀安从往事中回神儿，顿了顿，问："你认识牛顿先生？"

少年眼睛顿时一亮，兴奋地大叫："我就说，我就说你是 Johan Shyer 嘛！你好，我叫本杰明·朱，你可以叫我本恩，我是被牛顿先生从孤儿院领出来的，他去世之前叫我来找你，让你照顾我。"

"嗯？"薛怀安有些犹疑，想要确认一下，问："以后叫你笨，没问题吗？笨·猪？"

"没问题，朋友都这么叫我。"少年微笑着说。

薛怀安和初荷互相看看，默契地笑了，心里都想：外表看上去这么聪明精灵的人，脑有点儿残，可惜了。

初荷说："花儿哥哥，不如按照我们明国的习惯叫他小笨吧，多好听啊。"

薛怀安读完初荷的唇语，对笑意盈盈的美少年说："这是初荷，她说以后按照明国的习惯，我们管你叫小笨，好吗？"

本杰明汉语说得不算好，可是词汇量还是够的，他一想，小猫、小狗、小鸭子，凡是汉语前面加"小"的都是表示弱弱的可爱的东西，怎么能让别人这么叫自己这样一个男子汉呢，于是很认真地说："不，叫我大笨。"

薛怀安和初荷一听，忍不住都哈哈大笑起来，本杰明猜到有什么不对，脸上腾起两团红晕，道："要不，壮，你叫我小笨可以，这个妹妹一定要叫我大笨。"

薛怀安没想到天上能掉下这么个开心果，乐得嘴都合不拢，好容易控制住笑，说："好的，笨，你可有牛顿先生的书信或者别的什么来证明身份？"

"壮，你稍等。"本杰明说完，弯腰在他那只又大又破的皮囊里面开始翻找起来，叮叮咚咚地扔出来一堆东西，才找到一只红色的羊毛长袜，从里面掏出一个纸卷儿，递给薛怀安。

薛怀安接过纸卷儿，不觉又笑，道："笨，牛顿先生也喜欢把东西藏在袜子里，你这是和他学的吧？"

"嗯，大约是吧，反正就觉得这是很好的藏宝地点。"

薛怀安打开纸卷儿，果然看见牛顿先生那熟悉的笔迹。书信很是简短，嘱咐他要在自己离世后收养这个领养的中国孤儿。

"那么，笨，为什么现在才来找我？牛顿先生去世六年了，不是吗？"薛怀安问道。

"我今年十八岁，教授去世那年我才十二岁，你也知道，教授先生没有结婚，没有孩子，我虽然是养子，但是没有办理过合法收养手续，不能继承他的遗产，所以，我又回到了孤儿院。你知道的，他们不会让一个十二岁的孩子坐远洋船出国的，我必须至少满十六岁。"

"那么，为什么十六岁时不来呢？"

"哦，我是十六岁出发的。"

薛怀安有些震惊地问："怎么，难道你用了两年才到这里？坐海船走好望角，六个月之内不就能到了吗？"

"这个……"少年说到这里眼睛骤然放出强烈的光彩，整个人仿佛在黑暗中燃烧着，他一挥拳，说，"壮，你知道吗，你知道我虽然花了两年的时间可是省了多少钱？"

说着他伸出手来，掰着指头算起来："我买的是由伦敦出发，经好望角和马六甲海峡到大明的船票，但是我买的是货仓票，因此打了七折。然后，在好望角，我们的船要改道先去印度，不愿意这样走的人可以换同一家船公司的其他船走，愿意绕到印度的票价再打一个八折，我自然选打折的。

"到了印度，赶上当地发生霍乱，船上死了好多水手，船长取消了原定来中国的航行，要先去莫桑比克再来中国，船上的客人可以换同一家船公司的其他船走，但是船长说他缺少打杂的，如果我愿意在船上打杂，船票可以再给我打一个九折，我自然选做水手的。

"我们到了莫桑比克装货，船长说这船要回葡萄牙，如果我继续当水手打杂，可以再给我的船票打一个九折，反正他们回了葡萄牙卸货后还要再出发走远东航线的，也就是说还要来大明。哦，壮，你知道这只是时间问题，所以我自然选继续当水手。你瞧，壮，我这不是最终还是来了吗？省了多少钱啊。"少年以骄傲自豪的口吻说。

薛怀安对数字很是敏感，听到这里，点了点头，赞道："嗯，不错，这样算来，你只花了原来船票的 45.36% 就完成了从英国到大明的航行，的确是省了很多钱。"

少年一听到"省钱"二字，绝美的眼睛几乎要射出兴奋的电光来，又一挥拳，说："这两年航行中船上还管吃、管住、给两套换洗衣服，这么一算，省的钱不止是 45.36%。"

薛怀安被少年对省钱的热诚感染，一拍他的肩膀，热情地说："嗯，来吧，笨，欢迎你，我们家就需要你这样精打细算、会过日子、能省钱的人。"

因为家里有了本杰明，薛怀安同意初荷不去邻居家过夜。鉴于案子紧急，薛怀安来不及和本杰明多聊，草草安顿他先在自己房间住下就走了。

初荷睡在自己屋中，想着杜小月的事，无论如何也睡不着，眼睛盯着床上藤萝架的投影，看着它们随着月亮的移动悄然改变着方向，心上不知道为何空落落的，仿佛是有什么该做的事情没有去做一样。

　　突然，她看见窗上多了一个人影，那人影沿着窗子，正慢慢地靠近自己的房门。她心中一紧，把手探到床垫之下，摸出一支小火枪，缓缓坐起，举枪对着门，听着自己的心跳，一秒一秒地倒数起这个不速之客的光临时间。

盟

床榻离门的距离是七步，在这个距离上，如果我开枪的话，这个人必死无疑。初荷举着枪，在心里暗暗算计着。

尽管是制造武器者和神枪手，可是十四岁的少女从未将枪口对准过任何人，在想到有人会在自己枪下死亡的一刻，她的心不可抑制地剧烈跳动着，血脉的波动影响到手臂的稳定性，在月色中，她可以清楚看见枪口上凝着的一抹月光因为手臂的颤动而轻轻晃动着，好像是月华在流淌一般。

初荷深深吸一口气，稳定住情绪，对自己说："也许可以不开枪，只是吓唬对方一下。"但是她从心底里知道这其实是不大可能的，她发不出声音，没办法呼救，如果对方是一个亡命之徒，一看自己这么个小姑娘拿着一把枪，万一不放在眼里，强行扑上来夺枪的话，自己只有扣动扳机这唯一的出路。

那么，也许可以去射肩膀或者大腿这样的部位，她快速思考着。

初荷知道这样的准头儿自己是有的，当然前提是对方要像木头靶子一样静止不动，如果对方一进门就直扑过来，她不确定在黑暗中是否还能射得这样准。于是，她忽然有些恼恨起自己不能出声来。如果可以出声，在对方进来的时候自己大叫一声吓对方一下，只要对方的动作稍有停顿，哪怕只是站住一秒钟，她相信自己也能准确地射中任何想射中的部位。

她下意识地张开嘴，可是除了呵呵的出气声，什么都发不出来，甚至是绝望的尖叫。

这世界，原来是不允许她绝望的。

然而这些心事在心里一转动，初荷发觉自己心跳的速度降了下来，第一次向活人开枪的恐惧心理渐渐退去，持枪的手稳定而有力。

眼看那人的影子到了门口，十字雕花门的毛玻璃上映出一个被月光拉变形的身躯，突然，初荷听见院子里一个外国腔大喊道："You，干什么呢！"

门口的人影一晃，显然是被那一声大叫吓到了，转身就要往外跑。不想本杰明的动作倒是很迅速，一瞬间已经蹿了上来，初荷只见屋外两团黑影扭打在一起，一时间也分不出谁是谁，匆忙拎着枪就去助战。

她推门一看，穿着浅蓝色熊宝宝睡衣、睡裤的本杰明正和一个蒙面黑衣人抱在一起在地上翻滚，那黑衣人明显是有武功的，被本杰明用这样小无赖似的打法缠住，却还是招数清晰明确，每拳都击在本杰明的要害。

但是本杰明看起来定是在街头混过，对打击的忍耐力很强，无赖型招数的使用也十分熟练，扭啊，缠啊，拽啊，像一条缠住对手的泥鳅一样执着。

初荷怕开枪误伤本杰明，把火枪往怀里一插，忙冲上去助拳。

她冲上去的时候，本杰明正好被黑衣人的膝盖狠狠顶在下腹的要害，紧接着又是一拳打在脸上、一脚踹在肚子上，本杰明支撑不住，终于被黑衣人踢飞。

黑衣人一跃而起，夺路就要逃，初荷的拳头已经挥上来，阻断了黑衣人的去路。

两人立时缠斗在一处，两三招之后，初荷已然知道自己的武功绝不是这黑衣人的对手，不自觉地就使出了自己下九流的必杀技。

然而即使用上了必杀技，两人的武功悬殊，初荷还是越打越吃力，终于被那人一个重拳击在胸口上，心中血气翻涌，"噔噔噔"地向后连退了三步，眼睁睁看着那人翻墙跑了。

初荷捂着胸口不敢大口喘气也不敢动，生怕呼吸一用力就会吐出血来，好一会儿，她觉得胸中的血气稍稍平息下去，才慢慢回转身去看本杰明。

本杰明刚从地上爬起来，手里拿着初荷的火枪，有些疑惑地望着初荷说："初荷，这是刚才你打架的时候从怀里掉出来的，你怎么有枪，明国的治安很不好吗？"

初荷见自己的枪在月光下泛着无法让人忽略掉存在的银辉，不知道该怎样解释才好，幸好自己还有不能说话这个"挡箭牌"，胡乱用手比画了几下，假装是在用手语解释，然后一伸小手向本杰明要枪。

本杰明见初荷这般，也没多想，就把枪递了回去，道："看来，治安的确不好，明天我也向壮要一把枪去。"

初荷一听就急了，赶忙拉住本杰明的衣角，指着自己的房间示意他跟着来。

本杰明会意，以为初荷还有什么要紧事，跟着她进到屋里，但见初荷点了油灯，再从橱柜里拿出三两样精致的小点心放在小圆桌上，又给他倒了一杯清水，指了指桌边的鼓凳示意他坐下休息。

本杰明依言坐下，暗道她这原来是要感谢自己呢，不由得觉得这少女 really really 可爱。故而虽然他身上被打伤，此时吃东西和喝水都会牵动伤处，可还是高高兴兴地吃喝起来。

初荷坐在小圆桌的另一边，笑眯眯地看着本杰明，待他吃完，递过去一张写好字的纸。

本杰明一看，只见纸上写着："缺钱不？"

本杰明把最后一口点心塞进嘴里，囫囵嚼了几下子，用一口水送下去，忙不迭地点头，道："缺。"

初荷拿回纸，又写了一句递过去："准备在这里怎么赚钱？"

本杰明托着腮帮子想了想，说："不知道啊，我也没什么本事，卖苦力倒是可以。"

初荷脑海中跃出美少年扛大包的情形，忍不住又笑，继续写道："梦想过成为大富翁吗？"

本杰明一看这句话，眼睛里顿时燃烧起熊熊的理想之火，整个人立刻充满了斗志，一拍桌子说："想，这就是我一直在为之奋斗的梦想。"

"这样的话，为我工作吧，每个月白银五两。"初荷继续写道。

本杰明在看到"每个月白银五两"这几个字后，心中激荡，热血沸腾，想也没想，大声说："好，成交，你要我做什么？"

初荷写道："就是替我办一些杂事，比如去一些女孩子不方便去的地方买东西。"

"可以，就是做你的跟班，对吗？完全没问题。"

"我们之间的事情，要对怀安哥哥保密。"

"为什么？他是你哥哥啊。"

"这是我的隐私，你为我效力，就应当替我保护隐私，视我的隐私如同你的隐私。"

本杰明望着桌子对面的少女，她的面孔莹白如暗夜里绽放的白莲花，有一种清冷而淡薄的美感，大约是因为不会说话，即使脸上漾着笑意，眉宇间似乎也含着隐约清愁，让人想起故事里被恶龙困在城堡中的公主，正在等待解救她的骑士。

他略微踟蹰了一下，道："我明白了，我要像效忠你的骑士一样，以你的隐私为隐私，你的荣誉为荣誉。"

初荷点点头，继续写道："是的，骑士先生。那么，今天晚上发生的事情一个字也不能对花儿哥哥说。"

"明白，放心。"本杰明拍着胸脯说，虽然他原本非常想向薛怀安炫耀一下自己打跑了一个夜里来偷东西的贼人。

"好吧，交给你第一个任务。"

本杰明突然站了起来，将右手放在胸口上，学着骑士的样子弯身鞠了一躬，说："请您吩咐。"

"今天傍晚时分，我好朋友被杀了，这个案子的进展你要时时帮我从花儿哥哥那里打听着。"

"如君所愿，誓不辱命。"少年把手放在心脏跳动的位置，将这八个字说得格外字正腔圆。微微跃动的灯火之中，他脸上的诚挚之色耀目如黄金，以至于望着他的少女一时间分辨不出来，那究竟是五两白银带来的光彩，还是她真的有了一个虽然头脑简单却绝对忠诚的骑士。

薛怀安回到百户所的时候，只有仵作齐泰在等着他。

"其他人呢？"

"瓜蔓抄去了。"

"瓜蔓抄"这个典故来自清人入关前的大明，当年大明锦衣卫的侦缉手段很是严酷，抓住一个可疑的人，就会沿着这个人亲朋好友甚至仆从家奴的脉络，犹如顺着瓜果的藤蔓一样排查下去，但凡有牵连的一个也不放过。最后常常一抓就抓出所谓的同党无数，然后各个用刑逼问，甚至屈打成招。

如今的明律对锦衣卫的权限虽然全部有新的规定，可是这个词和这种作风还是延续下来，意指大规模挨家挨户地搜查。

薛怀安不大喜欢这样的行事手段，在他看来，刑事侦缉中细密而有逻辑的思考远比这样的体力活儿有效，只是锦衣卫的风气做派形成已久，并不是他一个小小校尉可以改变得了的。

"抓谁去了，是馨慧女学的门房老贾吗？"

"可不就是他，听说那家伙跑了，害得咱们百户所分散在十里八乡的锦衣卫全部被调动出来。"齐泰一边说着，一边把准备好的温水拿出来，开始清洁杜小月的尸体。

薛怀安见了便戴上手套去帮忙，齐泰忙说："这些龌龊的事情，卑职来做就好了，哪儿有锦衣卫也干这些的，薛大人还真是古怪。"

"我干这些心里比较踏实。"薛怀安答道。

齐泰手上不停，嘴上颇有些感慨地说："所以啊，卑职总觉得薛校尉是不大一样的人。校尉大人，你至今还是个校尉，真是委屈呢，想想你来了我们这里，大小案子可破得不少。李百户既然欣赏你，为什么不给你升职呢？"

薛怀安毫不在意地笑笑说："这些我也不明白，李大人自有想法吧。"

齐泰见薛怀安言语之间的确是没有半分气恼怨怼，便也不好再多说什么，只是叹了口气，心想：这么个聪明人，竟是于人情世故上不开窍，真是可惜了。

两人洗干净了尸体，将黄纸蘸好酒醋，清洁尸体的面部、胸胁、两乳、脐腹和两肋之间，再用一条薄被盖上，浇上酒醋，等了一个时辰，便开始验尸。

齐泰打开尸体上的薄被，看着清洁好的尸体，忍不住叹了一句："哎呀，好干净的尸体。"

这话只有薛怀安能明白。原来在洗过酒醋之后，尸身皮肤下很多原本不易看见的压痕创伤都会浮现出来。两人验伤这么多次，大多数人是在死前有过殴打一类的剧烈身体冲撞，还很少看见除了那几道伤口外，没有什么其他伤痕的尸体。

"老齐，开始吧。"薛怀安皱着眉头说，双眼盯着杜小月的尸体，心中解不开的谜团更大了些。

齐泰开始重新细致地检验尸身各处，口眼鼻耳和阴户肛门一一探查并记录过后，已经到了清晨，两人刚刚用药材去掉了身上的异味儿，准备喝口茶休息一下，百户所的院门"哐"的一声便被人推开了。

十来个锦衣卫在李抗的带领下鱼贯而入，大咧咧地倒在堂上的官帽椅中。李抗大声吆喝道："兄弟们，再提一会儿精神，我们把那个小子审完了再说。"

随后，一个锦衣卫押着一个头戴方巾、书生打扮的男子走了进来，一把将他推倒在地，呵斥道："跪下，回大人话。"

那人战战兢兢地爬起来，还未开口，李抗就从椅子上跳起来，指着他鼻子大骂道："妈的，你个狗娘养的采花贼，还来假扮读书人，真是狗胆包天。你自己从实招来吧，爷们儿今天晚上搜了二十多家旅店、窑子、饭馆，一夜没睡，各个心情都不好，你要是让我们逼问的话恐怕没有好果子吃。"

那采花贼此时已经吓得面无人色，一连磕了十几个响头，磕磕巴巴地讲了自己如何看上郭员外家的小姐，又如何买迷药想趁夜色迷奸那郭小姐，不想放迷香的时候被她家人发觉，被人追了一条街才逃脱。但后来贼心不死，趁那郭小姐在庙里进香留宿，又去试了一回，这回虽然得手，但此后外面风声紧了，自己就再也没做过。

李抗啪地一拍桌子，怒道："狗屁，非要给你上板子才肯说实话吗？你之后分明还迷奸了石头巷林家的儿媳妇和广宁街棺材铺的老板娘，今儿你还奸杀了一个十六岁的小姑娘。"

那人一听，吓得体似筛糠，一下子扑倒在地上，道："大人冤枉啊，那之后我真的再也没做过啦，色心起了就去窑子逛逛。小的只有色胆一颗，杀人的事更是想都不敢想的。"

"还敢嘴硬，拉出去把他关起来，不给水、不给饭，看他一天以后还硬不硬。"李抗疲乏难当，懒得再与这人废话，一摆手，先叫人把他拖了下去。

那采花贼高声叫着冤枉被人拖走了，李抗愤愤地说："真是麻烦，要是前明那时候，咱们锦衣卫有动刑的权利，几十板子下去，看他招不招。"

"大人，可能真的不是他。"薛怀安忽然插话进来道。

"怀安，你什么意思？"

薛怀安指了指里间，说："大人，借一步说话。"

两人步入里间，未等薛怀安开口，李抗先按住他的肩膀，道："怀安，我一直器重你，不过这次的事情你要谨慎，这个采花大盗的案子太过恶劣，街头巷尾都在议论，咱们月余未破，连泉州府都惊动了，昨儿个才发来询事案牒，不想今儿就变本加厉出了一档子奸杀。没有把握你别瞎说，这人迷奸的事情已经招了，只要再关一关，奸杀的事情也会认下来。采花大盗一案已经拖了月余，这下子一并破掉，我们也好交差了。"

薛怀安正色道："大人，迷奸与杀人不同罪，这人虽然下流该死，却不得冤死啊。再者说，门房老贾不是还没找到吗？他可是很有嫌疑的。"

李抗神色一凛，收回了刚才语重心长的态度，说："那你怎么认为？"

"大人，杜小月之死绝对不只是奸杀那么简单。"

"为什么这么说？"

"大人，卑职从现场勘查来看，已经可以确定她是先被人从背后重创，然后再放入树林的。如果那之后她被人奸淫，在下体造成那么大伤害的情况之下，我等今日验尸，竟然没有发觉她身上有其他瘀痕。按理说，那歹徒或手按，或身压，在如此大力的情况下她身上必定会留下些痕迹，特别是当时她应该已经死了，或者是濒死，身上血流不畅通，更容易形成瘀痕，怎么会什么也没有留下？"

"也许就是没压、没碰，这个也难说。或者凶犯按住她的力度很轻，要知道，那时候杜小月既然是已经死了或者濒死，凶犯不需要用很大的力气压制她。"

"还有一点，这个采花大盗在这月余之间迷奸良家女子三次，手法几乎都是相同的，为何这一次如此不同？若是说，先奸后杀，那还罢了，我们姑且可以认为他是在奸淫过程中遭到杜小月的反抗，所以下了杀手。可是从杀人现场来看，分明是杀了人之后再去奸淫，这与另外三个迷奸案的犯罪手法大相径庭，很难让人相信是一人所为。"说到这里，薛怀安突然转而问道，"卑职想请问大人，为何搜查门房老贾竟然抓出这么个家伙来了呢？"

"查问一个妓女的时候，她说她的一个客人酒醉后说郭员外家的案子是自己做的，我们按照那妓女说的姓名、样貌，在另外一个窑子搜查的时候找到了他。"

薛怀安听到这里，不自觉地摇摇头，道："既然如此，大约真的不是他。"

李抗沉吟良久才开口问道："那你怎么解释这件事？"

"卑职以为，有人制造了杜小月被人强奸的假象，这是因为最近采花大盗的事情被人们传得凶，凶手想嫁祸他人。"

李抗绷着面孔仔细想了想，带着疑惑看向薛怀安，问："杀人要讲动机，不为色欲的话，这个人为何要杀掉杜小月，她一个小姑娘能和别人结下什么仇怨？假设就是现在逃跑的门房老贾所为，你说说他有什么动机？要掩盖他欺负过杜小月的事情？你妹子说了，当时她撞见老贾欺负杜小月，本来是要拉着杜小月去找校长告状的，是杜小月害羞不敢去，死活不让你妹子说出去，老贾有必要对这么个胆小懦弱的女孩子下杀手吗？"

"这卑职就不知道了，可是，卑职愿意立刻去调查此事。"

李抗负手在屋子里来来回回走了几圈儿，停下来看着薛怀安，好一会儿，像是下了什么重大决心一般，说："怀安，采花大盗这个案子上面给了期限，你现在将它搞得如此复杂，要是月底还说不出个所以然来，你可就……你可就当不成我的女婿了。"

薛怀安一听，大喜叩谢："谢李大人，怀安这就着手调查。"

袭

薛怀安出得百户所，在晨曦中深深吸了一口气，一夜未睡的疲倦被初夏清凉湿润的空气稍稍驱走几分。

"薛校尉，早啊。"

薛怀安忽听有人叫他，循声看去，但见常樱正站在晨风里，眉眼清扬，衣袂飘飘。

"常百户更早。"他笑着答道。

常樱见眼前这个年轻的锦衣卫一副睡眼蒙眬的样子，脸上挂着梦游般的痴笑，心中忽然生出感慨，明明是这么聪明的一个人，为什么让人觉得如此没心没肺呢？

她咬了咬嘴唇，终于下定决心，放下矜持，道："的确，我派人在跟踪你，知道你一夜未归，特意在这里等你的。我就是想问你，我的提议，你考虑得如何了？"

薛怀安脸上是木木的神情，似乎是在回想究竟常樱说了什么提议，好一会儿才说："那个啊，我觉得吧，人还是一步一个脚印比较好，薛某不过是一个小小的缇骑校尉，突然跑去做绿骑总旗恐怕不妥。"

常樱其实也大概料到这样的结果，并不灰心，继续说服道："薛校尉，这世上并不是每个人都必然一步一个脚印。"

"那倒是，这世上并不是每个人都必然一步一个脚印，比如鱼人和常大人您。"

常樱听了神色一沉，道："薛校尉，你是不是觉得我升职太快，有心调侃？常某升迁全凭本事，问心无愧。"

薛怀安笑着说："常大人误会了，卑职的意思是说常大人您轻功好。"

"你……"常樱脸上微现羞恼的红晕，明知薛怀安在调侃自己，却又无法发作，只得忍下这口气，道，"薛怀安，我有意提拔你，你怎么这等没心没肺呢？"

常樱说出这句话来，自己都被自己的语气吓了一跳，那语气并不像个上司在责备下属，倒是有些嗔怪的感觉。

她为自己的失态感到有些窘，眼睛下意识地瞥向一边，避过对面那年轻缇骑的直视。幸好薛怀安于这样的事情反应迟钝，完全没有察觉到常樱语气和表情上的问题，揉了揉快要睁不开的双眼，道："不是卑职没心没肺，是真的觉得如今这职位更适合卑职，绿骑那里，卑职擅长的恐怕施展不开。"

薛怀安虽然回绝得干净，可是常樱却是性子固执的人，认准的事情绝不轻易放弃，她一挑眉，反问道："怎么会施展不开呢？我们绿骑又不是光去打架、抓人，我们也需要推理判断，细致侦查的时候并不比你们缇骑少。"

薛怀安看着面前执拗的女子，忽然想起同样认准了什么就坚持到底的初荷，心上便硬不起来，叹了口气，道："大人，要不容卑职再考虑一下可好，如今手头上一个案子紧，关系着，嗯，关系着……"薛怀安想把这案子与自己的关系说得特别重大一点儿，略一沉吟，继续道，"关系着卑职的婚姻大事。"

常樱忍不住脱口就问："为什么这么说？"

"因为李大人说，要是卑职办不好这个案子，他女儿就不会许配给卑职。"

常樱听了，冷笑道："原来如此，那么薛校尉就快去办案吧，别误了你的好事。"

薛怀安摆脱掉常樱，在百户所斜对面的早点摊儿上吃了一碗热乎乎的鸡汤面，原本就困顿的精神因为腹中饱胀而越发困顿。他强打精神回了百户所去牵马，再次走出百户所的时候正看见初荷站在门口，笑意盈盈地等着他。

"初荷，你怎么来了？"

初荷甜甜笑着，提起手中的食盒摇了摇。

薛怀安有些抱歉地说："送早餐啊，真是不巧，我已经吃过了，要不然，你放在我桌上好不好，我赶着要去清凉山。"

"为什么还要去那里？"

"你们昨天游乐的茶室不是还没有看过吗？昨日赶着回来检查，没时间去看。"薛怀安答道。

他故意隐去不说是检查杜小月的尸体，初荷看起来似乎也没多去回想那可怕的一幕，道："那我陪你去吧，有什么事情你可以问我。"

薛怀安想想确实也需要她，便答应下来，扶她上了自己的马，两人共乘一骑往昨日案发的清凉山而去。

清凉山是惠安城边上的小山，惠安城本是一座小城，这山又靠着城，就是从百户所走路过去也费不了许多工夫。依着薛怀安的性子，平日里大多会选择步行，但今日困乏，便骑了马，没多久已到山下，只见因为天色尚早，山中雾气还未散去，山道上影影绰绰有几个锦衣卫的身影在晃悠。

因为昨日的凶杀，锦衣卫封了山，各条山路都用荆棘临时筑起了路障不说，还派了人四处把守巡逻。薛怀安走得近了，看见几个同僚正在撤掉路障，快走几步上前问道："这是要干什么去啊？这边没事了？"

"对，昨夜搜了一晚上山，凶器刚刚找到了。"正在撤路障的锦衣卫回答。

"凶器在哪里？是什么？"

"快马给李大人送去了，是一把很锋利的短刀，被歹人逃跑时扔在草丛里了。"

凶器找到了总算是一件好事情，薛怀安心中略觉得一轻，带着初荷举步就要上山。

其他锦衣卫虽然都是李抗的手下，但是平时分布在惠安管区的十里八乡负责治安，与薛怀安并不相熟，见他要上去，其中一个便问："薛校尉还要去案发现场吗？"

"不是，是去茶室再看看，昨晚并没有检查那里。"

"那薛校尉倒是不必去了，昨晚我们轮班在那里睡觉，顺便查过那里，每个仆役先前也都录下口供，实在是没什么好再看的。"

薛怀安"哦哦"应着，却还是自顾自往山上走。那说话的锦衣卫见他如此，低声不屑地说："怪人一个。"

清凉山不大也不高，没多久薛怀安就到了茶室，一路上只见青石阶已经洗刷去血迹，茶室的仆役犹如没有发生过任何事情一样彬彬有礼地站立门前，清晨淡金色的阳光洒在这山中的幽静院落，世界仿佛又重新恢复到美好的原貌之中。

在这样的时刻，薛怀安总会觉得自己是一个如此不受欢迎的人物，强行要扯开这些假象，去询问令人不快的事情。

仆役们的回答和昨日没有什么两样，薛怀安见得不到更多线索，就去看初荷她们昨日聚会的地方。

那是整间茶室最里面的院落，园中花树、草木都修剪得很是雅致，初荷站在院子里给他重新回忆了一下当时的情形。

"那天小月看上去挺高兴的，还和大家一同起哄让我们程校长唱段戏来着。大约是在校长正式宣布了停学之后没多久，她就起身悄悄走了，我原本想问她干什么去，可是你知道的，她不懂唇语，我只能写下来再问，太麻烦了，所以也就没问。"

"她出去做什么可以说是这个案子的关键。初荷，你与她走得近，可知道她有可能出去做什么？"

这问题让初荷愣了愣，想了半晌才说："不知道。"

"那么，她有没有别的什么好朋友可能知道？"

"不知道。"

"初荷，你配合一些，你替杜小月送包裹的那个男子，你到现在还没给我讲清楚是怎么回事，你怎么什么都是一问三不知，难道她不是你的好朋友吗？你平日里不关心她吗？她郁郁不乐的时候你不问问为什么，满心欢喜的时候也不与你分享？"

薛怀安很少对初荷说重话，脾气更是好得没话说，突然这样提高了声线对她，让初荷不由自主向后退了一步，然后倔强地仰起脸，迎视着他，用手比出"不知道"三个字。

比完这三个字，初荷仍然觉得气不过，急速地变换着手中的动作，快速地发泄出心中的不快。

"薛怀安，我不是无忧无虑同情心泛滥的大小姐，我自己也是别人眼里不会说话的怪物，所以没有能耐去爱护那么多人。不论是杜小月对我，还是我对杜小月，不过是两个怪物相互做个伴儿，我没有必要去探究她的内心。"

薛怀安从未想到初荷会说出这样的话，脸上带着震惊之色，缓了缓，平复下心情，以克制的语气说："对不起，初荷，是我不该让你接触这些事情，你快回家去吧。"

不想初荷更加气恼，道："我亲眼见家人被杀死，我知道世界有多冷酷，只有你还一厢情愿地当我是个无知纯洁的小娃娃，回不回家是我的事情，用不着你管。"

"好，那随你。"薛怀安心中惦念案情，无意与初荷争执，强压下心头的不快，扔下初荷，扭头往里间的跨院儿走去。

跨院儿里有两间厢房，大的一间安排着茶桌、茶椅，小的一间放着些箱柜，薛怀安进了小间，打开箱柜一看，都是些戏装和乐器。

他随手拨了拨一把三弦琴，"铮"的一声尖锐的琴音跳跃出来，惹得他自己汗毛一栗。

"啊，搞出这么难听的声音，不会遭天谴吧。"他自己调侃自己道。

在说完这句话之后，他只觉得自己的后脑勺被重重一击，随即失去了意识。

路

薛怀安醒来的时候，首先映入眼帘的是初荷哭得红红的双眼。他揉了揉眼睛，迷迷糊糊地问："请问这位姑娘，你是谁啊？"

初荷原本还在低低抽泣，刹那之间就愣在那里，连手语都忘记去比画。

"哦，是初荷啊，我认出来了。你眼睛怎么变得和被马蜂蜇了一样，又红又肿，吓我一跳，以为是山里的女妖怪把我抢去当压寨丈夫了。"

初荷立时明白薛怀安在逗她，"扑哧"一声破涕为笑，扑上来挥开粉拳乱打一通。

薛怀安一迭声求饶："饶命，饶命，侠女你这是为民除良啊，百姓会恨你的。"

初荷打痛快了，终于停下手来，原想再生一会儿气，骂薛怀安几句，可是毕竟年幼，绷不住气势，小脸儿紧了紧，还是忍耐不住笑出来，暂时忘却了刚才的口角。

薛怀安支着身子坐起来，细看眼前的小姑娘。

在他的记忆里，她有两年没有哭过了，至少在他的面前没有哭过。如今她虽然笑闹了一阵，可是因为刚才的哭泣扰乱了呼吸，现在还是间隔不久就要不由自主地抽一口气，小小的身体随之就是一抖，一下一下的，让人想起受了惊吓的幼兽。

薛怀安不禁伸出手，抚上她泪痕未干的脸颊，低低地说："对不起啊，害得一棵树哭了，下次我会小心。"

初荷感觉到怀安的手掌熨帖在自己脸上，温暖的热度有稳定人心的力量。

她吸了吸鼻子，咬住下唇，露出难得一见的怜软神情，双手在身前很缓慢地比出一句话："不要死在我之前，能答应吗？"

"能，我发誓。"他说。

薛怀安起身四顾，发觉自己仍然身处那间小厢房，于是一边揉着仍然火辣辣疼的后脑勺一边问初荷："你可看见袭击我的人了？"

"我来的时候你就躺在这里了，没看见谁。"

薛怀安检点一番身上的东西，发觉什么也没有少，再看看屋内各处，除了那个大约是用来砸自己的景泰蓝大花瓶歪倒在地上，也没有什么醒目的变化。

他心中暗自疑惑，一时想不出是谁为了什么偷袭自己，于是又打开装戏服、乐器的箱子察看。

他虽然记不清自己最初打开这箱子的时候里面是什么样子，但是却怀疑箱子有被翻动过的迹象，很有可能是有人来找过什么，然后粗粗将叠放好的衣物再放回原处，却因为匆忙没有摆得十分齐整。

然而也只是怀疑罢了，他被击倒前并没有十分留意箱中物件摆放的状态，如今也只好暂时把这疑点记在心上，想着将来再去找程兰芝查问。

"初荷，这房子是干什么的，平时谁在用？"

"换衣服的。程校长喜欢唱两句，这里大约是她的行头什么的。至于用这屋子的人，那就多了。请来的戏子、伶人，还有女学的同学们自己要是演一出折子戏什么的，都会在这里面换衣服。"

"那么，昨天有谁来过这里？"

"昨日的话，只有程校长进来换过戏装吧。"

"她是在杜小月走之前还是走之后进来的？"

"走之后。"

薛怀安神色微动，环顾屋中，对那扇后窗忽然来了兴趣，他走过去推开窗，发现从窗口恰恰可以看见回转而下的青石阶山路，大约只有百步之遥，杜小月遇害的那一处也赫然在目。

他神情顿时一震，问："你刚才在哪里？"

"在外间的院子生气。"

"没看见有人来？"

"没有。"

"后门，这里一定有一个后门可以出去，要不然袭击我的人不可能无声无息地绕过你。"薛怀安振奋地说。

两人立时开始在屋中仔细寻找暗门，可是细细搜了一遍也未曾发现，又跑到跨院儿里察看，终于在一丛繁茂的木槿花之后看到了一个隐蔽的小门。

"门没有锁，袭击我的人很可能是从这里出去的。"

薛怀安说完，推开门，果然看见一条完全由脚踩实的山间小径，他拉着初荷，快步沿着小径穿过树林往下走，不一会儿工夫，眼前出现一个岔道口，他们选了缓缓斜向上的一条继续走，没多久就看见了青石阶山路。

"看，那里就是杜小月遇害的地点。"薛怀安指着不远处的石阶说。

初荷点点头，却不解地问："你这是什么意思？"

薛怀安蹙着眉，没有马上回答，反而问："昨日你们校长换衣服用了多久时间？"

"很快。"

"很快是多快？"

"我又没有西洋怀表，不过也就五分钟上下吧。"

薛怀安掏出怀表来，道："你等在这里。"

说完，他快步又飞跑回小路，初荷等了好一会儿，只见薛怀安又气喘吁吁地跑回来，弓起瘦长的身子，双手叉在腰上，上气不接下气地一阵喘，好不容易等呼吸稳住了，才说："五，五分钟，我跑一个来回要五分钟。哎哟，不行，岔气儿了，初荷救命。"

初荷看他的样子狼狈，捂着嘴偷笑，话也不说，抢过他手中的怀表，往林子里跑。

不一会儿，她也跑了回来，虽然一样喘着粗气，可是远没有那么狼狈，将怀表递给薛怀安，有点儿得意地比出"一分半"几个字。

薛怀安知道自己非常不善运动，跑了这五分钟可以要掉自己半条老命。可是初荷却不同，她自从立志要做一棵树以来，每日坚持一种古怪的、据说是她太爷爷教给她的身体修炼法子，每天早晨风雨无阻地围着房子跑圈儿。

然而，连初荷也需要用一分半跑一个来回，薛怀安想到这里，觉得谜题又解不开了。

初荷看着他苦思不解的模样，问："你认为，程校长有可能在换衣服的间隙，沿着小路跑下来杀了小月再跑回去？"

"你看，一个人不会平白无故袭击我，在这个节骨眼儿上，我们可以假定，他袭击我就是为了让我不要发现什么与昨日凶案有关的东西。换一个角度说，就是有什么重要的和凶案有关的东西留在了那里，因为昨日锦衣卫护送众人下山，后来又封了山，所以他没有办法拿走。而你说过，昨日用那屋子的只有你们程校长。"

初荷不可置信地摇摇头，说："她跑不了那么快。"

薛怀安常说初荷跑步的时候像个女妖怪，即使大多数男人也跑不过她，路程短的时候还看不大出来，距离一长就格外明显，一分半的时间对于她来说就是在曲折的山道上往返跑了差不多一里来地，也就是一千六七百尺，换作一般女子，即使体力和耐力俱佳也需要耗时两分钟以上。

"往返两分钟，再加上杀人和拖尸体，没有六七分钟是不可能办到的。如果考虑到还要换戏服，还需要平复了呼吸去唱戏，没有十五分钟是做不到的，就算你们程校长是武林高手，懂得轻身功夫，能在树梢间飞来纵去，我们折一半时间也是七八分钟，所以，从时间来看她不会是凶手。"

初荷点点头，她自己也跟着薛怀安学了些武功，知道所谓飞来飞去的轻身功夫只是侠义话本小说里面的夸张，这世上哪怕是顶尖的武林高手，也只能做到腾跃如猿，行走如飞，长途奔袭而气力不衰，若说真的像鸟儿一样在树梢间飞来纵去，那是决计不可能的。

薛怀安想了想，又说："但是从时间上来看，如果当时后窗开着，程兰芝很有可能看到当时杜小月被害的情形，如若真是如此，她什么也没说就很是可疑了。"

初荷听了微微一惊，问："有没有可能凶手是一个知道这里有小门的人，所以杀人之后没有溜下山，而是跑上来，然后在那屋子里面藏了什么东西？"

"也有这个可能，不过那就需要解释，为什么凶手不跑下山，而是跑上来。走，我们再回去看看。"

两人重新走回茶室，四处细致勘察一番，却不再有什么新的发现。薛怀安回到放置戏服的小屋，站在后窗眺望山中景色，可以看见青石阶曲折蜿蜒地盘山而下，消失在青山翠岭之间，隔着层层树木，隐约能瞧见半山亭有些褪了色的朱红顶子。

"杜小月去做什么了呢？是下山去吗？但也有可能是去什么地点见什么人，比如，就是去这个半山亭。去见谁呢？那个她托付你递送包袱的男子吗？"薛怀安喃喃地兀自低声说道。

初荷站在薛怀安身后听着他的自言自语，心中害怕自己那日在茶楼的胡说八道将薛怀安引入歧途，赶忙拉了拉他的衣袖，面对回转过头的迷惘眼睛，比出"凶器"两个字。

薛怀安如梦初醒，一拍脑袋，道："对，应该先回去看看凶器。"

钢 ──────────────────────────────

初荷知道薛怀安虽然是个公认好说话的人，可是一旦他真的下定了什么决心，却是万难动摇，故而这一路上，她极是乖巧，关于杜小月案子的进展半分也不去打听，一进惠安城中，便和薛怀安分了手，独自往铁匠铺子赶去。

惠安城原本的三家铁匠铺子，到了今年年初，就只剩下一家。说起来，这虽然只是一时一地不打眼儿的变化，却和这八九十年来南北间变幻的风云有关。

当初清人入关之后势如破竹，一路南下，一直打到长江边上才由于地势阻碍给了南明一段时日喘息。然而因为早前溃败得太快，南明兵将士气低迷，明眼人都看得出，这样隔江对峙的局面并不能维持很久。但这时，名不见经传的南方官吏张昭于朝堂请命带兵抗击清军，并在一连串不可思议的胜利之后，暂时稳住了局面。

若只是冒出个张昭，或许他也无法靠一己之力挽大厦于将顷。偏此时，散落在北方各处的李自成旧部突然又活跃起来，依仗不知从哪里得来的先进火器，把清廷搞得很是头疼。南明则任命张昭为内阁首辅，这凭空冒出来的年轻首辅脑子里有很多前无古人的想法，其中之一便是大力发展钢铁冶炼和制造业。到了近十年，有实力的钢铁商人已经成功地将铁匠铺子赶出了南明的大城市，而如今，就算在惠安这等的小城，炼铁小作坊也终因无法和从贵阳这样的钢铁重镇运来的量产铁具竞争而关门大吉。而唯一剩下的这一家，则完全是因为老板心思活络，一方面销售贵阳铁器，一方面又按照顾客的特殊要求提供定制铁具。

初荷来到铁匠铺门口的时候，看见五六个工人正在把一个大箱子往铁匠铺子里抬。她站在门口等了等，看里面消停些，才抬步走进去。那个大箱子已经被拆开，里面装的原来是一台崭新的机床。

铁匠铺里原来的机床初荷是见过的，因为不够精细，操作也不灵便，于造枪这样的细致事情上只能帮点儿小忙，但是这一台，似乎精巧了很多。

只见一个身穿蓝布衣裤技工模样的男子正在那里埋头安装着机床，另一个身穿玄色长衫的男子则闲闲地站在那里，时不时提点两句。

玄衣男子站在阴影里，初荷看不清他的面孔，只有他鼻子上架着的那副眼镜会随着头部轻微的转动而不时反射一道光过来，让初荷不由得挪了两步，以避开那反光。

铁匠铺的曹老板看见初荷来了，热络地迎上来，道："初荷姑娘来了啊，正好，今儿来了很多新东西，跟我过来看看吧。"

初荷点头示好，被曹老板引到一个摆满各种铁条、钢条的大铁桌前。曹老板拿起一个约一尺长、两寸宽、半寸来厚的钢条说："初荷姑娘你看，这是贵阳造出来的新钢，合不合你用？"

初荷接过钢条，细看新钢的成色，摸摸敲敲，再用力弯了弯，越看心里越难以平静。

她记得清楚，在太爷爷的《枪器总要》这部书中，提到过中国很早就知道怎样用焦炭提高炉温，同时加入一定比例的其他金属和碳，炼造出比铁更有韧性的钢。但是，这个锻造工艺的材料比例和方法没被严格记载下来，口头上几经流传早已变了样。

太爷爷在书中说，如果能在那种传说中的中国古钢基础上加以改进，很快，就可以有符合他武器制造要求的钢材出现，如果真到了那时候，火枪必将退出历史舞台，武器的历史，或者说整个世界的历史也必将翻开新的一页。

然而事情总是说易做难，这几十年，由于被国家煽动起了炼钢的热潮，钢铁商人们一直在想办法制造出更好的钢材来，但是初荷至今还未发现符合太爷爷描述的钢材，除了今天手中拿着的这一块。

曹老板见初荷拿着钢条，眼神却早已不知道飘到了哪里，假咳几声，将她拉回神儿。

初荷放下钢条，拿出本子和炭笔，写道："这钢是哪里造的？真是不错。"

曹老板见初荷识货，顿时来了兴致，道："据说是请了英国人在贵阳建的新炼钢高炉，铁矿石则是从南美进口的，好不容易才造出来的好东西。本来，这个英国工程师是要在啥苏什么格兰的地方搞他的设计，不想被贵阳顾氏花了重金给请过来。初荷姑娘真是好眼力，这可是真真正正用那个新高炉造出来的第一批钢条，还没有大量生产呢，据说是还在等配套的轧钢机，那新机器比现在的轧钢机好用很多，要六个壮汉一同使力，等那东西出来了，姑娘再要钢管，就不用那么麻烦了。"

初荷听了，心中更是翻腾："现下手工造的火枪贵，一个重要的原因是轧钢机床压制出来的钢管质量不如手工钻磨出的枪管质量好，但是要是新的轧钢机真的在技术上提高了那么多，那么手工制造很快就没有什么优势，自己的枪恐怕再也卖不出那样好的价钱了。"

"老板，来看看吧，装好了。"

那个蓝衣技工的声音突然插入，初荷不由得被那声音牵引着望过去，但见曹老板乐颠颠地跑上前，按照那玄衣男子的指点开始学习怎样操作新的机床，机器在触及铁件的时候，发出刺耳的噪声，霎时吞噬掉整个世界的其他一切声响。

初荷在一旁看着，发觉这个脚踏和臂摇的两用机床的确改进不少，切割的时候似乎更省力，打磨时则更精确细致，心底忽生感慨：原来，外面的大城市里，制造技术竟然在以如此快的速度突飞猛进，自己是不是也该考虑买一台了呢？

她原本有一台简单的小型脚踏机床，平时收在有暗格机关的箱子里，薛怀安不在家的时候便会拿出来用，因为怕声音吵到邻居，她的房间四壁都贴了夹棉花的墙布，窗户缝隙也贴了棉条，并配上厚帘子。即使这样，仍有好事的邻居问过薛怀安："你们家装了什么古怪机器吧，怎么听到过嗡嗡的声音？"

薛怀安猜到一定是初荷在做什么，答道："那定是我妹子在做什么玩意儿，那丫头和男孩子喜好差不多，就喜欢做木工和铁匠的活儿。"

薛怀安转回头来问初荷，初荷只是笑而不语，过了几天，却拿出一只自己手工制作的铁质小猪作为礼物送给了他。

薛怀安捧着小猪美得乐翻了天，道："知吾者初荷也，吾之人生梦想皆与猪同。"

但是，要是买了这样的机床，就不能放在家里了呢。难不成搬出去住吗？而且，存的钱似乎也不够呢。初荷苦恼地想。

"这位姑娘似乎对机器很感兴趣，是吗？"一个温厚的男中音忽然在她的耳边响起。

初荷从思绪中跳出来，见是那个玄衣戴眼镜的男子不知何时走到了她的身边。

这是一个很难形容的年轻男人，诸如好看或者不好看这样泛泛的词汇加在他的身上似乎都不合适。初荷习惯凭直觉看人，但隔着一个黑色框架的眼镜，他的整个人仿佛那双被玻璃镜片遮挡住的眼睛一样，明明看得清楚，却总能感觉得到有什么被隐藏了，以至于初荷的直觉完全不能发挥作用。

初荷原本就不喜与陌生人谈话，在这样的情形下更是不想搭理这个男子，于是只是和气地点头笑笑，便低下头，佯装继续去看手中的钢条。

不想那男人却凑近了一步，他身形颇高，一下子挡住了初荷的光，将她陷入他的黑影里。

她听见他说："但凡新的材料产生，总会带来新的产品，比如，这新型钢要是造出了新的钢管，也许就会有新的枪炮，姑娘这么觉得吗？"

初荷诧异于一个陌生男子突然对她讲了这些，防备地抬眼看向他。

玄衣男子面带和气的笑容，依旧以温和的口气说："敝姓'祁'，单名一个'天'，机械工程师。"

线

即使南明风气开放，初荷也觉得自己不应该在这样的场合和陌生人搭话。她一个姑娘家来到铁匠铺就已经很古怪了，还是少招惹是非为妙。

心中打定主意，她礼貌性地在脸上浮了个笑，也不搭理那叫祁天的机械工程师，转身就要离开。恰在此时，曹老板试好了他的新机床，冲初荷叫道："夏姑娘慢走。"

曹老板将沾了机器油泥的手在衣服上擦了两下，紧赶几步走上前，问："夏姑娘，你订的贵阳铁最近没有货，我说你看这新钢合用不？合用的话，我干脆给你订这个好了。"

初荷刚想掏本子写句话回答，却发现祁天正看着自己，她心上觉得不自在，本子掏了一半就又搁回去，摇摇头抬脚出了铁匠铺。

不想祁天竟然跟了出来，在她身后唤道："姑娘留步，在下有个事情想同姑娘打听。"

初荷转回身望着祁天，眼里满是戒备之色，眉头低低压下去，做出一副不要招惹我的凶恶表情。然而她毕竟只是豆蔻年华的少女，眉目又生得惹人怜爱，即使这样凶着脸，也叫人怕不起来，倒像是刚懂得挥爪龇牙去吓人的小猫，只让人看着觉得有趣。

祁天又往前走了几步，他的面孔在晌午明亮的日头之下变得清晰异常，初荷这才发觉这人原来长得棱角分明，幸而鼻子上架了一副眼镜，脸上又总挂着笑意，这才缓和了相貌的犀利之感。

"姑娘可知道这惠安城中哪里有人造一种很精致的火枪，枪上刻着一个菱形中间有折线的银色标记？"祁天客气地问道。

初荷心上打了个突，暗想这人如此问自己，定然不是随便起意，抓了个路遇的小姑娘就问这样不着边际的问题，再一想这人的姓氏，不知道是"祁"还是"齐"，如若是"祁"的话，难不成和与自己订购火枪的"祁家"有关。

一想到这一层，初荷刹那觉得呼吸一窒，眼睛一眨不眨地盯住祁天的脸，盯得心里生出一丝痛来。

终于引起祁家人的注意了吗？她在心底有些不敢相信地问自己，双手不由自主握成了拳头，仿佛握住了自己家族那断掉的隐秘历史。

祁天看着眼前少女握拳警戒的样子，心中只觉得好笑，这少女刚进铁匠铺的时候他并未在意，但是曹老板跟她说的几句话却让他上了心，想到每次来此地取货的柳十八说过，送货的是个十三四岁样貌清秀的少女，倒是与这丫头有几分吻合。他原本心中也没底，只是试探着问上两句，不想这丫头如此容易被看破，一两句话就把她问得如一只紧张的小刺猬，蜷成一团露出一身尖刺。这下倒好，十成十就是她了。

祁天见眼前少女的模样似乎怕得紧，不知怎的心头一软，不再逗她，往前又走了几步靠近她低声说："小姑娘，我知道枪是你家里人造的，我就是你们一直以来的买主，这次我来惠安，就是为了见你家人。"

初荷此刻脑袋发紧，顿了片刻才明白过来这人话中的全部意味，然而想明白了，心中就更是慌乱。

她低下头，缓缓去掏本子，借此耽搁一下回答的时间，终于，在打开册页的一瞬间，做出决定，在本子上写道："你姓祁？是祁家人？怎么又是机械工程师？"

祁天刚才见初荷用过一次本子与曹老板对话，大约也猜到初荷不能言语，并未有太多惊奇，点头道："在下的确是祁家人，否则怎么能知道你那里造枪的事情。至于工程师，在下的确也是，这机床和军火一样，都是祁家生意的一部分，我只是恰巧知道有一台机床要送来惠安，而我也打算来惠安，就同来了。"

"你要见我家公子做什么？"

祁天见到"公子"两个字，心下微微有些吃惊，若是造枪者被叫作"公子"，那大约就是和自己这般岁数的年轻人，想起那精雕细琢、一寸一寸打磨出的火枪，不知道如今这世道有如此心性的年轻人会是什么模样。

"姑娘刚刚也看见了，如今新的钢材面市，在下觉得这新材料或许能让枪械一门有所突破，而祁某一直仰慕贵府公子的造枪术，故此想与令公子谈谈，不知可否转达？"

"几时，如何找你？"

"今日任何时候，在下会一直在和泰客栈恭候令公子大驾光临。"

初荷听完祁天最后一句话，收了本子急急转身就走，一口气走出半条街，回头看看祁天没有跟着，心里才舒了口气。

她方才不敢多说半句或者露出任何表情，生怕说多、做多错也多。就是现在，回想起当时情境，心中仍觉得有些恍惚和不真实，仿佛是一直在等待的某件礼物，原以为也许等也等不来了，那东西却忽地从天而降，正正砸在你脑袋顶上，砸得你眼冒金星不说，还心中忐忑不安，怀疑自己是不是该有这么好的运气。

记不得有多少次，她在夜里用镶着金刚石的刻刀在坚硬的枪身上雕刻着弯曲的花纹，不知不觉，后脖子硬了，抬眼看看窗外，冷月过中天，无情地提醒她又是一段韶华流逝在这刻刻磨磨之间。

那样的时候她总会心里空得发慌，似乎觉得这么做下去也是白费力气，就算是造出再好的火枪来，也不会引出什么更有价值的结果，自己不过是每次见到一个叫柳十八的年轻男子，一手交钱一手交货，然后各奔东西。

也许有一天，柳十八升职了，那么大约会换个叫李十九或者王十七的随便什么人来接替他，但他们一定都是很年轻的，只有职位低的年轻人才会被派来做这样的琐事。那些年轻的面孔不断替换着，永远不会衰竭，唯有她，一天天老去，最后老到身体孱弱，手指颤抖，再不能造枪，也不知道祁家在哪里。

这是她心里的噩梦。

只是越害怕便只能越坚持，这是她手中唯一连接家族过往那段隐秘历史的线索，断了，她便一无所有。

这天初荷回到家的时候已经过了午饭时间，本杰明蔫蔫地趴在饭桌上，有气无力地对她说："初荷，你答应回来做饭给我吃的。"

初荷笑笑没说话，钻进厨房忙活起来，没一会儿工夫，一盘腊肉炒萝卜外加五张金黄的鸡蛋饼就送到了本杰明面前。

本杰明饿坏了，甩开腮帮子大快朵颐，等到差不多吃完，才想起问一直在旁边笑看自己的少女："初荷，你不吃饭吗？看着我做什么？"

初荷把本子往前一递，只见上面写着："还说是我的骑士和跟班呢，现在变成我是你丫鬟了。"

本杰明不好意思地讪笑，把剩下的小半盘腊肉萝卜和最后一张鸡蛋饼推给初荷，道："我不会这些嘛，骑士的工作是给你挡刀、挡枪，保护你，让你不受欺负；跟班的工作是给你跑腿打杂，解决麻烦，都不涉及做饭，是吧。"

"我倒真是有麻烦了呢，你能帮我见一个生意上的朋友吗？"初荷写道。

本杰明看了一眼本子，想也没想就拍拍胸脯说："没问题，这种事你的骑士兼跟班保证替你解决。"

初荷满意地笑，心想这样的本杰明真是再适合不过了，表面看上去聪敏机灵，偶尔说些傻话也只会让不知道的人以为是大智若愚，真的是天上掉下来的"我家公子"啊。

艾

凶器是一把全长六寸、刃长四寸的锋利短刀，做工精致简约，很像是旅人们在路途上喜欢携带在身上防卫以及切割食物用的短刀。

"太普通了，虽然是把好刀，可是没有任何特点。"李抗看着这把被认定为凶器的短刀说。

"一个人选择杀人武器总是有原因的，比如顺手，比如锋利，比如容易携带，当然也可能是恰巧拿到。这把刀最大的好处是容易携带和隐藏，所以，如果这是有预谋的谋杀，这个凶手很可能是平时不允许佩剑或者不便佩剑的人。"薛怀安分析道。

依照南明律，除去贵族和文武官员，其他人都不得佩剑，可是所谓的贵族可以上溯五代，故此实际上佩剑的人中不乏很多如今身份普通的平民，特别是书生和喜好侠气之人，更是喜欢佩剑而行。

李抗听薛怀安这么一说，很自然反应道："那凶手就是个粗人？"

"还可能是个女人。"

薛怀安说完，又觉得不对，补充说："又或者是为了趁其不备出手，才使用这样易于隐藏的凶器，这样看也可能是杜小月认识的、不会防备的人。"

李抗听到此处，苦着脸说："我说怀安啊，你这样一说，几乎就是在说其实差不多啥样的人都可能是凶手了。"

"大约就是如此。"薛怀安说完憨憨笑了，觉得有点儿不好意思，明白自己又把看似简单的事情搞得复杂无比。

"着实是不招人喜欢的个性啊！怀安，你这样的男人，真是很难有女人会喜欢，但是你不要以为这样我就会心软，一定要把女儿嫁给你，我女儿可是堪比明珠呢。"李抗在句尾使劲儿加重了语气。

"嗯，卑职以为，李大人自谦了，令爱不是堪比，是绝对比得过明珠。"

李抗呵呵笑了，按捺住得意，道："这怎么讲话的，怀安你谬赞了。"

"并非谬赞，令爱要是和明珠比，的确大很多。"

对话刚有些跑题和冷场，仵作齐泰恰逢其时地站在敞开的门外敲了敲门板，咳了一声，道："禀告大人，杜小月家里人来领尸首了。"

按照南明的习惯，锦衣卫在未得到死者家人的同意时，不得对死者的尸体做任何解剖，扣押尸体的时间也不能太长。李抗一听杜小月的家人来领尸首，征询地望向薛怀安，问道："怎么样，给了吗？"

薛怀安看看短刀，略想片刻，说："再给我一点儿时间，我还想看看去。"

齐泰陪着薛怀安重回停尸房，见薛怀安拿着短刀在比对伤口，忍不住说："校尉大人，这个卑职查验过了，应该就是这刀留下的伤口。"

薛怀安点点头，却没有停下来的意思，示意齐泰把尸体翻个身。齐泰遵命照办，将尸体背朝上翻过来，露出背后的伤处。

薛怀安将刀子虚架在伤口上比了比，问："这里你是怎么看的？"

齐泰不敢随便回答，反问道："大人觉得这一刀有什么不对吗？"

薛怀安没有应，把短刀重新插回杜小月背部的伤口处。这道伤很深，裂开的皮肉一下子就将刀刃吞没，只露出两寸许的刀柄。

"如果扎了这么深一刀，又在后心的位置上，若是你去杀人，还会再继续用刀子在同一个位置再补上几刀吗？"薛怀安问道。

"自然不会了，这样一刀几乎就毙命了。"

"可是你看这道伤口皮开肉绽的样子，显然不是只刺了一刀，而是刺入这一刀以后，拔出来再刺，这样反复了至少三刀。"

"是，这伤口表面破碎得厉害，的确是有两三刀重复刺入，这么说，下手的人可能除了想杀人，还有泄愤的意思，要不然何必这么做？"

"可是，她一个小姑娘，做了什么这么招人恨？"薛怀安自问一句，有些伤感地叹了口气，将一旁盖尸的麻布单子给杜小月盖上，道，"叫她家人来领吧，事先打个招呼，说伤得有些重，让他们有个准备。"

薛怀安出了停尸房，被初夏白花花的日头一晒，这才觉得真是有些疲累了。李抗正好走过来，同样的一脸疲态，见了薛怀安，嘟囔着抱怨："那个门房老贾还是没找到，就为他，一众兄弟熬了通宵，现在还歇不了，真是快要给熬死了。"

薛怀安觉得身为下属在这样身心俱疲的艰难时刻应该安慰一下上司，便道："不过说起来，人总是要死的，不管熬还是不熬通宵。"

李抗闻言，颇有醍醐灌顶之感，若有所悟地感叹道："说得不错，很深奥，很有哲理。"

这时候，从停尸房的院子传来一个女人尖厉的叫喊："你们这些狗官，好好的大姑娘，你们给她扒光了衣服也就算了，现在还不给她穿上去。想让老娘给她穿，没门儿。我告诉你们，你们谁给她脱的谁给她穿上，干了这么缺德的事情，当心断子绝孙。"

接着便是齐泰横着嗓子吼道："你咒谁呢你，谁家领尸首不是自带衣物的。你妹子的衣物都破成那样，什么地方都遮不住，你还好意思给她穿。你有本事，就这么让她光着让那几个抬尸的大男人给你一路抬回家去。我告诉你，你别在这里泼妇骂街，没人吃你这套。"

话落，齐泰气哼哼地从里院大步走了出来，脸上怒意未消，抬眼看见李抗，便道："真他娘的是个刻薄女人，来收尸连个新衫子都不给她小姑子带。"

李抗微微蹙眉，问："来人是杜小月的嫂子杜氏？"

"可不是嘛，就是那个艾家豆腐房的二女儿艾红，自小就是泼辣货，不想嫁了人更是肆无忌惮。她不怕出丑让她就这么抬出去，妈的，老子还一夜没睡呢，没工夫陪你玩儿。"

薛怀安听了，抬腿就要往停尸房的院子里迈，李抗一把拦住他，劝道：

118

"怀安，我知道你有侠义之心，可是如今这世道，'侠义'和'傻瓜'差不多意思。我们往她家通知过情形，这女子却连一件衫子都不带来，分明是来找碴儿的，这样的人你不要理会，她要抬人就这么抬，丢的是她杜家的脸。你放心，她闹一会儿看无人理她，就会回家取衣服的。"

"那要是她不管不顾，真这么就抬出去怎么办？就算有一张盖尸的麻布，毕竟抬尸的还是四个大男人呢。杜小月死得可怜，如此就更不得安息了。"

薛怀安说着绕过李抗步入院内，正看见艾红领着四个抬尸的男人从另一个门进来，竟然真是要不管不顾了。他忙走上前，道："杜家娘子且慢，还是回去先给小月取一套衫子来吧，如果你不愿意给她穿上，我来给她穿亦可。"

艾红瞟了一眼薛怀安，看官服比刚才那人似乎高了几等，便道："我家小月光天化日之下被人害死，都是由于你们治安不力，这体恤银子总要给些吧。"

"杜姑娘又不是在衙门做事，我们怎么会给体恤银子？"

"哼，我家没有她的衣服，这丫头一直野在外面，我早把她东西扔掉了。"

薛怀安见艾红不讲道理，便道："那你稍等，我去外面买一件来。"

没多久，薛怀安买了崭新的衫子回来，又亲自给杜小月换好，见艾红没话说了，这才指挥众人把尸首抬走。

他看着那一众人远去的背影，心中感叹人情的凉薄，艾红的身影在一队人的左侧首晃动着，晃得他心中一个激灵——杜小月留下的记号"i"，可以肯定不是代表它的英文意思"我"，因为她用了小写，而且是描了又描很清晰的小写，仿佛生怕别人误认为是大写一般。所以很可能是取其发音，比如杀死她的人姓"艾"，很可能是她没有力气写完一个汉字，就用了一个简单的字母来替代。

兄 ————————————————————

薛怀安原想立时就追上去扣住杜氏问案，转念一想，还是先回了百户所，找到趴在桌子上打瞌睡的齐泰，问道："老齐，那杜氏你认得吧，她是怎样一个人，家中什么情况？"

齐泰抹了一把睡皱的脸，声音混沌："也算是老邻居吧，不过我们差着年纪，所以从来没说过话啥的。她家里开豆腐房，头上三个哥哥都不是啥好东西，大前年你们还没来的时候，她大哥和人家打架给打死了，还有一个姐姐，听说嫁得挺远。至于她，她爹娘忙着赚钱，没工夫管教她，平日里被那几个兄弟带着，能成什么样子？打小儿就是不讲理的人，谁娶了谁倒霉。不过听说她也没嫁好，夫君常年有病，原本就算有些家底，也经不起这久病的花销吧。"

"我也听初荷说过，杜小月的兄嫂对她很是刻薄，但是杀人的话，能有什么理由？"

齐泰一听薛怀安这么说，立马摆摆手，道："不大可能是艾红，说起来我也算是看着她长大的，她性子不好是真，若说杀人，恐怕还没那个胆量。"

薛怀安蹲坐在齐泰对面的椅子上，苦恼地搔着头，道："胆量这东西可不好说，兔子急了还咬人呢。"

齐泰看看薛怀安，略做犹豫，才郑重地开口道："校尉大人，有句话卑职不知当讲不当讲，讲得不对大人别介意。"

"请讲无妨。"

"大人以后不要在人前这么蹲坐，实在是，实在是像个猴子。"

"猴子吗？"

"是的，猴子。"

"那也是很英俊的猴子吧？"

"从猴子的角度看，也许是。"

薛怀安在被齐泰打击过之后，晃晃悠悠地走到了杜小月家，一路上因为走得慢，倒是把脑海中繁乱的线索梳理得清晰不少。

他站在杜家的院门口敲了几下门，不一会儿，一个粗使婆子开了门，问明来意，引着他进了正屋。

艾红见到薛怀安，脸上现出不耐烦的神色，阴阳怪气地说："官府是不是觉得过意不去，给我家发体恤银子来了？"

薛怀安倒不气恼，笑答："如果杜姑娘是公家的人，死了自然有体恤银子，她要想做公家人也不难，先把她的财产充了公，定然会发给你们这些在世的亲人体恤银子。"

艾红听了脸色大变，双手一叉腰，怒道："她有什么家产，她这些年吃我的、喝我的，她爹留给她的银子早就花完了，都是我在倒贴她。"

"死婆娘，你休要胡说。"一个病弱的声音突然在艾红身后吼道。

薛怀安闻声望去，只见一个面色焦黄、体态羸弱的男子从后屋走了出来，约莫就是杜小月那个长期患病的哥哥杜星。

杜星勉强站立着向薛怀安微施一礼，道："在下便是杜小月的哥哥杜星，敢问这位官爷尊姓大名？"

薛怀安还礼道："不敢当，在下薛怀安，南镇抚司福建省泉州府千户所下辖惠安百户所李抗李百户所属锦衣卫校尉。"

杜星有心悸的毛病，薛怀安这悠长的自我介绍等得他差点儿心脏停搏，禁不住长吁一口气，抚了抚胸口，好不容易把重点落在了"薛怀安"三个字上，如有所悟，说："薛校尉莫不是夏姑娘的表兄？"

"在下正是。"

"常听小月提起两位，说你们对小月多有照顾，在下感激不尽。"

艾红一听是那个夏初荷的家人，冷冷哼了一声，道："怪不得上来就什么家产长、家产短的，怎么也想来分银子啊，我看小月八成就是你们害死的。"

杜星听了一皱眉，略有歉意地看向薛怀安，说："自从我爹娘去世后，按照遗嘱，他们留给她的财产是由我这个哥哥代管，虽然我内子是个刻薄人，可是该给的钱还是给的，念书的花费的确一两没少出过，不知道薛校尉在这种时候来打听这件事情是什么意思？"

薛怀安关于杜小月有财产的话原本是玩笑式的试探，不想这二人如此反应，扫了夫妇俩一眼，正色道："那我就直说了吧，我的确怀疑你们有为了侵产而杀人的动机，不知道二位可否讲讲你们昨日午时以后都在什么地方，做过些什么，有什么人证？"

"在下一直卧病在床，中途有郎中来探过病，内子一直陪伴在侧，要说证人，便只有郎中和家仆了。"

"那么，你觉得杜小月最近有什么不对头的地方吗？结交了什么朋友，或者男人？"薛怀安又问。

这话一出，杜星立时变了脸色，几次动了动唇却没有张开，似乎是在压抑怒气，终于艰难地开口道："这孩子喜欢钻研学问，而且还多是女孩子不喜好的学问，很多人说她古怪，向来朋友少，至于异性朋友，据我所知更是一个也没有。要说常往来的朋友除了令妹就再无他人，若是认识了什么男人，去问令妹是否介绍过什么人给她或许更加直接。"

薛怀安对这种指桑骂槐的复杂表达方式向来反应迟钝，丝毫不以为意地正色答道："多谢提醒，回去我自然要问。不过，如果你真的对小月心存血肉之情，有什么对我们查案有帮助的事情还请直言相告，天网恢恢疏而不漏，很多事情想掩盖是掩盖不了的。"

大约是说话伤了神，又或者是杜星见自己上一句话对薛怀安的打击力为零，有点儿不知该如何转圜，疲乏地闭上眼睛，似乎是沉思着什么，好一会儿，无力地开口道："我是她亲哥哥，若是真有什么能对案子有帮助的，我一定会说。薛校尉要是不相信我们夫妇，就去查问该查问的人吧。"

薛怀安见暂时再也问不出什么，便点了杜家所有仆人一一问话。杜家早已败落，除了一个粗使婆子，只有一个和初荷年纪差不多大的小丫鬟，两人的回答几乎和杜星所说一模一样，看不出任何纰漏。

他本想再去找给杜星看病的大夫查问，却正好赶上大夫下午上门看诊，查问一番，所言也是和其他人无二。

眼看天色渐晚，薛怀安只好辞了杜家出门，抬眼看看压在西边天际的绚烂晚霞，长久未睡的眼睛被炫得眯成了一条缝儿。

"长期医病的大夫、自家的仆人，这些都是很容易串供的人。迫于金钱、迫于性命，这些都容易让一个人丧失诚实。这家人，会不会隐藏了些什么？"年轻的锦衣卫自言自语地说，拖着被夕阳拉得极长的影子，消失在小城黄昏的幽长巷道尽头。

会

祁天没有想到他等到的会是这样一位公子。

弱冠年纪，少年与青年的交界边缘，即使看一看也能感觉到勃勃的青春。

相貌俊美，但因为正处在奇异的成长阶段，这样的容颜有一种模糊不分明的特质，让人无法判断那些被上天眷顾所生的轮廓线会怎样成熟起来，而最终将一个青涩少年变成真正的男人。

就是这样一个人吗？造了那样精巧的火枪？

祁天有些不能相信。

他一直坚信，这世界上有少数人是可以凭借直觉去了解别人的，他就是其中一个。这是一种接近动物本能的直觉，在很多时候，能让他在深思熟虑之前就知道如何趋利避害。所以，在他第一次看到银记火枪的时候，手指触到那被打磨得异常光滑的枪体，划过那些复杂弯曲的弧形装饰雕刻线，他就已经可以凭直觉去勾勒那造枪者的模样。

那应该是很安静的一个人，全部的热情和创造力都隐藏在身体的深处，形成唯有他自己才知道的秘密之泉，只有他的指端会泄露这秘密，将这些热情和创造力透过金刚石刻刀和砂纸留在火枪坚硬的躯壳上。

但眼前之人，太过明朗生动，血脉里跃动的生命力像阳光一样挡也挡不住。

祁天隐在镜片后的狭长双眼轻轻眯了起来，似乎是想要遮挡住眼前少年的明亮，好看清楚在那明亮之后究竟隐藏了什么。

少年的身后，只不过半藏着一个少女，半大孩子的脸庞，眼睛清澈单纯，略略带着一点儿不安，纤弱而无害，几乎可以忽略。

"尊驾就是银记枪的制造者吗？在下祁天，在祁家行三。"祁天按下心中疑虑，拱了拱手，说道。

本杰明扯开一个灿烂的笑容，上前一步，伸出手，以生硬的腔调说："你好，我是本杰明·朱，很高兴见到你。"

祁天愣了愣，讶异于眼前之人的西式礼节和名字。他自己少年时代也曾在法国和英国游学两年，对于西方人的握手礼并不觉得别扭，只是全无预料之下，突然遇上这样的事情，机变如他，也需要一瞬的适应时间。

他伸出右手，礼貌地和本杰明握了握，随后手上微微一僵，顿了一刹，缓缓松开，说："Glad to meet you."

本杰明眼里露出惊喜之色："Glad to meet you too. I heard that you do like my guns."

那是很纯正的牛津口音，俨然是生于斯长于斯的少年。

祁天不由得稍稍放下些心头疑惑，心想：也许，这样身世的人不能以常情来判断吧。他的脸上浮出友善的笑容，说："Yes, they are marvelous. If my English was not so rusty, I would give them more praise."

本杰明眨眨眼，显得异常机灵，重新操回汉语，以他的西洋腔调说："那我们还是讲汉语吧，我汉语不错的，至少应该比你的英文强，我可以找到十种不同的词来赞美你。当然，你要是想赞美我，用汉语我也是完全能懂的，你可以尽情地赞美我，没关系，我不是一个容易骄傲的人。"

祁天在确认自己完全正确理解了这堆奇怪腔调的汉语之后，只能感叹，自己一定是遇到传说中的科学怪人了吧，就是那种头脑因为在某方面特别发达，所以在其他方面产生异常的特殊人种。

他看了看本杰明身后的初荷，道："自然要赞美，不过，在下还有要事想和朱公子单独商谈，我房中备了些酒菜，不如我们一边饮酒一边说，如何？"

"祁公子的意思是不让初荷进去是吗？那可不成。"本杰明很直白地说。

祁天忍不住轻轻压了下眉头，随即反问："这位初荷姑娘，是朱公子可以完全信赖的人，是吗？"

"是的，她是我的左胳膊右腿，我什么都不瞒着她。"

祁天轻笑一声，道："我听说交易的时候你都是让这位姑娘去的，你这样躲在她后面是害怕吧，就像小鸡要躲在老母鸡身后那样。如果就这么大的胆子，那么还是算了，奉劝公子不要再碰军火生意。"

本杰明长于街头和孤儿院，最是受不住别人说他没胆色，脑子一热，忘了初荷的交代，大声说："谁怕了，那样的小事我懒得去管。你说这么多不就是叫我单独和你进去吗？进就进，不过，反正我会把我们说的回去都告诉初荷，我什么也不瞒她。"

"既然这样，那公子请进。我和公子商谈之后，公子要是觉得想和这位姑娘说，就由你说去，在下没权过问。"祁天说完，微微一笑，做了一个请进的手势。

初荷一看本杰明中了对方的激将法，完全忘记自己嘱托过他两人切勿分开，心中万分焦急。无奈此时她什么也不能做，眼睁睁地看着本杰明跟随祁天步入客栈房间，一道乌木门板轻轻一合，将她和他们隔绝开来。

她的心一下子被悬在半空，一半是希冀，一半是担忧。时间一分一秒地过去，屋里没有任何动静，她猜到里面应该是有个套间，两人一定是在那更隐秘的里间商谈。

他们在谈什么？

本杰明会不会露出马脚？

这些问题盘旋在她的脑海，她开始后悔当初为什么没有直接说枪就是自己造的。

是因为害怕吧？

是的，是害怕，是胆怯。

就算是以为自己已经做好准备，在最后一刻，她还是害怕了。

在面对未知的命运时，她本能地退缩了一步，让本杰明挡在了她的身前。

那扇紧闭的乌木门忽然明晃晃，照得人眼晕，宛如一面镜子，照出了她的胆怯，彻头彻尾，不容逃避。

不知道过了多久，门轻轻被推开，她落在门上的影子轰然破碎，里面现出一张灿烂的笑脸。

"初荷，等急了吧。"本杰明笑着说，"我们可以回家啦。"

"那，朱公子，恕不远送。"祁天在本杰明身后施礼道。

"祁公子客气了，后面的事情我们书信联系。"本杰明说完还了礼，一拉初荷的衣袖，牵着她走出客栈。

两人站在黄昏喧哗的大街上，本杰明得意地看着人来人往的街市，道："初荷，我刚刚帮你谈成了大生意呢。"

"什么生意？"初荷写道。

"那个祁公子啊，想找我一起研究新一代的枪械，我已经答应了。只要我们有需要的话，他会出钱、出人又出力的。我先要了一千两定金，怎么样，够厉害吧。"本杰明说完，拿出一张银票在初荷面前挥了挥。

初荷有些不相信，那个祁天看上去是如此精明的人物，小笨真能在他面前过关吗？

本杰明看见初荷脸上不置信的神色，笑道："怎么，钱太多不敢相信了是吧？呵呵，我也是呢！早知道这么容易就答应，再多要一点儿才对。一千两的话，要把银币垒到房顶上了吧，哈哈，哈哈。"

本杰明忍不住哈哈大笑起来，仿佛看见白花花的南明官制银币像雨点儿一样从天上噼里啪啦地掉下来。

初荷到底年幼，不及深想，轻易地被本杰明的愉悦感染，捂着嘴也笑了起来。

南方夏季的热风迎面拂过，吹在少年男女的身上，衣带轻飘，发丝飞扬，谁也没有察觉，在这个夏日的傍晚，火枪时代的大幕开始徐徐落下。

秘

初荷和本杰明回到家的时候，薛怀安前脚才跨进家门。

他看见这对推门而入的少年男女，脸上都挂着笑意，似乎刚刚经历了什么有趣的事情。橘金色的夕阳披在两人身上，竟是夺不去这样年轻生命的半分光华，直叫人感叹好一双与日月同辉的璧人。

他不知道为何叹了口气，很轻，带着疲惫。

忽然就觉得疲惫，看见这样的青春，只觉得自己老，二十四岁，很老了吧。

但是薛怀安从来不是一个会长吁短叹的人，在下一刻，他已经瘫倒在院中青竹躺椅上，耍赖地喊："又饿又累没人管，人生之痛苦莫过于此。"

初荷笑着瞅他一眼，挽起袖子转身向厨房走去，快到门口回身递了一个眼色给本杰明。

本杰明会意，进屋搬个小竹墩，往那个在半死不活藤萝下乘凉的半死不活的人身边一放，一屁股坐下，笑嘻嘻地问："壮，今天很辛苦吧？"

"是啊，要是再这样熬下去，哪里还有资本叫'壮'。"

"没关系，本来你也没有那资本，上帝说，人不该贪图他没有的东西。"本杰明满怀诚意地安慰道。

"笨，你确定这是上帝说的吗？"

本杰明无辜地一摊手，道："哦，壮，这要问了上帝才知道。"

薛怀安忍不住笑起来，伸手摸摸本杰明的脑袋，说："笨，你要是能再聪明一些，倒真是像牛顿教授。"

本杰明挑眉反问："牛顿教授很聪明吗？我怎么没有觉得，他经常会忘记把东西到底藏在哪只袜子里。"

这让薛怀安想起自己在牛顿教授身边时的趣事，笑意更深，道："是啊，的确是这样，但也的确很聪明。"

"我说壮，初荷说你很了不起，破了很多案子，给我讲讲吧。"本杰明一脸崇拜地说。

薛怀安见离吃饭还有一会儿，想了想，挑一个有趣的盗窃案讲了，不想历来手脚麻利的初荷这饭还是没有做好，本杰明却听上了瘾，扯住他又问东问西，朝西首的小厢房一指，道："听说原来住那里的女孩子昨天死了，是真的吗？初荷说今儿要打扫出来给我住呢，壮，这个案子也是你负责的吧，给我也讲讲。"

薛怀安顾忌着初荷，不想多讲，不料美少年扒着他的手，露出央求的神色，可怜兮兮的，他心上一软，就压低声音简单说了几句，最后还不忘认真嘱咐道："这个案子你别对初荷说，她心思重，我怕她想多了难过。"

本杰明倒是心思不重的人，丝毫不懂得掩饰，一看任务完成，敷衍地点点头，伸了个懒腰站起来，冲厨房大叫道："初荷，我们要吃饭。"

晚饭过后，初荷站在杜小月住过的房间，好一阵发呆，不知道该从哪里入手去收拾才好。屋子里的东西并不多，除了柜子里几件简单的衣物和日常用具，便只有小桌上一摞一摞厚厚的书籍。

初荷还是无法相信，昨天清晨有个女孩儿从这里走出去，然后，彻底消失在这个世界上，只留下这样一些琐碎冰冷的物件。

就像是一场梦一样。

屋子两天没有打扫，桌面上落了一层极薄的灰尘，她伸出手，无意识地在灰尘上写下一个"i"字。

本杰明说，这是杜小月在死前留下的记号，薛怀安到现在还未解开其中的含义。

"i"，初荷做出这个发音的口型，无声无息地，将这个字母在心底里念了一次。

小月留下的记号一定是小写字母"i"吗？会不会是什么没有写完的汉字的开头一笔？初荷这样想着，可是很快又否定了这个想法。

本杰明说，薛怀安可以肯定那是用很认真的笔画写出的"i"，想到那时候杜小月受了重伤，几乎可以肯定她是用了最大的努力，以易于辨别的字迹写下这个字母，仿佛生怕看到的人会误认成别的什么一样。

那么，她写下这个字母是希望谁会看到呢？为什么她会认为看到这个字母的那个人会理解这个字母的含义？又是为什么她会认为那个人一定会看到这个字母？初荷在心中问着。

是，我吗？

这念头在她心中闪过的时候，她忽然觉得精神一振，想：为什么不可能是我呢？如果小月认为我是她的好朋友，发现她很久不回去必定会出来找她，因此推测我可能是最先看见她尸体的人；又如果她认为我作为她的好朋友，一定会帮助怀安捉拿凶手，为什么不会留下什么只有我能明白的线索呢？

可是，什么是只有我与她才会明白的线索呢？

只有我与她才会想到的"i"是什么？

初荷心弦一动，答案跃然眼前——是数学，在数学里"i"代表的是虚数单位①。

那时候，初荷第一次看见杜小月，南方三月天气，那女孩儿仍然穿着厚厚的棉服，似乎是很怕冷的样子。她相貌堪怜，皮肤白皙，喜欢眯起眼睛看东西，笑的时候憨态可人。

初荷注意到她，是因为发现她在课本下面压着一本厚书，她以为这女孩子

---

① 平方为负数的数称为虚数，由笛卡儿在 1637 年命名。

是在看什么闲书，不想偶然瞟见，原来竟是一本笛卡儿的《几何学》①。

"喜欢笛卡儿？"初荷在纸上写下这样一个短句，无声地放在临桌那个躲在厚重衣服里的少女面前。

少女看了看，写了一个"是"字，随后又加上一句："这里的数学课很无聊，我听过好几遍。"

初荷觉得奇怪，提笔写道："那你为什么还来？"

"因为更无聊。"

那么，假设"i"是代表虚数单位，杜小月又在暗示什么呢？杀她的凶手是一个数学家？在写一本关于虚数的论文？

不，这都不可能，如果真是这样，那么数学家也会看得懂"i"的意思，会及时把这个记号擦去。现在看来，杀人者正是因为完全不了解这个记号的含义，而忘记去掩盖这么重要的线索。

那么，假设"i"是代表虚数单位，并且是留给我看的，为什么小月觉得我能理解她的指向？我还没有去学习那么高深的数学问题，关于虚数，只知道一点儿皮毛，在数学方面，一直是小月在辅导我，我的程度她应该知道。难道说，这根本与学术上无关，而是另有含义？

一连串的问题在初荷的脑袋里搅和成一团，她见实在想不清楚，干脆开始动手收拾杜小月的遗物，一边整理一边细细翻看，希望可以再找出一些重要的线索。

杜小月留下的书籍很多，初荷粗略翻了翻那些书，大都是很艰深的数学著作，远远超越了她的知识范围，绝不是以她现在的数学知识可以理解的东西。

这么看来，小月不可能是希望我在这些我不懂的东西里找到她暗示的答案吧？初荷这样自问着，手指摩挲在厚厚的书脊上，似乎可以看到阅读着这样深奥书籍的少女那越来越远离人群的寂寞背影。

这样的书在市面上十分罕有，价格也昂贵，但是杜小月几乎都是自己买下

---

① 笛卡儿（1596—1650），在数学、哲学、物理学领域均有伟大贡献，其著作《几何学》成书于1637年，标志着解析几何的诞生。

的，唯有三本书的书脊上都印着"馨慧女学藏书阁"的字样，初荷忽然想：我是不是该替小月还回去呢？

这念头掠过脑海，她立时一本一本细细翻起那三本书来，一张薄薄的纸片随着书页翻动轻轻掉在地上。初荷弯腰拾起，只见上面密密麻麻地写满了阿拉伯数字和汉字数字，每个阿拉伯数字后面紧紧跟随一个汉字数字，一列一列很是整齐。

1叁，2伍，3捌，4拾壹……

阿拉伯数字是有序的，汉字数字是无序的，初荷捏着纸，手微微有些抖，她敏感地意识到，这样有序和无序的双组合排列，是一种密码的书写方式。

求

虽然对于儿时的记忆已经很模糊了，薛怀安仍然清楚地记得，那时候，自己有一条狗，很大、很温柔。

黑色，初生牛犊般的个头，方头方脑，两腮挂着肥肉，眼睛小而傻，不知道的人会以为这样的狗很凶悍，实则却是脾气温和的家伙。

他幼时贪睡，清晨上学总是起不来，早晨的时候大狗就在他胸口拱啊拱地叫他起床，他被拱得烦了，就伸手一把将它搂过来抱在怀里继续睡，任由那家伙呼哧呼哧往他心口喷着热气，一点儿一点儿将他身上的疲倦赶走，才缓缓睁开眼睛，对着那个大毛头说："早。"

奇怪，明明该是个大毛头的，难道是做梦了吗？薛怀安在睁开眼睛的刹那，有些迷糊，不知道刚才关于狗的记忆是一个梦，还是现在怀里抱着的初荷是一个梦？

初荷把小脸儿从他怀中挣脱出来，脸上带着气恼的红色，道："叫你起床可真费劲儿，松手，勒死我了。"

薛怀安笑笑，怀里的小东西眼睛是圆圆的，有天生的狡黠光芒，不像狗，更像是一只小猫。虽然脸上挂着怒气，可是他知道她并非真的恼了。她真正生气的时候，是不会说话的，完全用手语，纤细的手指在空中舞动，一个动作一个动作地释放出心底的怒意。

所以，他没有松手，继续揽住她，不着边际地说："没有大狗，就用小猫凑合一下吧。"说完，闭上眼睛继续去做春秋大梦。

显然，薛怀安由于缺乏常识，不知道猫和狗是截然不同的两种生物，猫根本不会安静地待在他怀中。猫开始撕咬和挠抓，而且这只猫的腕力是属于铁金刚级别的，两三秒之后，他已经承受不住，睁开眼睛讨饶道："女侠，饶命吧，小可还有为民除害的重任在身，现在还不能死啊，有冤有仇以后再算成不？"

初荷被怀安逗笑，推开他，坐起身，说："叫你起个床真费劲儿，足足叫了一盏茶工夫。"

薛怀安也起了身，嘟嘟囔囔地说："那你别来管啊，我说你大清早这么随便就进到我房间来，有没有考虑到我的隐私啊？"

初荷有些不解地问："你又不是没穿衣服。"

薛怀安看看她懵懂的样子，忍不住伸出手把她已经有些乱的头发揉得更乱，道："傻，男人又不是只有这一个隐私。"

初荷此时没有兴趣继续探讨这个问题，她从袖口抽出一张叠得整整齐齐的纸，递到薛怀安面前，说："花儿哥哥，我在小月的遗物里面发现了这个，这该是重要的线索吧。"

薛怀安展开纸，发现很大一张纸上细细密密整齐排列着阿拉伯数字和汉字数字，静静看了一会儿，才吐出三个字："是密码。"

杜小月会使用密码记录东西并不能说是很古怪的一件事。说起来，这其实还是受了薛怀安和初荷的影响。

初荷的祖父和父亲都对密码学有所涉猎，后来结识了薛怀安，三人也会闲来探讨。初荷原本只懂得莫尔斯密码，但是大一些后，也对这些东西生出兴趣，平日里和薛怀安自然会谈起一些，杜小月同这两人接触多了，总要被耳濡目染的。

薛怀安盯着写满密码的纸看了好一会儿，摇了摇头，说："看上去虽然简单，可是提示性的东西太少，我不知道从何入手去破解。"

初荷听到"提示性"这几个字，脱口而出道："那个'i'记号是不是一个提示性的东西？"

薛怀安神色一沉，严肃地问："你怎么知道有'i'记号的，小笨和你说的？"

初荷意识到自己说漏了嘴，但是小笨这个内奸却是绝对不可暴露的，忙说："不是，我看见的，我早就发现了，只是你什么都不告诉我，我生你气了，才没有告诉你。"

薛怀安见她嘟着嘴，一副赌气的模样，便信了，正色道："初荷，你这样不对。我不说案子，不过是不想让你看到太多黑暗的东西。但是如果你知道什么却不说，我可能就没有办法揭开那些黑暗了。"

说到此处，他忽然想起一件很重要的事情，追问道："对了，那个和你在茶楼见面的江湖人士，就是你说是杜小月朋友的那个，你是不是还有什么隐瞒没说的？"

初荷一听薛怀安问这个，脑袋顿时大了一圈儿，然而此时此刻唯有死死咬定说："那个我真的不知道啊，小月就是叫我代她送一下东西。他是什么人、和小月什么关系，我完全不知道。那不过是……"

初荷说这段话的时候，语速不自觉地加快，薛怀安很难通过唇语看懂每一个字，但大概意思却能明了，看着她急切撇清的模样，他的心上莫名一软，伸出手按在初荷肩上，宠爱地拍了拍，笑道："成了，不用解释，我明白。初荷，你别老想着这个案子，有我在呢，有工夫你去想想到哪里继续念书吧。"

初荷一听，露出乞求之态，眼神软软的，说："我想帮你，花儿哥哥，我能帮到你的，让我帮你吧。"

薛怀安却只是坚定地摇摇头，以沉默的微笑拒绝了。

初荷在薛怀安那里再次碰了壁，更加坚信了一件事情，薛怀安这个家伙，绝对是软硬都不吃的大坏人。她气鼓鼓地走回房间，盯着桌上杜小月从女学借来的三本书，想了好一会儿，决定还是应该把它们还回去。

似乎，这样做正是杜小月所期望的。

从看到密码的那一刻，她的心底就生出一种古怪的、有待被证明的想法—— 小月在用密码记录一些东西，也许是因为她已经预料到会有什么不幸发生，所以才会这样提前做好准备。并且，她一定希望如果有一天她真的出了意外，她知道的秘密不会被隐藏下去，她要使用某种方法，把自己知道的事情传递到别人手中。而从现在来看，她最有可能选择的传递者就是她——夏初荷。

臭花儿，要是答应让我帮忙，我就把这些都告诉你，现在开始，我们各干各的，看看谁厉害吧。初荷负气地想着，收拾好书册，往女学走去。

阁

初荷来到女学门口，发现大门紧锁，叩了半天门，才听见里面有脚步声一点点走近。

开门的是校长程兰芝的乳母阿初嫂，三十来岁，微微发福，面庞白净和气，平日里很好说话。

初荷从怀中掏出笔纸，写明来意是要还书，阿初嫂便接了书说她会还回去。初荷立时拉住她，又写道自己还想借几本书，不知道可不可以。

"女学已经关了，不再外借书籍。"

初荷双手合十，做出拜谢的动作，脸上堆着乞求的笑容。

大约是不能言语的少女那可怜兮兮的模样让人心软，阿初嫂经不住初荷的请求，终于答应，初荷忙讨好地把阿初嫂手上的书又抱回来，示意自己顺便放回书架去。

初荷走进藏书阁，在一排排书架中找到放置数学类书籍的格架，这一架上的书着实不少，可是似乎借阅的人不多，大多看上去还是崭新的。

初荷按照这三本书上编写的收藏编号，把书插回了原来的位置。当三本书各归其位的时候，她惊奇地发现，这三本书中有两本的位置分别在书架最底层的左右两侧，第三本在同一个书架第四层的中间，三本书的位置恰巧构成了一个规整的等边三角形。

三边完全相等的三角形，多么人为化的形状，这样的位置构成绝对不是巧合，小月一定是有意抽出了这三本书，希望以此告诉我什么，果然，我就是她期望的那个传递消息者。初荷想到这里，只觉得仿佛看见迷雾中的一丝微芒，心跳快得一时无法思考，只能深吸一口气，强迫自己冷静下来。

然而冷静下来再一想，这个等边三角形的意义又是那么模糊不清。它可以代表一个符号，也可以象征诸如三元素、三位一体等等任何由三个组成部分构成，并且每个部分都同等重要的东西。

初荷想到手中还有另一个提示"i"，然而以她的数学知识，根本想不出如何把这和三角形联系在一起，一个是几何，一个是代数，这似乎是完全扯不到一起去的东西。

初荷想了好一会儿，觉得思考有些误入歧途，决定放弃那个莫名其妙的"i"，先去研究这个矗立在自己面前的巨大等边三角形。

初荷发觉，每当她按照这个信息或者这个暗示是小月专门留给自己的这一思路去想，似乎总能比较容易找到问题的方向，这样想来，一个等边三角形不管有什么含义，一定是小月认为在自己的知识范畴里面才对。

以我的知识来说，最熟悉的自然是等边三角形的几何性质，比如，三边相等，三个角都是六十度，三条高线和三条中线重合，三条高线的交点和三条中线的交点是同一点……

关于高线和中线的思考让初荷想到了等边三角形的中心点这个重要的几何位置，如果已有的三本书每一本代表一个点，那么，由这三点可以确定的特殊点中，中心点应该是最重要的一个。

由于没有尺子，初荷只好解下衣带当尺子去测量中心点，结果发现那里摆放着一本沃利斯的著作《无穷算术》[①]。

初荷看了看这本书的收藏编号，发觉这本书并不应该摆放在这个位置上，如果不是被放错了，那么更大的可能就是这本书是杜小月故意找来放在这个位置上的。

---

① 沃利斯（1616—1703），英国数学家，其著作《无穷算术》出版于1655年，探讨了数学的极限问题，为微积分的创立打下了基础。

这本书的内容涉及初级微积分，对于初荷来说有些深奥，初荷想：小月总不可能是希望我看懂了这本书以后才知道她的用意吧？那么，假使与书的内容无关，这本书还能告诉我什么呢？

初荷打开书，细细地在书页间翻找线索，大约翻到一半的时候，一张写满字的纸片露了出来，与上一张纸上的密码一样，这一张上也整齐地排列着一行一行的阿拉伯数字，不同的是，纸上没有任何文字，数字和数字之间用直线或者曲线连接，看得久了，一个个抽象的数字和那些连接着它们的线条仿佛动了起来，变成一个个手拉手跳舞的小人，在纸上旋转着、飞舞着，看得人眼花缭乱，头晕目眩，昏昏沉沉，只想睡去。

不知道怎么，初荷竟真的睡了，不知过去多久，醒来的时候只觉得身上各处关节都有点儿酸疼。大约是靠着硬硬的书架，又坐在冰凉石板地上的缘故吧。她这样想着，站起身，揉一揉后腰，捡起掉在地上的密码纸。

初荷发觉这次的密码和上一次的有一个相同点，就是组成部分中都有阿拉伯数字，只不过，这一次的阿拉伯数字并非一个自然数列，而是一组一组出现的两个自然数，两个数中间以直线或者弧线连接。

"可不可以认为这两个密码之间有某种数学上的联系呢？那么这个联系是不是和'i'记号有关？还有，为什么要选择《无穷算术》这本书来夹这张密码纸？如果只是为了把密码纸藏在某一本书里，那么简单地夹在这个位置原本放置的那本书里就可以了，大可不必专门找来这样一本《无穷算术》，这书一定也另有含义吧？"初荷自问道。

也许是由于休息了一会儿，初荷发觉原本已经开始发蒙的脑袋渐渐冷静下来，于是决定重新整理一遍自己的思路：

如果"i"记号是杜小月留给我的，那么她一定认为这个是我理解范围内的东西。这么说来，《无穷算术》这本书里面留给我的暗示一定也是与我所知相关的，而不是我不懂的数学问题。

但是，我对这本书又能知道什么呢？这和代表虚数单位的"i"又有什么关系呢？两条线索暗示的东西会是同一个吗？

初荷记得不久前刚听过这本书的名字，那时候杜小月一脸羡慕之色地问薛怀安："怀安哥哥和牛顿教授一起生活过？"

"嗯，是啊。"

"好了不起啊，在这么值得敬仰的人身边做侍童，他有教导过你吗？"

"有时候教一些，不太多，他只当是消遣。"

"真让人羡慕呢，我已经开始看他的书，微积分什么的，对我来说有些难，不过很有趣。"

"你可以先看看沃利斯和笛卡儿的书，牛顿教授是在他们两人的基础上继续研究解析几何与微积分的。"

"嗯，我正打算看《无穷算术》。"

"是牛顿！"如果可以出声的话，初荷一定会大喊这个名字。

"虚数"这名词和"i"这个虚数单位符号是笛卡儿给出的，《无穷算术》是沃利斯写的，这两个人的交叉点就是牛顿。退一步说，就算我想不出来这些，我会去问的人一定是花儿哥哥，别人会怎样将这两个线索拿来分析不得而知，但是以他的经历和所知，必然会这样将这些线索如此联系在一起，所以这是小月专门给我们留下的线索和暗示。

初荷想到这里，一跃而起，冲到书架前去找牛顿的数学著作，在数学类的书籍中，藏书阁中只有一本牛顿的《广义算术》①。然而令人失望的是，这本书从头到尾也没有任何夹页、标记或者是一行手写的字迹。

这本书干净得如同从未有人看过一样，也许小月并不是指牛顿的数学类书籍。初荷这样想着，有些沮丧地将书扔在地上。

这时候，她才发觉自己的推断或者说是杜小月给出的暗示存在着一个极其不明确的地方，那就是笛卡儿和沃利斯的交叉点可以象征与牛顿有关的一切，比如说他的著作，或者他的理论，甚至是对他的理论做解释和研究的其

---

① 《广义算术》出版于 1707 年，主要讲解在几何中应用代数的方法以及方程论。

他著作。

　　眼见着刚刚有些眉目的推断再次走入死胡同，初荷心头微微有些挫败感，抬眼看看窗外的日头，才知道已经过了中午，她没料到在这里耽搁了这么久，见一时再也找不出什么线索，只好匆匆收拾好，离开了藏书阁。

询 ─────────────────────

　　薛怀安并不知道他和初荷几乎是前后脚踏入了女学的大门，为他开门的阿初嫂一看薛怀安的锦衣卫打扮，客气地问道："官爷早，我们女学已经关了，不知官爷来有何贵干？"

　　"我是来见你家程校长的，关于杜小月的案子我还有事情要问她，刚刚程府的人说她在这边。"

　　阿初嫂听说是杜小月的案子，脸上露出难过的神情，道："那孩子是死得惨啊，官爷随我来吧。"

　　薛怀安随着阿初嫂跨进院门，瞟见门边给门房住的小屋，停下脚步，指着小屋问："那里可是门房老贾的住处？"

　　阿初嫂定了步子扭头一看，道："正是，昨天晚上就有官爷来搜过了，您还要去看看吗？"

　　薛怀安略一沉吟，道："还是再看看吧。"

　　阿初嫂拿出一大串钥匙，挑出一把开了那门锁，将门一把推开，却也不进去，说："官爷请进。"

　　薛怀安一探头进去，就闻到里面一股子发霉的味道混合着单身男人居所特有的混浊气息，忍不住皱了皱鼻子。

　　阿初嫂见了薛怀安的样子，说："里面难闻得很吧，平日里不知道说了他多少次他也不去收拾收拾。有几次我看不过去了，帮他打扫过，现在想起来就后悔，早知道是这么个丧心病狂的歹人，就是给我钱也不帮他打扫，真是下作啊，不得好死。"

阿初嫂在门口兀自义愤填膺，薛怀安却已经习惯了屋内的气味，抬步走进屋子。

这屋子小得一眼就能看遍，除了一柜、一榻再无任何家具，桌上摆着没有洗刷的碗盘，盘底的一点点剩饭因为夏季天气潮热而生出了一层绿毛，各种家什胡乱堆着，连个插脚的地方也不好找。

"这里是原本就这么乱，还是被我们的人翻过了？"薛怀安问，他知道要是被锦衣卫搜剿过的地方，和被强盗扫荡过该是相差无几。

"一直就是这么乱的，前天的几位官爷一看这样子，脚都懒得踏进去。这屋子就这么巴掌大地方，哪里藏得住人，再者说，老贾干了这么伤天害理的事情，也不敢待在这里啊。"

阿初嫂说完这些话，以为薛怀安也会像昨天那些锦衣卫一样看看就算了，不想这个看上去神情有些疏懒的年轻人好似没听见一样，弯下腰，从一大堆乱七八糟中间拾起一个黑色的铁盘来。

"铁八卦，难不成老贾会八卦掌？这应该是练八卦掌用的。"薛怀安问。

"这就不知道了，我家小姐说当年雇了老贾只是因为看着他人老实，没听说会武功这事。"

"那你什么时候发现他不见的？"

"谁老去注意这么个人啊，出事了你们来抓人，才发觉他早就跑了。"

蹲在地上的薛怀安冷不丁转过头来，原本好像半睡半醒没睁开的眼睛忽然明亮异常，问："大嫂最好想清楚，门房可不是别的什么人，我记得口供上说你们去清凉山茶室的时候是从这里出发，那么门房老贾那时候有没有送你们出去、有没有在你们走之后关好大门，这总是应该记得的。如若那时候他已经不在，门该是你们自己锁的，这样的事情不会搞不清吧？"

阿初嫂被眼前锦衣卫突然改变的气场唬得愣了愣，才道："是，大人这么一说，倒是想起来了，那天我们出门时老贾还在的，我们出去后，他关了大门，此后就再未曾见过。"

"老贾平日吃住都在这里，没有家，是吗？"

"是，这些我都和前天来的官爷说过，大人，你们诸位之间难道不说说话，互通消息吗？"阿初嫂被问得有些不耐烦，口气也没有刚才和气。

薛怀安站起身，笑笑说："是啊，说得不怎么多，我们锦衣卫都是些温柔腼腆而不善言辞的家伙。"

阿初嫂带着"温柔腼腆而不善言辞"的年轻锦衣卫穿过校园小而精致的庭院，来到一个独立的院落。她进去通报后没多久，一身淡青色丝裙的程兰芝便迎出了院子。

她见是薛怀安，熟稔地点点头，道："原来是薛校尉，怎么，这案子我还有什么可以帮上忙的地方？"

"正是，在下的确还有很重要的事情要向程校长询问。"

程兰芝面上客气地微微一笑，可是并没有做出邀请薛怀安入内相谈的动作，双手在身前一环，说："请问吧。"

薛怀安仿佛完全没有察觉到程兰芝的拒意，自己抬脚就往院子里走，程兰芝见这人这么厚脸皮，自己到底是女子，也不好上去硬拽他，只得容他进了院子。

薛怀安站在院子里，四下看看，指着敞开的窗子问："程校长在夏天喜欢开窗户是吧？"

程兰芝被问得莫名其妙，答道："自然是，敢问有谁在夏天里紧闭门户的？"

"但是开着窗户不会不方便吗，在下是说要是在室内换衣服什么的怎么办呢？"

"自然是会放下帘子的。"

"那么，前天在清凉山茶室，程校长换戏服的那间屋子，也是开着窗子的吧？"

程兰芝没有马上答话，盯着面前正俯身闲闲观看着庭园花草，看上去有些吊儿郎当的锦衣卫，好一阵子后才说："是的，开着。"

"不单是前窗，后窗也是开着的吧？"

"这么详细，我就记不得了，谁会在意这种事情？"

薛怀安忽然站直身子，将目光移到程兰芝身上，温暾暾地开口说："从那个后窗可以清楚地看到杜小月被害的地方，我在想，程校长是不是有可能恰巧在换戏服的时候看见了凶手。"

"没有。"程兰芝斩钉截铁地回答，"换戏服也就那么一会儿工夫，匆匆忙忙的哪有时间还看外面。"

"但是如果有呼救声传来呢，总会看看吧？"薛怀安的口气仍然绵绵的，似乎很不确定该不该这样问。

程兰芝一挑眉毛，反问道："薛校尉，我为何一定会听到呢？且不说是不是杜小月被害的时候我恰巧就在那里换衣服，退一步讲，就算在的话，那里和我的后窗虽然直线距离不过百多步，可是隔着山林、草木，我为何一定能听得见呢？"

薛怀安搔搔头，露出一副被难倒的表情，道："的确是啊，程校长说得有理，不好意思啊，打扰程校长这么久，在下这就告辞了。"

程兰芝不想这样就结束了锦衣卫那臭名昭著的问询，她依然记得就在两天以前被一群锦衣卫困在清凉山茶室的时候，是怎样被喝来呼去、冷言相对的，于是有些难以置信地问："薛校尉这就走了？那，恕不远送。"

所

薛怀安回到百户所，看到一众锦衣卫横七竖八地躺在屋中，诧异地问："怎么，清国铁骑突袭我惠安百户所了吗？"

回答他的只有众人此起彼伏的鼾声。

薛怀安咧咧嘴，低笑着转身出去，正与李抗撞了个满怀，他和李抗差不多高，两人脑门儿对脑门儿撞得"咚"一声响。

李抗"噔噔"急退几步，扎下马步，一手捂着脑门儿，一手拉开拳架，道："来者何人？难道是江湖传闻铁头功已练到第九层的铁头猴子，铁大侠？"

薛怀安也捂着脑门儿，苦着脸说："正是在下，不过今日才知道人上有人天外有天，阁下的铜头铁臂蛤蟆功想必已经练到九九八十一层，竟然还只是一介江湖无名人士，果然是大隐隐于市啊。"

李抗"嘿嘿"笑着收了姿势，说："怀安你赶紧出来，你要是不睡也别吵了别人。"

薛怀安回身轻轻关上门，问："怎么，昨天又是搜了一天？"

"可不是，昨天你倒是爬爬山、谈谈天儿就过了一天，我们可是把这惠安方圆五百里都翻了个底儿朝天，不过还是没有那个老贾的踪影，我估计，他是已经逃出惠安辖区了。"

"这么快，怎么可能？"薛怀安难以置信地问。

原来战后刚刚安定下来的南明承袭旧制，对人口流动管理原本颇为严格，从一地去另一地一定要开具路条或者通关文书，只是后来因为经济快速发展，人口流动越来越大，百姓觉得这样十分不方便，也大大妨碍了商品流通，故此经过多次变革，在如惠安这样的一个辖区内，普通百姓行走往来已经取消了这样的通关文书限制，但是如果出了辖区，却仍然需要。

老贾如果逃出了惠安辖区，那么必定会遇上通关文书的问题；如果没有逃出惠安辖区，那么要逃开锦衣卫掘地三尺的搜查亦是难事。薛怀安想到此处，说："难不成，这老贾早就准备好了通关文书，或者，早就安排下了一个妥当的藏身之处？"

"是啊，看来就是这样。妈的，这个淫贼事先计划得这么周密，有这本事你当啥淫贼呢。"李抗气呼呼地骂道。

薛怀安摇摇头，说："他倒不见得是淫贼，但的确是有点儿本事，这人会八卦掌，想来也是在江湖上混过的。"

李抗见薛怀安提起淫贼这件事情，神色严肃起来，说："怀安，你说上次我们抓的那个人不是淫贼也就算了。这次这个老贾要是我们好不容易抓出来，你还准备拆台吗？这淫贼的案子拖得时间太长了，而且传得也太广。你也知道，普通小民就是喜欢在这样的事情上嚼舌头。"

"可是，杀杜小月的凶手明明只是想利用淫贼的事情掩盖其真实目的，他未必就是之前采花案的淫贼。"

"但也未必不是。"

薛怀安没想到五大三粗的李抗突然之间在这个逻辑关系上给予自己如此致命的反击，一时间哑口无言，哭丧着脸说："百户大人，你是不是说，就算我把杀杜小月的凶手抓出来，还要再找证据撇清他和采花案子之间的关系？"

李抗看看他，长叹一声，颇为语重心长地说："怀安，你知道为什么我这么器重你，却一直没有提升你吗？因为你一直不明白，你除了是一个锦衣卫，还身在官场啊。如果我要提升你，以你的断案之能，再过三年五载我这小小百户所就容不下你了，到时候，谁罩着你呢？"

薛怀安虽然是个迷糊人，李抗话讲到这个份儿上，也不会听不懂，眼睛里亮晶晶的，如有所悟，右手握着拳头猛地一挥，充满豪情和感激地说："百户大人，卑职明白了。为了不辜负大人的厚爱，卑职这次不单要把杀害杜小月的凶手抓出来，还要把采花淫贼也抓出来。"

李抗脸部石化，无言以对，定定地看着眼前亮闪闪的年轻锦衣卫好一会儿，猛地伸手一拍他肩膀，说："妈的，薛怀安，老子怎么不是女人呢，老子要是女人就嫁给你做媳妇儿。"

这话猛地提醒了薛怀安，问道："大人，卑职拜托大人安排人手监视杜星和他媳妇儿那事如何了？"

李抗见他提起这件事情，没好气儿地说："我哪里还来的人手？人手都趴在那屋里起不来了，巧妇难为无米之炊啊。"

"大人你这太过自谦了，你要是女人，哪里是巧妇，根本就是仙女下凡，没米也能变出米来啊。"薛怀安笑嘻嘻地巴结道。

李抗被他一拍马屁，忍不住也笑，道："呵呵，你小子，是不是知道我答应你的事情一定能做到啊！呵呵，我告诉你，还真就没有难得住我李抗的事情。喏，我已经给你找好监视他们家的人手了，来，我给你介绍一下咱们百户所新来的力士——本杰明·朱。"

随着李抗一声大叫，本杰明从百户所的后院儿小跑着奔了出来，虽然只是穿着一身深棕色的力士粗衣仍是难掩眉目之俊秀。薛怀安见了，忍不住好奇地问："小笨，这样的工作你也做？"

有明以来，地方官员便可以自己出钱雇用吏人，最为人所知的就是师爷这样的小吏。到了南明百户所这里，百户则有权力雇用几个杂吏，薪水由百户自己定夺，名曰力士。因为不是拿官家的钱来雇用，而是百户自己出钱，李抗开出的薪水很低，一个月只有二两银子，也就是两个南明银币。

这个位子薪水低事情又杂，故此总是没有人干得长，这一次招募的告示贴在外面半个月仍是没有人来应事，薛怀安原想着找机会和李抗说说，给这差事加点儿钱，不料本杰明竟然来了。

殊不知，本杰明自然有自己的如意算盘，他应了这份工，既可以兼顾打探薛怀安，又能多挣一份钱，简直是一石二鸟的上上之策。此时老远见了薛怀安，越看心里越美滋滋的，上前抓住他的手，用力握了握，说："壮，以后咱们就在一起共事了，你有什么都要和我说啊。"

薛怀安看着眼前眉眼夺目的少年，心想：这样的人物要是上街跟踪别人，能成吗？万一被人围观怎么办？虽然如此想，但是他觉得自己总是有些深度的，不可以说出这样以貌取人的肤浅话来，于是说："大人，力士只是负责杂务，让他接触案子合适吗？"

李抗摆摆手，道："权宜之计嘛，如今正是用人之时，不可拘泥。再者说，这孩子是国外来的，底子清白，我看没问题。"

"是啊，壮，你不放心我吗？"本杰明微微有点儿委屈地问。

"不，我自然信任你。不过，笨，你要是出去跟踪别人，最好戴个面罩，以防过于引人注目，如何？"

"我说怀安，大白天戴着面罩才更引人注目吧？"李抗在一边闷声说。

三人正谈话间，只听门口一阵嘈杂，马嘶人声不止。片刻之后，一队身穿绿色官服的锦衣卫鱼贯而入，为首一人正是常樱。

常樱瞟了一眼薛怀安，径直走向李抗，以官样客气的语调说："李百户，叨扰了，本官要暂时征用这里的一间屋子作为临时指挥所，这里是北镇抚司指挥使的特函。"

李抗打开常樱递过来的信函，略略看了一眼，淡然地说："常百户，我们也算共事过，你要用我这里，说一声就好了，哪儿用得着日理万机的常指挥使写什么特函。"

常樱听出李抗故意加重"常指挥使"这四个字的语气，明白他的意思，毫不避忌地说："家父信上是要沿途所有锦衣卫提供方便，并非单指你这一家，我和李大人有交情，李大人愿意卖我这个面子，别人不见得都能如此。"

李抗礼貌地笑笑，说："怎么会？谁会不给绿骑之剑面子。常大人，你看我这巴掌大的地方哪间合用，你用就是了。"

茫

常樱在百户所安营扎寨之后，很快便把众绿骑悉数遣出，一个人坐在屋中，隔着回字格雕花玻璃窗，看见院子中那些刚刚睡醒的缇骑正打着哈欠，懒洋洋地围着李抗和薛怀安在说什么。

常樱想着不知道要在这里待多久，还是出去露一下面和众人打个招呼为好，起身刚推开门，就听见一个缇骑说："李百户大人也是忒好脾气了，这么就让他们占了咱们的地盘，看那些绿骑趾高气扬的，个个都以为自己身系国家安危呢吧。"

"没办法，谁让咱们身在福建这地界呢。"李抗以略带无奈的口气说。

众人明白福建省因地理位置的关系，是南明国家安全的关键之地。

当初清军被突然在中原各地重整旗鼓的李自成残部牵扯住兵力，时间一长，清国皇帝也想明白了，以当初明国之广大富庶，绝非三五载可倾国，便打算学蒙古吞宋的法子，在中原先好好经营，再徐徐图之。但清军却发现这次李自成残部所用的火器比之前明军的火器要难对付许多。这些火器的来源自然不是南明，毕竟李自成是杀了大明皇帝的窃国之贼，想来便只可能是盘踞四川的大西了。西国皇帝张献忠和李自成一样起兵于草莽，麾下将领少有懂火器者，有传闻说是东瀛浪人在帮他训练枪兵，也有的说是英国教士在帮他督造火器。不管传言真假，大西对明和清两线作战，仍然可立于不败，此事足以让另两国重视起火器来。

当年内阁首辅张昭稳定住局势后做的第一个外交举动就是和清国休战，共同讨伐大西。毕竟崇祯帝不是被清人杀的，清军入关灭大顺也有堂而皇之的匡扶帝祚的幌子，暂时休战颇符合双方利益。然而停战后的任何一方都没有全力攻打西国，而是努力积蓄实力、操练新式火器。

待到清军再次南下，南明本以为可以凭借新火器取得优势，不想清军也配备了新的火器并改进了战法。最危急之时，清军已兵临福州城下，整个福建省危在旦夕。而福建一旦失守，南明帝都所在的广东省就再无屏障。紧要关头，张昭起用时年二十八岁被贬在家的年轻将领郑成功为大将军，奇迹般地逆转了南明的颓势。郑成功稳固住福州府和泉州府的防御，从泉州军港派遣神武炮舰北上，舰队一支在浙江温州府金乡卫登陆，切断清军的补给线路；一支进入长江口，骚扰长江沿岸的清国重镇，最终迫使清军撤兵，并签订了对后世影响深远的停战协议。

与羸弱的南明陆军不同，南明水军出身多为海上强盗，作风悍勇，加上配备号称海上无敌的神武炮舰，南明在海上可谓占尽优势。如今，南明水军以福建和台湾为基地，控制住从琉球群岛到菲律宾群岛的广大海域，将清国堵在了渤海湾里，使其只有经朝鲜，走俄罗斯与日本之间的东海这条唯一的海上通道。

虽然知道鉴于福建这样的军事地位，但凡有关国家安全的事情，其他人和事便都要通通让位，缇骑们还是心头别扭，另一个说："借地方也有很多种借法，用得着拿指挥使的信函吗？"

"当然用得着，谁让人家爹爹是指挥使，她要那信函估计比找怀安要张擦屁股纸还容易些。"

薛怀安听了跟着胡闹说："是啊，家父、家母自幼教导我，薛家的擦屁股纸不能随便外借。"

常樱并非第一次听到别人议论她靠她父亲如何如何，甚至就在刚才，当李抗故意提到"日理万机的常指挥使"来暗示她以势压人，她也不以为意。她自信自己自十八岁入绿骑以来，从未有一刻怠惰，行事果决勇敢，屡建奇功，就算没有做指挥使的父亲，一样可以有今时今日的地位，那些拿她父亲说事的人，不过是妒忌且又再无其他可以置喙之处而已，一笑了之也就罢了。

然而不知道为何，她听见薛怀安也跟着在那里起哄的时候，心头竟是愤恨难耐，只觉得人人以此谈笑都无妨，唯独此人这么说就是天理难容。忽然就想起昨天清晨薛怀安关于"一步一个脚印"的玩笑，当时看着他嬉笑的神情，自己也觉得不过玩笑而已，今日回味竟然是如细刺在心，拔不出来却又无法忽略。

只是这样的恨意中又含了委屈，那是即便她自己也难以描摹的情绪，从来坦荡的心怀似乎一下子被拧成了三道弯，让那恨意怒气无法如火山一样喷薄而出，千回百转得变了味道。

心思婉转之间，院中的一众缇骑已经散了，常樱看着薛怀安和李抗又低语了几句就独自一人往无人的后院儿走去，想也没想，推门追了上去。

薛怀安刚转进后院儿的门，只觉得背后有掌风忽至，下意识地躲向一侧，避过了来人一掌。转头一看，只见常樱的第二掌已经袭来。

常樱武功极高，这第一掌原本是没有使出全部功夫，如若薛怀安挨下来，也许她便泄了火气，但现下他一躲，常樱只觉得心里更是恼怒，第二掌毫不留情，直取薛怀安胸口。

薛怀安武功马马虎虎都谈不上，这第二掌躲无可躲，硬生生挨了一击，捂着胸口倒退数步，一时疼得说不出话来，又愤怒又不明所以地瞪着常樱。

常樱这一击得手，原本要再打，可是一看薛怀安的模样，再也下不去手，恨恨地说："薛怀安，你浑蛋。"

薛怀安疼得咧了咧嘴，问："百户大人何出此言，可是薛某得罪了大人？"

"难为我看得起你，还想把你招募到麾下，你却在背后说我坏话。"

薛怀安想了想，恍然大悟，问："是关于借擦，啊，草纸的事情吗？这个，对不起，对不起，男人在一起，有时候是这样的，但我不过是好玩儿起哄，常大人，对不起，卑职没有恶意，我给你赔罪好吧？"

薛怀安这错认得既快又诚恳，心想对方一个堂堂锦衣卫百户也不至于再在这样的小事上纠缠了吧？不料常樱却不依不饶，挥拳上来又是一阵捶打，打得薛怀安莫名其妙，不知道这位大人究竟为何发这么大脾气。若说真是气极了吧，这后面的一串拳头分明是没啥力道的，噼里啪啦砸下来，就是皮肉疼一下子而已。

他不由得抓住常樱的腕子，一下子把她控制在离自己一寸不到的距离上，正对上她带着怒意仰视自己的一双黝黑眼睛，那里面如煮沸的沥青一样充斥着滚烫黏稠难以分辨的情绪，看得他一阵茫然。

两人茫茫相看间，忽听一个声音气喘吁吁地喊："壮，壮，快，那个杜氏带着人去欺负初荷了。"

薛怀安立时松开常樱的腕子，抬眼看见本杰明正擦着汗扑进院子，忙问："怎么回事，初荷在哪里？"

"你不是让我跟踪杜氏吗，她刚刚拿着杜小月的户籍册去了德茂银号，说是杜小月已死，户籍官府给销掉了，要取出来杜小月在那里的银子。银号的人说了，杜小月早留了公证过的书信，万一她出了意外，她在德茂的钱都给一个叫夏初荷的人。杜氏转回头就到她娘家纠集了人要去咱们家找初荷，我见势不妙赶紧先回来报信儿。"

本杰明这一段话说得腔调古怪又急促，薛怀安听得半懂半不懂，只觉得心头焦急万分，似乎一股血冲上脑袋，把头上的每根血管儿都炸开了花，让他根本无法思考，急道："笨，我们快走。"

斗

初荷从女学回家的路上必然会经过一家小小的化学药品店，偶尔她会因为要购买配置火药的材料进去转转。这天她在店门口站了好一会儿，终于一咬下唇，下定决心，转身往家走去。

初荷仍然不能完全明白所谓的这个世界的毒药是什么，如果说是射速更快、更精确，使用起来也更方便的枪支的话，那么似乎有些夸大了枪的作用。如此就剩下火药了，威力更强大的火药，一小包就可以炸掉一块巨石的凶猛炸药，这样的东西还是不要去轻易碰触吧。

打定了主意，初荷对要怎样着手去改进枪械便有了思路，既然放弃对火药的改良，就只剩下对枪体的改造。《枪器总要》的后半部没有写完，也比前面写得简要很多，很多简单提到的设计必须反复试验才能完成，她原本因为资金不足没办法尝试，如今有了祁天给的这笔钱，很快就可以开工，只是以后就不方便在家里干活儿，很多事情还要重新安排。

心里挂念的事情从杜小月的案子转到别处，初荷多少觉得再没有那么沉重，往好的一面看，自己手里拿了两张密码纸，离解开谜题也应该不会太远了吧。

这样想着，脚步不觉轻快起来，就连对面有五个人气势汹汹地冲自己走过来也没有发觉。

"小妖精，你给我站住。"拦在初荷前面的杜氏吼了一嗓子。

初荷边走边想自己的事，冷不防被人一喊，下意识站定，这才发觉已经被五个人围住，为首的杜氏艾红她倒是认得，虽然被那一句"小妖精"喝得心里不快，但还是冲杜氏点点头，掏出本子写道："杜家嫂子有什么事？"

杜氏睃了一眼本子，没好气儿地说："看在你是个哑巴的分儿上，我不和你计较，你赶快把从我们杜家骗去的钱交出来。"

初荷被问得一头雾水，睁大眼睛，用手语比出"不懂"两个字。

杜氏就算不明白手语，看着初荷一脸的无辜神情大约也能明白七八分。这条街是惠安的热闹街道，此时已经有行人围过来指指点点，大都是在说他们怎么欺负一个不会说话的小姑娘，只不过现在情况不明，没人敢贸然上来替初荷解围。

杜氏怕耽搁久了就有管闲事的人跳出来，更不敢把事情讲明白，伸手就去抓初荷的腕子，道："走，跟我去银号，把你从我家骗的钱拿出来。"

初荷哪里是如此好欺负的人，见杜氏的手伸过来，腕子一压，避开她的手，转腕扣住那只戴着翠玉镯子的圆润腕子，手上加力，疼得杜氏失声大叫："小妖精，骗我家的钱财还敢欺负人，有没有天理啊！"

围观的人见到这情形，大都生了误会，低声议论："这小姑娘这么小，就懂得勾搭有妇之夫吗？"

"似乎不但如此，还骗了人家钱财吧。"

"可能吗？这么个不会说话的小姑娘。"

"哼，这年头，为了钱什么不可能。"

初荷苦于无法言语，用眼睛狠狠扫了一圈儿围观的人，被她眼风扫到的人一时都不敢作声，但神情满是鄙夷。

陪杜氏来的是她娘家两个哥哥和两个伙计，她二哥见了这情形，一递眼色，暗示几个帮手暂时都不要动手，想着且看这个小丫头怎么发飙，只要让她把"恶名"坐实，便没有人会上来管闲事。

初荷松开杜氏，不想再纠缠，杜氏却不依不饶又扑抓上来，初荷只得横劈一掌将她挡开。这一掌只用了三分力道，不料杜氏却一屁股摔坐在地上，泼辣地又哭又叫起来："还有没有天理啊，拐走我家人，骗走我家钱，现在还当街打人。"

初荷眼看事情被杜氏越描越黑，抽出本子又要写字，杜氏的二哥却一掌拍过来。那一掌先是打掉了本子却并不收力，顺势去抓初荷的手腕。初荷原本要横掌去劈对方的手，不料从旁忽然伸出一只大手将艾家老二的手擒住，反手拧在他背后，接着便听见一个有些耳熟的声音说："这位仁兄，不管发生了什么，以大欺小总是有失风度吧。"

初荷定睛一看，说话这人竟然是祁天，而制住艾家老二的似乎昨日也见过，大约是他的随从之一。

初荷感激地看他一眼，想要去捡本子写字，祁天却对她笑笑，一摆手，示意她不用麻烦，初荷这才发觉杜氏的另一个哥哥也被祁天的一个仆从制住，那两个伙计样子的人物则只管傻站着不敢动了。

祁天缓步走到刚从地上站起来的杜氏面前，问："这位夫人，在下不知道你们和这个小姑娘有什么过节，不过，这小姑娘不能言语，你们不给她说话的机会总是有失公平。"

"那你让她说啊，让她说说到底怎么蛊惑了我家妹子，让我家妹子把遗产全部给了她。"杜氏瞪着初荷狠声说。

初荷听了，脸上现出吃惊之色，祁天看在眼里，道："原来是这么回事，你妹子愿意把遗产给谁是你妹子的事情，这位小姑娘有什么错？你在这里又是喊小妖精，又是喊骗钱，不是存心往她身上泼脏水吗？"

"哪有人把自己的遗产留给不相干的外人的，分明是这个小妖精使了什么花招骗了我妹子，说不定我妹子就是被她杀的，我妹子死的时候第一个发现尸体的人就是她，她绝对脱不了干系。"杜氏指着初荷嚷嚷道。

围观众人一听这里面还有谋杀案子，更是被调动起情绪，嗡嗡议论不止。

祁天见这女人如此胡搅蛮缠，刚想再替初荷分辩几句，恰巧瞟见艾家老二裂开的胸口衣襟之下露出半个蝎子文身，不由得一笑，走到他身旁，凑近耳边低声道："这位蝎子帮的朋友，在下姓祁，在祁家行三，这小姑娘是我的朋友，麻烦你给个面子。"

艾家老二一听这话，脸色顿时大变，一边挣扎着试图从制住他的仆从手里脱身出来，一边说："小的不知是祁三爷的朋友，三爷恕罪。"

祁天冲仆从颔首示意，仆从随即松开了手。艾家老二一个箭步冲上去拉住杜氏，喝止道："成了成了，别说了，咱们走。"

杜氏不明所以，张嘴就喊："为什么走？那是我家的钱，不能这么算了。你拉我干什么？你还是不是我哥，怎么帮着外人欺负我。"说罢，她一屁股坐在地上，干脆撒泼耍赖起来。

艾家老二见了，心头起急，抡起胳臂一个巴掌抽在杜氏脸上，骂道："死婆娘，快跟我走，都是为你好，你不听我的，到时候死都不知道是怎么死的。"说完就去招呼他兄弟和伙计，也不管那杜氏怎么跳脚胡闹，生拉硬拽地给架走了。

初荷不知道祁天用了什么法子将事情这么快摆平，只是看见杜氏狼狈的模样心里就舒爽很多，忍不住笑起来。

祁天见她毫无顾忌的开心模样，轻笑着摇摇头，说："初荷姑娘你收敛一点儿，你这样很是一副小人得志的模样。"

怎料初荷却笑得更加开怀，眼角、眉梢都带着肆无忌惮的恣意。

如若可以出声的话，那笑声应该如林中百灵般婉转清澈吧。祁天看着眼前不羁欢笑的少女忽然这样想，心下顿生怜意，道："你家少爷知道如何联络我，要是以后被欺负了可以来找我。"

说完他心念一动，拾起地上的纸笔，写下一行字递给初荷，说："还是直接给你这个吧。"

初荷接过去，低头看了看，浓密的长睫轻轻扇动，掩盖住眼睛里变幻的情绪，再抬眼的时候，只是平静如幽潭的一双明眸。

"谢谢。"她提笔这样写道。

"不客气，我这就要离开惠安了，有缘再见吧，希望下次不会是被人欺负了哭着鼻子找上门来。"祁天说道。

他的语调一如既往地温和，连他自己也分不清楚，到底只是习惯性的和气还是心底里真的有那么一点点柔软的情怀。

于他，这一次惠安之行颇有些意外，比如那个造枪的美少年，越看越是没脑，他给了那少年一张无法自由取款的限制性银票，竟然就把他哄得乐上了天。就连这少年的小丫鬟，似乎也有什么说不上来的特别之处，让他不由得关注。

也许该彻查一下他们的背景吧。这样的想法一闪而过，然而，却只是一闪，并没有真的提起兴趣，毕竟，只要能造出好枪就可以了，别的无所谓。

薛怀安火急火燎地赶回家时，初荷正在给家中地位排行第三的藤萝浇水。她一扭脸看见推门而入的薛怀安，讶异地问："花儿哥哥，你怎么回来了？"

薛怀安两三步跑上前去，扒住初荷的肩头上上下下检视一遍，急急地问："没事吧，没被杜氏欺负吧？"

初荷立时明白过来，嘟起嘴，用手语比出："被气死了。"

薛怀安一见她如此撒娇的模样，一颗悬着的心倒是放下来，这丫头他最知道不过，如若真的被人欺负，绝对不会是如此情形。

然而担心的话好像有惯性一样，自己便冲了出来："是不是受委屈了？你等着，我给你报仇去，把欺负你的人都抓进大牢里。"

初荷被他骗小孩子似的话逗笑，说："这样的事你还真做不出来。"

"你小看我是吧，说不定真的一会儿就去抓她，她很可能是杀害小月的凶手。"

初荷听了既惊又疑地望着薛怀安，薛怀安却不想再多说这件事情，随即把话题岔开，道："知道了吗？小月把她的钱放在了德茂银号，留了信给你，说是要是有什么意外，那些钱就都送给你了，咱们赶紧去看看吧，说不定信上有什么线索。"

初荷点头答应，目光越过薛怀安的肩膀，看见他身后同样一脸焦色的本杰明和神色淡然的常樱。

她转而对薛怀安说："叫别人去忙自己的事吧，不会有事了，刚刚和小月她嫂子在路上碰见，有路人帮我打抱不平，他们不会再来欺负我了。"

薛怀安方才一路疾奔回家，也没注意究竟有谁跟着，此时转头一看，见除了本杰明还有常樱，觉得有些不好意思，对常樱感激地笑笑，说："常百户，真是抱歉，你公务这么繁忙还让你跑一趟，卑职感激不尽。"

常樱当时见到薛怀安一副要去与人打架的模样，想也没想便跟了来，如今也觉得自己继续留在这里微微有些尴尬，明明还在生他的气，这又是人家的家事，做好人也做得没什么立场，连自己也不明白为这人着哪门子急，于是淡淡地说："薛校尉太客气，既然令妹无事，我就先告辞了。"

薛怀安道谢相送，初荷却觉得有些不妥，对他说："花儿哥哥，这个常百户也算是你上司吧，难为人家和你一同跑来，你还是与她一起回去吧，路上多谢谢她，方便的话请人家喝个茶、吃个饭都好，你这么木呆呆的，怎么升职呢？"

薛怀安想起不久才和常樱打过架，的确是这样简单谢一声有些不好，只是他心上记挂初荷，便说："那你呢，我这不是担心你吗？"

初荷指指本杰明道："有小笨呢，小笨是我的骑士，他会陪我去银号。"

本杰明看见初荷指向自己，虽然不懂唇语，还是大约明白其意，拍拍胸脯，说："万事有我在，壮，你放心。"

薛怀安点点头，知道这样安排也许更好，但是心底隐隐又莫名失落。

有一天，公主终将遇到她的骑士，到了那时候，是不是要微笑着松开手交出去，并且送上最真挚的祝福呢？

忽然生于心中的闲愁让年轻的锦衣卫神色沉闷下来，初荷见了，以为他依旧不放心，轻轻拥住他，把面孔扎进他胸口，唇齿轻动："放心，放心，我会照顾自己。"

他看不见她的唇，不知道她在低语着什么，只感觉有细微的呼吸透过轻薄的衣料扑在他的胸口，那些微小的气流渗透进皮肤，游走于血液，堆积在心口，让他无法再去思考更深刻或者更遥远的问题。

"初荷，至少你现在的骑士很不靠谱儿，我没有办法把你交出去。"他低低地说。

半个时辰之后，初荷终于亲身体验到自己的骑士有多么不靠谱儿。

那时，本杰明陪着她在银号认证杜小月遗产继承人的身份，他顺便拿出祁天给的银票先要提些银子，银号伙计看看银票，指着票据边上一个红彤彤的"承"字印记说："这位小爷您看好了，有这个印记的银票是不能随便提钱的，一定是要有当初的开票人，嗯，就是票底这里签了字的这位叫祁天的人亲自给最初发出这张票的银号许可，那个银号再给我们转了银子，我们才能付钱。"

"你什么意思，就是说这个银票提不了钱？"本杰明不解地问。

银号伙计性子还算好，继续解释说："对，就是这意思。一般的银票只要是我们德茂开出去的，不管是哪个地方的分号开的，见票我们就给银子。但是这种'承'字票不一样，必须是由开票的人拨银子到我们账上，我们才能给出去。这是一般生意人喜欢用的，比如，您答应卖给一个贵阳商号一百担茶，先要了对方一千两定金，人家怕您拿钱跑了就会给您这样的银票。您想要提钱，先要让对方把钱通过贵阳的开票银号划给我们，等到账了，我们就知会您一声，到账的时候，同时会送来开票那位客人提出的付款条件，以这个茶叶生意来说，可能就是您这个茶装运上船的船运单子，我们票号核实了，见您满足条件就能给您钱，您懂了吗？"

"不懂。"本杰明漂亮的大眼睛闪烁着，懵懂地摇了摇头。

银号的伙计有点儿失去了耐性，但还保持着应有的客气，道："要再不懂我也没法子了，您只好去问问给您银票的人，小爷怎么不问问清楚就拿了人家银票，又不是什么小数目。"

本杰明苦着脸看向初荷，问："怎么办，初荷，我们没钱可怎么开始？"

初荷听得明白，暗想祁天那人不该忘记解释银票的事情，难不成是在试探小笨是不是真的很笨？如若真是如此，小笨这样算是完全暴露了，只是，今日看祁天的样子，似乎并不以为意，这到底是好事还是坏事？

本杰明见初荷不说话，急得团团转，嘟囔着："不行，不行，我要去找那个姓祁的，他留了地址的，我要去找他。"

初荷掏出本子，写道："不着急，先用小月留给我的钱吧。"

"你不是说不想要的吗？"

"我改主意了。"

初荷原本的确存了将钱转给杜小月她哥的心思，只是见到杜小月留给自己的信，却觉得这钱似乎还是留在自己手上最好。

那信是在公证人和银号共同见证下所写，内容很是简单：如本人杜小月不幸身故，自愿将存于惠安德茂银号全部七百银圆赠予泉州崇武人士夏初荷，以资助其研习探究自然和自然律之用。

初荷躺在床上，把这信来来回回又读了数遍，仍然看不出任何可供参考的解谜线索。

如今唯一可以确定的就是，小月的的确确早就料到也许自己会出什么意外，故此才会事先做了这样的安排。然而为什么不留给她自己的家人呢，难道是认为我更需要这笔钱？七百两银子大约就是在书院学习、生活一年的费用，小月确实说过她自己已经没有可能继续去书院深造，希望我能有这样的机会。但是论及亲厚，她哥哥总算是她的血亲，为什么不多少留一些给他呢，他是个病人，也会很需要钱吧？难不成真如花儿哥哥所说，她嫂子就是害她的人？而我是唯一可以帮她申冤的人？这么说，那时候小月执意要搬来我家，难不成也是早就想好的？

初荷越想越觉得心寒，一骨碌从床上爬起来，把两张密码纸平铺在桌案上，又拿出一张纸，用毛笔写下一个大大的"i"字，然后深深呼吸，对自己说：好吧，不要乱，重新来推导一次。

小月留下三本未还的书，书里有第一张密码纸，之后，通过三本书，可以找到第二张密码纸，到此为止，线索中断。

但是，我还有另一个线索，就是记号"i"，如果根据这个提示，加上第二张密码纸夹在《无穷算术》这本特殊的书中，我能想到的就是牛顿，从而得到

《广义算术》这本书。

思路整理到这里，初荷才想起来忘了把从藏书阁带回的《广义算术》摆出来，赶忙找到书，也放在桌面上，想了想，又把杜小月的信也一并搁在桌面，确定再无任何遗漏，自语道："好，都在这里了，继续来。"

线索到《广义算术》这里中断，但是我之后又得到一封信和一些钱。信的内容是……

初荷想到此处，眼睛落在《广义算术》这本书的封皮上，书是牛顿去世以后才发行的纪念版，在精致的小牛皮封面上，有几行烫金的小字：

自然和自然律隐没在黑暗中；
神说，让牛顿去吧！
于是一切豁然开朗。

这是牛顿的墓志铭，是对这位开创了一个时代的伟大人物的最高赞美，这是——是巧合吗？小月在信里写着"以资助其研习探究自然和自然律之用"。

自然和自然律，这绝对不是用词上的巧合。

难道，一切马上就要豁然开朗了吗？

茶

薛怀安紧赶慢赶，总算在常樱回百户所之前追上了她。

常樱看见气喘吁吁、一脑门子汗的薛怀安有些诧异，问："薛校尉，有什么急事，令妹那里不要紧了吗？"

"都安排好了，初荷让我要特别谢谢你。"

常樱听了淡淡"哦"了一声，转身又要往前走。薛怀安见她不咸不淡的神色，想着刚才她还气得打自己，有点儿不知该如何是好，记起初荷的嘱咐，忙说："常大人，等等，暑热难当，卑职请大人喝杯茶解解暑吧。"

常樱转回身，一挑眉毛，问："薛校尉何时这么客气了，昨日分明还对我的邀约很是不屑。"

薛怀安于人情世故颇为迟钝，一般来说，要是相邀某人，人家说不去，根本不会去想这人是真的不愿意去，还是另有文章，比如，要端个架子，让你三番五次去请。故此原本按他的脾性，这事情也就这样算了。只是这次是初荷嘱咐的，他习惯性地要坚决完成任务，也不管对方到底是啥意思，执着地说："不是才得罪了大人嘛，卑职敬上一杯赔罪茶也是应该的吧，更何况还要再谢谢大人仗义相助。"

常樱看着眼前明明吃了闭门羹还无知无觉的家伙，心头一阵烦躁，可是自己也不明白为什么见了他就这么容易烦躁，摇摇头，道："算了，算了，就吃你一杯茶。"

两人在茶楼找了个僻静处坐下。

说是僻静也不过是相对而言，南方的茶楼并非什么大雅之处，市井小民常常在这里听戏吃茶，一泡就是一天。载着小笼包和燕饺等各色小吃的推车在茶桌间缓缓穿行，推车的伙计时不时吆喝上一句，声调一如戏文般抑扬顿挫。

薛怀安点了茶楼最好的明前龙井和几样精致小吃，常樱却只是喝茶并不动筷子，眼神飘忽，似乎魂游天外。

"常大人这次的事务是不是有些棘手？"薛怀安见了常樱的样子关心地问，随即又想到绿骑的身份不同，处理的很多任务不便对外人道，忙说，"大人不方便说就算了。"

"没什么不方便，还是上次那个事情，今天一早收到帝都来的六百里加急快报，说我们在清国安插的细作回报，崇武这边还是有情报泄露出去了。"

"上次那个事情？你意思是说，莫五在死之前把崇武水军的情报给传递出去了？"

常樱一皱眉，不悦地说："就是这意思，你小声点儿。"

这件事情如今可谓她的心头刺，莫五这个细作被她挖出来不容易，原本想要出其不意将他抓捕，不料莫五竟然机警至此，只是见她手下几个换了崇武水军军服的锦衣卫就起了疑心，匆忙逃跑。但即便如此，她这一路从崇武追到惠安，半分喘息也没有给对方，到底情报是如何在他仓皇逃命的途中被安全送出去的，着实让人百思不得其解。

如果莫五地下有知，这时候，一定是在嘲笑我吧，常樱自嘲地想。

薛怀安也觉得事情十分不寻常，压低声音，问："难不成崇武水军还有其他细作？"

常樱摇摇头，斟酌了一会儿，终于决定还是和薛怀安探讨一下，道："虽然不该和你多说，可是我想，也许你熟悉惠安，能帮得上忙。根据清国传回的消息，就是莫五把情报递出的，至于递出了什么，我们在那里的人无从得知，但是，据推测，清国收到的情报应该有什么问题，比如，只得到了一半的或者是错误的情报。如若真是如此，那么还有很重要的东西仍然在这里。"

薛怀安明白以自己的身份，很多事情不能去问，但又想多少帮一点儿常樱，便问："那么，现在常大人准备怎么做？卑职有什么可以帮得上忙的地方？"

"我如今只想到一个笨办法，就是让手下沿着从崇武到惠安莫五逃亡的这一条路，把所有他经过的地方仔细巡查，看看能不能有所发现。我在想，也许，莫五在逃亡的路上把带出来的情报藏在了什么地方，比如一个途经的树洞之类，然后刻上只有他们的人才能认出的记号，这样情报才被取走的。不过事情已经过去了月余，说起来简单实则却太难查。"

薛怀安听了不自觉地摇摇头，说："如果卑职是莫五，应该不会这么干。"

常樱秀目一亮，脱口问："你怎么想？"

"假使我是莫五，且不说在路上被常大人追赶的时候很难有工夫找一个安全的地方藏匿情报，只要想一想从崇武到这里这么长的路程，让另一个清国细作找到这个记号就已经是很困难的事情。而且，从崇武到惠安仅大路就有三条，山野小路则更不用说了。我怎么知道我的同伙能正确判断哪一条路是我的逃亡路线？除非我的同伙就混在常大人的队伍里。"

常樱略微一想，道："这不可能，我的人不可能有问题。"

薛怀安见常樱说这话的时候，眉宇间有一股难以言表的笃定与信任，不同于有时候她因为过于执着于自己的意念而于神色间染上的断然之色，此时的她，眉目舒展，坚定而不执拗，在嘈杂的茶楼里，凝然如玉，不为外物所动，倒叫人忽生出几分好感来。

"大人部下得大人如此信任，真是做部下之幸。"薛怀安由衷地赞道，"那么，既然没有内应，莫五这样老到的细作，一定不会首先选择把重要的情报以大人说的方法传递出去，除非实在没有别的办法，才会走这样的下下策。"

常樱点点头，说："我就是想不出来除了这下下策他还能如何。"

薛怀安道："一般来说，下下策总是最后关头不得已才用，对莫五来说，最后关头就该是在馨慧女学的时候，大人派人去那里检查了吗？"

"这是自然，你不知道我行事的规矩，当时莫五的事情一结束，我的人就已经仔细检查过他在女学所经、所处各处，以防有任何不宜外泄的东西不慎泄露。这次我们回来，我第一步还是派人检查那里去了，估计一会儿我们回百户所，派去的人便能回报。但我的人向来细致，不大会遗漏可疑之处，如若当时没有发现什么，现在也很难再发现什么。"

常樱这么一说，倒是提醒了薛怀安，道："说起来，和那时候相比，倒是有一个接触过臬五的人消失不见了。"

常樱神色一动，问："谁？"

"就是那个被扣作人质的女孩儿，叫杜小月，她前天傍晚死于谋杀。"

明

薛怀安和常樱互看着对方，一时间都没有再说什么，这个发现对于二人来说都是一个不小的冲击，迫使他们快速地去重新整理手中已经掌握的所有线索。

缄默之中，邻座两个茶客的谈笑显得格外清晰。

其中一个说："现在这世道真是人心不古，你看看现在这些罪案，一件比一件邪乎。"

"可不是，我看都是因为那些种地的不去种地了，跑到城里来做佣工，才会这么乱。你想想，那些男人把老婆扔在家里，一年到头几十个大男人挤在一起，还能不出事？你瞧瞧最近采花大盗那案子闹的，我看没准儿和这些佣工就有关系。"

"有理。不过，现在这人也是越来越厚脸皮了，你说早些年，要是谁家女人被采花贼光顾了，咱能知道不？那是决计不能啊，还不是被瞒得严严实实的，连官都不敢告。现在可好，这种丢人的事情都搞得人尽皆知。"

茶客的闲言碎语钻入薛怀安的耳中，关于采花贼的案子他熟悉至极，杜小月出事前这案子一直是他探查的重点，然而站在茶客们的角度他却从未思考过，此时听了这些话，如醍醐灌顶，心中一直解不开的困惑豁然明朗，忍不住一拳砸在桌子上，冲那两个人大声说："二位，你们这么看人未免太过鄙俗，诚然佣工劳作辛苦，收入微薄，却不能以此推断其品格。"

那两个茶客正聊到兴头儿上，被人这么一插话，俱是十分不悦，然而转脸一看，说话之人是穿赤黄色官服的缇骑，旁边还坐着一个穿暗绿色官服的绿骑，想想锦衣卫一贯的名声，便都不敢作声，匆匆结账走了。

常樱看了轻笑道："难得薛校尉还有扶助弱小的侠义之心，如此热血青年，当锦衣卫倒是可惜了，可曾想过去争争武林盟主的位子？"

薛怀安现出惯常的嬉皮笑脸模样，道："其实我当年人送外号铁胆狮子，号令三十路白道，人人见我都要敬称一声大侠。若不是被黑道妖女，就是那个从来都穿一身绿衣的'常绿衣'以美色暗算，中了她的连环夺命十八掌，哪儿会隐居此地做个小小的锦衣卫校尉。"

常樱杏眼一瞪，道："我哪里打了你十八掌，不过给了你两三拳而已。"

这话才出口，常樱就知道说错了，如此一来，岂不是也认了自己用"美色暗算"薛怀安来着，想到这里，她脸上腾起红云，转念又一想，薛怀安这么个促狭之人，恐怕又要借题发挥说出什么揶揄调侃自己的浑话了。

不想做好了心理准备，那人却正经起来，没有和她纠缠于此，转而正色道："常大人，关于莫五的事情，卑职有个也许大胆，但是看上去很合理的想法，这事要和常大人还有李大人详谈，我们这就速速回去吧。"

常樱当下应允，但心上却是莫名有些空落落的，仿佛是做好了挨打的准备却没有等到该来的那一拳，如此辗转之感倒叫人好一阵无端怅惘。

两人回去一看，见还没有绿骑回来复命，缇骑也已经悉数被派出，只有李抗一人留守在百户所。

三人在屋中坐定，薛怀安慢条斯理地说："二位大人，卑职在想，有没有一种可能，我们两边的案子是有联系的？"

李抗不知道这事的前因，不解地问："怀安你什么意思，我们哪个案子和常百户那边有联系，采花大盗案还是杜小月的谋杀案？"

"卑职先从采花大盗案说起吧，这案子发生在莫五劫持人质事件之后没几天，今日卑职在茶馆听茶客闲聊，猛然发觉这案子有一个极特别之处被我等忽略了。"

"何处？"

"就是这案子被人们传得太过沸沸扬扬了。"薛怀安说到此处，看看李抗，顿了顿，才继续说，"以大人多年刑侦经验，一定知道此类奸淫的案子，大多数受害人都因为好面子，连官都不愿意去告，往往是自己忍了。故此，过去就算有这类案子发生，也很少被人知道，更别说被人们传来传去。这一次，我们先说第一个被害人郭员外家吧。说来他家可算比较倒霉，第一次凶犯去他家迷奸郭小姐，虽然没有得逞，但是有鲁莽仆妇在追打凶犯的时候高喊'捉淫贼'，当时正值静夜，那样一来搞得街头巷尾人尽皆知。可即便如此，凶犯第二次在庙内得逞，他家还是想隐瞒，若非我们查案追查出来，他一定不会说。而现在，这案子还没有了结，郭家已经举家搬离惠安，根本就是躲开了。"

李抗点点头，道："的确，这是人之常情，更何况市井小民最喜欢议论这些事情，郭家也是受不了吧。"

"如今，我们抓到的人犯只承认自己迷奸过郭家小姐，后面两桩迷奸案子则概不承认。这个咱们且不说，单说后两桩案子，那犯人在逃跑的时候也都弄出了很大响动，让这两家想瞒也瞒不住，这才最终搞出来一个让人议论纷纷的采花大盗来。可是卑职现在想想，觉得这采花大盗也未免太过不济，每一次都会在逃跑时被人发现。所以卑职有一个假设，会不会是有人故意要如此，从而造成在惠安有一个采花大盗在活动的假象？"

"那么，依你之见，这人为什么要这样做？"

"大人记得卑职昨日说过，杜小月不是被人奸杀，而是被人伪造成奸杀的假象。以此看来，这采花大盗案很有可能也是为了误导我们查案所做的铺垫。卑职以为，这人很有可能是恰巧发现郭家的案子可以利用，就在其后连续制造了两起采花案来造声势，为最后制造杜小月被奸杀的假象做铺垫。"

李抗在椅子上再也坐不安稳，起身来回踱了几步，半晌才问："你这个假设，有个地方要给我解释清楚，就是这人为何要花这么大心思去杀死杜小月，杀人要有动机，更何况是这么精心布局去杀一个小姑娘。"

薛怀安看向一旁坐着的常樱，道："常大人，虽然绿骑处理的多为机密要务，可是这次我们缇骑的案子恐怕和绿骑的案子息息相关，我们可否开诚布公，互通消息？"

常樱没有答话，点了下头，示意薛怀安继续讲下去。

薛怀安默契地笑笑，继续道："方才我和常大人聊天，得知莫五竟然还是把崇武军港的消息送出去了，我们两人探讨这消息该是如何送出去的，结果发现，最后和莫五接触的两个人都消失了，一个是杜小月，另一个就是门房老贾。"

李抗疑惑地问："这和老贾又有什么关系？"

一直没有作声的常樱此时开了口，说："莫五被击毙之后，我们按照惯例检查了他所经之路和所接触之人，查问到老贾的时候，我们问他为何会给莫五开门，他说莫五骗他说有东西要交给里面的学生，可是待他一开门，莫五就用枪逼着他，让他带路去学生最多的地方。"

李抗仍是不明白，道："你们二人的意思是，这两人一死一失踪倒是与莫五的案子有关喽？"

薛怀安道："正是。其一，最后接触过莫五的两人都不见了，难不成只是巧合？其二，虽然我们不知道莫五用怎样的方法将消息传递了出去，可是既然传递出去了，那么他的逃亡过程就充满了可疑之处，更何况最后接触过他的人都消失了。"

"为何杀杜小月的凶手不可能是你让我派人跟踪的杜氏？"

"现在看来，如果有人制造了采花大盗来避人耳目，误导我们，那么这人肯定不是杜氏。她没有武功保证自己在逃跑途中既被人发现，又能全身而退。况且，我怀疑她也没有那么深的心智。你看她今日去抢夺杜小月的遗产，都没有事前仔细调查清楚杜小月之前怎样安排了遗产，这样的人，事先会去安排那样的谋杀布局吗？"

李抗盯着面前目光炯炯，仿佛有成竹在胸的年轻锦衣卫，猛地在他肩上拍了一掌，道："成了，你别卖关子了，你还知道了什么，全都给我说出来。"

薛怀安"嘿嘿"笑着，正要开口继续讲下去，却听常樱突然急急插话进来道："薛校尉，最后接触过莫五的人有三个，门房老贾、杜小月和令妹，现在前两个人于这两天都消失了，令妹会不会也有危险？"

初荷看天色还早，收拾利索便往女学赶去。来到女学叩了一阵子门，仍是阿初嫂慢慢腾腾地过来开了门。

初荷把《广义算术》在阿初嫂面前摇了摇，拿出已经写好的纸片。

阿初嫂低头一看，见纸片上写着："我借错书了，想去换一本。"

阿初嫂和气地笑一笑，道："快去吧，快去吧，藏书阁还没有锁，真是聪明好学的孩子。"

初荷甜笑着回应了阿初嫂的夸奖，双手合十，做了个拜谢的动作，抱着书匆忙往藏书阁而去。

进到藏书阁，初荷快速地在一排排书架中间找到放置物理学书籍的那一排格架，眼睛上下搜寻一会儿，终于，她心中所想的那本书跃然眼前——《自然哲学的数学原理》[①]。

这本书被放置在一部部厚厚的物理学书中间，同鲜有人问津的数学著作相比，这些物理学书的受欢迎程度显然更低，上面积着厚厚的灰尘，唯有它看上去似乎被人在不久前触碰过。

"自然和自然律隐没在黑暗中；神说，让牛顿去吧！于是一切豁然开朗——如果这是最终的暗语，那么就是在暗示，只要明白这一句暗语，就可以

① 《自然哲学的数学原理》出版于 1687 年，以微积分这种数学方式论证物理问题，从此确立经典力学的完善体系。

解开一切谜团，解谜的关键就是隐藏在黑暗之中的自然和自然律。而牛顿研究自然和自然律的著作，这一本是最有名的，探讨了从抛物线运动到流体运动的各种自然运动规律，更何况这个书名就是《自然哲学的数学原理》。"初荷在心底想着，更加确定自己的想法，把手伸了过去。

来不及细看，她快速地在书页间翻找，果不其然，一张薄纸夹在书页之间。

初荷摊开来一看，见这张纸上和自己发现的第一张密码纸一样也是一行一行有序的阿拉伯数字，在每个阿拉伯数字之后则写着一个十二地支：

1 丑，2 卯，3 寅……

然而有趣的是，在后面出现了类似"16 子寅""17 子卯"，甚至"24 丑卯"等这样两个地支的组合。

初荷拿出第一张密码纸，仔细研究起来，发现这第一张在阿拉伯数字之后跟着的大写汉字数词虽然不是连续的，比如"1 叁"后面是"2 伍"，但是没有出现任何奇怪的数字组合。

再看看这两张密码纸，阿拉伯数字全部都是从 1 到 362，如果从破解密码的角度来说，这就意味着，这些阿拉伯数字很有可能是序列号，通过这些序列号能将两张纸上的汉字大写数字和十二地支联系起来。也就是说，两张纸上的1 号，即"丑"和"叁"是相关联的。

这样的话，看到出现奇怪组合的"16 子寅"对应的另一张纸上第"16"号，是一个正常的大写数字"贰拾"，从前面推测，这个"子寅"应该是代表一个数字，十二地支只有十二个，假设"子"代表数字"一"，那么到了"亥"就是代表数字"十二"，这样的话，要想表示十二以上的数字，比如"十三"就是"子子"，而"十五"就是"子寅"。

也就是说，这第三张纸上的十二地支是一种十二进制的计数法。

初荷想到此处，正觉得谜团开始一点点解开，可是眼皮却打起架来。

怎么一到藏书阁就犯困呢？别睡，别睡，初荷在心底里对自己喊着。然而强大的睡意还是不可阻挡地袭上来，终于将她陷入了安眠的温床。

睁开眼睛的时候，初荷觉得有点儿冷，发现自己原来是躺在藏书阁的花岗岩地板上，虽然是夏季，寒气还是透过薄薄的衣物刺入身体，让人不自觉地颤抖。

"这小丫头醒了。"

初荷听见一个熟悉的声音说，她一骨碌爬起来，看见对面的官帽椅上坐着的正是程兰芝，她身边则是随侍的阿初嫂。

初荷在震惊之中恍然醒悟，用手语问道："是你杀了杜小月？"

程兰芝并不懂得手语，但是大约也能猜出初荷在问什么，面无波澜，口气冰冷地说："你别比画了，看着怪累心的。都告诉你好了，杜小月是我杀的，因为她威胁我。"

尽管知道没有用，初荷仍然不由自主地比出"为什么"三个字。

程兰芝冷笑了一声，也不理会初荷究竟在问什么，自顾自地说："我也想不到她会是这样的人。夏初荷，我如今将这些恩怨告诉你，因为一来呢，你是将要死的人了；二来呢，你只有知道了其中的缘由才能帮到我。"

初荷听了，原本紧张害怕的心情稍稍一松，心想既然还需要自己的帮助，就还没到生死关头。

"你知道上次劫持你们的清国细作为什么会把杜小月当人质吗？别以为他是怕死怕昏了头，那是因为他知道杜小月与我亲近，所以他想把一些东西交给杜小月，让她转交给我。"

初荷依稀记得当时莫五将他们三人绑在一起往外走的时候，的确趁机和小月说了句什么，只是她走在三人的最前面，莫五声音又小，她没有听清楚莫五在讲什么，以为是叫小月放老实之类的威胁言辞，如今想来，大约不是"放老实"而是"给程兰芝"。

"其实，他发觉逃不出常樱的追捕后，是跑去找我的，想假借扣了我做人质为掩护，将东西交给我，可惜那日我和阿初恰巧不在，他情急之下，想起和我关系密切的杜小月，便冲入了你们的教室。所以，别以为是那个'缇骑之枪'多么厉害，原本莫五这么做就是抱了必死之心传递消息的。"

初荷想起事后薛怀安也说过这个细作颇有些奇怪，怎么想出这样的活命法子，丢人不说，也不稳妥，当真是被常樱吓破了胆，狗急跳墙了。

"不想杜小月非但不交给我，还用这件事情威胁我不要成婚，所以，我就杀了她。好了，因果就是这些，我留你不死的原因是她写下的这些东西我猜只有你能懂。"

初荷明白杜小月定然是并不完全相信程兰芝，便把知道的秘密换成自己发明的密码写了一遍，又给初荷留下暗示，以备万一遇到不测时初荷有迹可循。

然而就算自己刚刚找到些头绪，又如何能够那么快地破译出来？但如此关头，她知道自己绝对不能说不懂，心念一转，对程兰芝比出纸和笔的手势。

初荷坐在冰冷的地上，对着面前铺开的白纸，脑子里一片空白，好一会儿，她提起笔，写道："之前在藏书阁你们迷昏过我一次吧，为什么放了我？"

"因为我们不知道你查出一本《广义算术》有什么用，所以只好先放了你，继续看你怎么做，不过你倒是不负期望，很快就找出结果来了。"程兰芝答道。

初荷眨眨眼睛，计上心头，写道："你怎么能确定这就是最后结果，也许还有第四张。"

程兰芝被这样一问，才觉得自己的行动的确有些鲁莽，旁边的阿初嫂脸色也是一沉，道："真是的，倒是疏忽了，杜小月这个丫头心眼儿鬼得很，上次给我们的是份假的，谁知道这次又耍了什么心眼儿。"

程兰芝的声音因为恨意而变得暗哑："她为什么如此对我，我从来都是在为她着想。"

初荷听着觉得有蹊跷，又写道："你和小月是什么关系？"

程兰芝本以为初荷已经可以开始破译密信，不想竟然写出这样一个问题来，心火忍不住往上蹿，转念又怕这和破译密信有关，银牙一咬，勉强挤出"亲如姐妹"四个字。

初荷心中一动，又写道："小月很寂寞，你呢？"

程兰芝鼻子气得差点儿歪掉，然而目光停在这句话上，终是没有发出脾气来，缓了缓，才挤出一句话："有她陪着的时候，还好。"

"如果一直有人愿意陪你的话，为什么还要嫁人？"

初荷写完这句话，心里有些没把握，又加了一句半真半假的话："小月向哥哥要钱去了，说找到了可以一生陪伴她的人，要与那人远走高飞。"

程兰芝盯着地上煞白的宣纸上这行小小的黑字，两只手死死绞在一起，好一会儿不说话。

突然，一只脚重重地踹在初荷的腰眼儿上，初荷冷不防受袭，一头撞在地上，顿时眼冒金星，耳朵里轰隆隆地鸣响。

接着，她听见阿初嫂恶狠狠的声音在半空里炸开："快写，再啰唆就立时宰了你，别以为除了你就没人破解得了这个鬼东西，难不成我们清国无人了吗？"

然而程兰芝的态度却在刚才与初荷的对谈中略微软了下来，转而对阿初嫂说："阿初，你别这样，你答应过我，只要她写出来，我们安然离开，就放了这孩子。你别再多杀一个孩子了。"

"你真的想走？你想好了，你要是杀了她，便是再没有人知晓此事，你可以安安稳稳地嫁出去，从此用不着再顾忌世人的风言风语，也不用看你爹对着你这个老姑娘唉声叹气，听那几个姨娘指桑骂槐，连讥带讽。"

程兰芝双唇一抖，没有应答。

阿初嫂见她神色犹豫，语气加重，一连串词句又硬又密地掷出来，咒语一样不给人片刻喘息："想想你当初是怎么对杜小月的，可杜小月又是怎样对你的？她咒骂你，伤害你，跟踪你，骚扰你，纠缠你，像个疯子一样，而这一切不过是因为你想生活得更轻松一点儿。现在也是一样，你只要心中稍软，放别人生路就是给自己死路。"

程兰芝眼神闪烁，显然是被阿初嫂说动，失掉了残存的善良。

阿初嫂见程兰芝的神情，知道她已经不会再干涉自己，冲着初荷冷冷地说："给你一个时辰，你要是可以解出来，就晚死一个时辰；要是说根本不懂这是什么，现在就去见阎王吧。你害死我相公，以为我还能让你活在这世上吗？"

初荷一惊，写道："你相公是谁，为何说是我害死的？"

"莫五。"

即使只是这两个字在唇齿之间流转，她也会觉得心上有一丝抽痛。

这些日子，她总是会记起很久以前，她和他去泉州港的时候，出于好奇，溜进给外国船员建造的圣母堂，在那里，他们看见一些很美的画。有一张上面画着一个年轻的金发女子，她垂着眼帘，温柔地抱着一具男人的尸体，没有任何悲戚或者哀痛的神情，秀美的脸上一派安宁祥和。

"这是她的男人吗？死了男人她为什么不难过？"他问她。

"她是圣母，那是她的儿子，上帝之子耶稣。关于这样的神情，有两个解释，一个是说，圣母其实早就预见到儿子的死亡以及后来的复活，所以很坦然地接受了这一切；另一个解释说，她神情安然平静，只是因为她真正地了解什么是死亡。"

"你觉得哪个解释对？"

"我喜欢第二个，第一个嘛，如果可以预知未来，人生是多么没有趣味。"

"那如果我死了，你会怎么样？"

"讨厌，别说这么不吉利的话。"

"我是认真问的，毕竟我们就是过着刀口上舔血的日子。"

"那我一定为你报仇。"

是的，为你报仇。现在，这个害你的女孩子马上就要去黄泉陪你了，那个向你开枪的锦衣卫，很快也该来了吧。

破

震惊之后，初荷猛然意识到如果阿初嫂要报仇的话，薛怀安必定也在她的算计之中。而本杰明知道自己的去向，如果很晚自己还没有回家，他和薛怀安一定会来找自己。这两个人的武功连稀松平常都谈不上，而阿初嫂一定早就有所防备，到时候岂不是自投罗网？

果然，阿初嫂弯下腰，贴近初荷，眼光一刀一刀剜在她的面孔上，道："听说你哥哥出了名地疼妹妹，要是看你晚回去了，一定会来找吧，据说，他武功不济得很。"

初荷厌恶地偏头避开，虽然觉得如此情形无计可施，可是心里仍然气不过这样被暗算，提笔又写："我家还有帮手，你们想得倒是简单。"

阿初嫂看看字，冷笑道："就是那个假洋鬼子吧，我又不是没有和他交过手，一样是个废物。"

初荷讶异地瞪大眼睛看向阿初嫂，不知道这又是怎么一回事。

阿初嫂脸上露出猫戏弄耗子时残忍的愉悦表情，道："其实你该谢谢他。要不是他，杜小月死的那个晚上就把你捉来了，那样的话，你们兄妹早就去见阎王爷了。不过你晚死点儿也好，要不我们收到杜小月给了我们假货的消息，还不知道该如何是好呢。"

初荷心思敏捷，听阿初嫂这么一说，便明白过来，那夜家中闯入的蒙面黑衣人定然就是阿初嫂，估摸她料定薛怀安夜里会在百户所查案，所以趁自己落单前来掳走自己，然后留下诸如"我去女学藏书阁"一类的字条，待到薛怀安回来，见自己一夜未归，一定会去女学找人，正好可以一网打尽。而现在让自己多活了两日，大约是因为第二日她们收到清国的消息，说送回去的情报有问题。

"阿初，你还存着这样的心思，你，你这是公报私仇。你若是要杀了一个锦衣卫，会给我们惹多大的麻烦，那样的话，怎么可能还全身而退？"程兰芝说道，原本白皙的面孔更是苍白。

阿初嫂瞟了一眼程兰芝，并不答话，转身往藏书阁深处走去，不一会儿，拖着一个大麻袋吃力地走出来。她将麻袋口一松，露出一个人昏睡的面孔，正是一直失踪的门房老贾。

这一次，非但是初荷，连程兰芝也露出了惊讶之色，失声道："你，你还没有处理掉他？"

"他还有用，为什么要处理掉？让他们三个都死在一起，锦衣卫和采花大盗同归于尽，这不是最好的了结吗，你还怕什么？"

"哦？这位大嫂，你真的确定这样就没有人知道了吗？"

初荷听到这熟悉的声音从身后传来，心中乍喜，扭头一看，只见薛怀安正站在藏书阁的尽头，书架投下的阴影将薛怀安笼罩在其中，也看不出是急是忧，唯有被光影勾画出的身形轮廓清晰而坚定。

然而初荷一转念，想到薛怀安这么孤身前来，不是正合了阿初嫂的心意，心下又是焦虑不已。

阿初嫂显然没有想到薛怀安这么早就到了，面上微微有些惊色，带着恨意狠声说道："我当是谁，原来是大名鼎鼎的'缇骑之枪'啊，竟然能找到这里，果然名不虚传。"

"大嫂你客气了，大嫂你心够狠、下手够毒，在下也是颇为佩服。"

阿初嫂脸色一凛，猛然从怀中掏出一支短枪，瞄住一步开外的初荷，冷冷地说："想要留她一命你就别再往前走一步。"

初荷被一支冷冰冰的枪口对着，心突突地直跳，可是一定下神来却发现那支短枪竟然是自己造的。

这且不说，她在扳机旁设置了一个小小的拉栓锁住打火的钢轮，以防在偶然之下火石和钢轮因为震动碰撞出现走火的问题。扣动扳机之前一定要先拉开这个栓锁，否则便不能开枪。大约是因为薛怀安比预料中早出现了太多时间吧，阿初嫂竟然还没有拉开这个栓锁。

初荷一见有机可乘，将手背在身后，悄悄给薛怀安比出手语："没拉栓，分她神，我有机会。"

"你这杀人的计谋原本想得周到，可是你知不知道，再周到也有破绽，你可想知道破绽在哪里？"薛怀安说道。

"哪里？"

"你让程兰芝和杜小月约定，待她宣布关闭女学以后就在半山亭见面，程兰芝在杜小月离开后没多久，就以换戏服为由跑去那间小厢房。那小厢房的后窗能看见青石阶路，虽然从山中曲折小径走过去不算很近，可是从窗子到青石阶的空中直线距离只有一百步左右，程兰芝自幼习箭，是射箭好手，在这个距离上几乎百发百中，于是，她在看见杜小月出现在山路上之后，就朝她背心射了一箭。"

"不错，细节上也许有出入，不过你猜得八九不离十，只是不知你是如何看出杜小月是中箭而死？"

"其实你那时候早就埋伏在石阶旁的林中，一见杜小月中箭倒地，先上去用短刀将箭头挖出，可是那样的伤口难免让人起疑，于是你又用短刀在伤口里面一阵搅和，直到伤口面目全非，这就是你的第一个破绽。若不是我看到这伤口，怀疑凶手想掩饰真正致命的伤口形态，以此掩盖真正的杀人凶器，就不会去猜也许是中箭而亡。"

"哼，果然有些本事。"

"你之后将尸体拖入林中，仰面放好，造出奸杀的假象，可惜想得太多，大约是生怕我们验尸的时候怀疑致命的凶器不是刀子，于是用刀子在尸体正面又捅了几刀，好诱导我们很容易去认定杜小月是被刀子刺死，这就是破绽二。

起初这多余的几刀让我百思不得其解，才会对整件事情有所怀疑。然而，如果今天上午二位不说谎的话，我也不会这么快就猜出来。"

阿初嫂听了脸色微变，却没有言语。

"老贾的剩饭都长出绿毛，阿初嫂你却说他案发当天还在。至于程校长，那个后窗我之前问过茶室仆役，仆役清楚记得他依照规矩每日清早开窗晚上关窗，但那日他晚上收拾屋子时后窗已经被人关上了，既然不是仆役所为，那就是你亲自关的，可是你却说记不清楚。再加上我们恰巧从校长这里借过弓箭，后面就只需要一些大胆假设了——远距离的、精确的、无声无息的杀人方式，既然我们想得到，有人也能想到就不足为奇。"

薛怀安讲到此处忽然仰天一声长叹，目光转向程兰芝，道："程校长，枉你这么个聪明人物，为何没想过阿初嫂一定要你射这一箭？要你亲手杀这个人？她有武功，为何不替你出手？为何她要不断教唆你，让你陷入恶念里无法挣脱？因为，她要用这件事来永久地挟制你。因为，她需要你和她一样困在恨意里不得超生。因为，她要让你和她一样沾一手永远也洗不掉的鲜血。那样，你们就永远在一起了，你会永远被她控制，从此以后再没有自由，日日夜夜，一生一世沉沦在只有你和她的黑暗里。"

薛怀安的声音诅咒一样回旋在藏书阁沉闷的空气里，程兰芝脸上失去血色，身体倚住后墙，勉强让自己保持站立的姿势，无法控制地颤抖着，梦呓一样低语着："但是小月，她威胁我，我为她安排那么多，我那么疼她，为了她向阿初低头，甚至背叛国家，她却要毁掉我的生活。"

"难道阿初嫂没有毁掉你的生活吗？"

"够了，你住嘴。"阿初嫂冲薛怀安大叫道。

在这叫声中，初荷骤然出手。

阿初嫂是受过严苛训练的人，一见初荷扑上来，当下扣动扳机，一扣不动，立刻想到自己的失误，眨眼已经拉掉栓锁又是一枪。

然而初荷每日练习长跑和臂力，虽然人看上去瘦小，爆发力却是惊人，阿初嫂这一息的迟缓足够初荷冲上来一拳打在她的脸上，只见她身子一仰，一枪射飞到房顶上。

这一枪射空，初荷知道得了机会，火枪无法连发，致命一击避过便再无可怕，立时拳速加快，不给对方二次装弹的机会。

但阿初嫂武功高于初荷很多，身子被打得向后一个趔趄却马上一拧身找回了平衡，挥手就是一拳攻向初荷的面门。

刹那间，初荷跟她连过三招，已然落在下风，好在阿初嫂存了要拿住初荷威胁薛怀安的心思，下手还稍稍留有余地，因而只是有惊无险。

然而就在这时候，一个绿色的身影冲了上来，阿初嫂连来人的面孔都未看清，已经被这人连攻了三拳，身子被击得退后两步，才看清来人正是常樱。

常樱拳脚极其霸道，手上的擒拿功夫更是犀利，三五招之间，阿初嫂便有些招架不住。常樱看出一个空当，一个锁喉得手，右手卡住阿初嫂的咽喉，左手往她的嘴巴里探去。

然而她终究是晚了半招，阿初嫂在被她制住的一息之间已经咬紧了牙关，黑色的液体顺着她的唇角缓缓流出。

"妈的，又自杀了一个，真不知道清国是怎么训练这些家伙的，个个都不把自己的命当一回事。"常樱失态地骂道。

她想起还有一个活口，转身要去抓程兰芝，只听"砰"的一声枪响，待看清楚的时候，程兰芝已经手中握枪倒在了血泊之中。

初荷蹲在地上，看见程兰芝的双唇在轻轻地颤动，她把头凑过去，听见她说："别难为我家人，他们不是细作，我也是迫不得已，被阿初抓到短处挟制，才做了对不起大明的事情。"

初荷点点头，程兰芝见了，眼睛里最后的神采骤然散去，然而仍然有低语声从唇齿间流出："那时候，她小小的，躲在厚厚的棉衣里，蹲在藏书阁的角落看书，偶尔抬起眼睛看人，神色羞怯而孤单……"

尾 ————————————

就像一场梦一样。

开始得离奇，经历得迷乱，结束得骤然。

初荷看着锦衣卫将尸体运走，想：谁来叫醒我一下。

有人将她揽于臂弯，带着怨怪与怜意轻声说："傻姑娘。"

尽管被认为是傻姑娘，初荷还是被薛怀安分派了解开密码的重要任务，他自己则躲在半死不活的藤萝的稀疏影子下悠闲乘凉。

初荷解得头痛，大叫不公平，薛怀安就一本正经地说："这个是杜小月专门留给你的，完全是按照你的智慧等级设计的，我们一般人可解不开。"

初荷听了，心里忽然有些明亮，在她的知识范围内，数字与图形的交集，连接笛卡儿与牛顿的桥梁——解析几何！

"喂，我解开了。大写中文数字代表 X 轴上的数字，十二地支代表 Y 轴上的数字，这样阿拉伯数字序号相同的每一组代表坐标上一个点，一共有三百六十二个点。而那个在阿拉伯数字之间用线条连接的密码纸，就是表示每一点之间的关系，比如第一点和第二点之间是一条直线，第二点和第三点还有第四点，这三点构成一条曲线。所以，最后，这三张密码纸就组成一幅图，你让那个凶巴巴的常百户慢慢搞去吧，我猜可能是什么军事图纸，比如最新火炮或者舰船的图纸。"

"干吗这么说常百户，人家可是救了你。"

"她不来，你也能救我，我不喜欢欠人情，况且，我不喜欢她。"

"为什么不喜欢她？"

"不喜欢需要理由吗？"

"自然需要，就如同杀人需要动机一样。话说回来，初荷，我至今都不明白，杜小月和你们校长是什么关系呢，你似乎是明白的，你给我讲讲，此处不想通，我觉得案子就没有破完啊。"

"真呆。"

"呆才需要你告诉我啊。"

"那你先告诉我，老贾是坏人吗？"

"也算也不算，他在江湖上混过，有点儿奸猾。莫五开始只是让他带路去找你们校长，校长不在莫五就说要找杜小月。事后老贾知道了莫五是细作，自己琢磨出点儿端倪，就去找杜小月诈一诈，小月没有江湖经验，被诈出真话，于是老贾就借机欺负她，占她便宜。后来他又去要挟你们校长，结果就正好被利用做采花案子的替罪羊，提供很重要的东西。"

"提供什么很重要的东西？"

"真傻。"

"傻才需要你告诉我啊。要不你先告诉我，然后我就告诉你杜小月和程校长是什么关系。"

"算了，我不想知道了。"

"那我还有个问题。笛卡儿之所以起了虚数这个名字，是因为他觉得这是不存在的，同时又让人伤脑筋的一个数字。子虚乌有的数字——这名字听起来真是很无奈。'i'发音如同'爱'，你说小月写下'i'的时候是不是也在写另一个不存在的'爱'？"

"初荷，你改用手语吧。什么'爱'的发音如同'爱'，小月写下'爱'的时候是不是也在写另一个不存在的'爱'，是我读错了你的唇语还是你早上起床的时候脑袋被门夹了？"

"你去死。"

"为什么？"

"去死需要理由吗？"

"自然需要，如同杀人需要动机一样。"

"那我去死吧，动机是我害怕死在你前面。"

"初荷。"

"嗯？"

"笛卡儿搞错了，虚数是存在的，你再大一点儿就会知道。"

是的，虚数是存在的，它对应平面上的纵轴，与对应平面上横轴的实数一样是真实的存在。[①]

[①] 1797 年，笛卡儿关于虚数的错误看法被挪威的测绘员威赛尔和巴黎的会计师阿尔干共同纠正。

第二部分
惊与变

帝国犯罪史上的新篇章

"薛爷这么一大早来取钱是要赶早儿出门吗？"德茂银号的伙计把一包银圆从柜台那头递过来时顺口问了一句。

"嗯，到帝都去，家妹赶考。"薛怀安应了一声，便开始闷头数起银圆来。

清点完毕，薛怀安一抬头，透过柜台上森森然竖着的防护铁栅，看见"钱到用时方恨少"七个墨迹饱满的遒劲大字衬着雪白的宣纸挂在墙上，因为尺寸相当大，站在薛怀安的位置，连落款也能看得清清楚楚。

落款上龙飞凤舞写着"司马夏生"的名字，这是南明著名的博物学家、经济学家、剧作家、书法家——也许，还是个大骗子，薛怀安这样想。

几年以前，当薛怀安第一次拿到俸禄的时候，普通人在银号里存钱还是件稀罕事，对于大多数老百姓来说，银号只是生意人出入的场所。直到某一天，南明最大的银号——德茂银号——在各地的分号都于堂中悬起了一条写着"钱到用时方恨少"的横幅，情形便发生了历史性的转变。

薛怀安就是在第一次拿俸禄那天，不经意走过德茂银号的门口，被格外热情的银号伙计生拉硬扯进去。店伙计指着横幅说："这位官爷，这是司马夏生先生特别为我们银号写的，老有深意了，官爷想知道是怎么个讲法儿不？"

薛怀安一听是大名鼎鼎的司马夏生所书的醒世良言，不由得摆出虚心求教的口气，问："什么意思？"

"您看，司马先生的意思是，咱们老百姓呢，手头的钱留着，捂在棉被里不敢花，就防着将来万一有病有灾的，可是，真到了那时候呢，存着的钱又觉得不够用，那咋整呢？"有着北方口音的小伙计眨着灵活精明的小眼睛问。

"司马先生说咋整呢？"薛怀安只觉深奥非常，当即诚恳求教。

"司马先生说了，关键在于这钱是死的，必须让钱活起来，钱生钱才成。照您说，那该咋生呢？"

"我没生过，司马先生说咋生呢？"

"还不是让咱来生呗。"店伙计自豪地拍了拍胸口，说，"您看，您把一个银圆存进咱们银号，就是一千个铜子儿是吧，咱们银号每年就给您五十个铜子儿作为利息，这不就生出钱来了嘛。"

小伙计说完，见薛怀安一副如坠迷雾般的迷茫神情，显然是没有被打动，于是又继续道："司马先生说了，人生最痛苦的事，既不是死了以后银子没花完，也不是活着的时候没有银子花，而是日积月累掴了一棉被银子，结果拿着这些银子出门去连个烧饼也买不成。官爷，您知道为啥会有这样的人间惨剧不？"

"为啥呢？"薛怀安迷惑地问。

"因为别人都把钱拿来咱们银号钱生钱了呗，大家手上的钱越生越多，连买个烧饼一出手都是哗啦啦一百两银子，就您一人把银子掴在被子里，掴个十年八年也生不出一个子儿来，您说是不是这个理儿？"

薛怀安觉得这话极为在理，不住点头称是。最终，他那天在伙计天花乱坠的讲解之下，将那个月的俸禄心甘情愿地、满怀希望地悉数送入德茂银号，之后自己则吃了一个月稀饭馒头就咸菜。

由于司马先生的箴言给薛怀安投下了心理阴影，加上对"钱生钱"这个美妙的繁殖过程和灿烂结果充满期待，即使后来为了养育初荷，不再可能每月存那么多钱，他也还是坚持一有节余就存入银号。

然而当今天，他真的需要把钱取出来派用场的时候才发现，钱倒是生了钱，只不过这繁殖速度却跟不上南明日新月异的物价上升速度。此时再看司马夏生那黑白分明的横幅，不由得叹道："司马先生大智慧，果然是钱到用时方恨少，再咋整，还是少。"

"都不许动，把手举到头顶，我这霹雳弹一颗就能把你们都给炸个稀烂。"一个闷闷的声音忽然在薛怀安身后响起。

薛怀安闻声回头，见是三个头戴斗笠的男子站在银号门口，均以黑布蒙了鼻子以下部分，只露出一双眼睛。其中最魁梧的一个，用身子堵在已经关上的乌木雕花大门前，左右手上各拿着一支火枪，两个枪口分别对着门口两个负责银号安全兼迎客的强壮伙计。另一个矮壮的正是方才发话之人，站在薛怀安身后不远，右手上拿着个秋李子般大小的黑色圆球，大约就是所谓的"霹雳弹"吧。而第三个人身手极快，在薛怀安回身的当口那人已经蹿到了柜台前，右手一撑台面，身子向上一纵，跃上柜台，左手穿过铁栅的空隙，将一把长管火枪指向柜台里看穿着打扮应是银号掌柜的中年男子。

电光石火间，第一个掠过薛怀安脑际的念头是：吾生何其有幸，竟能身临南明帝国犯罪史上第一个明抢银号的罪案现场。

自南明有银号以来，光天化日之下明抢银号的案件还未曾发生过。除去银号的银库机关重重且雇有武功高手严密看护，大白天里明抢实属不易这个原因外，白银分量沉重不易携带也是一个问题，冒死抢劫只取几十几百两自然不划算，但是若背着一千两白银，那半人高一百斤上下的麻袋压在身上，就算是功夫高手，光天化日之下恐怕也难逃追捕。故此，大宗银钱的劫案一般只会发生在运送途中，却未曾听说有谁拼着性命去做大白天直接打劫银号这等不合算的买卖。

只是时移世易，当两年以前，南明朝廷开始推行官造南明银圆的时候，薛怀安就颇有先见之明地对李抗说："银圆这东西一定会闹出些新案子来。"

尽管朝廷说一个银圆等于一两银子，但实则一个银圆只有一两银子的六成左右重量。加之银圆铸造成圆币的形状后颇易于携带，一百个银圆紧密排成柱状后再用油纸裹好也只有六七寸长，一个成年男子背上十柱八柱并不会十分妨碍行动。薛怀安以此来估计，这三个男人少说要从这里抢走两三千两才是。

两三千两白银啊，那差不多可是我三年的俸禄。薛怀安念及此处，虽然明白要被抢去的钱财并非属于自己，仍觉得心疼不已。

"大掌柜，把这栅栏给老子去了，把银库打开，要不一枪崩了你的脑袋。"那个用枪指着银号掌柜的抢匪说，声音喑哑却戾气迫人。

中年发福的银号掌柜神色倒还算镇静，只是额头不知冒出的是油还是汗，脑门儿上亮晶晶一片。只听他道："这位大爷哪条道上的？我们德茂的大东家和黑白两道都极有交情，大爷要就缺个百八十两的，只管从我们柜上随便拿。若要是开了银库，这事情可就算闹大了，拿得再多，大爷您也不见得享用得了。"

这话里藏着的威胁意味让那人迟疑了一刹那，随即说："哼，吓唬小娃娃呢吧。老子今日敢抢你这银号，就不怕你日后找来。快去开银库，要是不开，你这一屋子人，不管有没有干系，都要在这里给你陪葬。"

胖掌柜见无法说动这人，有些无奈地低叹一口气，道："大爷可看这铁栅上有任何能活动打开的地方吗？这铁栅为了安全都是封死的。我们银号的人从来不从柜前出入，都走这通后院儿的后门。我也没法子打开啊。"

"别给我要心眼儿，你这儿没有明锁也定是有什么能升降栅栏的机关。"

胖掌柜抹了把额头的汗珠子，现出为难之色，辩白道："大爷，这可真不是要心眼儿，你想我们都不走前面柜台出入，来了客人只隔着栅栏递送，我们何须把这铁栅搞成能打开的呢？大爷要是着急用钱，不见得非要进去银库，咱们柜上虽然刚开门还没几个钱，加上这位客人又支走了几百两，但是凑一凑，一千两现银总是有的，要不大爷先拿去随便花花？以后再有要使银子的地方不必这么大动干戈，差人来知会一声咱们银号就送去。"

薛怀安一听这话，不由得抱着自己的一包银子跟着胖掌柜一齐冒汗。那站在柜台上之人却只是冷笑一声，冲手拿霹雳弹的同伴递了个眼色。同伴立时会意，右手仍是握着霹雳弹，左手从怀里掏出个被皮子包裹的东西往柜台上一放，单手打开皮子，露出个装着棕红色液体的玻璃瓶。只见这人拔去玻璃瓶盖后，一股白烟便冒了出来，他随即选了两根铁栅栏往根部缓缓浇上液体，顿时，伴随着低低的"呲呲"声和轻微的刺鼻气味，铁栅栏的底部开始迅速被腐蚀。

那腐蚀时冒出的棕红色刺鼻气体渐渐飘溢开来，握着霹雳弹这人止不住剧烈咳嗽了几声，向后退开数步避过气体。稍等片刻，他猛吸一口气，再次屏气冲到柜台前，将右手中的霹雳弹交到左手，伸出右手蓄满力气猛地一掰那根部被腐蚀的铁栅，轻易就将之拉变了形，接着又去掰另一根。

站在柜台上之人的身形瘦削修长，两根铁栅栏被拉歪之后的空隙已足够他钻入，只见他灵巧地猫身钻过铁栅，手中的火枪却始终没有偏离胖掌柜的方向，在柜台里站定后简洁而冷硬地命令道："开银库。"

胖掌柜抹了把顺着额角流下的汗珠子，仍强撑镇静，道："不知几位爷和那杭州府的霹雳崔家是什么关系，我们大东家和崔家颇有情谊。"

柜上之人一愣，不等他答话，薛怀安实在忍不住，接口道："掌柜的，你就别套关系了，霹雳崔家虽然擅制烟花爆丸，但就算没见过，也该猜到那个江湖上赫赫有名的霹雳游龙弹怎么可能是这么大小的东西。不是我说哈，这个秋李子大小的弹丸，装火药超不过十钱，爆炸力能炸伤一人便了不得了。什么炸烂我们大家，我看只要有一个人英雄了得，拼上缺条胳臂或者少条腿的危险，冲上去拦他一拦，这霹雳弹就没戏唱了。"

薛怀安自从刚才抢匪叫嚣一个小弹丸就能炸烂这屋里五六个人之时起，就一直在盘算着这个技术问题——以火药的爆炸力来估算，再怎么看，对方都是在吹牛而已。不想这掌柜的却当了真，竟然因为人家随便叫了个"霹雳弹"，就联系到江湖上大名鼎鼎的"霹雳游龙弹"，于是薛怀安一时嘴快便冒出这番拆台的话来。

此话一出，这位抱着一包银圆的年轻男子立马成了全场关注的中心，那个手拿霹雳弹的抢匪恶声骂道："妈的，你多什么嘴，有本事你来做个英雄试试！"

银号一干人则对他投以无限期望的眼神——很明显，从站位来说，唯有他这个站在柜台外面又没受到枪口威胁的人，有这个当英雄的机会。

薛怀安却仍是一如既往的迷糊个性，未曾觉察众人的殷殷期待，却一味揪住霹雳弹的技术性问题不放，继续一本正经地回道："并非我不想试试，只是在下向来是个思虑很周密的人，所以从刚才起就在考虑，就算里面的火药爆炸力不够，但要是里面还放了细小的铁丸或者针刺，到时候一起迸射出来，伤及之人可不止一个。你看，我们来假设如果我有所行动后我们能制住这些抢匪——首先，假如门口两位大哥被这位'双枪兄弟'打死，我被炸伤却仍有余力扑上去和这位'霹雳弹兄弟'搏斗，那么，柜台里必须出来一个伙计抢在门口这位'双枪兄弟'再次装弹前制服他。而此时，柜台里这位拿枪的兄弟必然已经开了一枪打死或打伤一人，此尸体或伤者最大可能便是大掌柜您。"

说到此处，薛怀安顿了顿，不自觉地以同情的目光看向大掌柜，继续道："那么，这位伙计能出得柜台来的充要条件是：第一，柜台里有另一位伙计趁着这位在柜台里开枪的兄弟装弹时扑上去制住他；第二，柜台里还有一位伙计能趁着前者二人搏斗的时候从铁栅里钻出来。如果这两个充要条件中有一个为'非'，则此次假设的结果为'非'。现如今柜台里除去已经被我们划入算是尸体的大掌柜您，还有三位伙计，从表面上看，绝对有可能至少有一位伙计能从柜台里出来，但是别忘了，我们刚才假设的是最好的情形，实际上我被炸伤后多半根本无力搏斗，那么，至少我这里还需要一位伙计来帮忙制服这位'霹雳弹兄弟'，如此一来，我们这边获胜的充要条件变化为至少需要两位有战斗力的伙计，而如果'霹雳弹'能伤及的不止我一人，而是诸位皆伤，那么此充要条件即为'非'，则其结果为'非'。因此综上来看，即便我逞英雄扑上去，本次行动的结果仍不能保证为'是'，这样的话，我为何要冲上去？"

待到薛怀安将这长篇大论的逻辑关系叙述完毕，非但劫匪已经失了耐性，连柜台里的大掌柜也不知怎的被他激起一肚子火，怒睁双目，冲他大声道："什么是是非非的，你分明是讥笑我没有舍命护店的勇气，好，我就……"大掌柜刚说到这里，忍不住猛烈咳嗽起来，眼睛发红，隐约有泪。

薛怀安见了，知道是刚才那棕红色的气体已经挥散开来，刺激到大掌柜的眼睛和喉咙，忙拿袍袖挡了自己的口鼻。大掌柜并未气馁，连咳数声后，又道：

"南、南……毒、毒……"然而他呼吸急促，夹杂着又是一阵咳嗽，谁也听不懂他究竟说了什么。薛怀安虽然捂着口鼻，还是忍不住叹息道："大掌柜，你又认错了，这不是南疆日月神教的三尸毒之气，这颜色不对，你莫要害怕。"

大掌柜咳得说不出话来，待好不容易止住咳嗽，憋得通红的一张脸上骤然现出决绝的狠色，冲薛怀安吼道："你是哪里来的浑蛋，这当口还来作践人，好，我就是拼上这条老命也要护了东家的……"然而这慷慨赴死的豪言还未说到一半，他身后那扇白铁镶边儿的银号后门"吱呀呀"一声开了，一个身穿杏黄衫子的明丽女子推门走了进来。

第四人

初荷坐在离德茂银号大门不远的肉燕摊上，边吃着热腾腾的燕皮馄饨边打量着银号门前守着四匹马的瘦小男子。受薛怀安不良偷窥癖好的传染，初荷在闲来无事的时候也喜欢以观察路人甲乙丙丁来打发时间，更何况，眼前这人怎么看也不像个简单人物呢。

这人起初是和另外三个男子一同骑马来的，那一行四匹快马踏碎了泉州城宁静的夏日清晨，不得不让初荷抬眼去瞧他们。四人穿着打扮极为普通，各自头上都低低压着一顶斗笠，遮住了半张面孔。

福建夏日多雨，日头又毒，人们外出行走多戴斗笠，四人这样打扮原本也没什么稀罕。只是初荷见这几人斗笠压得低，心底就生了几分好奇，越发想看清楚他们的样貌，怎奈其中三人行动甚快，一跳下马，就快步进了银号大门。

这样的大清早，除了初荷和薛怀安这种为了要赶早班驿马出行的旅人或者客商，很少会有人来银号，站在银号门口负责拴马迎客的小伙计因为无事可做而有些犯困，他见三人从自己身边擦过，眨眼便已进了银号，才反应过来自己的失职，忙不迭迎向留在原地看顾马匹的那人，道："这位爷，我给您拴马去吧。"

小伙计一边说一边赔着笑伸手牵了两匹马往门口的拴马石走去，那人则转身从自己的马上卸下两个竹筐，一手拎着一个往银号的后巷而去。

待到小伙计拴好两匹马再回来的时候，不见了那人，只有剩下的两匹马站在原地，心下觉得奇怪，四下望望，不见个人影，摇摇头便将这两匹马也牵去拴马石拴好。这工夫，那人已经从后巷转了出来，沿着墙根儿慢悠悠走回门口，手中却已经空了。他径直走到拴马石那里，解下四匹马那已经被小伙计系稳妥的缰绳，道："有劳了，不过我们马上就走。"

小伙计脸上挂着笑连说"无妨"，心上大约仍是为自己一大早就"白忙活"而有些不快，瞥一眼那人，就走回门口倚着墙继续打盹儿去了。

初荷一直盯着这人，此时瞧见此人手中的竹筐没了，心下奇怪，趁他没注意，溜到银号后巷想看个究竟。这后巷原本就僻静，加之时间尚早，空荡荡没一个人影，只有两个竹筐正孤零零放在银号后墙根儿下面。她紧走几步，来到竹筐前，想要揭开筐盖子看看里面放了什么东西，不料盖子已经被固定死了。再仔细一看，两个竹筐底部各自出来一条捻线，贴着后墙根儿似是向银号大门口那边延伸而去。

初荷弯下腰，捏着那捻线细看，不由得一惊，暗道：竟然是导火线。想来刚才那人贴着墙根儿一路慢慢走回银号正门口，大约就是在边走边布下这导火线吧。如此看来，这两个竹筐里装的莫非是炸药？不过，他们要炸银号的后墙做什么？

银号的后墙极高，她无从知道那墙后面是何所在，只是从常理来判断，大约该是后院儿才对。空气中隐隐有草料和马粪的混合气味飘来，如果猜得不错，银号的马厩大概离这堵墙也不会太远。

这两筐火药一爆炸，就算炸不到马厩，马也该受惊了吧。初荷想到这里，心中模糊预感到什么，来不及多想，拿出随身小刀切断了导火线，快步走出后巷。

初荷溜回燕皮馄饨摊子的时候，那人正牵着马站在银号门口四下里观望，瞧见初荷从巷子里出来，盯着她看了好一阵。初荷心中发虚，即使隔着斗笠看不见对方的眼睛，仍有一种被犀利目光上下探索了一番的不安感觉。

这些人要做什么她心中大概猜到几分，只是因为从未听说过有人在光天化日之下做这样的事，仍然不敢确定天下竟然有如此的亡命之徒。

这人要是见我从后巷里出来，不放心又转回去查看怎么办？花儿哥哥在里面会不会有什么危险？他该不会凭那种三脚猫的功夫就出手了吧？

片刻之后，初荷知道第一个担忧显然是自己多虑了。那人不过盯了她一会儿，不知出于怎样的考量，并没有回去查看。

也许他不认为我会发觉什么，又也许现在守在门口才是他最重要的事情。

然而这些都已无所谓，如此情形，初荷更担心银号里面的薛怀安会有什么冒失的举动。以初荷对他的了解，知道他绝非一个头脑冲动、会毫不思量就挺身而出维护正义的家伙，但更可怕的却是，这人在思量之后常常会做出更出人意料、匪夷所思的行为。如今也只能求满天神佛保佑，他的大脑由于今天不幸被门夹了一下而与以往会有什么不同吧。

焦虑之间，银号里传来"轰"的一声炸响，紧接着，大门猛地被人从里面推开。门口的小伙计靠门边儿站着，听到响声吓得伸头往门里面瞧去，冷不防被推开的大门打在脸上，疼得嗷嗷大叫，随即破口骂娘。

从门口冲出来的正是先前进去那三人，初荷只见这厢三人刚刚身手敏捷地翻身上马，那厢门口望风的男人就朝银号墙根儿扔出去一个燃着的火折子。虽然离得有点儿远，她还是可以看见一朵火花快速地沿着墙根儿向后巷而去，转眼拐过墙角便看不见了。

"走。"一人高喊了一声。

实际上，不用他喊，在墙根儿处导火线被点燃的当口，已经有人策马冲出，跑在了前头。剩下三人跟在后面，各自挥鞭促马，转瞬也绝尘而去。

初荷不知道银号里面出了什么事情，往桌上拍个铜板就往里头跑。冲进大门便看见二门洞开，店堂里面烟雾弥漫，刺激性的烟雾让她眼睛发痛，泪水骤涌而出。

烟雾那一端，影影绰绰看见有人从地上爬起来，接着便听见有人高喊："抓强盗，抓强盗，快上马，快上马。"

烟雾中的人们忙乱起来，有人跑过来，撞倒了初荷。之后，又有人被初荷绊倒，半个身子压在她身上，那人挣扎着要爬起，似乎又被谁踩了一脚，"哎哟"大叫一声又趴了回去。

初荷被烟雾刺激得泪眼迷离，鼻腔里灌进的硝烟让整个喉咙好像要燃烧起来，想要呼喊薛怀安却发不出声音。身上那人再次蠕动，试图起身，一手按在初荷的胸上，初荷怒急，挥拳打在那人的胳臂上，那人又是"哎哟"一声叫，接着却发出变了调的惊喜声音："初荷！"

初荷抹一把眼泪，才看清咫尺前的面孔正是薛怀安。

薛怀安的眼睛红通通泪汪汪，脸上蒙着一层薄灰，初荷见了忍不住想笑，一咧嘴，吸入更多硝烟，急促地咳嗽起来。

薛怀安忙起身将她抱起，快步走到门口没有烟雾的通风处，两人泪眼婆娑，四目相望，乍然之间，竟有劫后重逢之感，然而只是转瞬，各自似乎都察觉到这样无语凝噎实在矫情得厉害，几乎同时忍不住笑起来。

"我掉眼泪可不是因为你。"初荷比画出一句简短的手语。

"嗯，我知道，你流鼻涕是因为我。"

"我没有流鼻涕。"初荷一边用手势抗议，一边使劲儿吸了吸被液体分泌物堵住的鼻子，因为被烟雾刺激得不愿开口，继续用手语说，"我们该离这里再远一点儿，这爆炸的烟雾着实厉害，我害怕里面加了发烟的东西，估计是红磷什么的，恐怕有毒。"

薛怀安也觉得有些恶心难受，料想初荷所言约莫不错，便将她安顿在无烟之处，转身又向屋内而去。此时烟雾已经散去大半，银号中人一部分追击抢匪而去，另一部分则在外面等着烟雾散尽好收拾残局。

薛怀安走到众人面前，道："各位，在下南镇抚司福建省泉州府千户所下辖惠安百户所李抗李百户所属锦衣卫校尉薛怀安，一会儿烟雾散了，麻烦各位先不要动，在下要勘察一下。"

银号大掌柜刚刚从剧烈的咳嗽中缓过来，脸色酱紫，瞪着一双被烟气刺激红的眼睛，上下打量了薛怀安一番，用尽平生积攒下来的所有好涵养，才生生按下腹中怨怼之气，以恭谨的口气问："薛大人，劫匪并没有留下什么痕迹线索，大人勘察我们银号做什么？"

"留下了啊，不是扔了一个霹雳弹出来吗！"薛怀安温和地微笑答道。

黄色晶体

待到烟雾散得七七八八，薛怀安对远处的初荷招呼说："初荷，你来帮我看看，从这爆炸留下的痕迹还有碎片能看出些什么名堂来吗？"

初荷见怀安主动向自己求援，心中甚是欢喜，跑进去正要仔细寻找线索，忽听背后一个冷冷的声音道："谁那么大胆子，竟敢越界刑调，头上的乌纱不想要了吗？"

初荷被这突然插入的声音惊得收了步子，转头一看，见一个二十五六岁、身材魁梧的黑脸膛缇骑正站在门口，两道浓硬眉毛低低压着，似乎很是不悦。

薛怀安将初荷拉到自己背后，朝那人拱拱手，客气地说："在下是……"

不等他说完，那人不耐烦地接口道："薛怀安是吧，不用介绍了，如今泉州府的缇骑恐怕无人不识君。不过，就算是你，也该知道缇骑没有千户以上的手谕不得越界刑调吧？"

"越界刑调"和"私刑逼供"是缇骑的两大忌讳。说来这都源于前明时锦衣卫权力过大，可以自行缉拿、刑讯、关押犯人。被关在锦衣卫大牢里的犯人，往往不经刑部或者大理寺刑审就被锦衣卫自行处决，造下无数冤案。故此南明改革锦衣卫制之时，取消了缇骑的刑狱权，不论何种犯人，缇骑关押不得超过十日，十日后必须移送州县府衙或者大理寺。若被查出锦衣卫在关押犯人期间私自用刑，便是犯了"私刑逼供"之罪。另一方面，为了对缇骑的权力加以限制，规定锦衣卫若要在管界之外刑侦抓捕，需有千户以上手谕，而不能像过去那样可以千里提刑，违者便是"越界刑调"。

然而真正实行起来的时候，这"私刑逼供"其实只要做得技巧，就根本无从抓起。缇骑们至少有二十种方法可以在用刑之后十天内让所有的伤痕和瘀青都消失。倒是"越界刑调"这一项，因为涉及官场上各位千户大人的权力空间，而被很谨慎严格地遵守着。

这些，薛怀安并非不知道，只是他以为，虽然这里是泉州城，但是毕竟和自己的惠安城同属泉州府管辖，大家的顶头上司都是同一位泉州府千户，似乎也没必要那么僵化地遵守这些条条框框。再加之薛怀安于别人的脸色总是反应迟钝，并未瞧出对方的不悦，便依旧笑呵呵地说："这位同僚言重了，薛某最多算越界半只脚而已，再者说，薛某恰在现场，身为缇骑，总不能不管。"

不料对方却毫不客气地用嘲讽语气说道："哦，那么请问薛总旗，你是在匪人抢劫的时候挺身而出，不畏凶险，将其制服了，还是在匪人逃跑的时候千里追凶去了？"

薛怀安在离开惠安去旅行之前才接到南镇抚司的晋升令，一下子越过小旗这个官阶，直接升为总旗，此时对"总旗"这个称呼仍感到有些不惯，甚至就在刚才，还习惯性地自我介绍为"校尉"。故而他愣了愣，才说："就算是一条狗，在打架之前也会先估量一下自身实力和敌方实力的差距，若说一条不估计实力、一味猛扑乱咬的狗，这位同僚，你可知道这叫什么狗吗？一般来说，世人谓其曰'疯狗'。"

初荷从未见"好说话的"薛怀安这样反击过她以外的人，忍不住从他身后探出头来，笑看对方的反应，可惜这位缇骑面色黝黑，被如此一双剪水双眸扫着，也没有扫出来半分面色变化，只是将眼睛虚虚躲开，避过了那明眸的窥探。

只听他一副冷漠的公事公办口气，仿佛半分没听出薛怀安的调侃贬损之意："再怎么说，薛总旗都不该越界插手此事，还请不要撕破颜面为好。如若有心相助，待会儿我手下校尉录口供时麻烦说详细些。"

薛怀安见自己出了招对方却不接招，心下觉得没趣，只得道："如此的话，薛某尽全力配合便是。"

薛怀安说要"尽全力"便真是尽全力，拉住那个负责记录的校尉，芝麻绿豆大的事情也要细细讲来："……嗯，那人跃上柜台前，距离柜台还有大约一丈，左脚点地右脚前跨，'嗖'的一下就上了柜台。掏枪也是极快的，右手一抓住栏杆，左手的枪就已指着掌柜。嗯，你写下没有，要写哦，你们家黑脸大人叫我全力配合，我这可是倾囊相告啊，半分不敢遗漏。"

官大一级压死人，初荷在一旁打量那负责记录的锦衣卫校尉，只见他强压下想要掐死这个啰唆的总旗大人的冲动，诺诺称是细细记录的样子甚是有趣，忍不住偷笑起来，也替花儿哥哥有了几分升官的得意。

"哦？你是说，走进来的这女子就是德茂银号的少东家？"负责记录的校尉向薛怀安确认道。

"正是，这宁二，哦，宁少东家也可算倒霉，抢匪一见她，原本对着那掌柜的枪口就转向了她，没法子，这少东家的性命自然比银钱重要，只得眼睁睁看着抢匪押着她进了后面的银库。"薛怀安说到此处，下意识抬头往银号里张望了一下，继续道，"关于银库里是个什么情形，烦劳这位同僚去问他们少东家吧，她现时不在，应该是带人去追击抢匪了。再后来，抢匪们得了银钱撤退，临走时将那霹雳弹扔出来，果然如我所料，那么个小玩意儿的爆炸力着实有限，但可恶的是，它里面大约是加入了红磷之类的有毒发烟药，所以你看我这眼睛……"

薛怀安指着自己红肿的眼睛博同情，那校尉却已失了耐性，敷衍道："嗯，眼睛看上去又大又水润，大人这样很是炯炯有神。"

待得录完口供，薛怀安带着初荷走出银号，想着就此错过南明帝国犯罪史上的第一桩明抢银号案，心头总有几分不甘，忍不住回头又往银号瞧了一眼，低声对初荷说："那霹雳弹是个比秋李子大些的黑色圆球，爆炸时白光耀眼，烟雾浓重，再加上那气味，你能看出些什么？"

初荷想了想，无声言道："白光很可能是加入了蔗糖或者镁粉，浓烟和气味还有不适感我觉得很有可能是加入红磷所致。不过，这些算是线索吗？这个霹雳弹看情形是为了阻挡追击专门制作的发光发烟弹，可能他们就做了这么一颗而已，你想怎么查？"

"红磷是受控制的化学毒剂，购买的话需要在化学品铺子登记。"

"话虽如此，但这犹如大海里捞针，要是我能再看看爆炸处也许还能有其他线索帮你缩小范围，但现在……"初荷没奈何地改用手语，比出"没法子"三个字。

"嗯，估计现场在三分钟后就会被那个'锅底脸刷子眉'破坏干净了。"

初荷从未见薛怀安对谁这么刻薄过，知道他一定是因为碰不到案子耿耿于怀，心思一转，突然抓住他往银号后巷跑去。

薛怀安被她拉到后巷，看着两个竹筐，莫名其妙地问："这是干什么的？"

初荷大致说了自己看到的事情，颇为自得地翘起小下巴，道："我猜那伙匪徒是想炸马厩，这样不管马是死了还是惊了，银号雇的武师都没法子立刻去追赶他们，花儿哥哥，你说对不对？"

薛怀安见初荷这般机灵，心中甚是高兴，忍不住摸摸她的头，说："果然，今天早上出门撞墙对你很有好处，思考问题通畅了很多嘛。"

初荷噘起嘴，装出假愠的样子换了手语："人家好心好意帮你忙，你再欺负我，我不帮你拆炸弹了，你自己想办法处理这东西吧。"

薛怀安连忙双手合十，左求右拜了一通，哄得初荷再也绷不住脸，这才三下五除二，卸去了炸弹的引信。

两人怕"刷子眉"发现，不敢久留，拎着竹筐匆匆回到客栈，在房间里再次细细研究起炸弹来。初荷刚才在银号后墙卸引信的时候，颇有些小看这两颗炸弹，只觉它们构造实在简单，如果换自己来造的话，至少要装一个小机关，如若引信拆卸不对，那机关便会自动击发燧石点火引爆炸弹，好歹也算给拆弹者留下个难题。不想现在她把里面的炸药倒出来，却见到令人震惊的东西——那炸药并不是通常所见的黑色粉末，而是一些细小的片状黄色晶体，在夏日耀目的阳光之下闪着微光。

薛怀安看到这从未见过的黄颜色炸药也很是惊奇，然而抬眼一看初荷，发觉她神色于惊讶中更现出几许不安。他虽不善察言观色，却独独对这少女眉眼间细微的变化能有所感应，立时便问："初荷，你知道这是什么东西，对吧？"

初荷秀眉轻蹙，抿唇不语，用手指沾了一些黄色晶体在眼前细看，越看神色越凝重，忽然起身找来两只茶碗，一只放了些冷水，一只放了些热水，再分别在两只白茶碗中各放入一些这片状黄色晶体。只见热水那只碗里的晶体溶解得很快，清水迅速变为黄色，而冷水那只碗里的晶体溶解得则慢，但水色也在一点点转黄。见了这景象，初荷深吸一口气，好一会儿才无声言道："花儿哥哥，我们必须要找到这些人，这东西比常见的黑火药爆炸力强很多倍，叫作——"话到此处，她顺手在一旁的茶碗里蘸了些茶水，在桌上写下"三硝基苯酚"五个字。

或者说，叫"黄色炸药"。

这世界上，除了太爷爷和我，竟然还有人懂得"黄色炸药"。

他是谁？

猛炸药

炸弹用最简单的方式制造而成。

五层厚牛皮纸紧紧裹住高爆炸性的黄色晶体，置入普通黑火药导火引信，没有缓时装置，没有防震设计，没有防破坏机关，从结构上来说，和一个超大个头的爆竹没有什么差别。

"看上去，并不是制造火器的高手所为，但是，里面填充的却是并不为大多数人所知的强力炸药。"初荷在又一次检查完炸弹之后，肯定地对薛怀安说。

薛怀安有些迷惑地看着初荷一翕一张的薄唇，似乎是没有完全读懂她的唇语，稍缓，才开口问："那么初荷，你怎么会知道这东西是强力炸药？"

初荷一愣，她不是不知道薛怀安这人的思维有时候跳跃得没谱儿，但是，怎么会问起自己来呢？

幸好这问题搪塞起来并不难，她随口答道："我爹在世时说过啊。他说现如今大的染布坊都开始改用化学染料，殊不知这些东西除了能染出鲜艳的颜色，很多特性更是可怕。比如一种黄色染料，叫苦味酸，就是一种很强的爆炸物。但是当时，这事只有我爹知道，他说这也是他偶然发现的，不让说出去，三硝基苯酚就是他给这东西起的化学名称。"

薛怀安对初荷她爹的学问素来是高山仰止，故而于她所言并无半分怀疑。他再一想，这个时代的南明，人们的确正陷入一种对人造化学物的狂热之中，并且还有愈演愈烈的趋势，故此若是说有人和她爹一样偶然发现某种染料是可爆炸的，想来也不足为奇。

"这样说来，做这东西的人，说不定和染料坊或者印染坊有关系，初荷，你是这个意思吗？"

也许是，但也许是和我祖上有关系，又或者，制造炸弹者就是一个化学家，初荷这样想着，不知道是不是该点头应对。

然而薛怀安并不需要她的答案，马上先否定了自己，自言自语道："也可能是一个狂热的化学家或者爆炸物爱好者，没有理性的偏执科学追求者很容易搞出乱子来。"

说到这里，薛怀安有些忧心忡忡地站起身，看向窗外人来人往的街市。虽然记忆有些模糊，他还是觉得如今街上人们的衣着比起十年以前要亮丽不少，女子喜爱的褙子和襦裙多以一些极明艳的丝绸缝制，男子常穿的襕衫和道袍虽然整体保持素净，却更多地加入鲜亮的饰边儿做点缀，满眼绚烂丰艳的织物简直就如这繁华世界靡丽的缩影一般。①

而这些颜色，不是榨取自生于泥土的红花和蓝草，那些植物染色剂再鲜艳，也不比化学合成染料艳丽，人造物在这个时代已经开始显现出超越自然的力量。

"没有被发现的基础物质一点点被发现出来，新的合成物质一个个被创造出来，初荷，你说我们是不是越来越像无所不能的神仙？"薛怀安将目光转离街道，突然问。

初荷习惯了薛怀安的思维跳跃，手指蘸了蘸杯中茶水，也走到窗边，在玻璃上写道："在担心什么？"

薛怀安没有回答，眉头紧锁，又想了一会儿，才开口道："初荷，你能不能把炸弹装好，我想试一试它们的威力。"

当天下午，爆炸试验在泉州城外的荒坡下完成，薛怀安望着被那巨大破坏

---

① 实际上化学的重大发展要比本文时间再晚 20～30 年，从 1750 年前后到 19 世纪早期，是化学重大飞跃的时代，本小说将此时间略提前。

力炸塌的半坡，思忖良久，对初荷说："抢匪绝非只是偶然发现黄色染料可以爆炸的染坊之人。"

初荷不语，安静地等他的下文。

"如果是染坊的人，得到这黄色炸药远比得到普通炸药容易，那么，他们的烟幕弹和炸墙用的炸药都该直接填装黄色炸药才对。但是从爆炸后留下的痕迹来看，烟幕弹填装的就是普通黑火药。而炸墙的话，要是想起到炸塌墙同时还炸毁墙后马厩的效果，黑火药显然做不到。如果要做到的话，估摸黑火药的使用量会很大，那么携带和隐藏就会有诸多不便。所以，他们很精明地选择了这种黄火药，不用很多就可以达到想要的爆炸效果。这说明，他们不但知道这黄色染料可以爆炸，还知道它和黑火药的不同之处，才会正确地在不同的用途上选择了不同的炸药。"

"你的意思是说，这抢匪里面，有火器专家？"初荷问。

"嗯，也许抢匪中的一个是火器专家，也许是他们认识一个精通火器和火工的人。"薛怀安笃定地点点头，讲到这里，他眼睛一亮，又道，"初荷，你根据这爆炸的效果，可以估计出要是这个炸弹当时真的在银号后巷炸了是什么后果吗？"

初荷见原本好端端一座小坡被炸得塌下来一半，再想想薛怀安的问题，抽了一口凉气，双唇轻动，无声言道："不但后墙塌下来，后墙边的马厩肯定要受波及，恐怕那个炸点左右的半条巷子都要被炸毁，周围紧邻的房屋搞不好也要炸塌，炸药用量似乎过大了。"

薛怀安点点头，道："这里颇有些让人不解。这些人既然懂得这黄色炸药的威力，用这么大量做什么？难道是故意要造成这样轰动的效果，让世人知道，这世界上有人可以制造出犹如天神一般毁坏力的武器？"

"炫耀？"初荷用手比出两个字，眼里也满是疑问之色。

薛怀安的神色不觉沉了下来，道："我希望，不是这样。"

如果真是这样，那么这个炸弹的制造者就是一个掌握着强大力量的疯子，薛怀安想到这里，忧心忡忡地看了一眼初荷，不知是不是该让她继续参与此事。

然而薛怀安不是藏得住心事之人，眉宇间的忧虑之色一现，初荷就猜到几分，忙趁他还未心意坚决时拉住他的手，左右轻摇，半是撒娇半是赖皮地无声言道："花儿哥哥，我要和你一起查这个案子，求你啦。要是你不答应，以后我什么都不告诉你。"

薛怀安看着初荷无声言语的样子，忽觉心上一软，本来还没下定的心意一阵摇动，道："不是我不带着你，是你还要赶考，再者说，这案子我现在不便插手，我不打算管下去。"

初荷松了手，也不言语，唇角含笑，歪头用乌亮的眼睛看着薛怀安，一派世事洞明的精灵模样，薛怀安被她盯了片刻，忽然无可奈何地长叹一声，伸手按在初荷肩上，把她身子向后一转，让她背冲着自己，好避开她那躲也躲不过的明澈目光，退让道："投降，投降，你别再盯着我看，身上快给你看出个洞来了。我知道瞒不过你，好吧，我承认，我一直打算管这个案子来着，我答应带着你一起查，不过要是三五天还没有眉目，我们就要离开，要不会耽误你赶考。"

第二日一早，薛怀安让初荷先去泉州城几处化学品店搜集消息，自己则往泉州锦衣卫千户所找熟人了解昨天银号案的后续。

虽然他早先也在泉州供职，但是隶属管理福建沿海所有海港码头的港务千户所，在泉州府千户所并没有很相熟的同僚，好在他和这边联手办过一个案子，倒也有几个低阶锦衣卫能叫得上名字。只是这几人却一个都不在，原来是全部跑银号案去了。

薛怀安暗道不巧，往千户所门外走去，迎面碰上一个微胖的锦衣卫顶着大日头走进来，一手擦着脑门儿上的汗珠子，一手撩起官服的袍角，用劲儿扇着风。

这锦衣卫一见薛怀安，不等他开口，就热络地叫道："薛兄，在下武晟，还记得吗？"

"记得，记得，我们一同办过那个英国水手被杀的案子嘛。武兄这是刚出银号案回来吗？"薛怀安问。

"可不是，娘的，现在这年头，啥歹人都有，光天化日下在泉州城里头就敢抢银号。"武晟骂骂咧咧地说，转而却向薛怀安笑嘻嘻地问，"听说薛兄升总旗了，你现在可是大红人啊，怎么有空来这里？"

"我带着表妹赴帝都赶考，路过此地，巧遇银号案，所以过来看看，不知道可否帮上什么忙？"

武晟一听，引着薛怀安往阴凉处走了两步，凑近他耳边，低声说："薛兄你的好意我知道，你我也算朋友，所以我劝你一句，这事你可别管，又不在你辖区，你不怕人家说你爱出风头啊。"

薛怀安莫名其妙，反问道："武兄何出此言？"

武晟见面前这位年轻锦衣卫的那一脸糊涂倒不像是装的，摇摇头，道："你越过小旗，直升总旗这件事也就算了，这样的先例不是没有过。但你可知道，现在都在传言，这次上面如此提拔你，是因为你给咱们缇骑在绿骑那里挣了大大的面子。要不是因为你，崇武军港那边就泄密了，那些绿骑担待得起这罪过吗？更何况，那边出马的还是那个鼎鼎大名的'绿骑之剑'呢。据说啊，绿骑那边拿了北镇抚司常指挥使的提调令想要你，结果，我们缇骑郭指挥使很有面子地就是不放人。于是乎，这么多年，郭指挥使总算扬眉吐气了一回。"

薛怀安接到提升令的当天正忙活着和初荷远行的事，不知里面还有这些曲折，但此时想想，就是有这些，又如何算得上自己爱出风头呢？于是磊落一笑，道："原来是这样啊，那又如何？银号劫案我恰在现场，难道不该管吗？"

武晟见他不开窍，半开玩笑半认真地说："你以为这是闯荡江湖呢啊，你以为你是为民除害的大侠啊，这里是官场，凡事都讲究分寸。"说到此处，拍拍薛怀安的肩膀，又加了一句，"成了，兄弟，见好就收吧，甭管了。"

时光深处的陌生人

所谓"见好就收"是一种微妙的对力度的掌握，薛怀安一直都不善于这个。

当年负责教导新晋锦衣卫武功的百户曾说薛怀安不是没有力气，只是不知道如何控制力气。这里面有两层含义，一是有力气使不出来，二是力气使出来就收不住。前者说明他缺根筋，后者说明他一根筋。

当年薛怀安应对这样的评价，只是厚脸皮地傻笑，说既然这样的话，那是"天然残缺"，万万怪不得自己。

大约就是因为有这样的"天然残缺"，遇见现下这需要掌握力道的情形，薛怀安会由心底里泛起一种迷茫，站在泉州府千户所的大门口好一阵发呆，抬步正要返回客栈，心中却闪过一念，转头往相反的方向一路小跑而去。

约莫花了一刻钟的光景，薛怀安来到青龙巷内一座高墙围护的院落门前，门楣之上高悬着写有"宁府"二字的牌匾。叩了几下门便有老仆役出来应门，薛怀安来得突然，未带名帖，径直说："请问宁少东家是在府里还是在银号？"

开门的老仆役愣了下神，定睛细瞧来人，有些讶异地说："这是薛爷吧，好久没来了啊，您稍等，少东家在呢，我去通报一声。"

老仆役转身刚往里走，忽又转回来，赔笑道："您看我这记性，薛爷好久不来，怎么竟是按寻常人的礼数对待了，薛爷请进，小的给您带路。"老仆役说完又急忙打发了身边一个腿脚快的年轻仆役往里面通报，这才客气地给薛怀安引路前行。

薛怀安入得庭院，一路穿廊过堂，来到一座雅致的凉阁，遥遥便看见一个穿云白衫子的佳人支颐斜靠在香妃榻上，半闭着眼睛，像是在小睡。

走得近了，她似乎听到脚步声，缓缓抬起眼帘，一双水光流转的美目看向薛怀安，唇角不自觉挂了笑。一刹那，艳光之盛不可方物。

薛怀安走到近前，随意选了个椅子往里面一坐，脸带笑意，问道："宁二，好久不见。"

明丽的佳人瞪他一眼，口气认真地说："薛三儿，叫我傅夫人，我已嫁为人妇。"

薛怀安见她一头青丝的确是绾了妇人的发髻，可是又知道她这人一向多作怪，便问："那你怎么还住在自己家里？难不成你不守妇道，被赶回来了？"

佳人一听，杏眼圆睁，拿起面前琉璃桌上的茶碗盖就往薛怀安身上砸去，骂道："你这家伙，狗嘴里吐不出象牙。"

薛怀安利索地接住茶碗盖，赔笑道："那是自然，这和你象嘴里吐不出狗牙是一个道理。"

佳人白他一眼，微不可闻地叹了口气，道："没心思和你贫，你想怎么叫就怎么叫吧，在外面我还是用宁霜这名字，没有改姓，我家相公是入赘的，我爹的条件之一是我不能改姓。"

薛怀安点头表示理解，道："嗯，的确像是德茂银号大东家的作风。"

宁霜不愿意和他继续纠缠于此，拿起茶碗喝了一口茶，再开口时，换了一本正经的语调："昨天出事的时候我瞧见你了，你没穿官服，还提了不少银子，和我们伙计说刚告了长假准备出门送妹妹去赶考。当时的情形紧急，来不及和你打招呼，但我想，出了这等事，你又恰在那里，总该是来看我的，不想这么晚才来。"

薛怀安沉吟半晌，有些犹豫地开了口："宁二，其实我已经在私下里查这案子，只是原本想至少要有了些眉目再和你说，因为，你知道，我怕，又像那时候……"

薛怀安提到"那时候"的刹那，宁霜眼里似是蒙上一层淡薄的雾霭，遮盖住眼神流转间或许可能会泄露的所有情绪，让她顿时变得遥不可及，像是来自时光深处的陌生人。

迟钝如薛怀安也察觉出对方不愿意再继续这个话题，而他也同样不想触及，便收了声不再言语。

"那你现在来又是想做什么？"宁霜打破了沉默的坚冰。

"我很想查这个案子，可是泉州城不是我的辖区，这里的锦衣卫不容我插手。所以我想在你这边，私下了解和跟踪案情。"

宁霜扬一扬修画得十分漂亮的细眉，以开玩笑的口吻说："我不愿意你掺和进来，你并不是为了关心我，想帮助我，你是因为觉得这案子有趣，我没看错你吧？"

薛怀安一听这话，立马严肃起来，应道："宁二，这案子的确有趣，只是我从未想过不帮助，只要你相信我能帮你，虽然那时候……"

说到这里，两人同时发现话题又触了礁，来来回回，兜兜转转还是躲不过"那时候"。

那时候，宁霜是有名的"花花小姐"，泡戏园子捧戏子，行径放肆不羁不亚于城中那些有名的浪荡子，其中最为一时之谈资的出格行径便是狂热追求当时泉州第一武生尚玉昆。她爹想了各种法子来管束她，无奈她是宁家独生女，自幼被她爹带在身边历练，能耐本事连一般男子也比不过，绝非是管束得住之人。

然而宁霜这条情路上要披荆斩棘之处绝非只有她爹而已。喜欢尚玉昆的女子众多，他自己身在这圈子，自然是谁也不得罪，和诸多女人保持暧昧。在薛怀安的记忆里，那时候的宁霜，几乎总是保持着一种战斗的姿态，和她爹斗，和这些女人斗，也和尚玉昆斗。

这场情事轰轰烈烈，却收场惨淡。尚玉昆和一个不大出名的旦角某天一同被人杀死在他家中，条条罪证都指向宁霜。德茂少东家被当作情杀疑犯抓起来这件事比她追求尚玉昆还要轰动，全城老少都在等着看这场戏如何落幕。即便是如此紧要当口，这年轻而骄傲的女子也未曾向她那个传说中手眼通天的爹爹求救，只是隔着牢狱的铁栅，握住薛怀安的手恳求："薛三儿，你要帮我，不是我做的，你要帮我洗刷冤屈。"

那时候的薛怀安是刚刚结束锦衣卫入籍训考的新晋锦衣卫，从未独立破过任何一个案件，却不知道究竟哪里来的自信和勇气，就这样一口应下了宁霜。然而直到泉州府审案之前，薛怀安都没能找到任何可以逆转形势的证据，唯有每次去看宁霜的时候，对她说些苍白无力的安慰言语。年轻的锦衣卫人生中第一次直面自己的无能与无力，有的时候，面对那些确凿如铁的证据，他几乎动摇，需要一遍遍对自己说："不管有没有证据，宁二没有杀人。"

不出意料，泉州府判了宁霜因妒杀人。因为是要砍头的案子，会送帝都大理寺复审，但大家心知肚明，如无意外，大约便是秋后问斩了。宁霜在被移送帝都的那个清晨，真真切切地感觉到即将来临的死亡，终于，她放下所有骄傲，哭着对她爹哀求："爹爹，你要救我，我错了，你要救我。"

于是，德茂大东家再次证明了他的无所不能，在大理寺，重要的证人改了口供，一直找不到的凶器终于现身。紧跟着真凶也浮出水面，可惜的是，在锦衣卫抓捕的过程中中弹身亡。然而，这些都是次要的问题，重要的是宁霜洗刷了罪名，而她爹得到了一个痛改前非的臣服的继承人。

这位继承人如今坐在薛怀安对面，看上去美丽温婉，行事却稳重果断，就算遇到银号被劫这样的大事，仍然稳坐不乱，以至薛怀安忍不住去怀疑自己的记忆，是不是真的曾在年少时结识过那样放浪自由的一个生命。

"我相信你，你若能帮我自然好。"宁霜先开了口，随即轻轻叹了口气，"我只有半个月的时间给你，这些匪人要是半个月之内抓不到，我要提头去见我爹。"

这时候，薛怀安听见身后珠帘微响，转头一看，一个眉目英挺的陌生男子正挑帘而入。宁霜见了，起身走到那男子身边，亲热地揽住他的手臂，对薛怀安笑着说："薛三儿，快来见过我相公。"

男子一僵，随即反应过来，对着薛怀安拱手施礼，道："原来尊驾就是内子时常提起的薛大人，在下傅冲。"

薛怀安觉得傅冲这个名字有些耳熟，又瞟见傅冲腰挂的佩剑，客套一句之后便问："傅兄可是江湖人称'风雷剑客'的傅大侠？"

傅冲笑笑，道："江湖朋友赏脸，给了这么个虚名。"

薛怀安着实有些诧异。他自然明白宁家银号生意做得这么大，江湖黑白两道和官府衙门都要有人在，招揽这样的一个女婿倒是颇有用处。只是风雷剑客在江湖也是数得上的人物，不想竟然愿意入赘宁家。

宁霜见薛怀安目光飘散，猜到他脑子里一定在瞎转悠什么，咳了一声，道："薛三儿，跟我们去银号看看吧，路上我夫君会把如今的状况讲与你知道。"

到了银号，但见里里外外已经清扫干净，早就不复案发时的模样，着实没有什么可看之处。薛怀安要求宁霜给自己讲讲地下银库的防卫，宁霜倒是也不忌讳，把各处防卫都讲了个透，薛怀安听后不禁感慨，这德茂银号银库的防卫的确可谓滴水不漏，若是夜晚来偷盗那真是想也别想，算起来，唯一的弱点竟然真的只有正面突破，以掌管银库钥匙的银号掌柜性命相威胁，强行打开银库这一条路而已。

"掌柜手中的银库钥匙锁在后院儿这个铸铁柜里面，铸铁柜是和房子浇筑成一体的，搬不走。这铸铁柜必须同时使用两把钥匙才能打开，一把在掌柜手里，一把在我手里。每天一早我在一众护卫的保护之下过来和掌柜一同打开铸铁柜，才能取出钥匙。"宁霜说道。

"你们其他分号也是如此规矩吗？"

"不是，小地方银号里面没那么多现银，规矩自然也没这么复杂。泉州和帝都是德茂最大的两处银号，四成的现银都存在这两处，所以防护最严，规矩也最大。"说到此处，宁霜不自觉地叹了口气，又道，"只是，过去这些防患措施，针对的都是有武功使刀枪的人，倒是疏忽了防范用火器的人，这十几年，火器日盛，是我们的防患措施落伍了。"

薛怀安却不以为然，摇摇头说："这并不是你们的防患措施落伍了，而是犯罪方式在不断翻新，碰上之前预想不到的罪犯只是早晚的问题而已。没有一个银库是绝对安全的，遇到亡命之徒，只能算是你们倒霉。"

宁霜苦笑道："那好吧，算我倒霉。"

"宁二，你是每日和掌柜一同到银号吗？"薛怀安问。

"不是，一般我要晚一点儿。"

"这样说来，这些人至少掌握了你们银号的行事规律，知道一定要在你来了之后，才能来抢劫。"薛怀安说到这里，眼睛似乎比先前亮了一些，道，"那么，有两种可能，一是他们自己观察出来的，二是这里有人泄露出去的。显然，后者的可能性更大一些。宁二，你把所有可能的知情者一个一个叫来，我们开始审案吧。"

阳光灼人

不管是不是清白，只要被锦衣卫怀疑，就要先被审问掉一层皮。

坊间传闻中臭名昭著的锦衣卫审讯究竟是什么模样，德茂银号泉州府分号的大掌柜王有成很幸运地并不知道。但尽管江湖上大风大浪见得不少，听说有锦衣卫要找他问话，心下还是多少有些不安。

问话在银号后院儿的金石阁进行。

金石阁并非刻印章的地方，更和任何风雅之事沾不上边儿。之所以叫这个名字，只因为这巴掌大一间房子是用钢铁浇筑而成，外面再裹上厚厚的石墙，是除去银库，德茂银号中最安全的地方。

王有成并不喜欢金石阁，整间屋子没有窗户，就算有通气孔换气，屋子里始终有一种挥之不去的陈旧味道，仿佛这些空气十几二十年前就一直积蓄在那里，于那无风无光的静室中发了酵，生了蠹。

在金石阁坐着的时候，他总是容易出汗，现下又被一个锦衣卫盯着，汗水更是容易冒出来，他掏出汗巾抹了一把额头，不自在地咳了咳，等着薛怀安发话。

薛怀安坐在王有成对面，捧着茶碗和气地微笑，缓缓开口问道："王大掌柜在德茂做了多久？"

"二十年。"

"那不算长啊，你们二掌柜都做了三十来年，据说是从十几岁就来德茂做学徒了。"薛怀安仍然以闲聊的口气问，"来德茂银号之前王大掌柜还做过别的什么吗？"

"镖师。"

"大掌柜真是言简意赅。"薛怀安真诚地赞美道。

然而这个赞美却让王有成不由得提起防备，如果说锦衣卫是一种令他不安的存在，那么眼前这个在昨天险些将他逼得堵枪口自杀的锦衣卫简直就是老天爷降下来的妖怪，完全不可以常人常态来预料琢磨。于是，他只是含糊地"哦"了一声敷衍了过去。

这样的防范态度落在薛怀安眼里，让他忍不住在脑海里开始搜索《锦衣卫审讯八十秘法》中的应对之道，终于揪出一条合用的，神色立时按照《秘法》中的指导冷厉下来，语气隐含神秘的威胁气息："有个人，向我讲了一些你的事。"

对面锦衣卫脸色骤然的变化激出王有成背后一层冷汗，然而他脸上仍然保持平静，硬声道："什么事？"

"说是抢匪因为了解大掌柜的性格，才会这般行事。而且案发时我也在现场，我看劫犯前面行事时显得很不了解银号，可后面行事时却又分明准备充分，可见'不了解银号'这事倒像是假装的。"

王有成控制了一下声音，道："大人是说，有人说我和抢匪认识是吗？说这话的人可有凭据？"

"这是你自己说的，你在害怕什么？"薛怀安脑子里的《秘法》书又翻了一页。

王有成眼有怒色，声音却仍尽量平和："大人不用这么拐弯抹角地说话，怀疑王某的话请直说。"

薛怀安脑子里翻过的这页书一片空白，只得以摇摇头来掩饰不知该怎么继续盘问的窘态，神色一派高深莫测。

王有成却看上去像是被薛怀安这态度激怒，一拳打在面前的长桌上，怒道："薛大人，你我素昧平生，可是昨日你试图用言语激我赴死，今日又污蔑我与匪人勾结，这到底是为何？"

薛怀安仍然未想起书中的应对之道，对所谓"用言语激王有成赴死"之事更是茫然不知其所云，只得继续沉默地盯住王有成不放。

两人这样僵持着相互无语盯了良久，王有成忽然叹了口气，一直紧绷的身子松懈下去，向椅背一靠，仿如自言自语般说："薛大人是锦衣卫大老爷，想怎样断案就怎样断吧。可不管你信不信我，我若是做这等事，我至少不会用枪，我讨厌枪。"接着，他脸上露出嘲讽的笑容，继续道，"想当年我走镖的时候，敢劫银号的人，那也得是武功卓绝的大盗才行，现如今，拿着把火枪，无名小贼就敢在光天化日之下抢劫银号。"

虽然言语间有不屑之意，但在薛怀安这样的年轻人看来，如此言论更像是一个年老的武者在被时代抛弃时的怨言。在作为新晋锦衣卫受训的时候，薛怀安并不喜欢火枪，总觉得这是很无情的武器，不像刀剑，多少还给人留有活命的余地。教导他的百户知道后淡淡地说："刀剑和火枪其实都一样，皆是可以杀人的凶器，所谓余地，是持武器者心中所留。"

故此，薛怀安的回应多少显得有些客观得近于冷漠："贪念与恶意任何世道都会有，既然经营银号，就要担得起这样的风险。德茂这些年自认为黑白两道都蹚得平，恐怕也有些大意吧。"

王有成见锦衣卫转换了话题，垂下眼睛似乎在琢磨着什么，好一会儿，才抬眼看着薛怀安，说："的确，按理说，江湖上有名有姓的人物，不论黑白，总要给我们三分薄面，不至于这么公然来抢。"

刚说到此处，金石阁的大门忽然被人推开，夏日灼热耀目的阳光一涌而入，一个身形健硕的锦衣卫逆光站在门口，冷冷地问："薛大人，崔某是不是可以认为您是在审案呢？"

薛怀安愣了愣，道："崔大人可以这么认为，但是我不会承认。"

逆光里的锦衣卫犹如黑色星体，以自己的方式和轨迹前行，任何与他无关紧要的言语都被一碾而过："日后崔某参薛大人一本的时候，薛大人再考虑承认不承认的问题吧，现在请把这位王掌柜交给崔某，这间屋子也暂时征用了。"

薛怀安被崔执赶出金石阁，正对上面带歉意的宁霜，她冲薛怀安笑了笑："不好意思，那位崔大人强硬得很，拦也拦不住，你这样会不会给自己找麻烦？"

薛怀安的心思却被抢案迷住，并不以为意，道："我反正不擅长审讯，让他去做好了。倒是宁二，你来和我细细讲讲昨日你被抢匪胁迫进入银库以后的情形吧。"

宁霜知道他的脾气，便不再多说其他，直接进入正题："那人用火枪顶着我的后脑勺，押着我进入银库。然后扔出四个褡裢要我装银圆，他说停才能停。我装了三个褡裢，当时估计是三千多银圆，昨夜我们清点出来，一共是丢了三十一柱，也就是三千一百两。装第四个褡裢的时候那人叫我去装我们银号银库里代客收藏的物品，那些个东西大都是些名贵珠宝和古玩字画，说起来，一个小小的书画卷轴也许就抵得上三千两，银子被抢了找不回来是我们德茂自己的事，但是这些代客收藏的东西要是丢了，我们拿什么赔给人家？于是当时我就对那抢匪说，银钱可以拿，这些东西还请高抬贵手。但那人根本不睬这些，叫我把储藏物品的隔间一个个打开，看啥贵重又好拿就叫我拿啥。这部分到底损失多少没法子估算，我们现在只是核对出了一个丢失物品的清单。对于我们德茂来说，被抢了几千现银也算不得什么大事，但是这些代人保存的东西要是丢了，数十万都有可能赔出去，这才是最让人头疼的地方。"

"你们这代客保存贵重物品的生意可是随便什么人都知道的？"

"自然不是。因为需要我们来保管和运送的，多是很贵重的东西，我们收取的保管金也不低，一般老百姓根本不会涉及这生意，当然也无从知晓。"

薛怀安眉头一蹙，道："宁二，我很怀疑这抢匪知道你们银号的情形。"

宁霜想一想，又说："现在这么看，抢匪的确很会抢东西，银圆的话，他们四个人能背走一万两就算了不起，但是那些翡翠玛瑙，一颗也许就价值连城。"

"一万两都背不走，别忘了能将银圆运出银库的只有你和那个用枪抵着你头的抢匪两人而已，抢匪还有一只手要拿枪，也不能负重太大妨碍了他行动，这样的话，你们两人就算肩扛手提又能拿多重的银子？这个抢匪很明智。"薛怀安说到此处，口气一转，神色比先前严肃不少，问，"宁二，你想一想，你和你们大掌柜需要共同打开放银库钥匙的这个铁柜之事，你有没有和其他什么人说起过？又或者，虽然没有直接说过，却有可能间接让别人猜到？"

宁霜沉眉想了想，答道："薛三儿，你知道，我过去虽然性子不好，但是于银号的事却是谨慎小心，从无差错，这样的事怎么会不小心说给别人，至于王掌柜，似乎也不是那样的人。但我们身边的其他人，如果有心观察，很多事却是也不难猜出个八九不离十。"

"你爹给你很大压力吧？"薛怀安转换了话题。

宁霜叹了口气，说："不怪他。你知道，德茂这十几年壮大得这么快，成为天下第一大银号，除了我爹善于经营，还因为他合并了好几家实力雄厚的银号。这些银号的老板都是我们德茂的股东。一直以来，这些股东对于我爹让我这一介女流继承家业就多有微词，更何况你也知道，我出过那样的事情。本来我的婚事上我爹给了我两条路，第一条，从几个股东的儿子中选一个结婚；第二条，和一个我爹认为对德茂有助益的其他人结婚，让他入赘我家。我自然不能选第一条，那不是平白让别人夺了我爹辛辛苦苦创下的家业，所以，那些股东心里只怕更记恨我。如今出了这样的事情，我爹虽然没说，但是那些人一定会借题发挥。"

薛怀安不想还牵涉到这么复杂的事情，怜惜地拍拍宁霜单薄的肩膀，眯起眼睛望向被日光灼烧着的银号院子。为了防止有人藏匿，银号的院子里一棵树也没有种，青石板地上蒸腾起热气，呼入鼻腔时燥得让人窒息。阳光灼人，所有经过院子中的人都好似被烫到一般，脚不沾地一路小跑，逃进屋子里去，唯有薛怀安与宁霜仿佛困于烈日，无处可逃。

"我这两三年长进颇多，我想我可能变成了比过去稍微好一些的锦衣卫，你应该可以信任。"薛怀安忽然没头没脑地说了一句，稍顿，续道，"宁二，我想和你夫婿谈谈。"

麻烦的同僚

傅冲从早上起就在外面为追查抢匪的事情忙碌，然而到底是习武之人，在夏日里这样奔波仍然毫无疲惫之色，青衣黑靴，眉目清俊，让人瞧着只觉得心中爽朗。

按理说薛怀安和傅冲两人与宁霜关系都近，也该相互亲近才是，但实则他们又只是今日才见面的陌生人，彼此除了这案子并没什么话题可谈，大家隔着一张小圆桌面对面喝茶，笑得再亲厚却仍是化解不开疏离的气氛。

薛怀安本不善于活络关系，干脆直截了当地说："傅大哥大概也知道我要问什么，你不妨细细回想一下，关于银库钥匙，或者银号里面的其他事情，有没有说给什么人听过？又或者，只是无意中说过？"

"没有。"傅冲很明确地回答，转而反问，"薛兄的意图我明白。可是，恕我直言，我怀疑薛兄这么问话，就算把相关人都问了个遍，能有什么用？且不说你问的人可能故意隐瞒，假设那人是无意透露的，恐怕很有可能他自己都忘了于何时何地讲过。"

"哦，那么依傅兄之见，该怎么问？"

傅冲笑笑，道："薛兄不是锦衣卫吗，怎么向我问审人的法子。据在下所知，锦衣卫对谁有怀疑，先不用刑，只是不让人睡觉、吃饭和喝水，用相同的问题反反复复拷问那人三天，便没人能挺得住了，更何况你们还有其他无数刑讯手段。"

薛怀安原本不算大的眼睛顿时瞪大一圈儿，讶异地问："哦，原来，你，你竟然有这种癖好，你想让我这般对待你啊？"

傅冲被薛怀安这句呛得一愣，可是看看对面人不知是迷糊还是揶揄的样子，又发不出火来，闷声道："薛兄要是觉得我这么可疑，用这法子也不妨事，清者自清。"

薛怀安见傅冲一副生气的模样，心下觉得没趣，要是换作初荷或者宁霜，这样情形下大概会和他至少斗法三个回合。特别是宁霜那丫头，于礼法规矩这些向来看得淡，又是逞强好胜的性子，大约会笑眯眯地说："嗯，是啊，奴家就喜欢这个调调，要不我们先来个三天试试？"

当年玩笑游戏，薛怀安在宁霜这里从未占得便宜，结拜的时候，生生让比自己还小的宁霜占去了老二的位子，倒不承想她如今嫁给了如此严肃的大侠为妻，姻缘还真是奇妙的东西。

薛怀安这样一想，便觉得宁霜和傅冲虽然都是样貌一等一的人物，可是站到一起还真是不般配。傅冲是高天流云般的人物，身边匹配的女子大约该是一样清丽脱俗才对，而宁霜，则美得嚣张。

过去薛怀安就说过，宁霜的样貌做银号大东家，驰骋生意场是不合适的。并非说生意场上抛头露面的女子必须要丑，但若是美的话，一定要美得秀丽庄重，好让人心生敬慕。宁霜却是天生浓丽的眉目，仿若开到极处的牡丹。

"那么，你说我适合做什么。"那时的宁霜笑吟吟地问。

薛怀安仔细想了好一会儿，道："一代名伶。"

宁霜展颜一笑，开嗓子唱道："欲折隔篱花，追忆堤边柳，萍减绿，叶添黄，人空瘦，秋色惹人愁。"

调子忧伤凄清，可吟唱的少女却眉目含笑，当真是少年不识愁滋味。

薛怀安和傅冲话不对盘，僵坐了好一会儿，薛怀安尝试着换了个话题，问："今日外面有什么进展？"

"外面倒是还好，德茂平日不论官府还是江湖都打点得不错，昨日一出事，出泉州城的人就必须被官兵盘查了。江湖上黑白两道的朋友要是有人知道这些匪人的下落，或者发现有人销赃，一定会给我们消息。缇骑这边，是泉州府有名的侦缉高手崔执崔大人在经办此事，应该可以放心。"

薛怀安皱皱眉，自言自语地说："就因为是他才麻烦。"

傅冲听了略觉不解，道："我看那崔大人安排调度手下排查搜寻很是有条理章法。现下一众缇骑正在城中过细筛子一样搜查可疑人物，不知他有何不妥？"

薛怀安认认真真凝神想了片刻，答道："天将降大任于是人也，必先使其长得像样。这位崔大人，黑锅底脸刷子眉，不够像样，因此我才说麻烦。"

傅冲不由得暗想，虽然这外貌特征描述得没错，可人家崔大人好歹是一个浓眉大眼、面貌英武、天生武将之姿的人物，怎生被你说得如此不堪。思及此处，他不自觉开口想要替崔执辩白些什么，才猛然发觉原本严肃正经的话题又被眼前之人扯开了，心下生出些许恼意，只觉自己和薛怀安的思路简直是遥如参商，脱口道："薛大人见地奇诡，冲恐怕不是相谈良伴，聊闲话恐怕还是内子比较合适。"

薛怀安又讨了个没趣，只得再次循规蹈矩地问案，傅冲的回答自然如最初般规矩稳妥，无甚差池。来去几个回合，薛怀安毫无收获，恰在此时，金石阁里审案的崔执放了王掌柜出来，紧接着便请走了傅冲问案。待到傅冲和崔执从金石阁里出来，已是接近晌午，宁霜便礼数周到地将崔执请去喝茶解暑。

崔执啜口茶，眼角扫了扫也在一旁蹭茶喝的薛怀安，对宁霜说："宁少东家可以放心，这案子从泉州府千户到我们南镇抚司郭指挥使都极其重视，特令本官全权负责此案的调查。到今时为止，所有与本案相关人等的口供均已录完，城内开始层层搜索，这些抢匪一定跑不出泉州城。"

"哦？大人这么肯定抢匪没有逃出去？"宁霜问。

"匪人不是宁少东家带人去追的吗？追入鱼市追丢的，对吧？"崔执明知故问，余光瞥一下在一边佯装专心喝茶实则竖着耳朵偷听的薛怀安，才缓缓续道，"照理说，匪人弃马躲入鱼市这个泉州城中午以前最热闹繁杂之地是个不错的计策，但是细细一想，却是下策。"

"那何为上策？"宁霜道。

"上策，就是应该在抢劫银号之前，想好怎样以最快的方法冲出泉州城，这样的话，只要城外再有一处能够换马的接应，他们就可以甩掉追兵逃入山野，那时候，就是我们锦衣卫，也没什么好法子可想。然后，这些人便可以用抢走的几千银圆先安安稳稳过上三年五载的寻常日子，等风声不再那么紧了，自然可以在黑市出手那些价值连城的珍宝。"

"崔大人的意思是，这些抢匪只是些思虑不周的江湖草莽，所以没有想好万全的退路吗？"

"似乎可以这么说，但却又有些说不通。以这些人抢劫银号的前半程来看，简单却有效，不可谓不高明。就算是后来逃入鱼市，似乎也是早有准备，那些弃马屁股上被马贩子烙下的印记都被全部重新烙花了，断了我们日后去马市寻踪的线索。鱼市气味复杂，地上又到处是倾倒的污水，锦衣卫赶到后也没法子用狗在鱼市里辨别气味，以这些来看，显然是早就考量过对付我们锦衣卫的追查该用什么法子。但如此一来，却失了能逃出泉州城的先机，要知道，在鱼市他们只能步行，就算之后能再换马，那么赶到城门的时候，应该也是我们下令封锁城门之后了。"

"咳咳。"薛怀安按捺不住心头之痒，先假咳了几声，才接话道，"可能是，他们原先的计划被什么意外打乱，所以用了下策。"

崔执浓眉微微一压，盯牢薛怀安问："薛大人为何如此说，可曾是打探出什么其他线索？"

"不曾。"薛怀安当即答道，脸上却挂着有些揶揄味道的笑容。

薛怀安这般有些挑衅的态度，简直就是街头顽童故意惹事以后，仍期待着对方能继续和自己纠缠胡闹的浑蛋模样。宁霜瞪了他一眼，圆场道："崔大人，我想，薛大人的意思是，当时我武师们追赶得很急，这样大队人马在泉州街头追逐，城门官在高处的城门楼上估计远远就能发现异状，会在城门口阻拦吧。"

崔执仍是看住薛怀安，却并不见有任何恼色，说："的确，所以说呢，这些人还是谋算不够，没有想过该怎样拖延住追兵，又或者，真如薛大人所言，被什么意外打乱了安排。"

薛怀安听到这话，思绪便被拉回那些用来炸马厩的黄色炸药之上，神思飘移，眼中现出茫茫之色，不再接话，把崔执晾在了一边。

崔执不知薛怀安是这么个脑筋会急转的没谱儿之人，脸上露出薄怒之色。陪坐一旁的傅冲显然也察觉气氛忽冷，忙解围道："其实是不是有意外也无关紧要，崔大人办案手段高明，相信无论怎样狡诈的匪人也难逃大人的手掌。"

虽然明显是为了缓和气氛而说的夸赞之词，可是由傅冲口中而出时，着实有种并非恭维的诚恳之感，崔执便未再与薛怀安计较，转对宁霜和傅冲二人道："如果不出意外，半月之内本官当可给宁少东家一个交代。"

宁霜有些不敢相信，问："大人这么肯定，难不成已经找到了线索？"

"与线索无关，这些匪人犯了个最大的错误，便是以为在这泉州城之内，凭借他们几人就能斗过有组织的锦衣卫。"

有组织的锦衣卫，是使这个帝国庞大城市正常运转的重要齿轮。大多数情形下，他们并非执行探案的工作，而是像一条一条细密的梳齿一样，无声无息地梳理着人口众多、繁华又杂乱的城市。他们记录户籍，确认每个新生儿的到来和老者的离去，确认每处房屋里所居何人，掌控外来人口的流动变化。他们布下明索暗线，了解黑的白的各色生意往来，在大家都心知肚明的范围内，允许小偷、窃贼甚至更肮脏的存在。他们和各种势力之间建立起不可言说却利益明确、界限分明的底线，只要不越过界限，保持这城市平稳向前运转的表面常态，便是皆大欢喜的局面。但是，一旦有人鲁莽地打破了这个局面，这些平日里细细密密，甚至看上去有些烦琐的组织铺垫便会立时发挥效用，像一台精密机床般开始运转，将这城市看上去纷乱无序的皮毛缓缓梳理一番，找到那两三只破坏和谐的小跳蚤，再轻轻碾死。

崔执，头脑清晰，条理分明，高效且无情，显然是操作这机床的好手。这似乎是，除去沉浸于黄色炸药迷思中的薛怀安之外，屋中所有人都相信的事实。

见到美女就变笨

初荷跨出恩得利化学物料店的大门，谨慎地向四下看看，见那个"刷子眉"锦衣卫不在，才快步往客栈走去。

刚才进恩得利大门的时候，初荷迎面碰见那个锦衣卫正往外走，眼神交汇，她敏感地察觉到，这个昨日有一面之缘的人，显然认出了自己。

初荷猜想，这个锦衣卫大约也发现了昨日爆炸后的刺激性气味，和自己一样顺着这条微小的线索来碰碰运气。

她的运气并不好，在薛怀安从官府搞来的化学店铺名单中，恩得利已经是最后一家，同前几家一样，他们能提供的信息实在是鸡肋。

单单恩得利这一家，近三个月购买能合成爆炸物原料的顾客名单上就有十来人了，要是都查一遍背景要七八天，更何况还不止这一家店呢。这名单一定要精简些——像这个人，就是买了一些竹炭粉，似乎没必要怀疑吧，还有这个人，他买的硝石分量太少了，也可以画掉吧，初荷这般想着。薛怀安还未回来，她在客栈等得无聊，索性拿出炭笔开始在名单上勾勾画画，做初步的筛选。不知过了多久，门声轻响，初荷扭头一看，薛怀安正站在门口冲她微笑。

初荷朝他摇摇手中的单子，用手语比了一句："真多。"

薛怀安明白她的意思，说："不能这么查，我如今想明白了，这样的工作只有动用大量锦衣卫人力才能完成，我们不能用这法子。"

"那要怎样？我白白给你……"

初荷话还没说完，就见门口的薛怀安似乎被人从后面推了一把，一个趔趄，扑进门来，接着是一个爽朗清脆的声音说："薛三儿，你堵着门干什么，让我瞧瞧你的宝贝表妹。"

随着声音，一个女子闪身而入，初荷只觉得顿时一室明媚。

"我叫宁霜，你是初荷妹妹吧？"宁霜说着走上来，亲热地拉住初荷的手问，"我和你哥哥是结拜姐妹呢，他和你说过吗？"

初荷听得犯糊涂，摇摇头，脸上露出好奇的探究之色。

宁霜却没有马上回应她，而是转过头，柳眉一立，冲薛怀安质问道："薛三儿你怎么回事，都没跟你妹妹提过我吗？"

薛怀安懒散地倚门而立，呵呵笑道："提你干什么，你是我人生的污点。"

宁霜瞪了他一眼，笑骂："就你那乌七八糟的人生，要是把污点都除掉的话，你便没有人生了。"

初荷见这二人说笑揶揄的样子着实显得亲近，更加奇怪，抽出被宁霜握住的手，对薛怀安比句手语："这位姐姐是你好朋友？"

薛怀安刚要开口介绍，宁霜却仿佛看懂了那手语一般，抢话道："我们两个是结拜姐妹，姐妹。"

宁霜把"姐妹"两个字故意加重，就像生怕初荷听错了一般，然后继续说："你不知道哦，当年啊，你哥哥和我都特别迷名伶叶莺莺，每天台上台下台前台后追着人家，最后自然成为知音，惺惺相惜，所以结拜做了姐妹。"

初荷听着新奇，忍不住笑看薛怀安，满眼询问之色。

薛怀安笑而不语，想起那时年少，迷名伶叶莺莺迷得天昏地暗，苦练一手月琴，弹会她所有的戏牌，成天幻想有朝一日能亲自给她伴奏一回。在那样懵懂的年纪，也搞不清怎样就和同样是大戏迷的宁霜胡混在一起，宁霜嗓子好，天分高，能学得七分似叶莺莺，成了他第二个崇拜对象。结拜的时候也是嘻嘻哈哈没个正经，完全没有人家书里结义金兰的庄重过场，倒是喝了不少酒，所以至今也是一笔糊涂账，搞不清当年到底结拜了什么。反正宁霜一口咬定，是结拜了姐妹。

初荷知道薛怀安喜欢听戏，平时闲了也会弹弹月琴，更知道名伶叶莺莺是红透半边天的人物，然而，无论如何也不能把这些事情连在一起，忽闪着亮晶晶的眼睛，问："真的吗？"

"真的吗"这三个字的唇语极容易看懂，宁霜也认了出来，再次抢先一步回答道："真的，姐姐不骗你，你可知道，我这个女混世魔王行二，他行三，那老大是谁？"

"谁？"初荷问。

"呵呵，就是大名鼎鼎的天下第一名伶，叶莺莺。"

初荷需要一些时间才能消化这个答案，然而想一想，与女混世魔王和天下第一名伶结拜姐妹，这还真是只有薛怀安这样半呆半聪明的家伙才能做出来。再看薛怀安脸上得意的神情，便冲着他鼻子一翘，眉毛一蹙，做了个鬼脸，说："瞧给你美的。"

怎能不得意，和宁霜胡搅蛮缠地把叶莺莺哄得同他们结了拜，这也许是年少时光里最值得骄傲的一件事。此后一生，恐怕都不会再有如此的纯然迷恋和胆大妄为，自然，薛怀安想，这也可以被叫作糊涂花痴和厚脸皮。

被宁霜这样一打岔，薛怀安差点儿忘了正事，忙说："对了初荷，这位宁霜姐姐就是德茂的少东家。她家这个劫案没个十天半月出不来结果，但你耽搁不起这时间，还是尽早去帝都为好。不过你一个小姑娘也不能单身上路，我已经托人给小笨送信，叫他速来泉州和我们会合，之后就让他陪你去帝都，这样的话，我们暂时在这里住几天等他，你看这样安排可好？"

初荷心里自然愿意留下来和薛怀安一起查案，找出炸弹的制造者，可是却也明白这次考学对自己更为重要，而案子看来一时半会儿也查不完，想想似乎也只能这样，便点头答应了。

不想宁霜却不高兴了，纤纤玉指一戳薛怀安脑门儿，说："薛三儿，你什么意思？这时候你还住客栈，你这不是和我故意生分嘛。给你一盏茶时间，速速收拾行李搬来我家。"

"不是生分，这不是不想给你添麻烦嘛，你还不够愁啊。"薛怀安说。

"你来了我还愁什么。你再这么说就是和我生分，别说你住客栈了，就是叶大在泉州的房产卖掉以前，每次来这里登台还不都是住我家。我说，你不会不知道吧，她现在正在泉州呢，唱到这个月底，如今就住在我家。"说完，宁霜秀眉一挑，恍然大悟地说，"看来一定是不知道，要不，早就哭天喊地要住我家来了。天哪，天哪，你是真的不知道她在泉州登台，你变心了啊。"

初荷家人里没有戏迷，即使是这样，她也曾和父母去看过一次叶莺莺的《倩女离魂》，似乎是这一生不去看一次叶莺莺唱戏，便会有缺憾。

初荷那时十一二岁年纪，对《倩女离魂》的剧情很是没有共鸣，她想，即使再想念一个人，也不可能魂魄离了肉身，千里迢迢追随心上人而去，这戏实在是胡扯了。如果让她选，还是《大闹天宫》更合胃口，台子上粉墨登场的英俊小生远没有花脸的孙悟空逗趣，叶莺莺扮的倩女再怎样漂亮，也没有齐刷刷上来一群穿红披绿的仙女鲜亮缤纷。

这样的观感很久以后她曾讲给薛怀安，薛怀安听后，忍不住一个栗暴敲在她脑袋上，说："真是牛嚼牡丹。"

想不到，如今要在咫尺处见到这朵牡丹了。

远远地，隔着宁家花园里一庭极盛的花树，先是瞧见一个藕色的人影款款而来，看不清面孔，行走的身姿倒是极尽风流，如秋风中的芦荻一般，轻盈却有风吹不折的韧劲儿。

忽而人就到了近前，春山秋水般的眉眼，不是好看或者不好看能形容的人物，眼角眉梢都是别人学不来的风情，展颜一笑，倾倒众生。

"薛三儿。"叶莺莺这样叫了一声，不似宁霜那样每个字都咬得很重，轻轻巧巧的，于亲热中带着玩笑的意味，仿佛叫着儿时玩伴的外号。

薛怀安莫名其妙就红了脸，手足无措，要开口又张不开嘴的模样，挤了半天挤出一句："叶大，好久不见。"

叶莺莺忍不住捂着嘴笑，说："怀安怎么还是这样害羞，我们当初到底是不是结拜过，嗯？"

宁霜揶揄地说："他还是那德行，见到美女就变笨。"

叶莺莺笑看向初荷，说："这样说来，薛三儿一直和这么个小美女住在一起，岂不是没有一天精明的时候？"

初荷于音律书画这样的事物缺乏感性认知，也不懂情趣浪漫，但这样个性的好处却是她很有客观的自知之明，叶莺莺如此的夸奖对她来说完全没啥效果，她清楚地知道在这么两大美女的夹击之下，她的美色微不足道，如小数点儿后面第二十四位上的一，完全可以忽略不计。

故此这样的夸奖没有起到正面作用，初荷只是礼貌地对叶莺莺笑了笑，便把眼睛瞟开，显出毫不掩饰的疏远态度。

因银号被抢的事情，宁霜这两日总显得很是低沉，这会儿见几年不见的好友都齐了，心情总算好了些，一拉叶莺莺的手，说："好了好了，别虚头巴脑地寒暄了，我们三个好久不见，趁离晚饭还有一会儿，先一起唱一段去。"

几人走进一座紧靠着一池荷花的凉阁，里面唱戏的家伙什儿一应俱全，薛怀安挑了自己擅长的月琴，拨弄两下，弹了段短旋律试试音，但仍然是一副拘谨放不开的模样。

"弹得真差劲儿，怎么就和你结拜了呢。"宁霜嗔道。

叶莺莺倒是不以为意，站在一边疏淡地笑着。

初荷知道薛怀安平日里弹得颇好，此时有失水准，大概是有些紧张，只是她无法言语，也懒得替他辩解，倒有几分存心看他在美女面前失手的心思。她瞧这要开锣唱戏的三人，薛怀安紧张，叶莺莺无所谓，只有宁霜兴奋，倒甚是有趣味。

宁霜挑了《西厢记》里的一段，自己演红娘，叶莺莺则演崔莺莺。在薛怀安的琴声下，叶莺莺朱唇轻启，徐徐开唱。

叶莺莺是粤剧名伶，但昆曲也唱得很有模样。南明以粤剧和昆曲最为流行，只是粤剧唱词用中州话，也就是中原话发音[1]，更容易被大多数当年因战火

---

[1] 粤剧早期以中州话演唱，后期改为粤语演唱。

迁来的北方人听懂，再加上粤剧花样多，服装舞台都华丽热闹，配乐不但繁复还加入了曼陀铃和吉他等西洋乐器，很是符合南明奢靡繁华的审美情趣，渐渐就压倒昆曲，成为最受欢迎的剧种。

叶莺莺幼时学昆曲，后来改粤剧，所以兼得昆曲旦角的优雅空灵与粤剧花旦的富丽明媚，堪称一时之绝。不过这些在初荷这样的门外汉眼里，都如同一个锅里蒸出的包子，看不出什么分别。

就在她瞧着无趣的当口，在一个过门处，一支笛子轻巧地加入进来，笛声婉转轻快，立时为薛怀安有些平淡的琴声增色不少。初荷循声看去，只见一个身姿修长挺拔的年轻男子半倚着门，正闲闲吹一支竹笛。

初荷一看这人，不由得感叹：怎么天下的灵秀人物都跑到这里来了？

这男子容貌算不得极英俊，唯风姿特秀。他人生得瘦而高，面色有些青白，一双眼睛深邃如渊，眼下还有淡淡青色，似乎睡眠不足，此时倚门而立，将倾未倾，让初荷想起彼时读书，说到魏晋人物中嵇康醉酒后也是这般愧俄若玉山之将崩，别有一番颓唐的风流。

这人的笛子吹得极好，让宁霜唱得更是起兴，一段唱完，便对他说："云卿，再来一段，这次唱《牡丹亭》，我要唱杜丽娘。"

被叫作云卿的男子懒洋洋地笑笑，也不答话，转调就是一曲《牡丹亭》中"绕池游"的前奏。

宁霜笑意盈盈，唱道："梦回莺啭，乱煞年光遍。人立小庭深院。炷尽沉烟，抛残绣线，恁今春关情似去年……"

宁霜唱了杜丽娘，叶莺莺这样的名角儿自然不会去唱丫鬟，她转身走到薛怀安身边坐下，闲聊道："宁霜还是老样子，这样的情愁总被她唱得十分喜气，看来还是未入情关。"

薛怀安点头称是，转脸欲和叶莺莺也闲聊几句，可是一对上那双含笑凤目，就不知道该说些什么好，于是又说了一遍："是。"惹得叶莺莺一阵轻笑。

宁霜这次唱罢，长长舒一口气，道："啊，这两天，就现在最舒坦。"

接着，她一指初荷和薛怀安，对那男子说："云卿，这是薛怀安，莺莺姐和你提起过吧，我们三个是结拜姐妹。那是初荷，他表妹。"

男子一愣，看样子显然不知道此事。

叶莺莺在一旁忙道："怀安，这位是陆云卿，陆公子，我好朋友。"

薛怀安和陆云卿客气地互相问候，轮到初荷的时候，陆云卿忽然显出饶有兴趣的模样，微微弯身，凑近她细瞧。

陆云卿的行止间有一种风流天成的气度，即使这样有些轻佻地看着初荷，也不会让她觉得不悦，只是她到底年少，脸颊上蓦地腾起两团红云，眼睛也躲闪着不敢与他探究的目光正面相对。

她听到他说："这小丫头生得灵秀，倒是有七分像十三四岁时候的莺莺。"

坏女孩儿

这天晚上，初荷一个人在房里，拿着镜子照了又照，细细琢磨镜里的面孔到底哪处像叶莺莺。

镜中少女白皙的面颊上透出健康的红晕，眼角眉梢都微微向上斜挑，很有精神的模样。下颌尖秀，但两颊还是小孩子才有的圆鼓鼓轮廓，也看不出是不是会有朝一日蜕变成叶莺莺那样秀致的瓜子脸。

事事都经不住琢磨，这样仔细把五官拆来拆去分析，倒真看出七八分像来。然而初荷无论怎样冲着镜子里面挤眉弄眼，或笑或嗔，都学不出叶莺莺风韵天成的样子，只看得镜子里一个青涩的卖弄风情的傻姑娘。

她气馁地放下镜子，心里说不出地堵，有些想去问问薛怀安，在他眼里自己是不是也像叶莺莺，但是再一想，不论他说像或者不像，自己都会不开心，于是懊恼地躺到床上，瞪着窗外当空一轮明月，许久才迷迷糊糊睡去。

第二日，薛怀安一早便和傅冲、宁霜出门办事。初荷一个人闲得无聊，在园子里瞎转，遥遥听见叶莺莺在练嗓子，顺着声音寻过去，在一处雅致小院儿门口停下脚步。

隔着门前甬道两旁的稀疏翠竹，可以看见陆云卿坐在一只鼓凳上拉着三弦，叶莺莺俏生生立在一旁，和着琴声，轻轻唱道："梦回莺啭，乱煞年光遍。人立小庭深院。炷尽沉烟，抛残绣线，恁今春关情似去年……"

这是昨日宁霜唱过的一段，不过今日由叶莺莺唱来，同样的调子，却惆怅幽怨，别有一番味道。

唱罢，只听陆云卿口气随意地说："她昨儿唱这个，你今儿就要唱这个。"

叶莺莺以漫不经心的口气答:"薛怀安昨儿帮我搭戏,你就愿意凑热闹,平日里怎么没这么热心。"

陆云卿低低地笑,道:"好,那以后热心些。"

初荷还想多听几句,忽然身后有个女子的声音问:"请问这位姑娘,是来找我家公子的吗?"

初荷一回头,见是一个看上去比自己大三四岁的少女,虽说是丫鬟打扮,可是模样俏丽,气质大方,就是寻常人家的小姐也比不过。

那丫鬟见了初荷,讶异之色从脸上一闪而过,上下细细打量她一番,才按照下人该有的礼貌微微一礼,道:"奴婢是陆公子的丫鬟如意,姑娘要是来找我家公子的,就请进吧。"

初荷觉得自己算是在偷听,有些不好意思,可是这时候拔腿就跑更是小家子气,点点头,跟在丫鬟身后往里走。

里面的陆云卿和叶莺莺早已听见动静,双双迎出来。陆云卿和气地问:"初荷姑娘是来找我的?"

初荷想要编个搪塞的瞎话,可是无法出声也没法子跟对方用手语交流,她本是出来闲逛,随身没有带本子和炭笔,一时间手足无措,脸涨得通红,不知道该怎么应对才好。

陆云卿看着她窘迫的样子,温和地说:"哦,看来误会了,不是来找我的吧,恰巧路过此处对不对?"

初荷赶忙顺坡下驴,使劲儿点了点头。

陆云卿又问:"那既然经过,要不要进来喝杯茶?我家如意泡茶的功夫不错。"

初荷随即又点点头,可是心中却生出奇异的感觉,觉得明明他完全是征求自己意愿的口气,可怎么好似没法子拒绝一般。不由得感叹天底下怎么会有这种人,很轻易就可以在与人交往的过程中控制住场面,让别人不由自主地听命。

饮茶的时候，因为初荷不能言语，陆云卿和叶莺莺便也不怎么多说话，陆云卿显得有些疲惫，一张面孔泛着病态的青白色。叶莺莺见了，对初荷说："他这人特娇气，又贪睡，大清早就没精打采的，初荷我们走吧，让他自个儿歇着。"

初荷跟着叶莺莺走出小院儿，叶莺莺又拉着她闲逛。她大概觉得初荷有些闷，便没话找话地说："说起来，我和你表哥虽然结拜了，可是，我都不怎么了解他，结拜啊什么的都是宁霜那个鬼丫头瞎搞的。宁霜说他办案时精明细致，不过平日里我怎么看不出来呢？倒是有些迷糊的样子。"

初荷原本就对叶莺莺有些计较，听了这样的话更是不高兴，心想：我家的"花儿哥哥"我怎么说呆都可以，外人却是万万不能说的。于是低头不语，却悄悄放慢脚步，趁叶莺莺不注意，偷偷伸脚在她的裙角上一踩。叶莺莺没有防备，身子向前一个趔趄，幸好原本走得慢，加之从小唱戏练功平衡感好，身子一歪一倾却没有摔倒。

叶莺莺转头去看初荷，却见小姑娘一脸焦急地扑上来伸手扶她，这一扑力道极大，把刚站稳的叶莺莺一下子扑得摔坐在地上。她摔得颇疼，身上又被初荷死死压着，心头不悦，正要发火，可是身上那不能说话的小姑娘嘴里咿咿啊啊说着，双手舞来舞去比画着，似乎是在解释，又像是在道歉，脸上的表情更是焦急万分，倒是叫她这个受害者不好意思起来。

"好了，没事没事，我知道你是不小心，你别急。"叶莺莺安慰道。

初荷这才爬起来，一脸歉意，伸手又把叶莺莺扶起，冲她笑得像花儿一样甜美。

这样无所事事的日子初荷又过了三天，本杰明便从惠安赶到了。因为叶莺莺不久就要结束泉州的演出回帝都，薛怀安便把他们托付给叶莺莺，让他们暂住在她帝都的府上。两人收拾收拾先走，留下薛怀安独自在泉州给宁霜帮忙。

说是帮忙，薛怀安却越来越觉得有心无力。他自己最擅于从现场的蛛丝马迹中寻找线索，然而这本事在此案中几乎派不上更多的用场。手中的线索追到炸药的来源便断掉，用来炸墙的黄色炸药按照初荷所说应是染布用的黄色染料，他跑遍泉州城的染坊，果然见到有好几家使用这种染料，却没有一家承认自己最近丢过或者转卖过染料。薛怀安不是善于诱供查问的人，从几家染坊之人的应对中，探不出任何线索，只得再顺藤摸瓜去看染坊的染料由谁供给。因着供给这种原料的化学物料行在泉州有七八家，一家家都查完便又用了三天，这样到了案发第八天头上，薛怀安所得，也不过是泉州城一众出售苦味酸的化学物料行名单和近期内的所有购买记录。很显然，追踪每一个记录这种工作绝非一个锦衣卫单独可以完成的，更何况也许名单中每一个人都和此案件无关。

薛怀安掐算着自己要投入的时间和精力，这时才深深明白为何锦衣卫要建立起这么细密又庞大的组织，只因这城市、这帝国，原来便是这么巨大繁复又紧密勾连的一张丝网，牵动一线便可以引来千丝万缕。而若要从这千丝万缕中梳理出头绪，当真不是一人之力可以完成的。这样想来，自己平日里不屑甚至腹诽过的那个烦冗的锦衣卫组织，从某方面看却是必需又必要之物，而自己过去的某些想法，显然是一个只做过港务和小城锦衣卫之人的短浅见解罢了。

同样在这八天里，崔执却带着手下一众锦衣卫犹如一台高效运转的机床一样隆隆向前，碾过城市。

崔执是泉州缇骑中有名的年轻干将，虽然才官至总旗，但由于这次案件金额巨大且是帝国首桩，泉州千户给予他特权，整个千户所总旗以下缇骑均可供其调遣，只是在他头上再放置了一个并不真正管具体刑侦的百户，帮他协统缇骑各部。如此一来，这个原本就以高效闻名的崔总旗更是如虎添翼，一方面，他可以调动充足人力，对整个泉州城，特别是那些重点怀疑的聚居区进行挤压式的搜索查证；另一方面，他给予泉州城黑道最大的压力，销赃或是藏匿劫匪，一旦被发现，便是连坐式剿灭。同时，各银号和地下钱庄也被严密控制，尤其是用现银兑换银票的人，全部要登记在册，以备追查；各个城门的进出则受到严格检查，出城者身上的银圆携带量不得超过一百两，携现银多次出城者全部被锦衣卫拘留审问。

一时间，泉州城中风声鹤唳草木皆兵，城市生活的步调在崔执的铁腕之下稍稍改变了节奏。普通百姓或许只是觉得出入不便，盘查过多，但商人们却为货物出入缓慢，该装船的出不去城，该卸船的进不了城而烦恼不已。书生们聚于一处闲聊时难免议论——

"原来一直以来看似自由的泉州城里铺垫着这样严密的监察网啊。"

"是啊，和前明的锦衣卫比有过之而无不及。"

"这样比不好，毕竟如今的锦衣卫和前明的职能功用都不同，别想太多了。"

至于黑道众人，则聚在一起骂骂咧咧——

"妈的，到底是哪个不上道的家伙捅事出来，让大家都不好过？"

"老子要是知道是谁，不用等缇骑出手，先剁碎了他。"

"咱不能剁，必须让缇骑剁，还看不明白啊，这是要杀鸡儆猴呢。"

"可不是，德茂平时黑白两道没少铺垫，妈的谁这么闲，不顾规矩，没事找事！"

"很快就会知道了，塘里的水就要抽干了，鱼还能躲到哪里去？"

第八日

在劫案发生的第八日，崔执再次拜访了位于青龙巷的宁府。

之前薛怀安对崔执"锅底脸刷子眉"的形容的确掺杂了个人情绪的恶意歪曲，实则这年轻的锦衣卫容貌堂堂，颇有武将之风。崔执个性强执，用薛怀安的话来说，就是此人有一个非常苛刻的人生观。但即便再怎么看不顺眼，薛怀安也要承认，崔执能力极强，对于名声并不算好的锦衣卫来说，是难得的人物。

鉴于薛怀安不在自己辖区内，插手此案有些敏感，接待崔执的只有宁霜和傅冲夫妇。三人客气地见过礼，崔执便单刀直入地说："本官此来的主要目的是因为目下对泉州城的搜索已经过半，除去外城和旧东城保生大帝庙一带外，还有涂门街以北的一些街巷和青龙巷到聚宝街这一线没有做过排查，而青龙巷所居大多是豪商显贵，所以搜查起来多有不便，如果到时候需要排查这条巷子，还望府上能做个表率，另外也请宁少东家利用德茂的影响力，让巷子里的其他住户多多配合。"

宁霜听了不禁微蹙眉头，道："大人觉得有必要盘查到青龙巷吗？你也知道这里都住着些什么人，此地怎会是劫匪藏身之处？我宁府自然可以任你来查，但是其他宅邸可是很麻烦呢。"

"本官也知道这里不好动，所以暂时把此处和涂门街的外国人聚居地，还有聚宝街留着先不查，待到新城全部排查清楚还没有结果时，才会动这三处。但以本官的估计，劫匪躲在这三处的可能性也不大，不到万不得已，不会侵扰到宁少东家。"

"如能这样自是最好，大人也知道，单单就是这每日进出城门的严密搜查，我父亲就不知道要在帝都疏通多少关系，听说朝堂之上已经有人参奏因为货物出城缓慢，耽误了海港装卸。如今要是再搜查青龙巷这边，恐怕……"

"宁少东家放心，这案子因为是帝国首桩，我们指挥使接到内阁首辅大人亲笔信，要求务必严查，所以不管是哪处地皮，只要该翻的，都要翻一遍，就是把泉州城挖地三尺，也要将那几个抢匪给挖出来。这也算是杀鸡儆猴之法，否则的话，以后岂不是人人都敢拿着火枪光天化日之下明抢明夺银号？"

宁霜闻言眉头渐开，似是略放下些心，一旁傅冲却仍是心存疑虑，问道："崔大人，傅某此言或有冒犯，但是实在不吐不快。据傅某所知，泉州城有二十几万户，人口应在六十万以上，大人才用七天就查了大半，速度之快固然令人佩服，可是，不会有所疏漏吗？"

闻得此言，一直肃着脸一副公事公办模样的崔执脸上竟是浮出笑意，答道："若是挨家挨户搜查，那当真是搜一年也搜不完。可是，锦衣卫却不是这么搜的，若想知道得更细，问问府上的薛总旗便是，据本官所知，薛总旗这些日子也没闲着，想来总该也有所斩获。不过，还望少东家转告薛总旗，这事不在他的辖区，请勿坏了锦衣卫的规矩，不然，后果他心里明白。"

宁霜装糊涂道："这事与薛怀安有什么关系，他是我朋友，在我家做客，见我有难，帮忙出谋划策可是犯了王法？"

"少东家问问薛总旗就能明白。"说到这里，崔执又颇有深意地看了傅冲一眼，继续道，"还有就是提醒各位，这事情是官家的案子，不论是刑侦调查还是抓捕定罪，都只有让我们缇骑按照大明律来经办才是正途，那些江湖手段还是少用为妙。如果用了，能解决问题自然可喜可贺，但是解决不了问题还触犯到律法，岂不是得不偿失！"

宁霜听崔执说完，客气地敷衍了几句，崔执便起身告辞。宁霜送了客，只觉得心中疲累，转身欲回房休息一会儿，手腕上却是一紧，原来是被傅冲握住了。

"霜儿，我想崔大人说的有一点很对，我们的确不方便麻烦薛兄，反正现在看来，他所做的也仅此而已，不如以后的事情就由我全权负责吧？"傅冲恳切地说。

宁霜心头累得紧，皱了皱眉，有些不耐烦地说："还是由他来吧，我相信他总有办法。夫君，你多从旁协助便是。"

宁霜说完，抽出被握紧的手，冲下人吩咐道："如果薛大人回来，请他来凉阁。"说完，便快步向后院儿走去。

薛怀安还未到凉阁，远远便听见有铮铮的琴声流转，抬眼望去，凉阁的翠色纱帘半垂，依稀可见宁霜半倚在凉榻上，闭目静听着悠远恬静的琴声。弹琴之人背对着薛怀安，故而只得一个背影，然而那样潇洒的抚琴之态，在这宁府大约除了陆云卿便再无他人。

夏日炎炎，疏淡的月琴声却叫人心生凉意，让薛怀安不由得放慢脚步。就在他快要走到凉阁的时候，琴声戛然而止，陆云卿纵身站起，一个跨步冲到宁霜身前，不等她有所反应，长臂揽住她后背，弯下身，骤然贴近她的面孔。宁霜霎时睁开双眼，与面前男子四目相对，神色羞怯而迷乱。

薛怀安惊得站在原地，不知是该退还是该进，正在犹豫的当口，却见宁霜手上猛地使力，推开陆云卿，道："抱歉，我在等朋友。"

陆云卿随即松开手，笑道："那好，这就告辞了，我是说后会有期，明日走得早，恐怕见不到了。"

"嗯，后会有期。"宁霜拢了拢鬓边碎发，低低说，眼睛瞥向一边，不去瞧那目光灼灼的男子。

陆云卿伸出手，在她绯红的脸上轻轻一抚，转身离开，这才看见了门口处不知所措的薛怀安，礼貌地一点头，抬步离开了凉阁。

宁霜见了薛怀安，神色有些尴尬。薛怀安倒是舒了口气，望向远走那人步态风流的身姿，忍不住感慨："我说宁二，这人算是被你拒绝了吧，那怎么还能这么跩？做男人，当如此。"

宁霜拿起一个竹凉枕砸向薛怀安，啐道："胡说什么呢你，不是你想的那样。"说完，她站起身，也往陆云卿走远的方向看去，低低叹了口气说，"明早他就走了，叶大戏班子收拾起来麻烦些，后天才启程，他们回帝都大约就要成婚了吧。"

薛怀安面色一沉，虽然早就知道那两人的关系，可是心里没来由地不痛快，道："这人太风流，你该告诉叶大。"

宁霜挑眉笑笑，转身又坐回凉榻上，说："你当她不知道吗？女人执迷不悟的时候谁劝也没用。你倒是好人，可惜你在她面前话都不敢说，她怎么会看得上你。"

这话一下戳在薛怀安的软肋上，叫他半天不再言语。

宁霜见这平时嬉皮笑脸的一个人忽然沉了脸，杏眼一瞪，故作惊讶地说："我说，你对她的喜欢不会是超越戏迷了吧？"

薛怀安一时无法回答，自己也说不清这到底是怎样一种喜欢，犹记得少年时代第一次看见叶莺莺在台上唱戏时的那种惊艳与仰慕，然而也明白那不过只是世间最虚幻的爱慕。原本终生只得隔着一个舞台，把她敬作心中的女神，不料宁霜竟然能把女神从舞台上拉到他面前，倒叫他混乱不已。

好在宁霜此时无心和他讨论风月，很快转换了话题，道："崔执刚才来过，让我提醒你别破了锦衣卫的规矩。"

"不妨事，现在他说不了我什么。"

"对了，他说这七天就清查了大半泉州城，你说可信吗？"

薛怀安没有立时回答，在心里计算一番，才道："大约是可信的，我们锦衣卫搜查时并非如你想象那般挨家挨户翻个底儿朝天，而是自下而上同时又自上而下齐头并进筛查，如果碰上头脑清晰调度有方的指挥者，这二十万户大约半月能筛过一遍吧。"

"这么快？不会有所疏漏？"宁霜仍是觉得不可信。

"看是什么人主持调度了，若是崔执的话，应该不会有什么疏漏。"薛怀安说完，见宁霜眼里仍是不信服之色，又解释道，"锦衣卫平日里对户籍都有严格监察，雇用在各个街巷的力士，大都是两代以上就居住在那里，且对于周围各家各户的情形相当熟悉之人。最先筛查时，就会把那些诸如孤老病残根本无法作案的人家除去，这便是自下而上的筛查，其实靠的是平常的积累。至于这自上而下的筛查，那就看这负责的锦衣卫精明到何种程度了，像这次劫案，抢匪虽然精心算度，可惜却败在没能跑出城，如此的话，即使他们留下的线索很少，也足够崔执把这些人从城中挖出来。"

"崔执哪有这么神奇，你不是说你都找不到线索吗？"

薛怀安脸上掠过苦笑，道："我只是一个人查案，他们有多少人啊，很多对我来说无用的线索，对他们都有用得紧呢。比如说，这抢匪使用马匹，此事很难藏住的，如果养在自家院子里，草料粪便进出那么多，至少那条街巷里的力士会知道吧，所以，有养马的人家就会重点被查，这一个线索，大约就能帮崔执除去十万户不大可能的人家。还有，为了不让锦衣卫能追踪到马匹买卖的记录，这些马身上被马贩子烙下的记号都被重新烫花了，这本是抢匪思虑周到之处，可是却也给了崔执线索。朝廷只要求马商保留马匹买卖记录一年，超过年限便可由马商自行销毁，既然抢匪这么怕被追索，显然是这些马买来不到一年，再看那个被烫花伤处的愈合程度，可以推算出大约是一个月前被烫花。那么崔执会吩咐各处力士着重报告各自管区内一个月前添置新马的人家，另一方面，也会有锦衣卫取得这几个月各个马商的买卖记录，对那些诸如一次买马四匹或者以上的记录会特别追根溯源。此外，那些对我无用的线索还有诸如红磷等限制化学品的购买记录等。宁二你明白了吗，这每一条线索对于崔执来说就是一个筛子，用过一次，这筛子里剩下的东西就少一些，只不过，织就这筛网却是需要大量锦衣卫人力的。崔执头脑清晰，督御下属有方，按照他的条理逻辑，分区分类重点突破，七天搜查过半，半月翻遍全城绝非虚言，也绝不会只有速度却没效率。"

"明白了，这么说来，我只要耐心等着崔大人就好，薛三儿，你这是给我吃定心丸呢吧？"

宁霜虽然这样答，脸上的阴云却一丝也未散去，薛怀安看在眼里，知道自己的这颗定心丸显然作用不大，怜惜地拍拍她肩头，道："别着急，这种事，说不准什么时候就有转机了。"

转机

薛怀安未承想，两日之后，所谓转机竟然真的出现了。

宁霜将书信交到薛怀安手上，问："薛三儿你看看，我们是不是该答应？"

书信是匪人差街边顽童送到德茂店伙计手上的，内容简单，不过是要宁家用两万银圆赎回被抢走的所有物件，如若答应，便在德茂门口放一盆红色木槿花。

"就是说，以十分之一的现银就能赎回所有东西？"薛怀安放下信，不大相信地向宁霜确认。

"那些东西可不止价值二十几万两，要是物主故意索价，要我们德茂双倍赔付，还不知要赔出去多少。所以无论怎么想，要是两万两就能赎回来，实在是合算的买卖。"宁霜道。

"只是天下怎么会有这么白来的便宜？"一旁的傅冲双眉紧锁，似是满心疑问，"二十万两，足可以盖起一座设备最好的炼钢厂，两万两能做什么？"

"两万两，可以在惠安那小地方建印染坊二十座，或者在泉州最繁华的大街开酒楼两座，其实也不是小数目。你家是做银号买卖的，应该清楚现在的钱永远比未来的钱更值钱。二十万十年甚至二十年才能出手干净的珠宝不见得比这两万现银更吸引人。"薛怀安面色平静地回答道，心里却有个郁闷的声音低叹：两万两还是我一百年的俸禄，开银号的人真是不拿豆包当干粮。

"这么说来，这些人是害怕珠宝不好脱手，所以宁可以不到十分之一的价钱换成现银？"宁霜问道。

"他们的目的我不清楚，只是，我想有一个很重要的问题他们解决不了，就不敢来要这笔钱。"

"什么问题？"

"银票他们自然不敢要，所以要现银，可那就是一千二三百斤的重量，他们怎样把这么重的现银安安稳稳运走呢？"

这天傍晚宁霜坐着马车离开德茂银号的时候，忍不住又看了一眼店门口开得如火如荼的红色木槿，才放下心，将头靠在车壁上小睡一会儿。车子有些颠簸，宁霜不知不觉将头一歪，靠在了傅冲肩上。傅冲有些尴尬地抬眼看看坐在对面的薛怀安，薛怀安回以一笑，转过头，盯着车窗外的街道出神。黄昏时分，泉州街头人潮涌动，马车行得极缓，隔着半透明的玻璃看去，每个路人都被橙金的夕阳模糊了轮廓，分不出彼此，一张张镀着金辉的面孔汇聚成河，缓缓在这城市中流动。薛怀安心生感叹，不由得低声说："这城里怎么会有这么多人，听说没几年就又多了十万人，仿佛是全天下的人都要挤进来一般。"

他自言自语，声音极低，不想傅冲接了话："有时我却觉得，是这城邑想把人都吞掉。"说完，傅冲也望向窗外，续道，"薛兄知道七年前泉州城拆除旧城墙扩建了一次吧，在那之前我家住在城外，突然之间官府将城墙外推三十里，我便成了这城中人。"

"知道，因为泉州城人口激增，旧城实在装不下了。"

傅冲轻声低笑，似是不以为然："那是你们官府的说辞吧？"

"自然不是，旧泉州城太小了，哪里装得下六十万人口。除去宋时汴梁和旧都北京，还有如今帝都，历朝历代还有哪个城邑有这么多人口？哦，要是只算不是京城的城邑，恐怕就只此一座了。"

"是吗？我不是锦衣卫，对这些不甚了解。但这几年帮着打理银号，我却知道，官府买走农田再变成城市，翻手覆手间便从这地价上赚了几十倍。而无地可种的农户，又成了城中最廉价的劳力。"

傅冲争论时不觉声音渐大，倚睡在他肩头的宁霜便微微动了动，于是他收了声，略有些自嘲地笑笑，似乎是觉得自己对这个话题过于认真。

薛怀安见他如此，便也不再讨论，两人沉默了一会儿，却听傅冲又低声道："其实，你可以劝劝霜儿，据我所知，崔执不是说大话的人，只要劫匪没有跑出城去，他定能将他们挖出来。反而这样答应抢匪的条件，后果如何更不好预料。"

"宁二的脾气你也该知道，她既然一意如此，谁能劝呢？"

"你不劝，多半是因为你也想看见这样的变化吧？"

薛怀安闻言一愣，半晌才嘀咕一句："这都能被你看出来。"

"薛三儿，你为何想看见变化？"一直睡着的宁霜忽然张了口，觑着眼瞧着薛怀安。

"说不清。"薛怀安答道，语气含混似有敷衍的意味。

然而，这并非敷衍之词，薛怀安的确说不清为什么自己心中也期盼着案子有所变化，而不是以崔执使用严密组织的锦衣卫机器将劫匪挖出来这种结果。似乎隐隐地，他期待这帝国首桩明抢银号案的劫匪们应该是更大胆、更富有想象力的对手，又似乎，他在期待这变化中或许会出现让自己可以插足的线索，而不是如现在这般无可奈何。

红色木槿花摆出的第二日，抢匪的第二封信以同样方式送到了德茂银号。

宁霜将信读罢，递给薛怀安，道："你看看吧，要我们立即去办。"

信里措辞强硬，简单交代了要如何按照信中所述的一、二、三去做，此外半个多余的字也没有，薛怀安看得不禁想笑，说："还真是抢匪一贯的简洁路数。"

"你说怎么办？这帮家伙让我们现在就带着两万银圆出海送到那插旗子的船上，我们是带着假银圆去还是带真的去，要不都带上，然后见机行事？"宁霜问道。

这假银圆是傅冲前日知道宁霜决定用两万银圆换回被抢宝物后给出的主意，宁霜向薛怀安征求意见，薛怀安一时也没想太清楚，但寻思到时候万一和抢匪交易，一定不会是啥光明正大的地方，假银圆做得好一些，蒙混过去的可能还是颇大，又或者真的假的混在一起，说不定也可以蒙事，便交代傅冲去操办了。傅冲着实是个能人，两天工夫竟然督造出两万假银圆，虽然做工有些粗糙，但是若要混在真银圆中，却也不是那么容易就能被发现。

薛怀安将信交到傅冲手上，略做思索，说："假银币还是不要用了，实在想用，只能稍微混入一些，切记不可多。"

宁霜见薛怀安说这话的时候，脸上竟然隐隐现出赞叹般的神色，心下疑惑，问道："为什么不可用，薛三儿你在想什么？"

薛怀安眉目一舒，说："因为比重不同啊。你的假币是用铜等金属熔炼再镀色的合金，对不对？"

宁霜看向傅冲，见傅冲点头，便说："是。"

"这样的话，就算外表看起来再像，因为各种金属的比重不同，一枚假币和一枚真银币的重量是不会一样的，一枚之间的重量差距哪怕只有一点儿，两万枚的差距也会很大。现在，抢匪把交易的地点定在海上，要我们把银币放入他们安排的停在海上的船中，并放入他们摆好的箱子里，然后撤走一切我们带上船的东西。这意味着，这个船上最终所有东西都是可计算的，船的重量、箱子的重量、两万银币的重量，这些全部可知，那么，海水的比重可以测量，浮力也可以计算，放入两万银圆后这艘船会没入水中多少就可以算出来。劫匪只需要在船身处做一个记号，比如画一条醒目的横线，在远处观察我们离开后船没入水中的深度是否达到这个记号，就可以确定船上的两万银圆是不是真的。所以，考虑到误差，你愿意的话可以混入一些假币，但是混多了恐怕会露馅儿。"

宁霜在公学念书时也学过物理学的皮毛，虽然这些年来忘记了不少，可是却也听得明白，忍不住双手一握拳，骂道："可恶，这都被算到。"

薛怀安心里却有一种学究气的、遇见强悍对手的欣喜，仿若数学家看见终极猜想的命题，明明心里没底，预料不到对方会怎样行事，却忍不住鼓动地说："我们去吧，见一步行一步。"

宁霜本就执意要做这笔合算买卖，随即应道："好，就走这一遭，看看他们还能有什么花样。"

傅冲一直一言未发，此时放下信道："霜儿，你稍等一下。"

只见他言罢转身去了后院儿，再回来时手里拿着两件金丝护甲，递给宁霜，说："对方是用火器的，穿上这个保险些。"

宁霜没想到他准备了这个，一直凝着的面孔现出柔和的笑容，说："谢谢。"

傅冲见了妻子的模样，神色也温软下来，把另一个护甲递给薛怀安，道："这东西难得，我只有两件，这一件就给薛兄吧。"

薛怀安却不好意思要，推却道："还是傅大哥穿吧，大哥才是涉险之人。"

三人之间早有约定，武功最好的傅冲负责带领银号武师处理任何危险和意外，傅冲故此也没有继续客气，收了软甲就去招呼武师和安排车马。

薛怀安看着他离去的背影，忍不住夸赞："宁二，你嫁得真不错。"

"是管些用。"宁霜口气敷衍，心思已经全然不在此处，举目去看窗外的天空。

天色迷蒙沉暗，正是夏季里时常会出现的阴霾天气，在这等时候，这样不知会是雨是晴的天气忽然让人心生烦闷，就像即将要发生的事情一样，预见不出到底是凶是吉。

绿旗驳船

因为抢匪在信中只给了一个时辰完成交易，德茂银号的一行人匆匆准备好车队，便押着二十箱总计两万银圆往海港而去。

尽管薛怀安说考虑到误差，混入千余假币应该不易被发觉，但是宁霜却担心对方还有更多防范的设计，不想因为省了几千两银子而耽误大事，最终并没有往银圆里混入假币。

泉州港极大，车队到达后又走了一段才找到信中约定的地点，一个渔夫打扮的中年汉子迎上来，问："你们是德茂银号的吗？"

走在最前面的傅冲答："正是，可是有人要你在这里等我们？"

"对啊，我一早出海回来就有个人来包了我的船，说是在这里等几位来，要把几位送到海港里边那个插绿旗子的驳船上去。"渔夫答道。

薛怀安走上一步，见这渔人脸上有被海风蚀刻的深纹和长期暴晒才有的古铜色皮肤，衣服上还沾染着新鲜海货留下的痕迹，估摸这人没说假话，便问："请问这位渔家，包你船的人是什么模样？"

"就是一个和你差不多高的男子，穿着普通的葛布衫子，斗笠压得很低，面貌可没瞧清楚。"

"算了，问也没用，人家早有防备，我们还是快些搬东西上船吧。"傅冲说道，开始指挥武师搬运银箱。

这艘船在渔船里算是最大的那种，可是搬上去二十箱银子之后，船体已经吃水很深，渔夫见了说什么也不让众人都上去，道："不成，最多只能再上来五个人，我和儿子已是两人，你们最多再挑三个人上来。我告诉你们，要不是今天风平浪静，这样子我可不敢出海，遇到风浪非翻船不可。"

薛怀安和宁霜、傅冲互看一眼，明白这多半也是抢匪的算计，故意不让更多人接近那驳船。傅冲一看不远处恰巧有刚卸完鱼的空船，便说："霜儿，你和其他武师去那边找一条船跟着，我和薛兄带一个身手最好的武师上这条船。"

两条船一前一后离了岸，风帆虽然扯起，但在空气凝滞的阴霾天气里，几乎派不上用场，船儿靠着渔夫父子的人力，缓慢向海港深处驶去。

渔家渐渐将船驶离渔港，向商港的方向驶近。繁忙的泉州港一点点展现在众人的眼前，遥遥可以看见靠近码头的方向，各国商船有序地停靠在岸边，虽然卸了帆，但是船上的装饰彩旗色彩缤纷，仍可以想象在有风的日子里，万国彩旗舞动时的缭乱繁华场面。

正是上午巳时左右，海港里最是忙碌，靠岸的多是一些吨位相对较小的商船，西洋船里以在浅海游弋的纵帆船和荷兰人的三桅平底帆船为多，但最常见的还是南明的中型商用福船。也有不少千吨以上的西洋多桅大帆船和大型福船停在岸边，大约是在装卸货物。

更多千吨以上的大船并不靠岸，有的在耐心地等待着进港靠岸的信号，有的则干脆在稍稍离岸的地方用轻巧的驳船快速将货物搬上卸下。远处海平面上，由五艘两千吨级马尼拉大帆船组成的西班牙船队犹如静卧在海上的沉睡巨龙，而在更远处，专门在泉州到好望角航线航行贸易的万吨南明宝船如漂浮在海上的庞大堡垒一样，让观者无不心生敬畏。

薛怀安忽觉自己似乎很久没有见到过这样壮阔的海港景象了，在心底算了算，如今是南明安成八年，公元一七三四年，离自己调出泉州港务千户所却也不过两年时间，然而看着船只穿梭的繁忙海港，这样安居于宁静惠安的自己，倒有些像被时代抛弃了一般。

"这些船来来往往的，你们那个绿旗船可不好找呢，我记得当时那个包船的人大约就是带我到了这个海域附近，离那边的英国三桅帆船不远，和那个马尼拉大帆船也挺近的，不过当时附近有好几艘福船停着，现在都不见了。"渔夫的声音突然打断了薛怀安的思绪。

薛怀安四下眺望，目光越过一个正在缓缓驶开的轻帆船，似乎看见一面绿旗奎拉在旗杆上，便指着那个方向说："渔家，往那边划一下。"

渔夫稍稍调整方向，向薛怀安所指处划去，轻帆船从他们船头驶过，带起的波浪让渔船颠簸了一下。随即，一艘卸去帆的驳船出现在众人眼前，船头立着一根旗杆，一面鲜绿的旗帜在闷热凝滞的空中仿佛粘在了杆子上。与薛怀安料想相同的是，船外侧果然用白线勾出一个明显的记号，显然是计算出的装满银两后的吃水线位置。

渔夫把船驶过去，用带抓钩的长杆将两条船并在一起，薛怀安便跳上了那艘驳船。

他四下检查了一番，发现除了十个被固定在船底的大铁箱以外，船上空无一物。箱子里面的空间被木条隔出一个一个长方形格子，每个格子的宽度大约是一枚银币的直径，显然是为了便于整齐排列银圆而设计。

傅冲此时抱着一箱银币也跃上船。薛怀安见他带着近百斤的箱子，跳上船时船竟然不摇不晃，不禁脱口而出："好俊的功夫。"

傅冲不在意地笑笑，说："自小扎马步站桩练出来的功夫，如今看来都成了雕虫小技，时代走得太快。"

薛怀安不经意瞟见傅冲腰间除了剑以外，也多了一把精致的火枪，明白他所指为何，了然一笑，说："虽然如今是剑与枪的时代，也许终究还会变成枪的时代，但侠者的剑是永远会在心中的吧。"

傅冲听了，神色微动，眸中隐约有光明灭，却只是默默将箱子递给薛怀安，转身又去接武师递来的第二箱。

薛怀安将银圆按照格子码放好，每箱恰恰可以放满两千银币，全部停当后，他依照信中所言关上箱盖，只听箱子传来"咯嗒"一声金属机簧扣锁的声音，大约是里面的暗锁自动落下了。

"薛兄，我们这就离开吗？抢去的珠宝还没有拿到。"傅冲道。

薛怀安四下环顾一圈儿，说："按照信中所言，咱们下一步该把船驶到二十丈以外。我猜想，此时抢匪应该就在附近某条船上，用望远镜看着我们吧。"

傅冲闻言也四下眺望，只见附近海域目光所及之处，大小海船或停或驶的不下二十条，便不再多言，纵身跃回渔船。

薛怀安跟在他身后也跃回渔船，在双脚离开驳船的一刹那，心中忽然生出很不好的预感，然而人已跃在半空中，只得随着惯性往前而去，仿佛是被无法掌握的力量推向未知一般。

惊变

薛怀安和傅冲的渔船驶离驳船大约二十丈后停下来，宁霜的船紧随在不远处。薛怀安朝宁霜做了个手势表示一切都还好，做完才想起这手势意思只有初荷才能懂，于是冲那边大声说："东西没见到，不过我们已经都照信中做好，再等等吧。"

驶离二十丈以外——信中的要求到此为止，似乎意味着，做完这件事之后，无论德茂的人想做什么都无所谓。这样的暗示隐隐透出自负的态度，仿佛在说："无论之后你们做什么，钱已经都是我的了。"

薛怀安站在船头极目远望，一艘纵帆船正快速地从西北面码头的方向驶来。

会是他们吗？像那些喜欢使用快速纵帆船的海盗一样，利用船速突然扑上来，带走整船的银子？

不可能。

如果他们想把银子搬运到自己船上，那么搬运所耗费的时间足够我们驶过去将他们抓获。

如果他们只是用绳索将载有银子的驳船拖走，会大大影响帆船的速度和灵活性，那样则会太容易被我们追上。况且，这里是港口海域，船只往来频繁，海上状况复杂，再有经验的船长也不敢拖着一艘驳船全速航行。必要时候，我们还可以大声呼喊，要求周围的船只帮忙堵截。更不用说，要提防这一招太过容易。

如果对手只到这个程度，未免会令人失望。

薛怀安想到此处，回头去看另一艘渔船上的宁霜。宁霜像是明白他的意思一样，向东北的海岸方向指了指。

那里有一艘多桨的小型福船正在全速驶来，即使离得很远，也可以看见船桨击入水面时跃起的白浪，薛怀安知道这应该就是宁霜安排好的快船。

方才还在德茂银号做准备的时候，薛怀安和宁霜商议，要防备抢匪给他们安排的是慢船，而到时候抢匪自己以快船来取银子。两人一合计，便安排一个精明且熟悉海事的武师先跟着他们到了渔港，再派他快马速去商港带领一艘快船赶到渔船出发的位置，此时虽然载银子的渔船已经出发，但是宁霜会在海上留下记号，让他们凭借记号可以追踪而来。

至于如何在水面留下记号倒是难不住薛怀安，他让宁霜差人火速去染坊买了红色染料，新的人造化学染料提炼自煤焦油，在水中不会很快消散。宁霜只需边行船边将颜料一点点倾倒入海里，后面的快船就会顺着海水中红色的痕迹一路追寻而来。

"薛兄，那艘福船是你们安排的？"一旁拿着单筒望远镜四下观望的傅冲也顺着宁霜所指方向看见了快速驶来的福船。

"正是。"

"那船如何能在海里追踪而来？"傅冲颇为不解。

薛怀安不在意地说："小把戏而已。"

傅冲见他不多说，也就不再追问，别过脸去继续观察海上的状况，突然，他低低叫了一声："薛兄快看，刚才东南边那船上有反光一闪，会不会是有人在用望远镜看这里？"

薛怀安连忙顺着傅冲双目所望之处看去，只见那个方向有一艘最常见的轻便艇在海面上缓缓游弋。

这样的小艇在海港很是常见，可以一人双桨或者四人八桨划行，有一个可装卸的小帆，一般会放在大船上做登陆工具。此时帆虽然张开，但是没有水手在划桨，因为几乎无风，船的行进速度极慢。

薛怀安接过傅冲递来的望远镜细看那小艇，不觉蹙眉，说："那船肯定有古怪，这样看连水手也没有，人去哪里了，莫非藏了起来？"

傅冲一听，忙对渔夫父子说："快向那条船划过去，快。"

渔夫调整一下风帆的角度和船舵，同儿子开始划动渔船，旁边船上的宁霜见到忙大声喊："出了什么事？你们去哪里？"

"那艘船上有人在监视我们，你们留在这里，我们过去捉那人。"傅冲答道。

透过望远镜，薛怀安看见那边看似空无一人的船上忽然冒出一个脑袋，接着便是整个人站了起来，那人大约知道已经被发觉，慌张地坐到划桨的位置上，开始奋力地划桨。

这种小艇的设计轻便灵活，航行速度很快，然而今日无风，仅靠人力的话对方一人到底拼不过渔夫父子两人，眼瞧着渔船一点点拉近了和小艇的距离。

突然之间，小艇上那人松了桨，身子埋入船舷，只露出半张面孔，将一把火枪架在了船舷上。

薛怀安一看此时两船距离已经进入火枪射程，忙大喊一声："大家趴下。"

话落，"砰"的一声响，对方开了第一枪。

薛怀安和傅冲几乎是应声卧倒在船内，只听一声惨叫，再看时渔夫已经肩膀中弹。他儿子是二十来岁的壮小伙子，见此情形，也忘了卧倒，一把抱住渔夫大叫："爹，爹你怎样了？"

薛怀安扑上去将小伙子按倒，吼道："趴下，不要命了！"

这一下子将渔夫也给带倒，他呻吟一声，肩膀撞在船板上，顿时血流如注。

好在对方暂时没了动静，傅冲露头看去，见那人正在往枪管里面塞弹丸，便低声对薛怀安说："我去把他捉来。"

说完，不等薛怀安答话，拿起一支船桨，向海里一扔，大约抛出一丈远。接着，他站起身，提一口气，纵身跃向那浮在海面的船桨。

傅冲轻巧地落在船桨上，并未站稳，蜻蜓点水一般一触木桨就借力而起，再次跃向前去。恰在此时，小艇上那人已经装好弹丸，举枪朝仍然身在空中的傅冲瞄准。

薛怀安看到暗叫不好，此时傅冲人在空中避无可避，只有白白挨打的份儿。然而傅冲临危不乱，使出一个千斤坠的功夫，刹那间改变了跳跃的轨迹，直直坠落入海。

"砰"的一声，对方的枪放了空。

那人见状，忙再去装弹，看他往枪管里倒弹丸再用通条塞紧的忙乱样子，显然也是有些慌了手脚。

傅冲落水后离小艇已经不远，他憋了一口气，潜入水中向小艇游去。待他游到小艇边，艇上人正好装了第三弹，那人扒着船舷往海水里一看，抬手就向水中射击。

傅冲水性好，身手也敏捷，一个猛子扎入水下。"噗噗"，弹丸击射入水便没了力道。

艇上之人见又放了空枪，匆忙再去装弹。傅冲瞅准这个机会，从水里一跃而起。

他的身体如出水的海鸥，带起无数晶莹的水滴，在越过船舷的一瞬骤然前扑，抽剑刺向还在装弹的对手。

几乎是在同时，对手塞紧了弹丸，丢掉通条，冲着半空落下的凛冽剑光扣动扳机。

剑与枪，刹那对决。

持剑者的身子在半空不可思议地倒向一侧，那倾倒的身姿潇洒异常，宛如空中飞絮被忽然而起的风吹离了飘落的轨迹。

"砰"一声枪响。

硝烟迷蒙，散去时，有人站立，有人倒下。

站立的是神色冷峻的剑客，倒下的是被一剑封喉的枪手。

然而不等所有的观者为胜利雀跃欢呼，"轰"的一声巨响在海面上响起，所有人循声望去，只见装载着两万银币的驳船已经被笼罩在爆炸引起的火光里。

在众人错愕讶异的目光中，白银之船缓缓沉向了海底。

律法与江湖

烈火于平静无波的海面上熊熊燃烧，船木在火焰的舔舐下噼啪断裂，海水从炸开的船底快速涌入，一息之间，巨大的财富坠向深渊。

未从夺命对决中回神儿的人们似乎都一时失去了判断，离沉船最近的宁霜愣了一瞬，才反应过来，冲武师们喊道："快下水，快，看看那里到底怎么回事！"

随即有领头的武师便跟着号令道："会水的都给我下水，捞银箱。"

会水的武师纷纷跳下海，游向沉船的位置。然而那火势极凶，片刻间，海面上除了几片零星还有余火的驳船残骸便已无他物，第一个游到的武师在海面上深吸口气，一个猛子扎向水底，接着又有几个赶到的武师跟着他潜了下去。不一会儿，潜水的武师一个一个陆续冒了头，互相看看，都摇了摇脑袋，为首的武师转而冲着二十丈开外的宁霜大声喊："少东家，箱子都沉下去了，这里水太深，我们到不了底儿。"

这其实是意料之中的答案。

泉州港是天下闻名的深水良港，想在可以停泊万吨海船的地方潜到水底远非人力可为。更何况两万两白银被分置在对方的十个箱子里，每箱的重量都在一百三四十斤，这样落入海里，仅凭人力徒手打捞，根本就是妄想。

宁霜立于船头，秀眉微蹙，容色凝沉，未去应答远处水中的武师。武师们见少东家不发话，便又再度潜下水去，这样来来回回徒劳无功潜了几回，遥遥听到宁霜一声："别捞了，都回来。"诸人这才作罢。

那厢薛怀安静立船头，望着远处海面上的惊变默然不语。数条思路混在他脑中，打了个死结——很显然，驳船爆炸绝不是意外事件，炸弹必然是事先安放其中，火势之盛也说明船上应预备了什么助燃之物，但是沉入水底的银子抢匪该如何取走？又或许，抢匪根本不打算取走这些银子。也许他们经过盘算，不论是陆路还是水路，都无法不留痕迹地带走千余斤重的白银，所以干脆让银子沉睡在海底，等到将来风声小了，他们再来想办法捞起来？

如果是这样的话，他们使用什么方法打捞？

退一步说，假使有法子打捞，他们又用什么方法来确定银箱入水的位置？假使之前他们在海图上定好驳船的位置，日后可以凭借海图和星盘重新找来，那么必须要解决两个问题：第一，驳船在等待我们来的过程中不能发生漂移。尽管今日风平浪静，但对于无风三尺浪的大海来说，让一艘小驳船保持不动，恐怕和说服一只老虎吃素一样困难。第二，银箱在坠入深海后不会被潮汐或者强力的海底暗流冲离。要知道，哪怕只是冲离原位数尺，对于深海打捞来说都无疑是增加了数倍困难。

薛怀安想到此处，不由得向远处宽广的海面眺望。

刚刚发生过的剧烈爆炸对于辽阔无垠的大海来说微不足道，海面很快恢复了宁静，海上船只穿梭，没有谁有闲工夫来管闲事，唯有那艘薛怀安曾经注意到的纵帆船似乎是被爆炸声吸引，调整了船头，端端正正朝这边驶来。

薛怀安拿起望远镜，看见那艘帆船在船头两侧的船身上绘着红黑两色的标记，赤色的蛟缠在黑色的铁锚上，正是自己熟悉的港务锦衣卫徽记。船头矗立一人，身穿缇骑官服，驶得近了些，便能看清楚面孔，正是泉州府锦衣卫总旗崔执。

薛怀安暗叫不好，正想丢掉望远镜赶快藏到船底去，就见崔执也拿起一个望远镜，向着自己所在的方向瞄过来。他只得放下望远镜，嬉皮笑脸地冲着对方抱一抱拳。

此时渔夫的儿子已经帮他爹简单包扎好肩头的枪伤，血并未完全止住，但情形尚好。小伙子似是被刚才傅冲一剑夺命的架势吓到，只是将船略略划向傅冲所在的小艇，并不敢贴近，向他恳求道："这位爷，我们要赶紧回去啊，我爹要找大夫治伤才行。"

傅冲早已擦去脸上溅到的血迹，恢复平日的稳重神色，仿佛什么也没有发生过一般，点点头，温言安抚道："这就回去，你放心，我们会找最好的大夫给你爹医治，日后还有重金酬谢。"说完他转向立在渔船上的薛怀安，问，"薛兄，你看现下这状况该如何？那些沉入海底的银子该怎么办？或者，你要不要上这艘船来再查看一下？霜儿说你是刑侦高手，勘察细密，也许你还能发现什么线索。"

薛怀安瞧了眼还在远处的锦衣卫大船，对渔夫儿子道："小哥莫怕，我是锦衣卫，烦劳划过去一些，我要上船验尸。"小伙子闻言比原先又镇静了几分，依着吩咐将渔船贴近小艇。薛怀安跃上小艇，也不多言，先去检查那抢匪的尸体。

但见风雷剑客果然名不虚传，一剑割开了对手颈部侧面的颈动脉，让对手半分还击的机会也没有。只是动脉一断，血液被强大的压力推出，喷溅三尺，现场血淋淋一片。薛怀安见船甲板上血污过重，时间又紧迫，来不及仔细搜索，只得继续专注于尸体。

死者长着一张马脸，五官深刻，牙齿黑黄，握枪的右手食指侧面微有薄茧。薛怀安再一回想这人在装弹时候的利落样子，便推测大约是经常用枪之人，很有可能是一个归家不久的士兵或者黑道上的火枪手。接着他仔细搜索了尸体的衣服，却没有发现任何线索，便脱去那些衣服，想在他身上找到疤痕或者刺青这样能协助辨识身份的东西。结果只发现几处旧伤，并没有任何刺青。一般来说，军中以水军刺青风气最盛，薛怀安以此推断，此人是水军的可能性甚小。

正忙活着，薛怀安却听耳边传来渔夫儿子焦躁的催促声："这位大人能不能快些，我爹还在流血，你把那尸体抱上船看不行吗？"

薛怀安心想：到时候哪还轮得到我看，一准儿被崔执那个家伙抢走。于是他一边继续查看一边头也不抬地说:"小哥稍等,让我脱一下裤子。"

渔夫儿子失了耐性,明知对方锦衣卫的身份,仍是忍不住骂骂咧咧道:"要看就快看,你脱裤子管啥屁用,露出屁股你头脑就能清爽啊。"

傅冲也催促道:"薛兄,要脱请快一些脱,崔大人的船过来了。"

薛怀安充耳不闻,照旧埋头检查尸体,那裤子刚褪了一半,就听见一个沉厚的声音说:"薛总旗,你最好解释一下你现在的行为。"

薛怀安抬眼看向已驶到近前的崔执,微笑着说:"原来是崔总旗,这么巧。"

"不巧,盯着你们很久了。薛总旗,数日前在下曾经好言相劝,希望你不要越权插手这案子,看来薛大人是没有将这话放在心上啊。"崔执冷着脸说。

"崔总旗这话怎么说呢,在下正在宁府做客,宁家有难,要我帮忙,这完全是私事。"

"好,既然是私事,那么现在这里就被本官接管。薛总旗,本官是不是可以在这个案子里视你为寻常草民呢?"

薛怀安的心思还在找寻可以确认抢匪身份的线索这事情上,加之本就对这样暗藏机锋的话反应鲁钝,随口答道:"正是。"

"好,那么麻烦薛总旗先跟本官回一趟千户所受审。这里死了一个人,而你抱着这个死人,所以你现在是本官认定的第一嫌犯。"崔执以公事公办的口气说。

薛怀安一愣,明白着了崔执的道,若说自己还是官,崔执要抓捕自己,便需要总旗以上的手谕,可这样的话,自己这就是越权插手泉州的案子;若说自己只是民,那么崔执只要在查案时怀疑自己,便可以立时抓捕。

就在薛怀安发愣的当口,傅冲一抱拳,道:"崔大人,这人是在下杀的,薛大人身上连剑都没有佩,怎么能说是他杀了人?"

"哦,那么就请两位都和我一起回千户所吧。"

傅冲冷冷一笑,道:"笑话,我傅冲犯了什么王法,此人是抢劫我银号的抢匪之一,刚才我若不出手杀他,就死于他枪下。更何况,这样的恶徒原本就人人得而诛之。"

崔执负手站在船头，神色莫测如暗礁潜伏的静海，道："傅大侠，所谓'恶徒原本就人人得而诛之'是哪家的王法？这'恶'是谁定的？你可是交出了证据来证明这人就是抢匪？退一步，这人就算是抢匪，没有刑部或者大理寺的裁定，谁说他就罪该至死？再退一步，就算他罪该至死，谁给你的权力执行裁决？"

傅冲被崔执问得一时语塞，微微带着怒意说："好，这不是王法，是江湖道义，今日傅某就是在此快意恩仇，你当怎样？"

"哼，傅大侠可知道韩非子为何说你们这些游侠是国家的蠹虫吗？因为国家的律法，就是被你们这些人搞乱的。不过是功夫比寻常人俊俏些，凭什么别人的罪与罚、善与恶要由你来判断？天下可以拿刀剑之人，要是都以为自己就是正义化身，可以如你一般快意恩仇，要有多少冤魂枉死在这江湖道义之上？"

崔执说到这里，颇有些不屑地看了看薛怀安，说："薛总旗，枉费你是堂堂锦衣卫总旗，竟然知法犯法。"

薛怀安听了崔执的话，一改刚才吊儿郎当无所谓的态度，低眉稍做思考，说："崔总旗的意思我明白，我等执法，自然要以律法为纲。但是，崔总旗觉得，这律法就一定能做到不偏不倚、天下公平吗？假使一个恶人，明明作恶多端，却拿不到他半点儿证据，崔总旗就要放了他？"

"正是。没有证据，薛总旗为何说这人作恶多端？因为他恰巧出现在罪案现场？抑或他长得凶恶？还是曾与你有私人恩怨？"说罢，崔执轻笑一声，口气略带讥诮地问，"薛总旗，律法并非能判定善恶，也没有绝对公平可言，但是，这就是你我要维护的东西，你不是到了如今的位置，都没有这样的自觉吧？"

薛怀安的确没有这样的自觉。

一直以来，令他所着迷的是在那些散乱的蛛丝马迹中寻找真相的乐趣，以及将罪犯抓获时除暴安良的心理满足。在这样的乐趣与满足之后，他自以为也维护了律例。如今崔执一句一句问话逼压过来，薛怀安只觉得心上一阵又一阵迷茫，仿佛忽然失掉心里一直存在的某块基石，一时连思考的方向也无从寻觅。

沉吟好一会儿，薛怀安才从纷乱的思绪中回神儿，道："崔总旗，既然如此，你抓我一个人回去便好了。虽然我手上没剑，但是我可以借剑杀人，也可以把凶器扔入水里。"

"薛总旗，这可由不得你，这里所有人要一并带走。"崔执说完，示意身边的锦衣卫上去抓人。

傅冲见了立时要抽剑，薛怀安却大叫一声："傅兄，不可。"

随即他转向崔执说："崔总旗，我们跟你走，还请崔总旗看在同朝为官的分儿上，不要伤了和气。"

崔执见薛怀安似乎是服软的意思，也不好不给面子，遂吩咐舵手侧船，让二人上来，又吩咐人将那小艇和渔船拖着，一并往港口而去。

帆船才一靠岸，薛怀安忽地转身面向崔执，从怀中掏出一把精巧的火枪，枪口直指面前冷峻的黑脸锦衣卫，道："崔总旗，抱歉。今日大人所言的确让怀安有所反思，故此，怀安被依律定罪亦无话可说。可是，大人所言抛开人心之善恶情义，恕在下无法有此自觉。"

说完，他微微侧脸示意傅冲贴近自己。傅冲会意，走近薛怀安几步，侧耳倾听。

"抢匪牙齿黑黄，看来喜食槟榔，大约是湖广人，服过兵役或者混过黑道，身上有旧枪伤，弹丸似乎还有几颗留在后背愈合的老伤中，故此应该会常去买镇痛药。另外，他应该住在外城。傅兄，凭这些线索你动用江湖关系，尽快找出这些人的藏身之地，我怕等到锦衣卫找出此人身份时，他们早就无踪影了。"

傅冲听了，神色一变，深黑眸中暗潮涌动，可是见此情形，也不多说什么，果断地应道："放心，定当不负所托。"说罢，转身跃下船，发足飞奔，转眼就消失在车马喧嚣的码头。

薛怀安见傅冲已经跑得远了，丢下枪，对面带怒意的崔执嘿嘿笑道："崔总旗，其实你也知道是冤枉我们了，大人要是有气，尽可以撒在我一人身上，何必为难大家。大人也知道德茂的大东家在京城交友广泛，我们各退一步吧。"

崔执并非不知道德茂的势力，只是他心中有自己的坚持，故而甚是看不惯薛怀安这样半官半江湖的做派，可是为官之道他毕竟还是懂的，不想真的和宁家闹僵，原本只是想抓了薛怀安和傅冲，在牢里扣上十天半月，一来给他们点儿颜色看看，二来省得他们擅做主张，妨碍自己查案。然而事到如今，自己却是退不得了，冷声道："退一步可以，本官倒要看看宁家如何折腾。不过，薛总旗拿枪对着本官，这怎么算？"

薛怀安不想真的和崔执闹崩了，一摊手，摆出合作的诚意，说："崔总旗，我把我现在所查到的线索都告诉你，你也可以凭借这些去查找抢匪，也许会比傅冲还快，我们合作吧。"

不想这话正正戳在崔执的死穴上。他为人骄傲，虽然年纪轻轻就官封缇骑总旗，却是经年累月凭办案功绩一步步提升而来的，故而原本就看不上像薛怀安这样凭借一个机遇就扶摇直上的人物，此时见薛怀安这么一说，一摆手，拒绝道："不用费心，我们各自凭本事查案。不过，薛大人至少要在千户所大牢关上半个月，恐怕已经没机会看到最后谁有本事抓到抢匪了。"

大国小鲜

　　崔执和薛怀安乘坐的马车驶出码头，穿过宏大的城门，行进在泉州城内的宽阔街道上。大约是不担心薛怀安会逃跑或再次举枪，崔执并没有安排看管他的人手，车内两人各自望着窗外，心事重重。

　　因为人口的增长，泉州城在多年前曾经拆除旧城墙扩建了一次，旧城墙的位置变为叫作承泰街的大路，承泰街外侧的新城则被泉州人叫作外城，外埠新迁入泉州的人大都居于外城。

　　马车走上承泰街的时候，崔执忽然不咸不淡地开了口，眸光却仍望着窗外："我自幼习武，耳力好于常人，薛总旗，你和傅冲刚才所言我听了个大概。"

　　然而崔执话落，却没有等来意料中的回应，车厢内唯有一片沉默伴着车轮吱呀之声，崔执微一蹙眉，转过头去看薛怀安，见他虽然盯着窗外，目光却松散无焦，似是沉于迷思之中。

　　见薛怀安有些发痴的模样，崔执冷哼一声，扭头不再去看他。然而恰在这时，薛怀安却犹如被马蜂蛰了般"啊"地叫了一声，回身一下扒住崔执的胳臂，急声道："快回去，快回海上去，我明白了，快！如果赶不及，那些银子就没了。"

　　崔执面露疑惑之色，却仍是吩咐赶车的力士全速返回海港，之后才问："薛总旗，可否请解释一下？"

　　薛怀安见马车已疾驰在回泉州港的路上，略略舒了口气，道："崔总旗知道浮力的道理吧？"

　　崔执微一迟疑，才道："粗浅的道理在公学里学过，崔某念完公学便去当了力士，并未继续求学，薛总旗要和我探讨物理吗？"

薛怀安知道大多数锦衣卫都是像崔执这般，十几岁就当了力士，之后被选上的人经过训练便可以成为正式的锦衣卫校尉，故而书念得并不多，甚至有的连公学都没有上过，便耐心解释道："简单来说，如果一个物体在水里受到的浮力等于重力，它就会悬浮在水中既不下沉到底也不上浮到水面。所以，那十个银箱，很有可能没有沉入海底，而是被抢匪用什么法子悬浮在了水中。"

"哦？什么法子能让银箱悬浮在水里呢？还有，银箱在水中的深度该如何控制？想来就算在水里，也应该在深处，要不然，会水的人下去了这么多，怎么都没人看见？如果是在深处，那么我们的人捞不上来，抢匪就有法子捞上来吗？"

薛怀安见崔执并未深思，却几句话都问在关键之处，心下倒是生出几分佩服，答道："我是这么想的，如果每个箱子上都能拴一个其所受浮力大于所受重力的气囊，那么就能保证银箱最后会浮出水面。可是在这之前，却要使银箱先不要浮出水面，这才能躲避过我们的找寻。那么就需要再加上一个重物，有了这个重物，总重力就会大于浮力，银箱就会沉入海底。然后，那个重物可以一点点减轻重量，减到一定程度，总重力等于浮力，银箱就会悬浮在水里，之后，这个重物继续减重，直到减至总重力小于浮力，银箱就会被气囊带着浮出水面。"

崔执听了，并未马上再问什么，一双黝黑的眼睛锁住讲得有些兴奋的薛怀安，好一会儿才道："这些都是你的猜测，对不对？"

"对。"

"那所谓气囊和重物是什么，你也不知道是不是？这世上可有那么大的气囊和会自行减重的重物？"

"气囊的话，没有一个大的，几个小的绑在一起也可用。我在某本游记中读到过黄河上的人们会把几只羊皮气囊绑在一起做筏子渡江，既然连人和货物都能载得，浮起一只百余斤的银箱应该也不困难。至于自行减重的重物，想来也可以解决，只要将能溶解在水中之物放在布袋里，等着它慢慢溶解便可自行减重了，比如装一大袋粗盐。所以，如果真如我推想这般，当时那艘绿旗驳船上应该有这样一个设计……"薛怀安说到这里，怕讲不清楚，开始用手比画起来。

"船上有夹层，夹层里有几处放了炸药，夹层上面则是装银子的铁箱，铁箱下放置了机关，重量一够，机关就会激发燧石点燃引线，最后引爆炸药。铁箱下连着坠入海中深处的绳索，绳索的另一端拴着气囊和重物，一旦铁箱在爆炸后入海，就会先坠向海底深处，然后，因为绳索另一端的重物不断在减重，最后不知何时就会达到铁箱加上重物的总体重力小于浮力的那一点，气囊就会带着绳索另一端的铁箱开始上浮。"

崔执听到此处，浓眉一抬，道："如若真如你所推测，那么，我们不在海上这会儿，恐怕重物已经溶解得差不多，银箱也许早就浮出水面，被抢匪取走了。"

"是，我也是一想明白其中关节，便害怕发生这种事。可是，现在想想，我们倒是有一点儿好运气，一是因为附近船上的抢匪已经被击杀了一个，很难说还有其他人在那里守着；二是如果我是抢匪的话，一定会选择溶解缓慢之物，因为毕竟从这东西入水，到我和宁霜赶到驳船卸下银子，再到爆炸和取走浮上来的银箱这整个时间不可能精确计算和控制，所以宁可选择溶解缓慢之物，等上哪怕一天两天才能让银箱浮起，也不会冒险选择溶解速度过快的。更何况，刚才在那劫匪的船上，我见到了一些吃食和淡水，虽然不多，但也够他一顿饭的，大约他是预备要在船上待过下一顿饭吧。这样一估量，银箱很可能还没有浮起来。"

崔执听了这番分析，神色却不分明，但也不再多问，似是心有所想，只是又催促了一次驾车的力士，便不再言语。

船务锦衣卫的海员们对海港一带极为熟悉，故而虽然方才沉船处已经毫无痕迹可寻，还是凭借几艘停泊不动的大海船的位置，确定了沉船的海域。崔执叫人在甲板上放上两张舒适的座椅，便和薛怀安坐在椅中静静观察海面。

虽然正值盛夏，但因为是阴霾天气，日头被均匀铺满天空的厚厚云雾所阻，甲板上并不似平常那般灼热难当，只是待得时间长了，却仍有些不舒爽。薛怀安抹了把汗，瞟一眼崔执，只见这人额角鬓边连汗珠子也没有一颗，忍不住问："崔总旗不热吗？"

"心静则凉。"

薛怀安不知该怎么接下去，撇撇嘴，选择了沉默。崔执却转过脸看他一眼，意外地选了个话题："住在外城的新居民，牙齿因为有吃槟榔的习惯而变色，薛总旗以为这些东西，我们看过尸体会查看不出来吗？未免也太小看你的同僚了。"

薛怀安认真想了想，道："说得对，是我有些自大了。其实，我的推论也是依靠崔总旗才能得来。如果不是现下崔总旗只留了外城和青龙聚宝这几处未查，我也不可能这么快做出判断。青龙巷是高官富贾居住之所，聚宝街则是海外商人的聚集地，抢匪藏匿在那些地方的可能性不高，想来他们住在外城的可能性自是最大。我猜，崔总旗留着外城最后动手，也是想着，先把其他地方清理排除干净，网子一步步收到最小，然后再来这最后一击吧？说实话，薛某很佩服崔总旗统筹调度之能，也完全信赖崔总旗排查的结果。"

薛怀安这番夸赞的话发自肺腑，半点儿没有阿谀奉承的虚伪之意，崔执听罢，黝黑的脸膛上似乎隐隐有些笑意，却仍是一副严肃的腔调："薛总旗可知道，我为何讨厌你吗？"

薛怀安只觉莫名其妙，讶然道："你讨厌我？我怎么不知道？"

大约是觉得对着薛怀安这么个人说话真是令人头痛，崔执淡笑一下，扭转了脸继续盯着海面，说："听说薛大人少年时旅居英国，不知道国文如何，是否听说过'治大国若烹小鲜'这句话呢？这话的意思是说，治理一个大国，就像做那些小鱼一样要小心谨慎，火候过了，会老掉，火候不足会生腥，翻动太多，会碎烂，不翻不动，会焦煳。"

薛怀安听得更加糊涂，暗道初荷总说我思维跳跃，这崔执比我跳得可更甚，这是又要和我讨论治国之道了吗？

崔执似乎并不在意薛怀安的回应，继续道："所以，为了不要有过大的动荡和变革，国家的运转应该是在某些既定的规矩和框架下进行。我们锦衣卫的职责，就是维护这样的规矩和框架。而你，身为一个锦衣卫，即便能察善断，却跳出来破坏这些规矩和框架，按照你自以为是的方法去解决问题，你和那些只凭义气行事的江湖游侠有何差别，你不配做一个锦衣卫。"

"但是……"

"但是，你觉得你的法子更高效、更简单、更聪明，是吗？"崔执唇角微微翘起，露出一个讥讽的微笑，"一剑快意解恩仇也很高效简单呢，如此的话，要刑部和大理寺何用？我知道你理数之书读得多，却不知道你经史典籍读过多少？从来国家之乱，必先有流民，导致户籍不实，税赋难收。然而如今的帝国，这么多人离开家乡，放弃耕种，进入城市谋一份工，人口流动比之过往历朝历代都要大，该如何避免流民之患呢？对于锦衣卫来说，我们的职责就是梳理户籍，严密掌控城中人口动向，将这些无根无业者控制在我们的规矩方圆之中，如有试图破坏者，杀一儆百。所以，这些抢匪最可恶的地方，不是抢了银号，而是打破了明面上的律法和私底下黑白两道默认的规则。就算你的法子能抓出人来，和我的法子比，谁的震慑之力更好呢？"

薛怀安只觉崔执之言如刀锋般一句句逼来，欲要辩论，又觉无从说起，心里忽然混沌一片，而隐约又似乎于这混沌中看见某些自己难以描摹的欲望，直到崔执又冷冷接了一句："你原本可以阻止如今的局面。"

这句话犹如当头棒喝一般，敲醒了薛怀安。刹那间，他从未如此清醒地了解到自己的心意，原来自己一直这么期待着这帝国首桩案件的罪犯们会有更精彩的行动和更天才的表演，就像武者期待可以巅峰相见的对手一般。于是，他坦然应道："崔总旗说得对，大约薛某并不适合做个锦衣卫吧，说是失职也不为过。"

崔执脸上讶异之色一闪而过，似乎是没料到薛怀安这么简单就认了错，望着平静的海面沉默了好一会儿才说："你就这么肯定那些银箱一定会浮上水面吗？"

话题及此，薛怀安原本有些沉郁的眸子骤然一亮，道："爆炸一定是事先安排好的，要做到很简单，比如安装一个受到一定重压就会击发燧石机关的点火装置，待到银子一装满，银箱的重量就会击发这机关，点燃导火索。那么，为何要炸掉船呢？抢匪不想要银子了吗？可是在我看来抢匪分明十分渴望得到这些银子才对。因为，他们没想到，崔总旗和德茂能有这般手段。说实话，我也没想到。"

"没想到什么？"

"一是没想到崔总旗调度排查的效率如此之高；二是没想到黑白两道都能这么给德茂面子，让匪人根本无法迅速销赃；三是没想到泉州这天下第一繁忙的海运重镇竟然能做到进出城严查半月之久。这么多海船因此误了船期，该有多少奏本递送到内阁呢？那身在帝都的德茂大东家能把这些奏本都摆平，给崔总旗如此充裕的时间，当真令人佩服。这样看来，这些抢匪倒是颇有些以卵击石的意味了，而最后他们终于等不及了吧。"薛怀安答道，语气里竟是隐隐对抢匪有些恻隐之意。

"那么为何他们这么着急要银子？"

"这我怎么会知道。只是既然他们提出以十分之一的现银交换贼赃，可见他们是没有耐心等上十年八年风声过去后再将赃物出手。无论如何，既然这么渴望银子，就不会真的让银箱沉睡海底，那么，就一定会有什么办法将之捞上来。至于是不是用我说的法子捞上来，其实我……"薛怀安说到此处，不好意思地笑了笑，"其实我不能肯定，这法子只是我自己能想出来的最好的法子，如果抢匪也是这么想的，那么，真是个让人期待的对手。"

崔执听了，脸色一沉，转脸盯住薛怀安，一字一句道："不能肯定？你让我坐在甲板上几个时辰，你才说不能肯定？"

薛怀安厚脸皮地笑道："反正都已经等了几个时辰，就再等等嘛。"

"无赖。"崔执低低骂道，"一刻钟之后，若是还没动静，我们就起航。"

造物者

海面上出现动静的时候，薛怀安不知道究竟是不是还未过一刻钟，感觉上，他们等待了更长时间，只是，崔执并没有催促起航，亦未曾看过怀表，所以薛怀安姑且就当没有超过那一刻钟的期限。

先是有几处水面隐隐有翻涌之象，还未等看得仔细，倏地一团米白色球囊便冒出了水面，紧接着，一团又一团米白色球囊远远近近地在这片海域里如雨后突然冒出的蘑菇般露了头。

"大人，一共是十个。"有锦衣卫迅速清点了一遍。

"捞起来。"崔执简短地命道。

第一团球囊被打捞上来，崔执近前一瞧，竟和薛怀安猜测的八九不离十——这团球囊由六个米袋大小的气囊被细网子兜在一起所组成，其上系着两条指头粗细的绳索，一条连着银箱，一条连着个大大的粗麻布袋子。麻袋里装的东西显然还有剩余，薛怀安打开一看，见是一些白色的晶体，却认不出究竟是什么，放到冷水里试试，这晶体果然比盐糖之类常见的东西溶解速度要慢上不少，可见应是专门经过挑选的"可缓慢自动减重"之物。

待到十个银箱都被打捞上来，锦衣卫们便开始忙着清点整理银圆，唯有薛怀安对着那些气囊出神。站在一旁督御手下的崔执见了，走过去问道："这些气囊有何不妥？"

薛怀安没有回答，默默蹲在气囊前，伸出手指缓缓地在气囊米白色的光滑表皮上摩挲，眼中带着几分痴色，好一会儿，喃喃自语般说："这是从未见过的东西呢，谁是这造物者？"

"这不是皮革吗？"崔执听了问道，随即伸手也去触了触那略有弹性的表皮，然后自己回答了自己，"真的不是。"

薛怀安拿出随身带的小刀，刺破一只气囊，割下一块表皮细看了一会儿，道："似乎是在某种织物上面涂了一层什么东西制造出来的，和咱们在布上刷桐油防水一个道理，只是防水性似乎更好，而且完全不透气，轻软且有弹性。"

"那么，那个也是吗？"崔执指着甲板上散乱放置的气囊中一个颜色略略有些不同的气囊说。

薛怀安走过去捡起那个气囊，立时感觉分量、触感以及颜色都和别的略有不同，用刀子刺破后割下来一块细瞧一会儿，忍不住轻轻叫了一声："哟，这又是另外一种从未见过的东西。"

制成两种球囊的材料乍一看很是相似，但实则薛怀安手上正拿着的这一块却不以任何织物为基底，自成一体，手感软弹，轻轻拉扯就会变形，一松开又恢复了原状，最重要的是平滑的表面没有一丝纹路或者孔隙——也就是说，没有天然生长留下的任何痕迹——"这大约是人造之物。"薛怀安下了结论。

"那你认为，劫匪为何只造了这一个？"崔执道，顺手拿过薛怀安手中那团球囊，也仔细端详起来。

"不知道，可能性太多了，谁又能知道那造物者在创造的过程中遇见过什么，思虑过什么。正因为会有这么多变数、偶然与巧合，才会让人期待吧。"薛怀安答道，眼底深处隐隐跃动着光芒，毫不掩饰对这造物者的热切探究之情。

崔执看见如此神情的薛怀安，脸色微沉，道："薛总旗，在这么多下属面前，你眼冒贼光，似乎不妥。"

"嗯？"薛怀安愣怔一瞬，隐约觉得面前的崔执虽然仍是神情语气都一如既往地严肃，但遣词造句似乎有什么不同，于是脱口一句，"崔总旗这'眼冒贼光'一词用得很是灵动。"

"真是个怪胎。"崔执对薛怀安不咸不淡似骂非骂地回了一句，转头便走了。薛怀安望着他的背影，一个人站在甲板上琢磨：这人刚才嘴角想翘又没翘，是不是憋着笑呢？都怪他脸太黑，做个表情都让人看不清楚。

不管一直板着脸的崔执是不是曾经憋过笑，这位年轻的锦衣卫总旗对薛怀安的态度总算略略好了几分，但这却并未影响他要将薛怀安关入泉州千户所大牢的决定。好在崔执对薛怀安并未刁难，给了他一个清洁的单间牢房，送来的食物也算可口，且答应他随时告之案情进展。

　　薛怀安躺在床上，望着牢房高墙上窄窗现出的半轮明月，正思量着抢案如今的头绪，忽听门锁轻响，似乎有人在牢门外开锁。他心下觉得奇怪，此时月过中天，怎么会有人来？刚站起身，门便被人推开，只见崔执冷脸站在门口，高大健硕的身子将窄小的牢门几乎堵满。

　　"崔总旗，这么晚有什么要紧事吗？"薛怀安问。

　　"有。"崔执简短答了一句，走进牢房来，眉头压低，脸色阴沉，似乎是在控制着不快的情绪，说，"就在刚才，德茂银号的劫匪已经全部被傅冲找到了，恭喜。"

　　薛怀安没想到傅冲能有这样的本事，先是一愣，再看崔执一张臭脸，心想此人也忒小气，不过是比傅冲慢了一步，怎至于如此黑着一张面孔，真是没有半点儿"气质"。想到此处，薛怀安故意大方地说："虽然这事大部分是依靠傅冲的才智，但如果没有先前崔总旗的铺垫，却绝对不可能这么快。"

　　崔执的神情并没有因为这话而稍稍温和，继续说："傅冲今夜找到了剩下三个匪徒的藏身院落，不过想要接近他们的时候被对方发觉，于是抢匪向他开枪射击，傅冲也开枪还击，结果击中抢匪屋内所藏炸药，发生剧烈爆炸，这三个人被炸得支离破碎面目全非。薛大人，你真应该看看现场的惨状。"

　　薛怀安不想竟会如此，愣了一愣，待完全理解透对方所言，才迟疑地开了口："那，这三人的确是抢匪吧？"

　　"在这院子的地下挖出了白银三千多两和德茂银库丢失的全部珠宝，你说这三人是不是抢匪？"

　　一听失物几乎全部找回，薛怀安心头稍稍一松。适才他听到崔执所言，第一反应是傅冲杀错了人，才会引得崔执如此不悦，但既然现下如此，虽说抢匪的确死得有些惨，却毕竟可以交代过去了。

崔执似乎看出了薛怀安的心思，冷冷地说："薛总旗真的觉得这样就可以了吗？"

"崔总旗什么意思？"

"我的意思是，这些抢匪的确犯了重罪，大理寺要是判下来，终身苦役在所难免，但是依律断然罪不至死。可是现在，就是因为你们私下插手，快意恩仇，这四条人命就没有了。"

"崔总旗话不能这么说，就算今晚是锦衣卫出动去拘捕这些匪徒，也可能因为击中他们所藏炸药而发生同样的事情，这个与私了还是公了无关，意外而已。"

"哦？薛总旗认为这就一定是意外吗？想那傅冲是成名的剑客，身手了得，你能保证不是他先潜入那院中用剑杀了这三个抢匪，然后引发爆炸吗？"

"他为何要这么做？"这话才一出口，薛怀安便知道自己说错了，必要招来对方的讥笑。

果然，崔执面露讥色，道："理由可以有很多，我只说一个。这些江湖人，不屑律法，只以自己的好恶判断别人的生死，假使傅冲觉得这些人这般得罪了他和他娘子，被判个流放或者苦役不能解心头之气，仅此一个理由就可以让他一时冲动下杀手了。"

"傅冲断不是这样的人。"

"那他是怎样的人？薛总旗每次断案是先判断此人个性如何，才推论此人是不是嫌犯吗？"崔执脸上的讥讽之色更胜。

薛怀安一时语塞。

崔执见他不说话，更加咄咄逼人，道："明日宁府要是来人看望薛大人，请转告傅冲，烧起来的是民宅又不是炼钢高炉，断不能让一切都灰飞烟灭。薛总旗既然和宁家交好，最好还是祈祷不要让我查出些什么来，要不然，越权、纵凶，诸般罪责算在一起，薛总旗的前途堪忧啊。"

崔执料想果然不错，第二日一早宁霜便赶来探望薛怀安。

薛怀安一见她便问："被抢的东西都找齐了？"

宁霜淡淡一笑，道："放心吧，齐了。除了银圆被那些抢匪花去少许，其余的都在。正如你所料，这些人不敢过早处理珠宝，所以只是深埋地下，大约是准备几年后风头小了再说。"

说完，宁霜看薛怀安神色疲乏，眼睛里泛着血丝，似乎是一夜未睡，以为他是忧心案子所致，伸出手隔着门上铁栅栏握住他的手，感激地说："这次多谢你，要不是你帮忙，还真是抓不出这些人来。你的事情不用担心，我一定替你斡旋，无论如何抢匪被我们抓住了，怎么样我们也占理。那个崔执你不要理会，他人如其名，太过偏执，成天就知道啥律法律法的，这南明上上下下，从官到民，谁真的讲律法？七岁稚子都知道，律法只是官家和有钱人的道理。总之你放心，要花多少钱我都出，更何况，这次本就是我们抓到了抢匪，崔执那班人就是因为被反衬得无能才这样乱咬人。"

然而这话说得薛怀安心里更是迷茫一片。他知道宁霜所言也许是南明大多数人的真实想法，崔执的言论自己也不敢苟同，但无论如何这些人都有自己的立场和观点。唯有他自己，同样身为锦衣卫，却是不知该如何去选择和坚守。

他缓缓将手从宁霜手里抽出来，仿佛害怕被那温软拢得时间长了，便会被拉到她那一方去，有些艰难地开口说："宁霜，你告诉我，傅冲是如何那么快找到抢匪住处的。"

"哦，这个啊。他说他在船上击杀那人之后，就去查看那人身上有没有什么线索，结果，那人内兜有一个小纸袋，就是那种槟榔铺子给客人包槟榔用的袋子，上面印着'三桥槟榔铺'。于是他到三桥街找到那个三桥槟榔铺一打听，就知道了那死去抢匪大概所住的巷子。到了那巷子，再一观察打听，很快就找到了几个抢匪的住处。"

薛怀安点点头，这样一来，整件事他已经可以在脑海里串联起来，虽然前路依然模糊不清，但依稀之间，他预感，也许这案子如今的完结亦是又一个开始。

独立的修行

　　因为在泉州耽搁了几日，初荷和本杰明抵达帝都的时候，离帝都各个书院的考季已没有几天。

　　帝都在更名之前叫广州，原本就是和泉州齐名的繁华港口，被选作帝都以后，历经近百年经营，更是成为和伦敦、巴黎齐名的华丽都城。与泉州不同的是，虽然人口激增，帝都并没有拆掉旧城墙扩建，而是直接在城墙外不断修建新的住宅和街市，将城邑的触角向着四面八方无休止地蔓延而去，最终形成皇帝所居宫城之外套着一圈儿旧城，再外便是三倍于旧城大小的无城墙新城这种在南明帝国少见的半开放都邑结构。

　　帝都的书院之多为整个南明之最，大大小小共有一百多间，其中以应元书院、学海堂和菊坡精舍三间为官办的最高学府。这三间书院以初荷现在的学识和年纪自然不能去考，她的目标是粤秀、越华、羊城、禺山、西湖这五大书院之一。

　　"初荷，看，那就是书院的秀才们吧。"马车驶过帝都新城宽阔的街道时，本杰明指着一行都穿同样青色襕衫的少年说。

　　初荷顺着本杰明所指看过去，只见那一行五六个书生走得很是悠闲，间或相谈几句，朗朗而笑，意气风发，心中不由得好生羡慕。

　　本杰明看见她把额头紧贴在车窗玻璃上，小鼻尖被玻璃压变了形，一副恨不得要将脑袋挤出去的样子，心中一动，于是忽然冲马车外大喊道："车夫，停车。"

马车骤然刹住，不等初荷相问，本杰明已经跳下车，拦住那几个还未走远的书生，道："留步，留步，请问你们是哪家书院的秀才？"

白日里街道上突然横冲出这样一个人来，几个书生都露出防备之色，但再看这西洋打扮口音古怪的少年相貌甚是俊美，便稍稍缓和下神色，为首一个长脸的书生道："我等是西湖书院的，尊驾有何事？"

本杰明一听恰巧是西湖书院的秀才，觉得逮了个正着，急切地问："你们书院难考不难考？可有女子？"

那秀才听他扑上来就问啥"女子"，眉头不禁一压，露出稍有些嫌恶的神情，回答："难考，没有女子。"

本杰明一听着了急，忙问："为什么？不是说五大书院都收女子的吗？"

那秀才见本杰明着急的样子倒是天真有趣，忍不住笑笑，道："你是从海外来的吧，自然不知道这里的情形。官府只是说不得拒收女子，但女子也要考得进来才行啊。不好意思，我等还有急事，告辞。"说完，他一抱拳，领着众人快步走了。

这人的回答本杰明并未完全会意，坐回车上的时候冲初荷有些无奈地耸耸肩，说："我只是想帮你打探一下，哦，初荷，这不算是好消息吧？我帮到你了没有？"

初荷早已学会淡定地面对本杰明这种创造性突发行为，反正自己躲在车里，随他胡闹也不怕。倒是那秀才的回话让她有些忧心，心道帝都的实际情形和那书院名册中所写果然不同，依言来看，似乎是这些有名气的书院表面上不拒绝女子应考，可是最后却不录女子，完全是应付官府的表面文章而已。如果真是这样，那应考五大书院还真不是简单的事情。

这样的担忧与永远傻开心穷乐观的本杰明自是无法讲，初荷只觉得薛怀安不在身边，连个商量的人都没有，这才发觉一直以来，念书、找学校、租房子等等这样的事情都是薛怀安一手打理，她不曾动过分毫脑筋。意识到这样完全地依赖于一个人，初荷心里忽然生出一种难以言喻的挫败感，仿佛是看到现实中的自己正在渐渐远离日记本上那个一心要独立成荫的女孩儿。

马车穿过新城，在码头后街一处院落停了下来，乌漆大门紧闭着，大门上方悬着不打眼儿的一块牌匾，写着"叶宅"二字。初荷上去叩了两下，不一会儿，一个杂役婆子样的仆妇走了出来。初荷说明来意，递上叶莺莺的信，那仆妇操着带广东白话口音的官话说自己并不识字，拿着信往屋里找人去了，"砰"的一声关上了乌漆大门，将初荷晾在了门外。过了半晌，屋里出来个看上去十六七岁的丫鬟，口头上客客气气地问候了一声，却仍不让初荷进去，只说是也不认识字，要找识字的邻居帮忙看下信。

那丫鬟说完拿着信就走了，留下初荷和本杰明站在大太阳地里苦等，先前开门的婆子就叉着手站在门洞的阴凉地里用眼睛睃着二人，一言不发。

院子里传出声音问："乜野人啊？"（什么人？）

那婆子一撇嘴便答："咪都系 D 探亲探威暨乡下人。"（都是来探亲戚探朋友的乡下人。）

这一问一答都用的是广东白话，初荷和本杰明从泉州一路行来，为打发时间和车夫学了简单的白话，两句话的大意都能听懂，本杰明没心没肺，完全没注意到那婆子答话时吊高句尾的不屑口气，初荷却有些脸上挂不住，她自小未看过别人脸色，更未曾被丫头仆妇看不起过，当下里转身就想走。然而抬步又思忖自己要是住到别处去，将来叶莺莺自然要传话给薛怀安，倒叫他在泉州担心，于是便忍下了这口气。

过了好久，那个出去找邻居看信的丫鬟才回来，手里拎着一个荷叶包，有烧腊的香气透过荷叶包的缝隙渗出来。她见初荷他们还在门口站着，就用官话轻描淡写地说："快让人家进去吧，的确是小姐的信，腾个屋子出来。"

初荷和本杰明跟在看门婆子后面来到一个分里外间的客房，待那婆子走了，本杰明兴高采烈地拉着初荷说："初荷，刚才你闻到没有，好像是什么好吃东西的味道，我说怎么那丫鬟走了这么久，原来是跑去给咱们买好吃的了，这家的丫鬟还真不错。"

初荷看本杰明两只眼睛像老鼠看见大米一样烁烁放着贼光，一脸又馋又兴奋的表情，忍不住笑起来，便也不再理会刚才被怠慢的事情。

很快到了午饭时间，有仆妇端来饭食，两人一看竟然只是白饭和一碟青菜一碟咸鱼，忍不住对望一下，露出失望的神色。那仆妇看在眼里，也不说话，气囊漏气一样从嘴巴里发出一声"咻"，转身就走了。

本杰明有些不甘心地用筷子扒拉着碟子里的青菜，嘀嘀咕咕："那个很香的好吃东西呢？"不想功夫不负有心人，他扒开上层的菜叶，果然看见下面星星点点棕色的烧腊碎，一筷子夹进嘴里，细细一嚼，忍不住高兴地大叫："是肉，很好吃的肉！初荷快来吃！"

初荷沾染了本杰明的愉悦，那因一点点烧腊碎而生出的快乐，仿佛神怪故事里修道者的精纯真气，倾入心扉的刹那竟是化解了初荷心里的怨怼，明明知道又被叶家下人轻怠，却无心再去计较，跟着面前的开心少年一起乐呵呵地大快朵颐起来。

如此在叶家住了三天，五大书院的考试依次开始，第一个开考的便是粤秀书院。初荷文才普通，虽然选择的是理数科，但仍然害怕文章科的成绩太低而影响了总成绩，但是那一日的文章她却写得格外顺手，洋洋千言一气呵成。

接下来三天她继续参加了五大书院另外三家的考试，感觉也颇顺利。这时候，第一家粤秀书院放了榜，初荷拉着本杰明去看榜，细细从榜首找到榜尾，却不曾见到自己的名字。她心下奇怪，拉着本杰明就去粤秀书院里找人核对分数。书院的人倒是客气，在卷子里翻了半天给他们报出分数，理数科是优上，文章科则是丙下。

本杰明听了气愤地问："为什么文章给分这么低，说出理由来。"

书院之人见惯了这等情形，淡淡笑笑说："文章不好，不合考官意，这便是理由。"

"这算什么理由！把考官叫出来，我们要和他当面对质。"本杰明又叫。

书院的人嗤之以鼻："考官哪儿来闲工夫理你。"说完，"砰"的一声关了大门。

本杰明气得在书院门口哇哇乱叫，初荷却只是站在一边冷眼旁观，待本杰明发泄完了，不言不语递过去一张字条，只见上面写着："明天我们去找祁天。"

祁家的贸易行并不难找，在港口附近随便找谁问问都能说出个大概。之所以只能说出个"大概"，是因为祁家贸易行在当初此地还是荒滩的时候就大举占地，现下别人只能说清楚那被白墙圈起来的几十亩地都是祁家的，墙里面有仓库、船坞、工厂等建筑，至于贸易行在里面哪个位置就无从知晓了。

本杰明和初荷将拜帖递给门房，等了很久才有迎客的伙计出来引路，两人跟着伙计一路走过不少大大小小的仓库和院落，轰隆隆的机器轰鸣声越来越清晰。本杰明终于忍不住问道："请问，这是什么机器在响？"

"我们这儿很多机器都在响，你说哪一个声音？"迎客伙计问道。

"就是最远传来的那个最低沉的声音。"

"哦，那是纽可门蒸汽机。"

伙计声音平淡，初荷却只觉耳中"轰"地一炸，那机器的轰鸣仿佛骤然放大了数倍，一下一下撞击在她兴奋难平的心上。刹那间，少女忘却了礼数，加快脚步，几乎是小跑着向着声音的方向而去。

纽可门蒸汽机，科学的巨怪，技术的魔兽，你在前面吗？

初荷记得第一次看见纽可门蒸汽机的图画是在六岁，画中那钢铁的巨臂和砖石的身躯被极细致的墨笔勾勒出一种奇异的冷静味道。年幼的她看不出那究竟是什么，拿着那画片横看竖看研究个不停。于是父亲把她抱到膝上，指着图画道："这是蒸汽机，别看它不是活物，却能使用水蒸气产生的力量，像牲口一样为我们干活儿。在英国，人们用它从矿井中抽水。你知道吗，因为有了这东西，也许以后整个世界都会变得不一样。"

"为什么？"

"因为我们人啊，自己的力气有限，一直在寻找有什么法子能驱使更有力气的东西为我们干活儿，比如牛啊，马啊。现在，我们终于找到比它们都有力气的东西，而且永远也不会累。"

"它有多大的力气？"

"现在是一两匹马的力气，之后会是三四匹，将来总有一天会是……"

父亲未说完，就被怀中的小丫头抢了话："会不会有一万匹那么多？"

年幼的初荷说"一万"的时候，眼睛里闪着神圣的光，那是她世界里最大的数字。

"会，会像《西游记》里巨灵神那么有力气。"父亲给出笃定的回答，笑容从唇角温柔漫开。

初荷不觉神往，望着图画道："好想看看真的蒸汽机啊。"

"这有何难，等将来你长大了，咱们全家去英国看看真的蒸汽机。"

小时候，觉得长大是那么遥远的事，连带着看一看真的蒸汽机也变成遥不可及的一个许诺。不想冷不防，一台蒸汽机就要出现在眼前，可一家人却只剩一个，命运还真是不可捉摸。初荷这样想着，于疾走中叹了口气，步子不自觉地又慢了下来。

即便走得慢了，七八步之后转过一个拐角，那钢铁巨怪还是出现在了眼前。整台机器有三层楼那么高，被粗大的木梁架在大约相距二十尺的两堵砖墙之间，其中一侧的高墙上固定有铁轴，轴上是可以上下转动的木质机械臂。机械臂通过联动装置和两人高的汽缸相连，汽缸又和地面上小屋子一般大小的半球状锅炉连接，锅炉中燃烧着的熊熊烈火让这颗机械的心脏充满力量。

祁天和三个头戴斗笠的男子正在蒸汽机旁谈着什么，机器的轰鸣盖住了几人的声音，但看着祁天对机器指指点点的模样，似乎是正在为那三个男子讲解着蒸汽机。隐约传来的"汽缸""做功"等术语让初荷忍不住又往前凑近几步，想听上一听。祁天似有所觉，侧头瞟了她一眼，先是一愣，随即推了推架在鼻梁上的眼镜，对她露出犹如老友相遇般的微笑，然后继续道："这台蒸汽机每分钟蒸汽可推动活塞上下运动十六次，每次可以将大约一百斤的水提升一百四十尺，也就是说，六百多尺深的矿井一分钟之内便可以被抽走四百斤左右的水，所以，有了这么一台机器，就不必为矿井的抽水问题发愁了。"

"嗯，这机器的确不错，可是也实在太贵。矿井用人力抽水虽然效率低，但就算雇用一百个苦力，也只是这机器十分之一的价格。"其中一个戴斗笠的男子说。

祁天笑了笑，道："自然，世上最不缺的就是苦力。但矿井的情形却很独特，就算雇了一百个苦力，也无法全部用到抽水工作上，具体的我也不解释了，想来三位并没有见识过真正的矿山吧，这台机器似乎并不适合三位。"

三个男子闻得祁天此言，脸上俱是现出窘色，其中一个欲要再多辩解几句，另一个却以眼色阻止了他，道："让祁老板见笑了，我等确实过去未曾经营过矿山营生。之所以说我们有一座矿山，只是因为我们临行前的确有要买一座矿山的打算，这才想来看看西人的蒸汽机。"

这个解释听来很是牵强，连初荷都觉得不可信，祁天却只是温和地微笑，仿佛全盘相信的模样，道："未雨绸缪自然是对的，那这样吧，几位要是以后想买蒸汽机，尽管来我们祁氏的商行，今日在下有客，就不多陪了。"

三个男子见状，就坡下驴向祁天告辞，转身离开时恰与初荷打了个照面。初荷这才看清，为首的是个形貌颇为贵气的年轻男子，她刚想闪身让路，就听年轻男子身后一人低低呵斥了一句："闪开。"

刹那间，初荷如遭雷击般僵立当中，一双眼睛死死盯住说话之人，仿佛要用眼光将那人身上挖出个洞来一般。那人被看得很是不悦，又呵斥了一句："看什么看，闪开。"

初荷仍是僵在原地动也未动，为首的年轻人见状笑笑，绕过她径自走了。恰在此时，落在后面的本杰明赶了上来，一拉她袖子，道："跑那么快干什么，事情还不是要我来说，你先等着。"

本杰明说罢走到祁天面前拱了拱手道："祁老板，好久不见。"

尽管本杰明来南明已有数月，可是仍然习惯穿洋服，偏又生得一副漂亮的中国面孔，讲一口不标准的汉话，如今配上中式的拱手礼，可谓如假包换的不中不洋。大约是因为本杰明看上去太过有趣，祁天脸上难掩笑意，拱手还礼道："朱公子，数月不见，风采更胜从前。"

本杰明一愣，眨了眨覆着长睫的大眼睛，以略带迷惑的口气道："不可能吧，我没什么变化啊。"

祁天见此少年仍然一如既往地"呆"，笑意更深，说："变了，长高了一点儿。"

本杰明显然未听出祁天话中打趣他的意味，欣然道："那倒是可能，祁老板真是明察秋毫。"

祁天忍住笑，问："不知道朱公子此来有何贵干，难道是新的火枪已经做好，来兑现银子吗？"

"不是。"本杰明答道，"这次是想和祁老板做一笔赔本买卖，我想用一种新式火枪的图纸换一个学籍文书。"

祁天长眉一挑，问："给谁的学籍文书？朱公子你自己用吗？你可知道学籍文书是考生应考时必须出示的文书，要加盖户籍地的知县和知府的官印，你的意思是要我伪造官印？一支枪让我担这么大的风险，你还觉得是赔本买卖，我看是我赔本吧。"

"私卖枪支和伪造官印哪一个不是担风险的？祁老板既然枪都敢贩卖，怎么会害怕这一点儿风险。"本杰明装出一副老江湖的腔调说，随即掏出一张图纸递到祁天面前，问，"祁老板看看，这个样式的火枪值不值得冒险。"

祁天接过图纸细瞧了一会儿，抬眼看向本杰明，藏在镜片后的一双眼睛神色不明："我当是什么，原来是后膛装弹式燧发枪。这种东西想法好，却不实用，漏气的问题不好解决，你确定可以超过我这一支吗？"祁天说罢从怀中取出一支精致的手枪，在本杰明面前晃了晃，又揣了回去。

本杰明于造枪术一窍不通，全部知识只是来时初荷让他临时抱佛脚背记的，而这世上的火枪五花八门，款式没有一万也有八千，只这么看一眼，他原是根本无法辨认出祁天那支是什么枪，更别说品评比较，可偏巧祁天这一支是安妮女王式手枪，本杰明在英国曾见人使用过，于是以笃定的口气答道："我当是什么，不过是一支枪膛可以前旋的'安妮女王'，虽说这也勉强算是后装弹，但是和我这个卡榫的设计却不可比。"

祁天微露赞许之色，似乎是认可了本杰明这认枪的本事，道："大凡铁匠都能造剑，可唯有大铸剑师才能锻出千古名剑。造枪也是如此，构想再好，还要看制造技术是否高妙，我信你，因为你过去造的枪从未叫我失望。你那文书何时要，写谁人的名字？"

"三日后，名字是夏楚河，楚河汉界的'楚河'，是个男学生，福建惠安人士。"

后台偶遇

　　本杰明这厢和祁天达成了协议，带着邀功之色回头去看初荷，却见她脸色苍白，神情紧张地递上一张字条。只见字条上以炭笔潦草地写着："马上问祁天刚才那三人是什么人，哪里来的。"

　　本杰明不明所以，但他从未见过神色这般仓皇的初荷，只觉一定事关重大，转头便问祁天："请问，刚才那三个来看蒸汽机的是什么人？哪里来的？"

　　"那三人是清人，大约是不想引人注目，辫子都藏在斗笠里。至于从哪里来的，这位姑娘到底想问什么？"祁天转而对初荷说。

　　本杰明不知道该如何继续问下去，只得又望向初荷。初荷顾不上祁天探究的眼光，拿出纸来写道："为什么其中一个人说话声音那么特别，就是叫我闪开的那人？"

　　"特别？"祁天看向初荷，并未回答，似是在等待她的解释。

　　初荷口不能言，不知该如何解释这声音的"特别"之处，那明明是男人的声音，可是音调却又多了分什么，与寻常听到的男子声音略有不同。她一生中还听过一次类似这样的声音，而声音的主人杀了她全家。

　　祁天等了一会儿，但见朱少爷的这位哑巴丫鬟神情又急又慌，掏出炭笔在小本上写了什么却又画去，似乎无法找到恰当的形容词，看上去忙乱得让人心生怜爱，终于答道："那里面的确有个人声音稍稍有些不同寻常，我猜，那八成是个阉人。"

　　"阉人是什么人？"本杰明追问了一句。

　　祁天看着这对古怪主仆，无奈笑笑，道："阉人就是被去了命根子的男人。"

"命根子又是什么？"本杰明继续问道，脸上迷茫之色更盛，又回头问了初荷一声，"初荷，你可懂了？"

初荷是家人捧在手心的独女，又在年幼时遭了灭门之灾，被薛怀安这么个年轻锦衣卫收养，自然从来没有人正面给她讲过这些男女之事，加之平日里她只看理数一类的书籍，闲暇时则一心研究造枪术和锻炼身体，故而听得半懂不懂，便也摇了摇头。

祁天能明白本杰明大约是汉话还不够好，不懂"命根子"这样的俚语意指何物，但眼前这个小丫头看上去却是十四五岁年纪，已到了及笄待嫁之龄，更何况看这主仆二人关系，说不定还是个通房丫鬟，怎生连这个都不懂？当下觉得这小姑娘有些故作纯真，便又多看了她几眼。

这一细瞧，才发觉这小姑娘除去容貌秀致之外，眼中更是有种精灵明澈的光彩，人虽小，却已气质非常，即便是站在容貌如此漂亮出众的本杰明身旁，也不能掩其光华。只是她神情的确是一派懵懂之色，难不成当真是未听懂？

就算是祁天这样的老江湖，要在如此一对琼花玉树般的少年男女面前解释这事，也觉得颇有些头疼，斟酌一番后才道："阉人是皇宫里的人。男人去宫里当差，宫中人为了好管束他们，便会将他们身上一个地方割去，从此不能生儿育女，我这么说你们两个懂了吗？"

"懂了。"本杰明点点头，却是并未显出尴尬之色。祁天本担心他还要追问诸如"割去的是什么地方"这般难答的问题，却不知本杰明头脑简单，根本不是个会追根究底的性子，一点儿也没有追问的意思。祁天于是转而问初荷："你还有要问的吗？"

初荷的反应亦在祁天意料之外，她脸上不见任何扭捏之色，那骤然解惑的神情简直犹如新学到一个数理知识一般，人也不再是方才那般惶急的模样，眼帘半垂，不知道在心中做何打算。少顷才又写了一句问话："除去这种人，寻常人说话可会是那样的嗓音？"

祁天瞧瞧初荷的本子，摇摇头道："这我不知道，世界这么大，嗓音可谓各式各样。姑娘问这些到底是为了什么？方便的话说来听听，说不定在下能帮得上忙。"

初荷却只是摇头谢过，不再追问。

随后几天，初荷继续去各家书院应考，直到第四天上午，本杰明果然收到了伪造的学籍文书，不论纸张和印信都看不出什么破绽。第二日，初荷拿了文书换上男装，便去最后一家西湖书院应考。

之后几日，之前各家的考试结果陆续出来，初荷全都名落孙山。本杰明看了替她着急："初荷，要不然我们再去考一些别的小书院吧？"

初荷却是一脸笃定，静等最后一家西湖书院的结果。

西湖书院发榜那天，本杰明陪着初荷又去看榜，走到那张贴在墙上的大红纸前，本杰明忽然心虚起来，一拽初荷胳臂，说："我替你看，我替你看。"

初荷笑着甩开他的手，指着榜上第三名的位置给他瞧。只见上面端端正正写着"夏楚河"三个字。

初荷算算从离开泉州到发榜已经过了将近一个月，便准备打点行装回去，但恰巧西湖书院发榜当天叶莺莺从泉州回来，初荷寻思一见着主人家就离开总是有些不礼貌，便多留了一日。

第二日一早，初荷去拜别叶莺莺，那封已经写好的感谢信还没拿出手，就见一个丫鬟领着个店伙计打扮的人匆匆走进来。

那人向叶莺莺行过礼，道："叶老板，我是泉州德茂的伙计孙山，这是我们少东家让快马加鞭赶着送来给您和夏初荷姑娘的信。"

初荷一听这信还和自己有关，心下有些奇怪，抬眼去看正在读信的叶莺莺，但见她神色一点点暗沉下去，眼睛扫到信尾的时候，定了定，似乎有刹那犹豫，才抬起眼睛，将信递到初荷面前，道："初荷你还是自己看看吧，我觉得你全部知情比较好，薛三儿这回有麻烦了。"

初荷心头一紧，接过去读起来，只听叶莺莺的声音在耳边响着："那崔执把事情捅得很大，再加上薛三儿是锦衣卫总旗，这案子泉州府衙门不能管，估摸很快就要送来帝都的刑部。不过这样也好,我和宁霜在帝都还算认得些人物,何况傅冲也牵连其中一并被收押,宁霜她爹定不会看着自己的宝贝女婿出事,到时候一定有斡旋的余地,你不要太担心就是了。"

初荷读完信,只觉脑袋发涨,再听见叶莺莺说起"刑部"这样高高在上的名字,更觉似有大石压在胸口,呼吸都变得困难起来。

叶莺莺见她面色难看,拉着她的手安慰了几句,又看这小姑娘只是闪着一双水汪汪的眼睛并不回应,静默得让人担心,便怕她待在家中无事可做会胡思乱想,于是带她去了自己的戏园子。

初荷早年也同父母进出过几次戏园子,泉州城是天下一等一繁华之地,大戏院当然也富丽堂皇,她原以为那时候见的戏院已是登峰造极,但见了叶莺莺开的戏院方知天外有天。

戏院从外面看是仿照欧洲罗马风格以巨大白石砖和立柱与拱门组合成的三层建筑物。与简约的希腊风格不同,罗马人喜欢华丽的艺术风格,所以这大戏院本身的外部装饰就已经很是繁复,但是叶莺莺似乎还嫌不够,在一些装饰处又贴了金箔,远远一看,在南方夏日的强光之下闪着星星点点的金光。

叶莺莺甚为得意地对初荷说:"你知道我为什么搞成这样吗?本来我没想着做这种西洋玩意儿。可是啊,帝都的豪华大戏院家家都是那金龙金凤描金漆的样子,我就是要改一改,又要金光闪闪气派十足,又要不用那些东西。"

本杰明对着闪闪的金子垂涎三尺,问:"盖这个一定要很多钱吧?"

叶莺莺点点头,道:"是,多得难以想象,如今欠了一屁股债,所以这才要马不停蹄地四处演戏不是。可是毕竟,我有了自己的大戏院。"说完,她脸上露出骄傲的神色,又补了一句,"告诉你们,这可是全南明,不,估摸是全世界最豪华的大戏院。"

初荷他们进到戏院里面一看,只觉得这里面比外面还要让人晕眩。

戏院里是中西合璧的风格。西人殿宇的结构配了中式的装潢,两者搭配得相当巧妙,没有一丝一毫冲突,尤其是大堂正面墙上用七彩玻璃拼成的马赛克壁画，虽然是西洋的东西，可画的却是佛家的飞天舞乐图，所有玻璃的用色全部依照中国画的传统重彩设色，浓郁的中式靡丽之美让人神迷。

过了大堂就是真正的剧场部分，仿照西人的剧院将观众席造出坡度，三面都有两层包厢。但这些在叶莺莺看来都不算什么，她指着后台以毫不掩饰的骄傲口气说："那后台才是最厉害的地方。一会儿你们可以去看看舞台，整个台子是可以升降的，要是想部分升降也行。那后面的背景幕布有十二重，这样啊一出戏的布景就可以每折都不同了。乐班还有一个专门的大乐池子安排在台子下面，像曼陀铃、吉他、钢琴这些西洋乐器也可以加入进来。我光说你们还不明白，到时候开戏了，你们就知道那是什么样的场面了。"

初荷知道之所以这几十年粤剧压了昆曲，就是因为粤剧这样热闹的表演方式更合乎南明人喜欢奢华富丽的审美观。昆曲虽被认为"雅"，但基本只是士大夫欣赏之戏，而被认为"俗"的粤剧，却成为富人和一般市民百姓的钟爱消遣，而到了近些年，就连士大夫们也成了粤剧的拥趸。故此她虽然心上觉得这样的戏院不中不西且又过于华丽繁艳，并非自己所喜，但仍是知趣地用手语对这戏院赞美了几句。无论如何，叶莺莺的戏院的确是前所未有的华美奢豪，当真是一时之冠，便是再多溢美之词也担得起。

离开戏还有很久，叶莺莺便带着初荷与本杰明先去后台玩儿，将两人丢在那里看一众戏子在脸上浓墨重彩地勾勒，自己则去了专用化妆间上妆。

本杰明头一次见到这样的场景，看着新奇有趣，初荷看了一会儿却没了兴致，扔下本杰明自己在后台随意溜达。走过一个房门紧闭的化妆间时，忽听里面传来一男一女的争吵声音，女声是叶莺莺的，男声则是陆云卿的。

只听叶莺莺的声音于怒气中带着些委屈和焦急："……为什么不可以？过去你也帮忙救过场不是吗，缺了一把三弦你让我们怎么开戏？"

应对叶莺莺那着急上火声音的则是陆云卿清冷的声线："过去是我闲得慌，现在这么多事情，哪里来的闲工夫？你的事情别老叫我掺和，我又不是你家的戏子。"

叶莺莺提高了声线："对，你不是，我是你家的戏子行了吧。看不起戏子你别来找我啊，这婚事要不就算了，你何必委屈自己。"

陆云卿冷哼一声："如何这般没意思，动不动就拿婚事出来要挟。当真要算了也随你。"

"哐当当"，似乎是什么东西砸碎的声音，接着又是"乒乒乓乓"好一阵摔砸的声音，还伴着叶莺莺尖声喝骂："没良心的，你落魄的时候是谁接济你来着？现在有更有钱的主儿了，是不是？你看我没钱了，是不是？"

声音里的恨意与怒火，千刀万剑一样穿墙而来，初荷忍不住往后退了几步，正巧有一个戏院的人走过来，看她一眼，说："小丫头别听这些。"

初荷脸上一红，指指那门，示意对方去劝劝架。那人会意，毫不在意地说："劝什么，三天一小吵，五天一大吵，吵完了就没事，一样如胶似漆。"

那人说完就匆匆走了，初荷一听里面动静，似乎安静了下来，也不知道出了什么事情，好一会儿，她隐约听到叶莺莺夹杂着粗重喘息声的话语："讨厌，最恨就是你。"

初荷只觉得叶莺莺这一句话说得娇软，自己虽然懵懂不明却已经红了脸。

"我也恨你，可是却没法子不喜欢你。"陆云卿说。

初荷不敢再听，掉头就走，没走几步，听见身后有开门的声音，心虚地一回头，正看见陆云卿走出来。

在灯火并不明亮的后台夹道里，那人懒散地半倚在门边，挑眉看着初荷，脸上有游戏一般的清浅笑容。

初荷莫名觉得心"咚咚"跳着，她很是奇怪，眼前这个男人，分明脸色青白，眼眸幽暗，却让人想起书中的魏晋人物——面涂白粉并通过大量服食丹药和饮酒而变得神志恍惚，却有种病态的颓唐之美，就像流星在坠落之前的刹那灿烂一样，明明即将消亡，却让人神迷。

炼金者

"喂，初荷，你叫初荷对吧？"陆云卿问道。

初荷心头掠过一丝不悦，她以为自己就算再平凡，好歹也和陆云卿有过些接触，何至于让他连名字也记不清，如今这样问，分明有故意戏弄或者轻看的意味。

大概是刚动过气的缘故，陆云卿的神色有些疲乏，见初荷站在那里不说话，慢悠悠往前走了几步，像看透她心事一般说："我其实记得你名字，只是我最近记性越来越差，生怕叫错了唐突小美人。你是来考学的吧？考上哪间了？"

初荷因为偷听的事有些脸红，仓促地用手指在墙上写了个"西"字，第二个"湖"字还未写完，陆云卿已经会意，了然一笑，道："西湖书院是吧，真不简单，那现在该叫你一声小秀才了。"

按照南明学制，公学毕业能考取官府认可的官办或私立书院，都可以算是秀才，再经过四五年不等的学习，通过了官家统一的书院毕业考试，就是举人。如果举人取得更高一级书院的入学资格并再次通过官家考试顺利毕业，则称为进士。故此，如今的初荷的确可以被叫作秀才了。

只是这"小秀才"几个字由陆云卿口中叫出来就格外暧昧，初荷有些不好意思，不知道该怎么应对才好，似乎掏出纸笔写字只能凸显自己的缺陷，下意识地避过陆云卿的眼神，手指在墙上无意识地轻轻画着。

陆云卿却无视初荷的局促，继续又问："那你学的是理数科还是经史科？"

初荷随手写了个"理"字。

陆云卿见了，露出稍有些讶异的表情，说："那很是了不起啊，能入西湖书院学理数可不容易。那么小秀才可喜欢化学？"

初荷随即点点头。

"这样的话明天来我家玩儿吧，你知道我是什么人吗？"陆云卿眯起眼睛，故作神秘地问。

初荷还未来得及回答，便见陆云卿的身子倾压下来，骤然将她笼罩在他的阴影之中。他的面孔贴近她，在她耳边轻如吐息一般说出一个词："Alchemist."说完，笑着摸一摸她的头，抬步离开了。

初荷怔怔地站在原地，耳上的肌肤似乎还停留着那人气息引起的微痒，脑子里盘旋着"Alchemist"这个单词，一时有些迷糊。

他说他是炼金术士？这是什么意思？是在暗示他是化学家吗？

但如果是化学家的话，似乎没有必要用那种炫耀似的口气吧。

在这个时代，所谓化学远远没有物理、数学、机械等这些学科受人们重视。与已经开始建立起比较系统的研究体系的物理和数学不同，化学仍然是神秘的没有完全从炼丹师和炼金术士的阴影之下走出来的怪胎。一方面，化学家还无法科学而令人信服地解释为什么有些东西相遇时会生成新的物质，不同物质为什么会展现不同的化学特性；另一方面，商人们在巨大的利益驱使之下，不断制造着各种还没有被完全了解的化学物质。

比如令化学家、炼丹师和炼金术士着迷的煤焦油，很多时候仅仅是出于偶然或者突发奇想，他们往里面加入某些物质，再加以提炼，就会产生染料、香味剂等各色截然不同的并且是意料之外的新物质。所以煤焦油的狂热信徒们相信，这从固体中产生的液体之中隐藏着全世界所有的物质。

但因为没有人能够解释变化的原因，化学就变成了一门只知其然不知其所以然的神秘学问。化学家也从未受到如其他科学家一般的尊敬，他们的名字更多时候是和故弄玄虚的骗子，或者唯利是图的商人联系在一起的，甚至在很多守旧者的观念里，Chemist（化学家）就等同于 Alchemist。

初荷受社会风气影响，于化学也没有特殊爱好，但是因为在《枪器总要》中见过一些很特别的物质名称，隐约觉得化学一科远没有如今人们所知这般没有系统性，诸如丙二醇或者三硝基苯酚这样的名字，尽管不知道为何如此取名，也可以看出其中定是有某种数学般的命名规则。

这让初荷不禁对陆云卿更是好奇，当天夜里脑海中反反复复出现这个人的模样，竟是帮她无意中转移了些对薛怀安官司的愁烦心绪。第二日一早，初荷终于忍不住，拐弯抹角找叶府下人打听出了陆云卿的住址，自己一个人跑去登门拜访了。

让初荷没想到的是，陆云卿这样的倜傥人物竟然住在帝都一处老旧的巷子里，虽然是单独的院落，但那小小一方天地与几间屋舍，与拥有豪华戏院的叶莺莺当真是一个地下一个天上。

陆云卿的神色有些疲惫，眼下泛青，大约是没睡好，打着哈欠站在门口，不阴不阳地说："这么一大早你跑来做什么？"

初荷当即愣在原地，不知是该进还是该退，心想明明这人邀请我今天来做客，怎么如今又这么说？

陆云卿看着不言不语定定望住自己的少女，一改昨日的亲近态度，脸上露出不耐烦的神色，道："到底有什么事，快说。"说完，他脸上露出刻毒的笑容，继续道，"哦，对了，忘记你是个哑巴，根本不会说话，我这不是难为你嘛。"

初荷自从失语以来一直被薛怀安小心呵护，他甚至特意向初荷周围的师长同学挨个儿打过招呼，拜托大家体谅照顾初荷不能言语，再加上惠安小城民风淳朴，故而初荷很少被人当面讥笑过不能言语之事，就算偶尔有人当面说了，那往往也是先结了梁子，她心上总是有防御的准备。

然而如今这境地，倒有些像是她一厢情愿送上门来被陆云卿羞辱。初荷心里既委屈又生气，咬住嘴唇，冷冷直视着面前的男子，向后退了一步。

陆云卿却仍然不罢休，继续咄咄逼人地说："你这么盯着我看什么？小小年纪眼神就这么冷森森，长大了不知道要成什么祸害。快出去，你这丫头看着就叫人心烦。"

初荷听了，扭头就走，没走出两步就听见身后有摔倒的声音，扭头一看，却见陆云卿不知为何摔在地上，身体蜷缩成一团不断抽动，似乎很是难过的样子。

初荷犹豫了一下，还是走上去想要帮忙。不料恰恰赶上陆云卿自己扶着门框艰难地站起来，一见初荷伸来的手，犹如躲避瘟疫一样，闪身就往院子里走。然而他脚下虚浮，这猛地一走，一个踉跄就往前栽去，幸好初荷跟上一步扶住他，才不至于又摔倒。

陆云卿再一次想要甩开她的手，但初荷整日敲铁刻木，手上劲力足，这一甩并未甩开，他便发起狠来，没有被扶的那只手勾过来就去抓初荷的腕子，竟然带着小擒拿的功夫。

初荷没防备，要躲已然躲不开，腕子被他指头扣上，可惜那手指竟是没有半分力道。

苍白消瘦的手指扣在少女纤细的手腕上，微微抖动着，于每一个颤动的关节处透出疲弱者的悲哀。那手指的主人，终于失去支撑狠戾态度的最后一口气，脸上现出苍凉的神色，低低地、近乎哀求地说："你走，走开，别看着我。"

尽管不应该在这样的时候放弃一个看上去似乎生了病的人，但初荷被陆云卿眼睛里坚定的拒绝所撼动，缓缓松开手，看着他踉踉跄跄走回屋里。

屋子里先是传来一些像是瓶瓶罐罐撞击的声音，没多久，安静下来。又过了一会儿，初荷听里面再没动静，不放心地走到屋门口，将虚掩的门推开一道缝儿，悄悄往里面看去。

那果然是一个化学家的屋子。屋子正中是一个摆着坩埚、酒精灯、细颈瓶等各种化学器皿的大台子，左右首的墙边都立着大阁柜，柜子里满是各种大小的贴着标签的瓶子和罐子，正对面是一个大书架和一张罗汉床，陆云卿正趴在罗汉床上，脊背随着呼吸轻轻起伏，肩胛骨突兀地撑起薄衫，像从身体上陡然刺出的尖削怪石。

"别偷看，走开。"陆云卿以低哑的声音说，稍一顿，语气柔和了些，"我没事，只是没睡好，躺一会儿就行了。"

初荷听了，轻轻关上门，快步离开陆宅。

初荷回去后左思右想，始终觉得不妥，便和叶莺莺说陆云卿很可能生了什么病。叶莺莺听后面露忧色，告诉初荷陆云卿身体不好已经很久，大夫看过不少，药也吃了不少，但一直不见起色，就这样不好不坏地拖着。虽然两人昨日才吵过架，可叶莺莺终是心软，准备派几个仆役去接陆云卿过来住。临走时，她想起还有重要事情没告诉初荷，道："你去宁家看看，宁二今儿上午到帝都了，应该有什么新消息带回来了。"

初荷听了拔腿就走，匆匆赶到宁府，掏出纸笔写明来意，宁家下人却说宁霜前脚才往叶府去。初荷扑了个空，又急急往回赶，回到叶家的时候，已是汗湿薄裙。

宁霜见了眼前少女有些狼狈的模样，忍不住心生怜惜，伸手想去帮她拂开被汗水粘在脸颊的碎发，却被初荷轻巧避过，抓住她的手，眼巴巴地等她说话。

宁霜叹一口气，道："你这丫头还真不容易亲近，倒是对薛三儿上心得紧，也不枉他这么挂念你。他的案子我已经在疏通，你不用太担心，只是他说你没有自己在外面生活过，那个本杰明又是西洋来的，拜托我以后多照应你，要不你搬来我家吧？"

初荷只觉无论在哪里都是客居，不想再多麻烦一个人，便摇摇头，手指向下点点，示意自己住在这里就好。

宁霜明白了她的意思，也不勉强，说："这自然随你，你愿意留在这里莺莺姐也不会介意。只不过，我想你也能看出来，结拜这个事情是我年纪小时胡闹硬拉着薛三儿去拜的。莺莺姐和薛三儿可没有我与他这样的交情，麻烦她不如来麻烦我。"

初荷自然也看得出这些，然而有些理不出头绪的心思缠绕着她，让她不自觉地更愿意在近处看着那让万人迷恋的名伶，或者也看着那让名伶迷恋的神秘炼金者。

于是，她再次摇了摇头。

宁霜忍不住淡笑，道："薛三儿说得还真对，你这丫头想好的事十头牛也拉不回来。好吧，这些都是小事情，全随你。我们这就走吧，押解薛三儿和我夫君的囚车大约午时就能到刑部大牢，我父亲已经提前疏通好关系，他们一到我们就能见着他们。"

初荷一听原来还有这事，当下心头起急，张嘴就要问详情，但脑海中的言语冲到嗓子眼儿却变成一段段破不成音的气息，这让她顿时有些尴尬，忙拿出纸笔要写字。

宁霜一把按住她的手，说："看把你难为的，别写了，你要是问他的情形，我们这就能看到啦，快跟我走。"

宁霜果然已经疏通好关系，初荷随着她赶到刑部大牢后，很顺利便被带到了关着薛怀安的牢房。进得牢里，隔着悠长昏暗的夹道，初荷遥遥看见薛怀安在铁栅栏的另一边憨憨地笑着，眉宇间没有半分愁苦之色，却不知怎的，心上忽然一酸，忍了忍才逼出一个笑容，丢给那个没心没肺的家伙。

三步并作两步走到近前，初荷方觉这几日无着无落的心里骤然踏实了不少，却不知该说些什么，抬手轻轻比出一句："好不好？"

薛怀安笑着点头道："好。你呢？考得如何？"

"很好，被西湖书院录取了。"

"那真是太好了，我就说你行的。你不用担心我，宁二早就打点好押解的差人，一路上我颇受照顾。你看，连手铐脚镣这些刑具都没给我上，这都要多谢她。"

三人中倒是宁霜先红了眼睛，说："谢什么，还不都是我连累得你。"

"别这么说，运气不好而已。嗯，宁二，我有些话想和初荷单独说说，方便吗？"

宁霜知趣地避到另一间牢房门口去和同样被关着的傅冲说话，薛怀安看看铁栅栏外时不时瞄这里一眼的狱卒，缓缓将手伸过铁栅栏，轻轻抚上初荷的面颊，修长的手指探入她的鬓发，并不说话，只是温温笑着。

一扣一击，敲敲停停，藏匿在发丝间的手指有节奏地轻轻弹击出只有二人才知道的密语。

长短——N，

长长长——O，

这是 NO！

初荷精心细数着敲击，最后拼凑出一个长句——不要相信所有和德茂有关的人。

她一愣，不确定自己是否理解了意思，以手语问："你指她、她家人、伙计，所有人？"

薛怀安将手从初荷发间抽出，回以手语，嘴唇亦张张合合，却不发声。配着略略有些不娴熟的手语，初荷读出他双唇间流出的无声言语："是的，暂时是所有人。有些关节我还未想明白，所以不敢去依靠别人，现时唯有拜托你帮忙。你先去找崔执，问他愿不愿意同我合力查案，他因为这案子也到了帝都，在南镇抚司或者刑部大约能找到他。如果需要帮助，也可以去绿骑的北镇抚司找常百户。"

初荷不想竟然要找崔执，睁大眼睛望住神色平静的薛怀安，问："崔执不是抓你的人吗？"

"如今只有我和他两个人相信案子没有结束，而官府的记录上，这案子已经结了。你与他说，关于这案子，有些我知道的事情我愿意告诉他，但希望他能告诉我那些死去匪人的尸检情形。"

"好的，可是你有没有危险？要是查出来什么是否能帮到你？"初荷担心地问。

"我没事，真正能定我罪的只有越权这一项，就算案子破了，这个罪名也还是洗脱不了的。"说到此处他的手忽然停在半空，顿了顿，之后两手在空中画出一个简短而有力度的转折，"但是，我要破掉这案子。"

面前的男子手影翻飞，言语无声，然而初荷恍然产生幻觉，似是听到执拗的、任性的语调。"真呆。"她有些埋怨，然而不知为什么，见到这样的花儿哥哥，终是安了心。

偷窥者

崔执认得初荷。

那少女站在夏日白花花的灼热阳光里，却从骨子里透着清凉，极安静地站着，明明是在等待，也许等了很久，却没有焦躁或不耐，眼睛被烈日晒得眯成一条缝儿，因而现出半笑的模样，清淡却讨喜。

"夏姑娘是在等在下吗？"

初荷点点头，礼貌地微笑，递出写好的本子。

白纸上炭笔的字迹硬挺挺写着："薛怀安说，关于案子有些只有他知道的事情愿意告诉大人，不过，也想请大人告诉他那些匪人尸检的情形。"

眼睛在纸上停了好一会儿，崔执才缓缓抬眼打量面前神色淡然的少女，问："他认为案子没有完？"

初荷点点头，给出肯定的答案。

崔执唇角牵动，勾起一个极浅淡的冷笑，随即，不等初荷反应，左手忽地往前一抓，扣在初荷拿着本子的手腕上，右手同时斜刺里一划，"刺啦"一声，本子上写字的这页已被撕下，牢牢握在崔执手中。

"这张纸上的字句清清楚楚写明白薛总旗知情不报，崔某多谢姑娘举证。"崔执冷冷说道。

初荷一时愣怔，待明白过来，那白纸黑字已经捏在面前这个坚铁铸成般的锦衣卫手里。情急之下，她想要开口说些什么，却只有一串如呜咽般的声音从喉咙溢出，眼睛不觉一酸，泪水就要涌出。

大约是眼前少女那泪花在眼眶里打转的模样实在叫人不忍，崔执略略偏开眼光不去看她，道："夏姑娘，本官不是欺负你失语，只是薛总旗身为锦衣卫，时至今日都不懂职责所在，故而本官不得不如此。他本是难得的刑侦之才，怎奈心术不正，不走正途，我心中也颇觉可惜，这次的案子希望对他是个教训。"

崔执这话还未说完，只觉眼前一花，前一瞬还似乎要掉下眼泪来的少女竟然如灵蛇出洞般劈手探来。他未料到这样一个娇滴滴茫然无助的小姑娘竟然会突然出手，更不承想她手上的功夫竟是又快又准又狠，虽然招式简单，却一时无法闪避，居然就这么被初荷又夺回了那张纸。

崔执心下懊恼，顾不得对方只是个不能说话的小姑娘，出手再要去夺，孰料初荷所学武功虽然简单，却是极其实用的，加之他投鼠忌器，生怕不小心毁了那纸上的证物，两人过了三四招，他既没拿下初荷也没抢回那纸。

然而初荷心里清楚，再这样打下去，三五招内自己必然要束手就擒，心里正急急寻思可以脱身的法子，忽听身后有人以变了调的汉话喊道："你一个大男人欺负女孩子，真不要 face（脸）。"紧接着，一个身影突入战局，竟是本杰明来"骑士"救"公主"了。

本杰明的打斗本事并无师承，全是在伦敦街头打架时一拳一脚修炼而来，甫一上场，左勾拳右直拳，倒叫崔执好一阵适应，初荷趁此工夫抽身战局，将那张纸撕了个粉碎。

崔执眼瞅着证据被毁，心中气结，对付本杰明的招数陡然凌厉，却在此时，忽见两个身影一纵而上，三两下擒住了本杰明，各自反按他一臂，将他死死制住。同时又有一人横臂将崔执一拦，问道："这位是泉州府的崔大人吧，敢问出了什么事，竟在缇骑衙门前动手？"

崔执一看拦住自己这人和压住本杰明的两人都身穿缇骑官服，想来必是帝都同僚，但见三人眼中隐隐都有看热闹的意味，心下便有些羞恼。他本是想抢来那张纸做证据，反手再以此挟制薛怀安，让他老实交代出隐匿不报的线索。至于对这小姑娘，则打算随便唬一唬便放走了事。谁承想，哪儿见过这等的小姑娘，非但没有给吓住，反而立马反手来抢。来抢也就罢了，她那样的拳脚功夫，三五下也能再抢回来，不想竟然又杀出个更野的，在这缇骑衙门门前就敢和锦衣卫打架，这薛怀安身边究竟都是些什么稀奇古怪没头没脑的人物啊。

现下帝都的同僚都在瞧着，崔执骑虎难下，道："此人当街冲撞朝廷命官，先拘回去再说。"

"你怎么不说你当街欺负良家妇女？"本杰明好不服气地大喊。

此话一出，那三个锦衣卫的眼光几乎同时射向崔执，崔执面上微现尴尬之色，冲本杰明呵斥道："休得胡言，是想我把她也一起拘了吗？"

初荷一听，忙用手势叫本杰明不要再说。本杰明虽然是简单又急躁的性子，可是自从当日收了初荷的工钱，誓言效力她左右以来，事事言听计从，当下便噤声不言，只气鼓鼓地瞪着崔执。

崔执心想至少要关这小子两天消一消他气焰，便对初荷道："后天晌午来接人吧，告诉薛怀安，知道什么最好提早说，否则对他更不利。"

初荷离开缇骑衙门，先在心中狠狠咒骂了崔执一番，可是骂过气过，又颇觉懊恼，她仔细想想与崔执的摩擦，总觉得如果她能言能语，可以温软委婉地和崔执商量，未必会是这么个结果。这样一思量，越发恨起自己来。

这样一路心事走着，不觉就到了绿骑衙门口，初荷在门口递了拜帖，便找了个阴凉地等着。不知是不是绿骑衙门所在偏僻的缘故，同时常有人进出的缇骑衙门相比，这绿骑的北镇抚司简直可以说门可罗雀，初荷等了好一会儿，见没人出来又没人进去，便有些着急，走到门哨处想往里面张望一下，却被门哨一瞪眼又给吓了回去。

大约又等了一炷香的工夫，才有个绿骑力士走出来，高声问："夏初荷是哪个？"

初荷从阴凉里走出来，冲那力士微微施礼。那力士瞧了她一眼，道："有什么事你和我说吧，常大人公务繁忙，无暇会客。"

初荷一愣，忙掏出本子写道："请问常大人何时有空？"

那力士斜觑了一眼本子，略有些不耐烦地说："这等军务机密，是你这么个毛孩子能问的吗？有事快说！"

"那我在这里等她有空再见。"初荷又写了一句。

"随你，有的好等。"力士说完，转身走了。

初荷一日里在两个衙门口都受了气，心中委屈酸涩，然而想起第一日到帝都时，连叶家的丫鬟老妈子尚且欺负自己，如今这样的闭门羹便也忍得下了。

常樱总不会就住在里面不出来，我便这样等下去，终究能把她等到。初荷这般想着，索性往阴凉地里席地一坐，也不去管什么姑娘家的仪态，就和这绿骑衙门耗上了。

然而直等到日头偏西，眼前的绿骑衙门口既没出来一个人，也没进去一个人，初荷心上有些慌了，暗想定是有什么不对。恰在此时，有个年轻男子远远骑马而来，在绿骑衙门口下马后，拎出一个食盒，对门哨说道："烦请交给常百户。"

初荷一听到"常百户"三个字，霍地从地上跳起来，冲上前双臂一伸，拦住了那男子。那男子见有人横冲过来，本能地往后退了半步，定睛看清是个十四五岁的小姑娘，便口气温和地问："姑娘，什么事？"

初荷迅速掏出纸笔，写道："请问您可认得常樱大人？"

"认识。"

"那可否为我传个话，就说惠安的夏初荷有要事求见。"

男子看完初荷所写这一句，略略思索一瞬，才道："我并不知道她在不在里面，我也进不去，实在帮不上忙。"

初荷以为他是在找借口推托，又写道："您不是来送吃食给常大人的吗？怎么会不知道？"

男子看过笑笑，道："夏姑娘，在下没有推搪的意思。我确实是来送吃食的，但是我并不知常百户是否在里面，我只知道她没有因为公务离开帝都，所以应该会收到我送的东西。"

初荷听得不甚明白，一脸疑惑之色。

男子大约也知道自己说得不清楚，指了指绿骑衙门口又道："我来送些糕点，只是因为算着既然她在帝都，那总会回到这里，而如果回来了，错过吃饭时间又或者要熬夜查案，便可以有些吃食垫垫肚子。而你要是想盯着这门口等她出来却怕是很难等到，因为这个大门不过是个摆设，绿骑们平日里很少从此门出入，至于他们经常走什么偏门暗道的，这个在下就不清楚了。"

初荷这下总算听得明白，知道自己这半天却是白费功夫，一张小脸儿耷拉下来，沮丧异常。男子见她这副模样，似有不忍，问："有什么事可以让我转告吗？或早或晚我终究还是有机会见她的。姑娘的事若是不方便说，我见到她的时候会告诉她去找你，还请留个地址给我。"

初荷施礼谢过，草草写了叶宅的地址交给男子，却仍不死心，重新回到阴凉里，盯牢绿骑衙门大门，仿佛是等待奇迹的发生。

那男子上马前行几步，回首看看初荷，摇摇头，又跳下马来，道："姑娘，借纸笔一用。"

初荷递出纸笔，见他在纸上写下一个地址，又听他温言道："这是常宅的地址，不如去这里找吧。只是今天就别去了，也不知道她什么时候回去，天太晚你一个女孩子家不方便在外面，明儿一早去守着好了，她出门倒是经常比较晚。"

第二日，初荷起了个大早跑到东山常宅门口守着，待清早洒扫的仆役一开了常家大门，她便跑上去，递上拜帖。那仆役收了拜帖，道："我家小姐还在休息，你晚些再来吧。"

初荷点头答应却是不走，只是在门边找了处不起眼儿的阴凉倚墙静候。仆役扫了她几眼，大约见她只是个小姑娘，便也没说什么，由着她去了。

因来得早，加之东山是城中官宦人家居住之地，本就比别处清净，街上连半个行人也没有。初荷等得久了，有些无聊地四下张望，然而此处俱是官宅，每个宅子占地都颇大，一条巷子里只有几户人家，院墙又比寻常人家的高，所以除去高墙，不管是市井风情还是庭院美景都看不到，唯一的景致只有对面庭院里几棵长得高大浓郁的榕树探出院墙，垂下长长的根须，树荫间，似乎有雀鸟蹦跳。

目光在树影间逡巡之际，初荷忽觉树叶间有刺目的光芒一闪，定睛细看，隐约于树影中看见一人正拿着个望远镜在观察常家这边。微风骤起，树叶摇动，阳光从叶隙间漏下，穿过树荫直射在望远镜的玻璃镜上，便又是耀目地一闪。

夏日的阳光异常耀眼明亮，若非有这偶然一闪，躲在树荫暗处的人极难被发觉，初荷眉头蹙起，略加思索，决定去告知常家。孰料那对面树上之人似乎察觉到什么，将望远镜移开，露出一张笑眯眯的脸，竟是昨日好心告诉她常家地址的年轻男子。

那男子在树上用夸张的口型无声说了句"等我一下"，便爬下树去。片刻工夫之后，初荷见对面院子的后门开了条缝儿，那男子迅速从里面钻了出来，三两步走到初荷面前，低声道："姑娘莫怕，我不是坏人。"

初荷心头堆疑，看着他静待解释，心中暗忖常樱所在的绿骑职责特殊，经常和极危险人物打交道，故而多了个心眼儿，两手往胸前一抄，右手便借着左手的掩护探向身侧的皮囊，将藏在其中的手枪紧紧握住。

这男子显然不知道眼前是如此危险的一个少女，脸上仍是笑意盈盈，道："可否借一步说话？"

初荷摇头拒绝。

男子略显尴尬，瞟一眼常家大门，压低声音说："姑娘，在下肖泉，是对面肖家的次子，和常樱自小认识。"

初荷打量着眼前男子，中等身量，身材瘦削，二十来岁的年纪，肤色微暗，长脸上的五官虽然平常，可是样貌里透着股和善劲儿，倒是怎么看也不像个坏人。然而再想想从昨日到今时之事，又颇觉此人行事讲不通，于是也不回应，仍是一脸警觉地盯着此人，握枪的手更是半分不敢松懈。

肖泉见初荷仍旧一脸防范的表情，擦一把头上的汗，踌躇一下，终于道："夏姑娘，我之所以这样做，是因为我和你一样，想要知道常樱的行踪。比如她今天走得早不早，匆不匆忙，是不是没吃早饭，之后我才好安排应对。"

初荷听到"应对"二字，一抬眉毛，表示不解。

肖泉明白她的意思，偏过眼光不去看她，略有些不好意思地说："应对就是，比如要不要送早饭去绿骑衙门。"说完，他叹了一口气，"反正，一会儿你见到常樱，问问她肖泉是谁，她也会告诉你。我们自小就是邻居，还定过亲。"

正说着，常宅的大门开了，走出个仆役对初荷说："夏小姐，我家小姐已经在花厅等您了，随我来吧。"

初荷赶紧跟着就往院子里去，身后传来肖泉不放心的声音："夏姑娘，今早的事你别和她说啊，我求你啦。"

叫 cau-uchu 的东西

坐在花厅里饮茶的常樱穿着淡青衫子藕色裙，虽说是女装，倒比绿骑的官服还要清淡几分。初荷头一次见到常樱这样清秀端丽的打扮，愣怔一下，才微微施礼。

常樱一直有意无意地想亲近初荷，笑着走过来，拉住她手道："初荷，你怎么来帝都了？是一个人吗？"

初荷自己也说不清为什么在泉州的时候，对常樱总有那么点儿"敌意"，然而此刻见了常樱，竟觉分外亲切，任由她握着，似是见了亲人一般。少顷，初荷拿出已经写好的纸张交到常樱手里，让常樱速速了解一下薛怀安现时的情形，之后才在本子上写了一句："求常姐姐帮忙。"

常樱看着初荷的本子，半晌道："虽然认识不久，但我也看得出来你是个不求人的性子，这常姐姐也是头一次听你这么叫，可是……"常樱略一踌躇，顿了顿，才继续说，"可是，这是缇骑的事情，我们绿骑怎么好插手呢。再退一步，就算我插手了，帮薛怀安查清楚这案子，却又如何，崔执奏他越权这一项，是怎么也跑不掉的。"

初荷听了，急急又在本子上写："是怀安哥哥叫我来找你帮忙的，他说只想要查清这案子，不用为他脱罪。"

常樱看后一愣，仿佛要再次确定般，问道："是他让你来找我的？"

初荷使劲儿点点头。

常樱不知为何叹了口气，道："初荷妹妹早上什么都没吃吧，先在这里吃些东西，你容我想一想。"

初荷心中虽急迫，却不敢再求，安静地吃着早点等常樱答复。常樱坐在一边慢慢喝着茶，沉默很久，突然问道："初荷妹妹，指挥使大人说实际上是薛怀安自己不接受调令，而不是缇骑那边郭指挥使不放人，果真有此事吗？"

初荷不承想常樱在家中会称呼自己的父亲为"指挥使大人"，所以一下子没明白过来，愣了愣，才明白常樱说的"指挥使大人"便是她父亲北镇抚司指挥使常坤，而所谓"调令"则是指绿骑想要调入薛怀安一事。

当初这事薛怀安并未对初荷解释过什么，初荷便想写一句"不知道"，然而莫名地，她又觉得要是这么答了，常樱定然会不高兴，所以落笔的时候，就成了这么一句："是的，花儿哥哥说他的本事在绿骑用不上，绿骑需要的人是像姐姐你这般武功又好，又果决聪明的人。"

常樱看着那行字一阵失神，似问又似自语："还是这理由啊，他真只是这么想的吗？"

初荷很用力地点点头，生怕心不在焉的常樱没有注意到。

常樱抬眼看看初荷，脸上划过一个浅淡的微笑："真是这样就好，我原想，会不会是因为他讨厌和我共事呢。"

初荷忙摆摆手，又瞎编了一句："绝对不会，怀安哥哥说过，要是和他共事的人是姐姐这样能干的人物，天下便没有他破不了的案子。我想因为这样，才会让我来找姐姐吧。"

说实话，初荷写下这几句话的时候心中着实忐忑，如此赞美人的话根本不像是能从薛怀安嘴里说出的。然而她偷眼去看常樱，却见常樱脸上笑意更深，便放了心，暗道果然好听的话谁都愿意听，连大名鼎鼎的"绿骑之剑"也一样。

常樱虽然笑着，却说："我不信他这样说过，旁人都只会怕我。"

"不会，喜欢你的人那么多，有位肖泉哥哥，不是又给你送点心，又……"初荷顺手写下去，差点儿写出"偷窥你"几个字，手一顿，忙改成"关心你"。

常樱的眼睛在肖泉的名字上多停留了一会儿，摇摇头道："你遇见他了？他和你胡说的那些可别理会。我们自小门儿对门儿，家里长辈小时候开过些玩笑，其实根本是些没谱儿的事。何况他们家书香门第，更是看不上我这种舞枪弄棒的女子。"

初荷听到这里，总算明白了肖泉那些行事不通之处，不觉在心里对他深表同情。

"你看这件事这样如何，我虽然没权插手，但是我却能以要审问薛怀安的名义将他先提出刑部大牢，关在我们绿骑的牢房，这样他想查案就不用担心周围有什么监视他的人了。然后，我们再和他一起商议这案子该怎么破。至于将来刑审之事，越权的罪要是定了，牢狱之罚大约要数月，可是如果到时候案子彻查清明，我们能讲出当时不得不牵涉其中的理由，牢狱之灾或许可免，但是贬官这事却是避无可避。不过也没什么，若是他在缇骑觉得憋屈，我到时再去和指挥使大人说说，将他调入绿骑便是。"

初荷听了，也觉如今这大约算是最好的法子，便点头答应，又起身再次拜谢。

常樱和初荷商议好，便匆匆换了绿骑官服，带着她去刑部大牢提人。绿骑的职责涉及国家机密与安全，所以常樱出示令牌说要提人时并未受到太多阻拦，只是她没有绿骑指挥使的手谕，刑部并不肯放人，派了两个狱官在绿骑的私牢外看着，只给常樱一个白日的审讯时间，晚上还要押回刑部大牢。常樱无奈，只好留下初荷先陪着薛怀安，自己则急急赶去找她父亲要手谕。

薛怀安看着来去匆匆的常樱消失在牢门外，轻轻抚一抚初荷的头，道："初荷，咱们这次可是给常百户添了一个很大的麻烦，我们以后定要好好谢谢人家。"

初荷连续两日奔波，终是累了，如小猫般倚在薛怀安身侧，轻轻点了点头，以手语答道："常姐姐人很好，比叶姐姐和宁姐姐好。"

薛怀安笑笑："她们两个又没对你怎样，反而对你都多有照顾，你这么说可不该。"

初荷转头看他，眼里带着疑惑，无声道："叶姐姐的确没对我怎样，可是宁姐姐，不是连你也怀疑她吗？"

"我怀疑只是因为我想不通，如果不是有德茂的人也牵涉其中，抢匪很多事怎么拿捏得这么准确！但是，并不是说我怀疑的人就一定是宁霜，只是有些事以现在的情形来看，若说她和抢匪有串通，便是最讲得通的。"

"比如什么事？"初荷打了句手语。

"比如抢匪放置火药炸马厩的位置，比如抢劫的时间，都是应该事先知悉银号情形才会这样设计。当然，你也可以说，那是银号的其他人泄密也说不定。但最后以现银交换被抢之物这事，我却觉得若非宁霜配合，便只能说抢匪是神算子一般的人物。虽说抢匪的设计的确精妙，可是你看，这实际上要冒很大的风险。因为船下重物的溶解时间不能精确估计，所以，如果德茂这边那日犹豫不决出发晚了些，或者突然反悔，或者爆炸后在海上巡游不走，又或者答应不报官却暗地里报了，让锦衣卫暗中做些准备，总之有这些情况中任意一个出现，抢匪的谋划便有失败的可能。但是你看德茂那边的应对，虽然顺理成章，却全是最最配合抢匪不过，而能这般控制德茂的人，除去宁霜便再无他人。此外，她丈夫傅冲的所作所为，虽然也全能说通，但我却觉得他效率未免太高了。"

"可宁霜为何这般做？"

"这却是我最想不明白的地方。所以我想，一定要把这案子其他一些未能查明的细节查清楚，才能解开最后的谜题。我们要找的是证据，而不是臆断和推测。"

薛怀安说到此处，从怀中取出一块巴掌大小仿佛软皮革一般的米白色的东西，交到初荷手里，续道："这个东西是抢匪们用来做气囊的，竟是我前所未见之物。但是我最近被关着，闲极无聊，却想起过去看过一些科学家在美洲游历时的游记，有人提到过当地一种叫 cau-uchu 的树胶，当地土著将其干燥后制成有弹性的球或者其他东西，常用的干燥方式就是把胶体摊成薄片后熏干，那最后产生的胶片根据书中描述来看，和这个东西差不太多。我想，这次劫案中涉及的很多东西，比如黄色晶体和硝石火药，因为都是常见之物，故而不容易追查来源。但若这东西真是那树胶制成，常樱或者崔执却很容易找到来源，顺藤摸瓜就能找到买主。因为这东西目前来看还无甚用处，拿来纯粹只能当个新奇的东西做些科学研究，假如市面上有的话，只可能是泉州或者帝都最大的化学品行才有售，而一般人更不可能一次性大量购入，所以，只要查出来谁最近曾大量买入，就是那抢匪的同谋无疑了。"

"那么我该去做什么？"

"你拿着这个东西，去帝都最大最全的化学品行看看，是不是能找到我说的那种树胶片，然后将两者比对一下，看看我的猜测对不对。如果对的话，就告诉崔执这条线索，叫他去查清楚。"

初荷接过那软片，皱了皱眉，无声言道："崔执还是算了吧，他极是讨厌你，只想一心治你的罪。小笨还被他关着，明天晌午才能放出来。"

薛怀安脸上现出迷惑又无奈的神情，双手垫在脑后，仰面望着牢房低矮的灰白顶子，似是陷入回忆一般，好一会儿才喃喃自语道："按说不会啊，我怎么觉得他和我一样不相信案子就这么简单呢？他应该也有要彻查到底的心思吧。这么讨厌我，难道是因为我比他英俊吗？"

初荷被他逗笑，心情竟是这些天来最好的，腻在他身边不想再说案子，便挑些来帝都后的见闻和他闲聊。讲着讲着，就说起肖泉来，因这位痴情种的事迹在初荷看来实在太过有趣，忍不住就加上了手语，连说带比画，眼睛里星芒闪动，看上去可爱极了。

"……你知道的，这样的大日头底下，他藏在树里用望远镜偷窥，然后风吹开树荫，阳光一扫他的镜头玻璃，不知角度怎么那么巧，就是这样一闪的反光，恰被我看见了，于是我才发现了他……"

初荷讲到此处，原本笑意盈盈看着她的薛怀安猛地直起身来，急急在牢房里来来回回走了两圈儿，才停下来说："傅冲说谎了。"

初荷不明所以，安静地看着薛怀安。

薛怀安平静下来，解释道："我们出海去送银圆的那天，是个阴霾天气，整个天空都被厚厚的雾霾笼罩，海上无风无浪，当时是巳时左右，日头应在稍微偏向东南的云层里藏着，而抢匪用来观察我们的船也是在东南方向，因此日光不可能对镜头造成强烈反射。而这样的天气，海面上也不会出现强烈的反光，所以也就不可能有海水反射的日光再次射到望远镜玻璃上形成新的反射，而他却说因为被抢匪的望远镜反光晃了一下，所以发现了抢匪藏匿的渔船。"

"所以，他和宁霜果然同抢匪是一伙儿的？"

"还不能下定论，不过，他说谎必然有原因，现在他也被崔执关在刑部，倒是不怕跑了，我们先查清树胶这边。"

薛怀安的推断没错，初荷当日下午在帝都最大的化学品行果然找到了这种叫作 cau-uchu 的东西，一共两种，一种是以玻璃瓶密封的黏稠胶体，一种则和薛怀安所说一致，是干燥的胶片。

初荷拿着两样不同的叫作 cau-uchu 的树胶却犯了难。这树胶片和薛怀安所给的东西看上去的确差不多，都是白色有弹性的薄片，但只是"看上去"差不多而已。这树胶片摸上去又黏又软，像要融化在夏日的阳光里一般，可薛怀安给的东西，触手光滑又有弹性，就像一块柔滑细腻的皮革。很显然，这只是看上去"像"却并不十分相同的两样东西。而另一种叫作 cau-uchu 的东西，分明就是胶状的液体，显然更不可能是薛怀安要找之物。

然而初荷却不甘心线索就断在这里，拿着 cau-uchu 回到叶家，在院子里找了个僻静的地方，折了三大片芭蕉叶铺在地上，将那瓶胶状物分别涂在芭蕉叶上，一片放在太阳下晾晒，一片放在树荫下阴干，一片则准备找些柴火来熏干。

她这厢正忙活的时候，忽听身后一个懒洋洋的声音问道："小姑娘，你在鼓捣些什么？"

初荷回头一看，见是被叶莺莺接来养病的陆云卿，便拿出本子写道："我在做实验。"

陆云卿脸上露出颇感兴趣的神情，又问："做什么实验呢？说给我听听，或许能帮得上忙。"

初荷想起陆云卿的确是懂化学之人，说不定真的能帮上忙，于是又写道："我这里有一种美洲来的树胶，还有据说是这种树胶变干后形成的胶片。我对这个胶片不满意，又黏又软什么也做不了，所以想试一试，要是用不同的方法弄干它，是不是会得到不一样的胶片，比如那种又滑又软又有弹性却不粘手的。"

　　陆云卿看着初荷写完，呵呵笑了起来，道："你有些像个化学家了嘛。不过，我告诉你，这和怎么弄干它完全没关系，cau-uchu 这种树胶，遇热就会变软，这大夏天的，日头又这么足，你最后不管弄出来什么样的胶片，都会是又软又黏的。"

　　初荷一听，沮丧不已，写道："也不知那不软不黏的东西别人是怎么弄出来的。"写完，她拿出薛怀安给的那片东西，递到陆云卿面前。

　　陆云卿接过去一看，原本稀松懒散的神情一点点退去，好一会儿之后，才抬眼盯住初荷，问道："这是你从哪里得来的？"

　　初荷见他神色古怪，便没有回答，在本子上反问道："你认得这东西？这也是 cau-uchu 树胶片对吧？是不是因为用了什么特殊处理方法才会这样？"

　　陆云卿看了一眼本子，并不回答，却也不再继续追问，将那片东西丢给初荷，径自走了。

缺了一个人

这天下午薛怀安见到拿着绿骑指挥使手谕回来的常樱时，忍不住问："我说，你哭过了吧？"

常樱愣怔一下，脸上露出尴尬之色，却矢口否认："谁哭了，好端端的我哭什么？"

"因为女人就是爱哭，就算是'绿骑之剑'，毕竟也是女人，伤春悲秋什么的也是正常。"

"只有你这种被关在牢里闲得没事干的人才会伤春悲秋，可真是讨人嫌的家伙。"常樱没好气儿地骂道。

"我怎么会伤春悲秋，我一般也就是因为前不见古人，后不见来者，而独怆然涕下罢了。"薛怀安说完，拿出条帕子递到常樱面前，微笑言道，"擦一下脸，若是不想让别人知道自己哭过，要记得有种叫泪痕的东西。"

常樱接过帕子，发了狠劲儿去抹脸，也不知是想把脸还是想把帕子擦破，边擦边说："什么前无古人后无来者，你脸皮可真够厚的，我怎么会为了你这种人讨指挥使大人的骂。"说完，不知怎么，心里生出股没来由的怨气，就是很想打眼前这个讨人嫌的家伙，便突然挥出一拳。

拳上并没有蓄力，薛怀安半分不躲，受了这一拳，道："原来是被指挥使大人骂了，真对不住，欠你人情太多，以后定当报还。"

冷不防，一直没个正经的薛怀安说出这样一句正经话来，常樱有些不适应，倏地收回拳头，退后半步，瞪了他一眼，支吾说："谁，谁让你还了，我做这些可不是想要你报答，我是，我是想……"

常樱只觉一时心上迷茫，也不知是想要什么，顿了顿终于找到个理由："是想知道这案子到底是怎么回事。"

一说起案子，薛怀安顿时眼睛一亮，道："嗯，这案子我已经想出了七分，就差一些证据，然后才能前后连贯。"

"差什么证据呢？"常樱问，却是有些心不在焉。

"一是在等初荷找到一样东西，二是我还没验过尸，尸体常常能告诉我很多东西。"

"初荷那边先不用管，验尸这事却难了。且不说那些匪人的尸首早就埋了，单说这验尸是崔执下面的人负责的，如何能给你看验尸记录呢？"

薛怀安听常樱说起这事，也忍不住皱了眉，道："是啊，这才是我的第一大难事。"

常樱看他愁眉苦脸的样子，摇摇头，有些无奈："你的第一大难事是要应付刑部的问案吧。"

"刑部该怎样定我的罪便定吧，作为锦衣卫我确实有行事不当之处，牢狱、苦役还是贬官我都认罚，但是，我一定要先把这案子破掉，我要知道，是谁定下了这般计策，用了这些物料，想了这等法门，这应该不是宁二所能想到的，也不大像是傅冲，应该还有个人，他是谁？"

薛怀安说这话的时候，常樱只觉他的眼睛虽然望着自己，眼光却仿佛落在另一个世界里，因而有一种难以言说的痴态，就像一心只惦记自己游戏的顽童，世间纷扰、等闲过客于他都如不存在一般，眼里心里唯有自己的那场欢乐。

站在这样近的距离，被这样远的眼光望着，常樱忽觉莫名黯然，终于明白，原来，所谓情不知所起，一往而深，却是这般寂寞的滋味。

极低极低的一声轻叹，却不是常樱。

薛怀安和常樱同时望向叹息的方向，但见崔执站在狱门外。崔执隔着狱门的铁栅栏朝二人拱手施礼道："打搅了，听闻常百户提审了薛总旗，不知道常百户审得如何，而薛总旗何时又犯了涉及帝国安全的案子？"

常樱虽然比崔执年纪轻，官位却高，见他如此说，便板起脸来，拿出绿骑百户的气派，说："这位应该就是崔执崔总旗吧，既然崔总旗知道绿骑的案子涉及帝国安全，似乎不该多问。"

崔执听了，脸上仍是一派严肃，不见气恼，道："常百户说得对，是下官僭越了。只是下官可否在常百户审完之后，同薛大人也说几句呢？"

崔执言辞客气却暗藏陷阱，可同样身为审讯高手的常樱却没那么容易上当，她脸上浮起一个礼貌的笑容，答道："崔总旗有什么话现在就问吧，本官的案子一天两天也审不完，恐怕到刑部衙门问案之前，人都要扣在本官这里。"

一个交锋，崔执便知道眼前这位被称作"绿骑之剑"的女子绝不可小觑，便道："那好，下官就在这里问，常百户还请有所回避。"

常樱打开了狱门，却并未显出要回避的意思，闪身让崔执进来，说："崔总旗，不好意思，我们绿骑的规矩是，嫌疑要犯绝不能和绿骑以外的人单独相处，所以本官不能回避。"

常樱的理由冠冕堂皇，崔执自是无可奈何，淡淡笑笑，进了牢房。

绿骑牢房和刑部大牢比起来，可谓天差地别。里面床铺桌椅一应俱全，桌上还摆着壶热茶，却不知是不是薛怀安得的优待。故而，薛怀安看起来丝毫没有关在大牢的自觉，如在家中款待客人一般，热情地笑着迎上去，略一施礼，道："崔大人请坐。"

崔执见他如此这般模样，不知是该气还是该笑，道："薛大人别来无恙，还是这般没心没肺，所以才落得这般田地。"

薛怀安一愣，思索一瞬，才有些明白其意，回道："可不是，因为过去少不更事，总是对人掏心掏肺的，这才没了。"说罢，给崔执倒了碗茶。

崔执拿起茶碗，吹一吹，舒展开眉头，喝了口茶，说："原来你也明白啊。宁霜这人不简单吧，早说叫你别管，却这么爱管闲事，把自己搭进去了吧。"

"但我想不通她为何这么做，况且，也没有任何证据说是她，只不过，傅冲最后这一手，着实有些狠了。"

崔执冷哼一声："他是江湖中人，心里便从未有过王法。"

薛怀安摇摇头："可我总觉得不是那么简单，应该还有别人。"

崔执听他如此说，便想起刚才在狱门外听到薛怀安所言，问道："你果真只是想查出案子最后的真相？"

"自然，否则还能怎么样？"薛怀安不解反问。

崔执肃着脸盯着他的面孔看了看，似是下了什么决心，表情一松，从怀中掏出一封信来，说："来的路上我还在犹豫是不是该给你，刚才在门外听到你说话，这才决定了。"

薛怀安打开信封，见是折叠整齐的两页卷宗纸，正是这次劫案最后几个抢匪的验尸记录。他忍不住咧嘴笑道："我就说，你和我一样想知道谜底。"

崔执笑笑，随即又恢复了严肃的神情，道："你且看看，我手下验尸之人是不是还过得去。"

薛怀安拿起验尸记录来细看，也不禁感叹崔执督御下属有方且手下颇有能人，这一份验尸记录写得条理清晰，细节完善，可谓滴水不漏，各种根据验尸得来的推论也都逻辑严密，证论有据。

"就是说，死了三个抢匪这事，是根据最后被炸烂的尸体碎块儿分析出来的？"薛怀安一边看一边随口问，但并未等崔执回答，他便继续自言自语道，"嗯，很有道理，胯骨碎片这里分析得极是，应是两男一女。"

"一男一女在里间，另一个男子在外间。里间的尸体碎块儿上都没有粘连任何织物，大概炸死之前都是裸身的，正在风流快活吧。从尸体来估计，当时的情形恐怕大约是，外间的男子先听见了动静，取枪要出门看看，爆炸的时候估计他已经一只脚迈出了门，所以，尸体留存下来的比里间那两个要多。里间的男子，估计是听到了外间的动静，没顾上穿衣服，先去拿枪，然后就被炸死了。"崔执说道。

"你认为，两人根本没有还击，也就是说，傅冲并非在和二人枪战中不慎击中抢匪藏着的火药，引起了大爆炸？"

崔执点点头："对，我是这么认为的。因为傅冲根本没必要和二人枪战，他事先一定知道那屋子地下埋了火药，且知道在什么地方可以引爆。"

薛怀安立时抓住引起他兴奋点的东西，追问道："崔大人是如何推论出此事的？"

"不是推论，只是设想。那里面炸得一片狼藉，从现场来看，里间和外间地下各有一个剧烈爆炸留下的大坑，我想，这两个屋子的地下可能事先就埋了火药。说实话，我从未见过这般厉害的爆炸现场，这些匪人难道装了一屋子火药吗？"

薛怀安想起他和初荷发现的爆炸力惊人的黄色炸药，刚要对崔执解释说，匪人那里爆炸的炸药可能没有崔执以为的那样多，却想起初荷曾经说过，关于这种黄色染料可以当炸药用的事如无必要千万不要多说，恐怕被用于邪恶之处，于是动了动嘴，终是没有开口。

崔执见他欲语还休的模样，却是会错了意，以为薛怀安觉得自己的设想太过草率，又补充道："我还去问过附近的居民，他们说在爆炸前听到了几声枪响。有人说是两三声，有人说是五六声，但不管究竟是几声，并没有人听到过长时间的枪战，所以，就算是开了五六枪吧，且这五六枪都是傅冲开的，怎么就好巧不巧击中了火药桶，真是够走运。所以我估计，比较接近真相的推论是，傅冲早就知道怎么引爆那里的炸药，以他的武功，要想悄无声息接近那屋子也不难，但是他可能故意让里面的匪人听到动静，然后射杀了先出来的，再射死了里间的，并点燃连接火药的引线。至于枪声，很可能就是他点燃引线后又乱放了几枪，以便混淆视听。"

薛怀安听罢，连连点头，道："这样的解释的确比较合理，但是，这些到了刑部问案的时候都做不得证据。傅冲可以说他就是这么幸运，好巧不巧，三枪就击中了匪人的火药桶，你当如何？"

崔执忍不住叹了一声："是啊，这便是没奈何的地方。"

薛怀安亦是露出苦恼之色，道："我倒是可以当个人证，证明傅冲在海上说自己发现匪人船只的时候是说了假话，但是这只能证明他有所隐瞒，作为审讯时打开他防线的一个突破口还可以，却算不得证据。且还需要高明的审讯者去问案，否则，傅冲这般聪明又心志坚定的人，就算被我们揪住这样的把柄，也不见得能说出什么有用的供词。"

常樱听两人说了这许久，到底也是查案之人，忍不住插进来，说："还有，关于匪人之前就在屋中埋藏了火药的推断也不够有说服力。依照崔大人的意思，如果屋里只有匪人平时用的火枪弹药，不可能引起那么大的爆炸，所以应该是事前埋了炸药，而傅冲因为是同谋，知道这事，见事情要败露，就先下手清理掉痕迹。但你又怎么能证明，不会是匪人在屋中囤积了大量炸药想去再做些别的事呢？以宁家的财力，必然请来帝都最好的讼师，这样的破绽对方必然能发现。那宁霜且不说，她父亲是何等人物，你就算证据充足都不见得能从他那里讨得半点儿便宜，何况是这样的推论和假设。"

常樱说完，寻求认同般去看薛怀安，却见他拿着那验尸记录已经看得仿佛入了迷，右手抓住卷宗纸，左手在空中慢慢比画，口中念念有词，犹如魔怔了一般。

崔执也注意到薛怀安，唤道："薛总旗，薛总旗，可是看到有什么不对？"

一连叫了数声，薛怀安才如梦初醒一般抬起眼睛，茫然看向崔执，缓缓问道："怎么回事，缺一个左撇子？"

崔执虽然不明其意，但直觉告诉他，薛怀安定是发现了什么事关重大的线索，急急问："薛总旗，请把话说清楚，缺了什么左撇子？"

薛怀安定了定神，指着验尸记录说道："崔总旗手下之人的确精细，你看，他记下了这两个拿枪的匪人尸体都是右手握枪。加上我们在海上击杀的那个匪人，这些匪人里，有四个用右手的男子。而那具女尸，虽然无法判断是习惯用哪一只手的，我却知道她定然不是那日进入银号的匪人，进入银号的匪人有三个，看身形举止都必然是男人，我做了这些年锦衣卫，这个不会认错。而还有一人当时在门外望风，这人我没见过，但舍妹却是看见了。据她说，此人身材倒是瘦小，因此不排除是个女人的可能。"

"那左撇子是怎么回事？"崔执听不明白，又追问道。

"我回想了一番劫案发生那天的细节，可以肯定，进入金库的那个抢匪头领以左手持火枪，分明是个习惯用左手之人。所以说，死了的这四个，并不是全部的抢匪，缺了一个左撇子。"

"难不成正是傅冲？"崔执道。

薛怀安摇摇头："不是，傅冲是右撇子，那人不是他。"

"那这死的四人加上缺的一人，便是有五人了，为何抢劫银号的只有四人？"常樱忍不住问道。

"这倒容易解释，所谓抢匪有四人只是我们看到了四人，假使还有人在什么地方负责接应，我们却不知道了，所以就算抢匪实则有五六人也不是没可能。我只是奇怪，傅冲假如是为了抹去痕迹，他为何会不知道还少杀了一人，他为何没去找那个左撇子？"崔执说道。

"崔大人，隐匿在那处民居的几人身份可查清楚了？"薛怀安问道。

"查出来了，三个男的都是湖广人氏，过去也都当过兵，分在同一个营里，去年年初返乡，因为家乡无地可种，来泉州找机会的。至于那个女子，负责当地的锦衣卫力士说，不曾听说那里有长期居住的女子，兄弟三人偶尔召妓倒是可能，且后来附近的妓院确实查到有个这兄弟三人常叫的姑娘失踪了，大约就是这死去的女子。"

薛怀安皱了皱眉头，问："这几人中，没有一个人是会化学的吗？"

"应该没有，他们入伍前都是农人子弟而已。"崔执肯定地答道。

"这样的话，绝对缺了一个人。他们抢劫时用王水毁去了柜台栏杆，要知道，王水这东西，必须以浓硝酸和浓盐酸按比例配置，且只有在使用前不到半个时辰的时间内提前配制好，现配现用，否则就没有那么强的腐蚀力。以这三个人的经历，都不像是懂得这些的人，这些抢匪里，应该有一个像化学家或者炼金术士这般的人物，只有那种人才通晓王水配制的法子和性质。"薛怀安说到这里，便想起了初荷，道，"看来，下面就看舍妹今天是不是能确认那东西是 cau-uchu 树胶了，如果是的话，那个还活着的左撇子，我们很快就会知道是谁了。"

活着却死了的人

似乎是做了一个没有尽头的梦，初荷意识到身在梦中，却无法醒来。

漆黑中有一点光，很遥远。

有声音对她说："不许出声，无论如何都不许出声。"

于是，像魔咒一般，她的喉咙被封住，任凭她嘶吼挣扎，却无声无息。

她被遗弃在这个梦中，忽然明白，没有人能够陪她走到最后。

醒来，一定要醒来，这不是真的，她在梦里对自己说，握住拳，每一寸肌肉都在用力。

刹那间，她睁开眼睛，立时被明亮的光晃得又闭上，好一会儿，适应过来，再睁开眼睛，发觉自己正躺在一张罗汉床上，略一打量周遭，原来身处一个摆着各种化学实验用具的房间。

这个地方我来过，是陆云卿的家，初荷这样对自己说。

"醒了啊，刚才做了个噩梦吧，看上去很痛苦的样子。"初荷听见身后有个柔软的女声响起。

初荷转回头，见是陆云卿的丫鬟如意。初荷想要问她，伸手去摸随身带的皮囊，这才发现皮囊被搁在远处的桌子上。

"你要找什么？这把枪吗？"如意问道，手里拿着一把精巧的小火枪，枪口对着初荷，微笑道，"真是个古怪的小姑娘，竟然随身带着火枪。"

初荷用手比了个写字的动作，随后便起身要去拿桌上的皮囊。

"别动，要你说话的时候我自然会给你纸笔。"如意把枪冲着初荷晃了晃。

初荷刚才一动，便觉得手脚发软，心知一定是让自己昏睡的迷药药力还未退尽，于是也不逞强，安静地坐在罗汉床上不动。

一时间，两人只是静静地互望着对方，不言不语，初荷莫名觉得，如意看着自己的神情里于平静中藏着隐约的恨意。

好一会儿之后，如意忽然开了口："是你吧，把我点燃的导火线弄灭的是你对不对？我在银号门口看到你的时候心里就没来由地不安，真想不到你这么个小姑娘竟搅坏了我们的全盘计划，若不是因为你，我们早就带着银子天涯海角逍遥去了。"说到最后，如意原本软糯的声线透出浓浓的冷厉恨意，握枪的手越发紧了，仿佛随时会按下扳机。

恰在此时，方才一直安静无声的里间屋内发出一阵轻微的声响，接着，里间屋的两扇门被人"哐"的一声推开，陆云卿跌跌撞撞地走出来，几乎站立不稳，手扶墙壁，勉强保持站立的姿势，怔怔看着如意，冷冷问道："你怎么还活着？"

如意原本是个圆脸圆眼睛样子讨喜的丫头，却在陆云卿这话问出的一刹那，一张脸瞬间被恨意扭曲得变了模样，死死盯住陆云卿，道："让公子失望了，真是好巧不巧地，那两个人渣精虫上脑，找了妓女来，我只好避出去。而那位傅大侠又清高得紧，恐怕根本就没正眼看那个脱光了的女人是谁，以为将人都已经杀了个干净，我这才捡了条命来。"

陆云卿听罢，脸上竟露出哀怜之色，叹一口气，道："那真是你的造化，其实你能不死，我心里挺高兴的。"

如意哈哈笑起来，却是比哭还难听，好不容易停下来，眼圈儿却是红红的，道："公子你素来最会说甜言蜜语，听到你这么说，我心里也挺高兴的。只是公子，我不明白，这些年跟在公子身边，如意可是有什么做错的地方，或者没有尽心尽力侍奉公子，竟会让公子忍心下这个手？"

陆云卿半垂下眼帘，以一贯的懒散腔调答道："如意，其实你心里都明白的，何必要听我说出来。难道你把我和夏姑娘两个这么费事抓来，就是为了听我说这些？"

如意却执拗地说："我就是要听公子亲口对我说出来。"

陆云卿眼皮一抬，淡漠地看她一眼，道："因为，你并不是我的人，而我就要死了，所以想把过去的事都抹去，干净轻松地走。"

陆云卿这话说完，如意的脸一僵，原本那几乎狰狞得要变了个模样的小脸儿渐渐舒展，眼里蓄着的火也暗淡下来。陆云卿恰在此时，继续道："其实你在黄泉路上稍微等一等我，也就等到了。现如今，是想和我在这里做个了断吧？"

眼底的火灭了，哀伤在眉目间浮起，如意咬咬牙，保持着坚硬的语调："我是想和你做个了断，不过，还要等你最心疼的那个人来，我已经仿照公子的笔迹留了书信，说你想回家住，她放不下心，一定会过来的。"

原本一直倚墙而站，似乎置生死于度外的陆云卿忽然扑身向前，几乎要摔倒在地，幸好双手撑在面前长桌上，才未摔倒，却"叮叮当当"碰倒一堆大大小小的化学器皿，场面好不狼狈。

"你何必要牵连莺莺？她什么都不知道。"陆云卿激动地说，苍白的脸上腾起不健康的绯红，"看来我也没错看你，你果然有心，连我这左手写的字体都学去了。"

如意冷笑道："我就知道，只有杀她才能叫你心疼。为什么要牵连她？因为我觉得老天真不公平，她小时候不就是你们家养的伶人吗？分明是比我还低贱的身份，为何她的命就这么好？我心里真是好恨！"说到这里，她忽然将枪口指向初荷，道，"还有这个死丫头，要是没有她，咱们早就炸了那银号的马厩，怎么会被人追得这般辛苦，好好一个计划落空，全部是她的错。"

陆云卿略带无奈地说："如意啊，我不是早和你说过不要迁怒这孩子吗？命不如人认了也就罢了，心气这么高有何用，最后不舒心的还不是自己？"

"哼。"如意不屑地冷哼一声，眉毛一挑，反问，"那公子呢？公子就不心高气傲吗？公子缺钱不去管叶莺莺借，还不是因为她如今发达了，而你们陆家却败了，你这个昔日的小主子开不了这个口吗？公子和她的婚事拖了这么久也不办，不就是为了能炼出金子来，好扬眉吐气地娶她吗？"

陆云卿叹了一口气："如意，我不想冲莺莺开口借钱是因为心里有傲气，这没错。可是，她又哪里还有钱？她那么大个戏院盖起来，自己不知背了多少债，你看她马不停蹄地四处去出场子，还不明白？她欠的钱，要这么演上十年才还得清。"

"所以，公子去抢劫银号，甚至公子炼金子，最底下的意思都是为了她是不是？"如意惨笑着说，"亏我还想着，公子和她成日这么大吵小吵不断，若是有一天公子炼出金子来，不用在银钱上再依赖于她，便会离开她呢，我怎么会这么傻。"

"是啊，你怎么这么傻。如意，没有阻止傅冲杀你的人是我，你就杀了我一个人报仇，把这些不相干的人都放了吧，你想一想，迁怒于这些人其实不过是你一时气结，何必让手上多沾染一条性命？"

如意凄然笑笑，一双黑白分明的眸子一瞬不瞬地盯着陆云卿，仿佛想要看到他心里去，道："公子话说得轻巧，可这世上的人有多少做傻事不是因为解不开心里那个结呢？公子看似是个洒脱的人，何尝不是因为心里的傲气放不下，才会做出这许多事来。公子说我不是你的人，但公子可知道，那年冬天我大病一场，公子在我身边衣不解带地照顾了三天三夜，公子说这世上只有如意一个人陪在公子身边，所以如意一定要好起来，那时候我就下了决心，要永远陪着公子，哪怕就这么一直落魄着，公子永远也炼不出金子，我也要和公子在一起。可是，这世间的事就是这么不如人意，公子竟然和叶莺莺重遇了，如若她是像宁少东家那般能助你的人，我自当没话讲，可是，她根本就是你的拖累。公子去抢银号，何尝不是被情势所逼，若是她不开什么戏院，不追逐什么华而不实的梦想，安安分分的，公子怎么会去铤而走险？所以，这个结如意就是解不开。"

陆云卿摇摇头，似是放弃了想要说服如意的想法，道："那我求你一件事吧，如意，若是莺莺来了，你也先给她些时间，缓一缓再动手，等你过了这个节骨眼儿，再想想要怎样。我是无所谓，一个将死之人罢了，但你们都好好的，何必呢？真杀了人你也不会快乐。"

"好，我答应你，我不会让她们立时就死，本来我也不想这样，要不为什么把公子掳来的时候还要顺带把这丫头也掳来。公子这里有这么多有毒的东西，想让她们死还不简单，我要让她们每天尝一点儿公子这儿的东西，今天吃这个，可能死不了，但是牙齿烂掉，明天吃那个，还是死不了，但是眼睛却瞎了，总有一天，却又不知道是哪一天，赶上个剧毒的，这才一命呜呼。"

　　如意说这话的时候，刻毒的笑容从唇角蔓延向眼底，初荷仿佛产生幻觉一般，好像看见那女子身体里布满了星星点点黑色的毒素，一点儿一点儿渗透向每一寸肌肤，再深入骨髓，那分明已经是个活着却死了的人啊。

传说中的绿骑大牢

第二日清晨时分，崔执押解着傅冲来到绿骑衙门的大牢。常樱和崔执互相施礼之后，用眼角瞟了一眼傅冲，不咸不淡地说道："怎么，刑部大牢都是这么优待犯人的？手铐脚镣这些刑具竟是一样也没有，这么个会武功的人也不怕出事，来人，先送去上刑具。"

傅冲并不争辩，冲常樱淡淡笑笑，便跟着狱官走了。常樱看着他消失在甬道另一端，转过头对崔执道："倒是个镇定的家伙，怕是不好对付。"

崔执蹙眉微微点头："是，已经审过了几次，一点儿破绽也没有，拿不到任何有意义的口供，又有宁家人打通了关系，用不得刑。不过，常大人，下官提醒一句，我这样把人提来绿骑大牢，完全不合规矩，晚上我必须送回去，所以大人也尽量不要给他上什么能在身上留下痕迹的刑罚。"

常樱点点头："本官知道分寸，崔大人去听讯室等着吧，本官尽力而为。"

常樱再见到傅冲的时候，他手上脚上都上了沉重的铸铁刑具，粗大的铁锁脚镣限制住步伐，只能一小步一小步往前挪，走起路来步履蹒跚，因而失去了那种萧萧之态，常樱满意地点点头，说："总算像个犯人了，傅大侠以为有名望有钱有本事，坐牢就能和别人不一样，是不是？帝国的律法可没这条。"

傅冲已发觉常樱有些针对他的意味，仍是保持着淡然的面色，道："帝国的律法里绿骑和缇骑的职责泾渭分明，大人到底为什么扣押在下？可是在下犯了什么涉及帝国安全的大罪？"

"要审你，自然是有原因，傅大侠既然知道绿骑的事情涉及帝国安全，就该明白，不能过问的事就不要问，不该说的话就不要说，绿骑不比缇骑，我们可没那么多条条框框，必要时什么手段都可以用。"常樱说道，语气冷厉异常。

这样的下马威对傅冲用处却是不大，他淡笑道："我江湖草民一个，如何能危及帝国安全，大人想审就审好了，清者自清。何况，就算真的犯了什么法，帝国律法也没有给绿骑牢狱刑罚的权力，最后给我定罪的应该是大理寺。"

常樱见他这般泰然自若的模样，却也并不觉得如何，被绿骑审讯的人各式各样，不管是老奸巨猾的还是意志坚定的，说白了总还是人，是人便不会没有弱点，只不过时间却是最大的问题。崔执晚间就要送傅冲回刑部大牢，而德茂银号的大东家神通广大，既然能打点好刑部，绿骑和大理寺这边也不见得就没有法子，这样没个凭据地将人关在绿骑，终究是关不住的。

"把他眼睛蒙起来。"常樱对随从道，随即转向傅冲又说，"不好意思，绿骑军机重地，对嫌犯都是如此。"

傅冲被蒙了眼，常樱便差人带着他在牢狱内瞎转，如此走上一炷香的工夫，让一个人失去方向感、时间感，便会莫名焦虑不安起来，这是绿骑审犯人前常用的手段。负责牢狱的校尉是此中老手，边引着傅冲走边说："小心下坡，咱们要往地底下去了，低头，低头，这个门洞很矮……"

待到傅冲被去掉蒙眼巾的时候，已是身处一个四面没有窗子的审讯间里。押解他的校尉将他按坐在一张铁椅上，再用扣锁将他锁住，又将铁椅两旁的两盏落地油灯点亮，便退了出去。

傅冲对面一张长桌后坐着常樱和一个负责记录的绿骑校尉，常樱几乎是隐没在黑暗之中，只能借着光看到一个半明的侧脸，而那书记校尉却在一盏油灯的照耀下可以看得一清二楚。原来，这绿骑审讯室的用光很是讲究，那书记校尉的身边点着一盏油灯，灯光被灯罩子遮住了三面，只有冲着他的那一面没有遮盖，方便他借着灯光记录，也让被审讯人看着自己的话语被人一字一句记下而心生畏惧，乱了方寸。至于铁椅两旁的落地油灯，也是同样用心安排。灯的三面遮了罩子，把灯光都汇聚向铁椅上的犯人，让他置身在一片漆黑中那无处可躲的一隅光亮里，纤毫毕露，连最微妙的表情也隐藏不住。一般说来，遇上精神不够强大的犯人，只这被蒙眼一转再往审讯室一坐，便已经被击溃了。然而常樱在暗影里观察着傅冲，见他虽然有一点儿茫然，却并不显得狼狈，想来只是因为搞不清究竟出了什么问题而迷惑所致。

"开始吧。"常樱简短地命令道，然后开始发问，"傅冲，先给你个机会，关于德茂银号的劫案，有什么不该隐瞒的你自己说出来，罪责便可以从减。"

"常大人，能不能先告知在下，这事和绿骑有什么关系？似乎该说的我都和缇骑的崔大人说过了，这样的案子是缇骑和刑部之责吧？"

"偏巧这案子现在复杂了，涉及一位我们绿骑追踪多年的危险人物，傅冲，我提醒你一下，最好你能在这里让我相信你和他没关系，否则，这案子今儿就会转到我们绿骑手上，我有的是时间和你耗着。"

"大人，可否告诉在下您指的是谁？"

常樱听罢这话，竟是笑了笑，半明半暗的光线下，只能看清一侧唇角翘起一道谜题般的弧线，说："傅冲，我知道你有想要保护的人。你想保的那人，我不感兴趣，缇骑的案子我也不感兴趣，而我也可以向你保证，绿骑的卷宗缇骑绝对看不到。"说到这里，常樱顿了顿，眼睛牢牢盯住傅冲，将他细微的表情变化收入眼底，才继续道，"只不过你牵涉到我感兴趣的人，我要知道他在哪里。我给你提个醒，你是不是不懂我怎么知道他还活着？那你看看这个，看完了再想想该怎么回答我。"常樱说完向书记校尉递了个眼色，书记校尉便将验尸记录的誊抄本交到傅冲手中。

"仔细看画红线的地方。"常樱道。

傅冲低头看了验尸记录好一会儿，抬起眼，却是有些不明所以的模样，稍稍斟酌后才开口问："大人给我看这个到底是什么意思？"

"你看好了，这案子里死的三个男子都是右手拿枪的，而抢劫银号的男子里有一个是左手拿枪，你告诉我，那个左手拿枪的家伙在哪里？"

傅冲神情一震，仿佛逃避一般垂下眼帘再去看那记录，好一会儿，才抬起眼来镇定地说："若是这样，常大人应该告诉崔大人，让他继续追查漏网之鱼，问在下有什么用呢？"

常樱轻笑出声："我就知道你会这么说，你就不会换换花样吗？好让我难猜一些。"说罢，她站起身，笑着走到傅冲身前，拿起那几张验尸记录，三下两下撕了个粉碎。

"你心里不奇怪吗？缇骑不知道的事情我怎么就能知道？缇骑的验尸记录我怎么能拿到？我告诉你吧，缇骑和绿骑根本不是一回事，很多缇骑做不到的，不敢做的，对我们来说易如反掌。你如果和我合作，告诉我我感兴趣的人在哪里，我可以向你保证，你要保护的人，我也会保护，我们这里从现在开始说的每一个字，都不会再有记录。否则的话，我也可以叫你什么也保不住。怎么样，做不做这个交易？"常樱说完，向书记校尉递了个眼色，那人便知趣地立刻拿起记录退出了审讯室。

常樱逆光站在傅冲面前，身子遮住了大半灯光，身后是一片柔和的光晕，自己却化作一团暗影，让人无法不想起那些关于绿骑的种种传说——无所不能的帝国暗探，被无数光环包围，却永远神秘莫测，最聪敏，最冷酷，无孔不入，手段非常……

傅冲轻轻闭上眼睛，像是要躲避眼前这光与影的魔术，低声道："常大人，你为何一定认为在下知道呢？在下和崔大人已经什么都讲了，这案子即使被送到刑部，也判不了在下什么重罪，我还需要保护谁？"

常樱冷哼一声，重新退回暗影里，缓缓地说："不要以为你不说，我就找不到他，这只是早晚的问题而已。而现在，趁着还没找到，你还有机会和我做交易。为了让你知道我的诚意，我可以再替你保守一个秘密。你记得吧，你们出海那天，是个阴霾天气，整个天空都被厚厚的雾霭笼罩，海上无风无浪，当时是巳时左右，日头应在稍微偏向东南的云层里藏着，而抢匪用来观察你们的船也是在东南方向，因此日光不可能对镜头造成强烈反射。而这样的天气，海面上也不会出现强烈的反光，所以也就不可能有海水反射的日光再次射到望远镜玻璃上形成新的反射，那么望远镜怎么会有反光呢？"常樱说完，牢牢盯住光亮中的傅冲，这是她手上最有力的一击，其他的不过都是虚张声势。

傅冲的防线几乎是在一瞬间被击溃，一直淡定的脸上现出仓皇之色，垂下眼帘似乎是要隐藏躲避，却又慌忙抬起眼去看暗影中的常樱，像是怕失了她的踪迹。终于，他喃喃开口道："我不知道他现时在哪里，我和他之间的交易是，这件事我替他抹干净所有痕迹，而他则要从此消失在我的视线里。当时，他和叶莺莺在回帝都的路上，然后中途折回来，如果事情顺利，我替他杀了海上那个雇来的抢匪，而他会从海上取走钱。之后，我再替他清除掉其他所有人。再之后，他会拿着钱和叶莺莺成婚，远走天涯，安心搞他的炼金术。所以，他现在在什么地方逍遥，我并不知道。"

常樱暗暗舒了口气，想着该如何继续再挖出些有价值的东西，却听门外传来一阵急促的敲门声，开门一看，竟是一个扈从绿骑指挥使的校尉。那校尉施礼之后递上一纸公文，道："指挥使大人的手谕。"

常樱接过手谕看了看，银牙轻咬，转回头对审讯室内的傅冲说："傅大侠真是入赘了一户好人家，刚才多有得罪，本官这就叫崔大人送傅大侠回去。"

常樱走进听讯室的时候，薛怀安扑上去一把握住她的手，热诚地赞美道："常樱，真漂亮。"

常樱的脸一红，别过头去，做出不耐烦的样子，说："你放手，像什么样子。"

薛怀安放了手，却未意识到常樱的尴尬，转过头对崔执说道："说实话，中间那会儿真是提心吊胆，虽然我和傅冲这一路关押在一起，但我不能完全确定他不知道外面的事，谁知道他和宁二之间会不会有什么其他秘密的传讯方式，所以，只能赌一把。"

向来不苟言笑的崔执似乎感染到薛怀安的快乐，微微笑着说："那个'心中要保护的人'你又是怎么想出来的？傅冲要保护谁？"

"自然是宁霜，他喜欢宁霜啊。我在宁家住了这么多天，成天和这对夫妇抬头不见低头见，这还看不出来吗？！"

常樱一撇嘴，道："真难得，你这么个鲁钝的家伙能看出这个来。"

薛怀安挠挠头，说："就是连我这鲁钝的人都看出来了，才越发不明白，傅冲分明是很喜欢宁霜的，却为何要帮陆云卿呢？而宁霜她，到底又存了什么想法？我不信她和这事没关系。好在有了陆云卿这条线索，谜底很快就能揭晓。"说完，他又想起一事，问："对了，你父亲的手谕是不是骂你了？"

常樱神色微黯，口气却淡淡的："没什么，叫我不得插手缇骑的事务而已。"

薛怀安见她这般神色，便想起昨日她要回父亲手谕时的情景，不知为什么，原先高兴的心情竟一下子去了大半，就仿佛有一只手指不轻不重地戳在心头上，一颗心便失了跳动的力气，只这么望着面前有些黯然的锦衣女子，一时无语。

三人商议好下一步的计划，崔执便押解傅冲回刑部大牢去了。薛怀安仍是按捺不住心里的激动，拉住常樱想和她再多聊几句案子，没说上三句话，便有个校尉来报，绿骑大牢门口有个少年要找薛怀安。

不多久，常樱差去的校尉带着个漂亮的少年走了进来，正是被崔执关到今日晌午才放出来的本杰明。薛怀安见他一脸的不高兴，便问："小笨，怎么了，是不是太想我了？"

"壮，我是在生初荷的气，我为她打架被关了两天，她却不来接我。好在我这人宰相肚里能撑船，不和她计较，就自己跑回叶家去。叶家人却说她昨天下午就留了书信说回惠安去啦。真是气死我了，她自己走掉也就算了，她还拿着我的工钱呢，我身上又没几个钱，该怎么办才好？所以我也不知该怎么办，就跑去刑部大牢找你，结果你又被转到这里，害我这一顿好找。"本杰明颇为委屈地说。

薛怀安神色一紧，一把抓住本杰明的手，失声问道："小笨，初荷的信在哪里？"

本杰明被薛怀安骤然急迫的样子惊到，磕磕巴巴地说："我没，没带在身上啊，那种东西看完不就算啦，干什么带在身上？壮，是不是出了什么事？"

薛怀安来不及对本杰明解释，转向常樱，急急道："初荷昨天去查树胶片的事情来着，陆云卿最近就住在叶家，搞不好，打草惊蛇了。"

替我说对不起

　　初荷是被饿醒的。

　　昨天晚上，如意倒是拿了一盘馒头到里间屋来，可是初荷想起如意说要慢慢毒死自己，便不敢吃。陆云卿看着她笑了笑，自顾自捡了个馒头吃，吃罢闲闲感叹："有时候快要死也是好事，就没那么多担忧。"

　　吃完了陆云卿回床上睡觉，又带着一丝坏笑问初荷："就一张床，要不一起睡吧？"

　　初荷的脸立时腾起两抹红霞，狠狠瞪了他一眼，劈手挥向他面门。陆云卿一躲，在床前闪出条路，初荷趁机上去抢了一条被子，然后三两步跑到屋子的另一头，往地上一铺，坐上去，警觉地盯着陆云卿。陆云卿却只是笑，不再说什么，自顾自睡去了。

　　早晨起来，初荷实在饿得慌了，便蹑手蹑脚走到陆云卿床边，将手放在他鼻子下方，感觉到平稳的呼吸，确认这个家伙的确没死，这才回到桌子那儿，拿起一个凉馒头，就着凉茶吃了。

　　吃到最后一口的时候，床上的陆云卿忽然发出痛苦的呻吟，手捂着肚子在床上翻滚不停，初荷吓得扔了手中那最后一口馒头，跑到床前不知所措地瞪着陆云卿。

　　陆云卿却在此时"扑哧"一下笑出声来，苍白的脸上泛着微微绯红，说："真是个惜命的小东西啊，有趣。"

　　初荷这才明白他是装样子吓唬自己，气得一跺脚，又逃回自己的地铺去了。初荷坐在地铺上，看着陆云卿便觉心里有气，她平日里虽然不能说话，但是并未觉得自己因此就在和别人的交往中落了下风，可是对着这个陆云卿，如若不能一张口就骂他，那必然是要被他欺负到死的。

陆云卿从床上坐起来，饶有兴趣地看了看初荷，便下得地来，也不穿鞋，赤着脚走到她面前，一屁股坐在初荷旁边，道：“你别怕我，我不会对你怎样，我都是要死的人了，还能如何？”

初荷心里奇怪，一直不明白他常挂在嘴边的“快要死”到底是什么意思，可惜身边无纸无笔，只得用眼睛望着陆云卿，希望他能讲清楚些。

陆云卿看着初荷满脸疑惑的模样，会心一笑，说：“我和你讲过我是一个炼金术士对吧，炼金不是单纯为了找到黄金，而是为了寻找这世界的秘密，那些物质变化的秘密，你懂吗？”

初荷努力地点了点头。

“所以，说我是化学家也对，不过是更好听的名字而已。但我更喜欢叫我自己 Alchemist，因为我的祖先住在郴州，你听说过郴州吗？”

初荷略微想一想，摇一摇头。

“郴州在湖广行省的南部，那地方的人，很早很早以前就掌握了提炼贵重金属的秘术，可以从那些不纯的金属物件或者低等级的金属杂矿石中提取出白银和黄金，但是后来岁月变迁，历史上发生了无数变故，掌握这秘术的人只剩下我的家族，所以有大约一百年的时间吧，我的家族富甲一方，享尽了荣华富贵。但是但凡这样的大富之家，总有很多钩心斗角之事，也搭上了不知多少性命，一百年下来，秘术早已经失传。我所谓的失传，说详细些，就是哪怕按照先人所书的法子，我们也提炼不出黄金了，到底是为什么，无人能解答。因为这秘术其实是一些知其然不知其所以然的东西，就像你拿着的那块 cau-uchu 树胶片，那东西是我制造出来的，按照同样的方法我可以再造一次，至于为什么会发生那样的变化，我无法解释，但我坚信，炼金术的终极之术，一定可以解释这些。既然学理数科，你就一定知道牛顿了，他是这世上最伟大的炼金术士之一，是最接近世界真相的那个人。”

陆云卿说到这里，似乎意识到自己跑题了，笑一笑，微顿之后才说："家族到了我这一代，连最后的老本也吃光了，最后偌大一个家就那样散掉，说起来真是唏嘘得很。我一个人在外面漂泊，做过很多事情，但始终没有放弃炼金术，这是一个很花钱的嗜好，所以，虽然我曾经赚过不少钱，可到最后，还是个穷光蛋。不过现在想来，最糟糕的嗜好不是炼金术，而是我有个习惯，我总是喜欢尝一尝我炼制出来的不知名东西的味道。在我想来，对于任何一个由我新制造出来的、这世上从未出现过的东西，我的责任就是要记录下它的颜色、状态、性质、生成方式，以及味道等细节，所以不尝一尝怎么知道味道呢？我想，我现在这病多半是由于长期沾染这些有毒的东西吧，究竟是哪一样最致命，我也不知道，因为尝得太多了。"

陆云卿说完，低低地笑起来，越笑声音越大，双肩震动，脸色涨红，喉咙因为呼吸不畅而发出"呼呼"的粗喘声。初荷看着他，害怕起来，仿佛眼前男子的肉体会在这样的狂笑中瞬间四分五裂，灰飞烟灭，于是刹那间便明白，这个人的确是要死了。

门被突然推开，如意站在门口，静静看着里面笑到不能自已的陆云卿。好一会儿之后，他终于停下来，疲累虚弱地倒在地铺上，急促地喘着气，长发披散开来，像蔓生植物般纠结在身体上。

"公子不要难过，如意不会让公子一个人上路，定会让你最喜欢的人陪你一起走。"如意说完，看了看初荷，似又想起什么，转身取了初荷的炭笔和本子，扔到她面前，说，"你死前有什么想留下的话就写吧。"说完，锁上房门便去了外间。

初荷终于得了笔纸，却不知道该写些什么，看着本子好一阵发呆。陆云卿不知何时已经坐起来，同她一起盯着空白的本子出神。

"给你最重要的人写点儿什么吧，不能陪着那人走到最后，要向人家道歉。"陆云卿突然说道。

初荷被他这话说得心里一酸，只觉得陆云卿真是个坏到底的坏人，总是能让自己心里不好受，于是干脆把本子一扔，不去费脑筋了。

陆云卿却继续道："如果你能活着，可不可以替我向莺莺和宁霜道歉啊？"

初荷转过头看他，眼里满是疑惑。

陆云卿不顾她的疑惑，继续自顾自地说："其实，我也挺恨你的，还有你那位表哥薛怀安。因为你，我们没有跑出城；因为你那个表哥，我的银子全都没了。你不知道，那天在海上，我看见你那位表哥悠闲地坐在甲板上，而其他锦衣卫却拿着望远镜在船舷边走来走去，四处观望，我就明白了，他一定知道我要做什么，这一次又没有机会了。后来你拿着cau-uchu树胶追查的时候，我便知道，迟早他会找到我，最终我还是败了呢。唉，好可惜啊，如果我能活下去，真希望和他还有那个崔执再做一次对手。不过，其实严格地说，我也不算是败了，我在确认自己活不了多久的那天，就已经不想再斗了，否则的话，就算崔执那样挤压式的盘查搜索，我也不见得想不出法子应对，是我自己先放弃了，才会想着干脆换一些现银，然后和莺莺逍遥江湖，也就能瞑目了，剩下的钱，大约还能再帮她还掉不少债。怎么样，我是个好男人吧？"

初荷想一想陆云卿前前后后说的话，只觉越听越迷惑，于是拿起本子，写道："你为什么要抢银号，既然你喜欢宁霜，她也喜欢你，你向她借钱不是更简单吗？"

陆云卿看着本子上的字，低低笑起来，反问："你从哪里看出来我喜欢她，她也喜欢我的？"

"看你们弹琴唱戏还有说话时的样子。"初荷写道。

陆云卿摇摇头，又笑："你还小呢，男女间的事说了你也不会明白。这么说吧，我和宁霜互相欣赏，也许我有时候会和她显得有些暧昧，但是，我和她始终只是朋友而已，我爱的人只有莺莺一个。不过这事，别说你不懂，就是傅冲或者莺莺也不见得能懂，尤其是那个傅冲，最是个不懂情之人。"

"我明白你不向叶老板借钱的苦衷，可又为什么不去向宁霜借钱？"

"你知道我要用多少钱啊？说起来，那次抢银号所得的现银，再加上以后慢慢变卖那些珠宝字画所得，我估摸刚刚够我在找到炼金术秘法之前的所有花销。而宁霜她，别看是德茂的少东家，大事却全要她爹同意，商场官场能纵横捭阖的是她爹又不是她，那样一笔钱，她根本没有权利往外借。所以，她协助我抢了自家银号。"

初荷听了，还是觉得不明白，又写道："即便是不能借，也可以想想别的法子，为什么一定要抢自家？"

"因为宁霜有自己的心结。你不了解宁霜，她啊，有这世上最自由的性子，却过得这般不自由，所以，你可以认为这是她叛逆的行为吧。你活着出去的时候，把这讲给你表哥听，他会懂的，他认识过去那个自由的宁霜。"

陆云卿说到这里，闭上眼睛，显得很是疲累，休息了好一会儿，才用很低的声音说："你表哥曾经说过，你跑得非常快，常人莫及，是不是这样？"

初荷点了点头。

"那就好，我下面和你讲的话，你要牢牢记住。"

初荷心中一紧，郑重地点了点头。

"我做过的实验记录都放在外间屋的大红木橱子里，送给你，你要替我保管好。现在看来，那都是不值钱的东西，但是，将来却说不定。比如那个让cau-uchu 树胶不发黏的法子，本是我意外所得，因为当时匆忙要做气囊，所以没工夫再做第二次实验，但是将树胶和硫黄按比例混合这路子一定是对的。如若将来你因为这些实验得了大笔财富，记得给莺莺分一些，就当是替我还债，我这辈子对她实在是不够好。"

说到这里，陆云卿停下来，静静看着初荷，初荷只觉仿佛同他瞬间心有灵犀，拿起纸笔，写道："好，我答应你，一定办到。"

陆云卿脸上露出放心的笑容，这才继续说："昨夜我趁着撞桌子的时候，将一个我从硫酸里提炼出的东西给打开了，这东西如果人吸入很多，就会昏睡，但是吸入量小的时候，只会让人感觉头晕难受，行动也会迟缓。本来这东西因为有股子气味，不好用来对付如意，可巧她自从那次大病之后鼻子就不灵了，所以她这一夜下来，在外间已经不知道吸入了多少。一会儿我会找时机叫她进来，她开门以后，你要找机会逃跑。"

陆云卿说完，似是觉得还不放心，又道："昨晚看你劈我那掌，你应该是学过些粗浅功夫的，可是你要切记，不要和如意相斗，她武功甚好，快跑就好了，切记，快跑才有可能保命。跑出去给莺莺报个信儿，叫她不要来。还有，别忘了刚才我和你说的，替我向她们说对不起。"

你要想办法让自己活着

陆云卿说完，如玉山崩塌一般又倒在地铺上，闭上眼睛，说："去拍门，跟如意说我要死了。"

初荷看着面色苍白、隐隐似在发抖的陆云卿，忽然悲从中来，不忍心将他扔在这里，可是直觉又告诉她，似乎只有这般对所有人才是最好的，于是心下一狠，拿起本子写上"他快要死了"几个字，然后挥起拳头砸向大门。

如意应声来开门，警觉地用手枪对着初荷，问："怎么，想快点儿死吗？"

初荷摊开本子给如意看，又指了指躺在地铺上的陆云卿。如意眉头一皱，似在犹豫是不是要进去看看情形。初荷一瞬不瞬地看着如意，准备瞅机会逃走。

突然，外间屋的大门被人用力推开，一个绿色的身影闪身而入，喝道："初荷关门。"

初荷想也没想，一把关上门，将如意隔绝在门外，紧接着，便听到一声枪响，之后又是一声枪响。稍稍静了一会儿，外间屋又传来了打斗之声，初荷忍不住好奇，开了条门缝儿往外瞧，竟见如意和常樱已经斗到了一处。

陆云卿说得果然不错，如意的确武功甚好，即便是遇到常樱这般的高手，自己又因为已经吸入化学气体而觉得不适，在屋中这样狭小的空间里竟是让对方占不到她半点儿便宜。此时两人的枪都已放完，没有时机再去装弹，只得以武功相搏。常樱用的是锦衣卫佩剑，如意却是使一条短小的铁鞭。在屋中相斗的时候，常樱的佩剑多有掣肘，不时砍在椅背桌角，砸碎了不知多少瓶瓶罐罐。如意的短鞭却在这样的情形下异常好用，时软时硬，灵活如蛇。

常樱与如意斗了一会儿，心中暗暗悔恨轻敌，如若不是自信于自己的武功，又被父亲才压制过，不敢动用绿骑，且想着一个手无缚鸡之力的书生也没什么不好对付，真不该就这般不带个人手便莽撞赶来。

在里间屋偷看的初荷也发觉常樱越打越艰难，忍不住写了句话去问陆云卿："常百户为何动作越来越吃力？"

陆云卿此时也已经走到门边观战，看了初荷的本子，摇摇头，道："不清楚，但是我推想，定是和那些打碎的化学药品有关。一来如意平日跟着我，各种化学东西接触多了，可能没有那么敏感；二来，如意这一夜吸入的东西，可能被现在打碎的什么化学药品解去了作用也说不定，物质间的变化神秘莫测，相生相克，到底发生了什么我也说不好；三来，如意自小习武，且武功路数融汇百家，那铁鞭软硬兼得，本就很难对付。所以，时间长了，谁输谁赢真不好说，你还是瞅准个机会先跑吧。"

果然如陆云卿所说，时间越久，常樱越显劣势，动作越来越慢，似乎已是力不从心，好几次只差毫厘便要被如意伤到。初荷心中替她着急，却又无计可施，当下决定要赶紧瞅个机会先跑，然后再找些帮手过来。

初荷这边才做好打算，就听门口有个男子的声音说："小樱，打她下盘，她这是岷峒派剑法变的鞭法，弱点是下盘。"

常樱变招去击如意下盘，口中却厉声道："肖泉，你怎么又跟踪我？还有，都和你说了不许叫我小樱。"

肖泉叠声道："对不起，对不起。"

虽然挨了骂，可肖泉却继续说："她换了形意门的功夫，下盘坚实，你却不够敏捷，小樱你剑要加快。"

常樱怒道："我也想快，可我快不起来，头晕身重，怎么快。就知道说，你来打一打试试，光看武功秘籍有什么用，全都是纸上谈兵。"

肖泉脸露焦急之色，说："那，那我也是想和你之间有话题能聊才看的。哦，小心。"他嘴上说着，人却也不闲着，将外屋大门找了把椅子顶住，让大门洞开，又冒着随时被误伤的危险，冲到窗子前，将封闭的窗户全部打开，于是乎，新鲜空气一涌而入。

常樱原想呵斥肖泉离开，却见他这般应对得当，便顾不得更多，朝他命令道："肖泉，把枪捡起来，装子弹，找机会。"说罢，一边挡了如意一鞭子，一边将身上装弹药的皮囊扔给了肖泉。

如意听了常樱所言，飞身过去朝肖泉就是一鞭，常樱早有预料，一剑拦下，硬声道："我的人，休想碰。"

初荷见肖泉的加入让局势瞬间改观，心下一松，却忽然觉得身后有一双冰凉的手掐住自己的喉咙，紧接着，面前的屋门被身后之人一脚踢开，只听他冷冷说道："放了如意，不然，这丫头死定了。"

脖颈上的手指寒凉、无力，初荷只要轻轻一挣，便可以挣脱。

然而初荷在那一刹那，透过触及自己皮肤的手指，仿佛与那个虚弱的身体骤然血脉相连，进入那个即将崩塌的心室，他的所思所想，她竟这般清楚明了。于是，她半分不挣，静静地、哀伤地等待着这场交易结束。

出乎常樱意料，陆云卿不是让她放他们两个出去，而是让她把如意送进里屋和初荷做交换。眼见里屋的门关了，听到落锁的声音，常樱有些疑惑地问初荷："那里面是不是有什么暗道？陆云卿害怕我们放走他们以后会追上去，所以从暗道逃走？"

初荷正在急急地收拾着一书柜的实验记录，无暇写字，只能摇摇头表示不清楚，但心里却想，要是有的话，方才我被如意关着的时候陆云卿就不会想那个法子让我逃走了。

"不行，这两人我不能让他们跑了，要不我对薛怀安没法交代。"常樱说完，便去给火枪装弹，想要轰开反锁的里屋门。

里屋本来有个可以从里面扣上的木门闩，但早早就被如意卸去了，关着初荷和陆云卿的时候，如意是以一把粗铁链子锁从外面将两扇门锁住的，现在那链子锁则被陆云卿从里面锁紧，常樱轰了第一枪，门被打得木屑横飞，里面的锁却没有伤及。

"打不坏锁，也轰得坏门。"常樱边说边继续往枪里装弹，又对肖泉道，"我再来一枪，然后你试试撞门。"

就在常樱二次装弹的当口，初荷已经将所有实验记录打在一个大包袱里，往身上一背，拉着常樱就往外走，随手递给肖泉自己的本子，上面写着："跟我走，我心里有很不好的预感。走之前请帮我大声念后面这段话……"

常樱被初荷连拖带拽地往门口走去，边走边埋怨："初荷，怎么回事？不能这样，我跟你表哥交代不了，最多三枪我就轰烂那个门了。"然而埋怨归埋怨，常樱不知怎的，只觉此时的初荷执拗而坚定得让人无法拒绝，隐约预感有什么将要发生，而初荷一定明白会发生些什么，于是脚步便不由自主地跟着就往外而去。

肖泉也随着二人退去，走到外间屋门口时，拿着初荷的本子，冲里屋大声念道："放心吧，东西收好了，我答应你的事一定都做到。但是我没答应你去说对不起，所以，最好你要想办法让自己活着，自己去说对不起，道歉这种事让别人代劳是懦夫的行为。"

初荷拉着常樱和肖泉一起出了陆云卿的小院儿，又往前走了没两步，忽听身后一声轰然巨响，回头去看，一股爆炸的浓烟已经腾空而起，气浪裹挟着沙石迎面扑来，打在三人身上，格外地疼。

黄色炸药果然很厉害，初荷想着，眼泪落了下来。

尘埃落定

"上次那个后膛装弹的火枪图纸，我看着觉得眼熟，回去翻了翻，结果找到这么一张图纸，朱公子看看觉得是不是也很眼熟？"祁天说这话的时候，正坐在茶楼二层雅间喝着茶，对面坐着朱公子本杰明，侍奉在本杰明身侧的则是小丫鬟初荷。

本杰明虽然不大懂造枪术，可是也看得出这张设计图和自己给祁天看的那张很是相似，便大惊道："啊，这是哪位英雄画的，竟和我所见略同？"然后转头向身后站立侍奉的初荷挤眉弄眼地求救。

初荷盯着那图，像是被什么术法定在那里一般，表情僵硬，半个暗示也不给。本杰明无计可施，只得又转回头，对上祁天眼镜片后笑眯眯的一双眼睛，硬着头皮说："这真是不可思议的一件事啊，祁老板你说是吧？"

祁天保持着惯有的微笑，应道："可不是嘛，真不可思议。这个设计在十几年前被送到家父手里，可惜设计之人后来去世了，我们也拿着图去找别的制枪师试着造过，但却发现缺了几处关键的细节没画。不过，因为这个不可思议的事情，我突然有兴趣了解一下朱公子的底细，其实，这本是早就该做的，倒是我的疏漏了。这一调查却发现个有趣的事，原来朱公子来南明只有几个月，现在寄居在一位锦衣卫家中，这位锦衣卫家里还有个小表妹。这可就奇怪了，这银记枪的制枪师，和我们合作了一年多，可朱公子只来此地数月，真不可思议，对吧？夏姑娘，你说呢？说起来，当丫鬟可真委屈你了。"

本杰明被完全问傻了眼，只得再次去看初荷。初荷此时回过神儿来，一咬牙，索性拉开本杰明身侧的椅子坐进去，拿出纸笔，写道："枪是我造的，我不敢抛头露面只是因为我是女子，很多事多有不便，更要多加小心。"

"嗯，可以理解，和我们这种商人打交道，的确是要存着小心。"祁天以温和的口气说，"本来我想，枪可能是令表兄造的，但是后来一打探，知道他现在犯了事，被关押在刑部大牢。若他是造枪师的话，你们怎么敢拿着图纸来和我做交易？说实话，想到有可能是夏姑娘的时候，还真是觉得大大出乎意料。不知道夏姑娘和半闲斋主人是什么关系？"

半闲斋？很多年以后，忽然在酷热的南方海边，这世界上最繁华的都城一隅，有人提到半闲斋，初荷只觉如在梦中，仿佛只要一抬头，就可以看见曾祖父书房里"半闲斋"三个墨色浓重的大字。然而，那时的自己，已在十二岁的某个冬日从这个世界上被抹去，存在的只有名叫夏初荷的女孩儿。所以，她只能摇一摇头，在纸上写下："没有关系。"

"那夏姑娘如何学会的造枪术，又如何会和半闲斋主人的火枪设计一模一样？"

"我父亲生前曾被一位霍姓制枪高人教授制枪术，可是那霍姓老者不愿意以师徒名义相授，所以父亲并没有拜过师，父亲去世早，并未来得及教我很多，虽然也留下几张图纸，不过大部分还是我自己在摸索。"这段话因为是初荷很早以前设想若和祁家人说破时就编好的谎言，所以写起来很是顺手。

祁天盯着初荷写下的这段话看了好一会儿，眉毛一抬，看不出是信了还是没信，道："原来如此，半闲斋主人的确是姓霍的，不过和他有交往的是我祖父，所以他的脾性我也不清楚。但从制枪的技艺来看，虽然夏姑娘很是不错，但和半闲斋的枪比起来，的确还是差不少。"

初荷心有所动，写道："可否给我看看半闲斋的枪？"

祁天笑一笑，拿出一个蒙皮盒子，轻轻打开，盒中红丝绒的衬布上静静躺着一支银枪。

那是初荷见过的最漂亮的火枪，没有过多华而不实的烦琐装饰，但每一个部件都精致异常，部件间精确的勾连榫接几乎让人无法相信是单单凭借人手完成的。枪体的金属经过极其细致的打磨，散发出神秘的柔和银光。

"让人无法相信地美丽，对不对？"祁天说，眼里有赞叹之色。

初荷点了点头，眼里盛满被这至美武器点亮的光芒。小时候虽然见过曾祖父的枪，但是那时不懂，并不觉得它们有何过人之处，如今自己也造枪，突然看见旧时觉得平常之物竟是这般杰作，一时自惭形秽，感慨忽生，却不知写些什么才能赞颂这非常之美。

"我们一直怀疑，半闲斋主人一定有什么特别的几何和数学计算之法，再使用什么特别的机床，才能设计和制造出这么精确细致的火枪。说实话，第一次看到夏姑娘的枪，着实一惊，以为是隐匿江湖几十年的半闲斋主人又出山了，可是再比比，各方面还是差不少。今日听夏姑娘这么一说，倒是明白了。"

初荷听了祁天此话，心中暗舒一口气，但不知为何，总是不能放下对此人的提防之心。

果然，祁天忽然转了话锋，语气里带着蛊惑的热度："家祖曾经说过，半闲斋所知道的造枪术绝非这么简单，他本可以造出设计更精妙、精确度更高、火力更强的枪，可是他却不去造。我看夏姑娘几次改进火枪的设计，便觉得夏姑娘也有此天赋。现如今时代变化，科学之进步已与几十年前不可同日而语，我们有更强的钢铁、更好的机床，将来可能还会有更具威力的炸药，夏姑娘如果愿意，一定可以造出超越前辈的武器。"

说到这里，祁天顿了顿，吐出带着灼热温度的字句："我愿意帮助夏姑娘，造出这世上最完美的枪来，在这个蒸汽与钢铁的时代，你会拥有财富、权利与荣耀，青史留名。"

这世上最华丽的美景骤然展现在两个少年面前，本杰明原本就如星子般的眼睛里如今简直可谓是繁星密布般璀璨，他一把握住初荷的手，有些激动地叫着她的名字："初荷，初荷。"

初荷却出人意料地保持着与年纪不相称的冷静，道："你让我想一想，如果可以的话，你能不能把你所知道的关于半闲斋主人的事都告诉我，我对他很好奇。"

别过祁天，初荷和本杰明匆匆赶往刑部，宁家的案子今日开审，虽然之前录了口供，但是初荷还是要准备随时作为证人被叫到庭上问案。两人来到衙门口，见常樱已经等在了那里。

常樱一见初荷，便将她拉过去，低声说："初荷妹妹，这案子最后不管怎样，薛怀安缇骑的官职必是保不住了，妹妹到时候劝劝他转投我绿骑吧，且不说别的，妹妹念西湖书院那种地方，就要花多少银子，薛怀安总是要找个好差使。"

初荷笑一笑，没答应也没拒绝，深深做了个拜谢的动作，这才进了衙门。

刑部的审讯倒是意料之外地顺利，傅冲很顺当地全部招了供，并未如预想一般需要初荷或者薛怀安与其当庭对质。

根据傅冲的供词再加上初荷证词的补充，事情的真相就成了这般模样：

陆云卿因为研究炼金术需要大笔钱财，却不愿向已经债台高筑的叶莺莺借钱。通过叶莺莺，陆云卿认识了德茂银号的少东家宁霜，而宁霜某次酒后失言，透露了一些德茂的重要内情给陆云卿，于是陆云卿便收买了几个湖广来的流民作下这劫案。案发之后，因为没有顺利逃脱，且陆云卿发现自己要不久于人世，等不及赃物出手，便转而要求以十分之一的现银交换赃物。因为当时宁家内有薛怀安，外有崔执，陆云卿想要顺利运走现银十分困难，所以他找到了一个德茂之人帮忙，此人便是傅冲。他和傅冲定下交易，要傅冲帮自己顺利取得现银且清除掉那几个流民，作为交换，陆云卿会对宁霜不慎泄密一事守口如瓶，免得这位宁家原本就名声不好的女少东家受到各位股东的更大责难。

因为案情清晰明了，且主犯已经身亡，傅冲以胁从之罪被判了流放琼州，而薛怀安最终被定了越权之罪，但从轻而罚，只被免了锦衣卫的官职。

于是仿佛，一切尘埃落定。

初荷和薛怀安、本杰明三人走出刑部的时候，见宁霜正站在路边，和一乘轿子里的人说着什么。正值盛夏，那轿子却放下四面的竹纱帘子，也看不清里面坐的究竟是何人。

宁霜原本垂首站着，模样颇为恭敬，然而不知轿里之人讲了什么，她突然失了仪态，大声道："对，我就是故意为难你，我就是一直记着过去的事不忘，这辈子都会记着尚玉昆。我承认，我怕死，我怕穷，父亲大人，你尽可以拿这些来取笑我。父亲大人做事向来滴水不漏，我找不出半点儿纰漏，可是我的心里像明镜一样，我都知道的，你骗不了我。"

说到这里，宁霜忽然红了眼眶，一只手指着自己的小腹，脸上带着报复的快意，道："你能操纵傅冲，你能操纵所有人，偏偏就是操纵不了老天。老天就只给你一个我，还有我肚子里这宁家唯一的血脉，所以我就要活着，好好地活在你的眼皮子底下，每天都想着该怎么再瞎折腾，让你天天看着我，天天防我，让你知道，这天下事，不是事事你都能如意的。"

宁霜的激烈换来一片沉默。

"起轿。"轿子里传来一声浑厚低沉的命令，于是轿夫们抬起轿子，快步走了，只留下宁霜一个人孤零零站在夏日烈阳之下。

薛怀安低低叹了一声，走过去，轻轻拍一拍她的肩头，道："宁二啊，我没有怪过你，初荷同我讲了，我想我能明白。"

宁霜扭头望了薛怀安一眼，道："薛三儿，你信我的是吧？我和陆云卿之间不过是我倾慕他的才华风度而已，我没有对不起傅冲和莺莺姐。我帮陆云卿，是希望他和莺莺姐能好，你明白的吧？我就像当年一样，心里犯了浑，可我就是忍不住这浑劲儿。我第一次想到这法子的时候就忽然明白，平白过了这些年，我还是放不下过去的自己。你懂得是吧？懂得吧？"

宁霜有些失控地叠声问着，不像是期待着回答，倒像是要将心里的洪水倾倒而出，终于，在倾尽的刹那，突然再也支持不住，跌坐在地上，将头埋入膝间，像个无助的孩子一样，呜呜哭了起来。

启程

傅冲启程那天，薛怀安临时决定去送送他。

意料之外的是，在刑部大牢门口，薛怀安并没有看见来送行的宁霜。

"没想到薛兄会来。"傅冲笑了笑道，"其实心里一直觉得对不住你，这次的事连累你了。"

"和你有什么关系，是我自己爱管闲事。琼州是海上的弹丸小岛，据说瘴气弥漫，恶兽横行，傅兄此去要多多保重啊。"薛怀安说道。

"多谢薛兄关心，泰山大人已经打点好一切，应该不会很艰难。"

薛怀安摇摇头，道："唉，宁霜说了，你还是要自己小心，切不可把她父亲说的都当了真。你现在于他已是无用之人，你以为他做不出卸磨杀驴的事情吗？"

傅冲惨淡一笑，说："那又怎样，此去本来便有死在异地的觉悟，已是了无牵挂。"

"那孩子呢？也不会惦记吗？"

"如果没有我，恐怕霜儿能多爱孩子几分吧。"傅冲说完，已是心灰意懒，了无生气。

薛怀安于这样人情间的纠葛最是摸不着头绪，一时也不知道该怎么安慰傅冲，踌躇很久，才冒出一句："你想太多了，这事你一力承担，她怎么会那样想。"

"在她看来，我一力承担，必然是受了她爹的好处，所以她宁愿自己获罪，也不愿承我的情吧。"

薛怀安听了暗想，那倒是，非但是她，就是我也这么想。但他也知道此时总是要多安慰几句，便道："不会的，宁霜不会那样不分好歹。"

傅冲勉强笑笑，像是听了个并不好笑的笑话，说："发生劫案那些天，我很早就看出霜儿和陆云卿大约有所谋划，毕竟是天天在一起的夫妻，她心里盘算什么我总是能猜到几分。我可以不介意她和陆云卿亲近，也不介意她事事为叶莺莺着想。我只想在她被你和崔执还有她爹三人迫得心烦意乱的时候帮帮她，可是三番五次和她明里暗里地说，她不是不明白，却就是不愿意依赖我。你以为是她叫我和陆云卿合作的，而我为了袒护她才说是陆云卿找我合谋，对不对？偏生这一处我没说假话，她没有来求我，是我见她惶惶于崔执雷厉风行的手段，便自行找了陆云卿做交易的。但不管我做什么，她也只会认为，我是承她父亲的情，才替她收拾残局。"

薛怀安不想还有这样一层曲折，不知再该安慰些什么，一时无语。傅冲看看薛怀安，转而道："薛兄以后可有什么打算？"

"我想带着舍妹先去游历一段时间，浪迹江湖吧。"

傅冲听了，脸上掠过一个极淡的笑容，那神情仿佛就是归隐的江湖侠客看到要去仗剑天涯的少年一般。他略略犹豫一下，还是开口说："浪迹江湖听着潇洒无比，可是事实却未必如此。我少年时因为家中有几亩薄田租种给佃户，又学了些武功，便游历江湖，快意恩仇。可是到头来，除了博得个虚名，却是什么也没有。原本因为有田产，也是不怕的，可是泉州城要扩建，田产都被官府买去。官府倒是给了我家一大笔钱，原想着这些钱也能此生衣食无忧，可是时事变化之快却是这般在人意料之外，物价上涨比之过去数十年都要快，我想去做些营生买卖又因为不懂此道而亏了大笔银钱。后来，我父母先后得了重病，很快就将剩下的那些银子花得精光，而我除去武功又身无所长，若不是霜儿的父亲替我出钱医治二老，恐怕我这个不孝子，就要这样眼睁睁看着双亲因为我的无能而离世了。所以，薛兄还是要三思而后行，如今不比以往历朝历代，生活之严苛、人心之冷酷、金钱之强大、欲望之贪婪都是前所未有的，所谓浪迹江湖，倒像是一场大梦，梦醒过后，只有一身夜雨秋凉。"

薛怀安与傅冲之间从未有过深入的对谈，忽然听他这样一席话，心中迷惘，不知该说些什么才好。两人相看无言，一时只觉萧索非常，忽然风起，带来海洋的咸腥气息，倒像是风中融入了谁的眼泪一般。

"如果想死在琼州的话，那可是会辜负了你的侠名。"宁霜的声音忽然传来，只见她俏生生站在街头，因为腹中婴儿月数还小，身形依然苗条秀美。

傅冲没想到宁霜会在此时出现，神情顿时有些狼狈，脸上不知是喜是悲，望着妻子不知该说些什么。

宁霜走上前去，递上一个小包袱，道："都是些用得着的东西，收好。"

傅冲伸手去接，不小心碰了宁霜的手，两人都如触到尖刺般猛然缩回。于是包袱落在地上，两人尴尬地互相看着，不知如何是好。薛怀安在一旁看得心里难受，撇撇嘴，弯身捡起来，交到傅冲手里。

傅冲接过包袱，好像鼓起万分勇气一般，说："霜儿，我知道你心里一直当我是你父亲的走卒，即便这孩子，如果不是为了拿捏住你父亲，你也是不愿意和我生的。可是，我们成婚那日，我说过，我会承担一个做丈夫的责任，我所做这一切只不过是因为当时那个承诺。"

宁霜点点头，脸上绽出一个温柔的笑容，道："我其实心里都明白，有时候，我只是争这一口气，做夫妻做到我们这般也是天下少有了。我来只是想和你说，你误杀的那个妓女便是琼州人，她做妓女是为了养活在家乡的私生子，那孩子如今八岁，我已经查到住址，被寄养在琼州一户农人家中，你此去当要想办法抚养教导那孩子，十年流放，正好可以将他教养成人，这才不辜负了你的侠名。孩子的住址我写好放在包袱里，你自己看吧。"

傅冲不知还有此事，原本有些萎靡不振的神情陡然一变，伸手就去拆包袱找信。

宁霜见他这般模样，低叹一声，以很轻很轻的声音说："十年后，我和孩子在家等你。"

傅冲正在专心翻着包袱，宁霜的声音却是极轻，这一句，不知道他是否听见，唯有那急急翻找的双手顿了一顿，然后猛地握住一方信笺，像是握住了缥缈的幸福。

这天送走了傅冲，薛怀安变得心事重重，见到初荷以后便问："初荷，我们要是这么浪迹天涯，没有钱了该怎么办？"

初荷想了想，无声言道："不会，我们会有钱的，不过可能要分给叶莺莺一部分。"

薛怀安不明白初荷为何如此说，可是，他信她。

本杰明听了，悄悄将初荷拉到一旁，问："初荷，你是不是打算答应祁老板了？不过为什么要分给叶莺莺？"

初荷神秘地笑笑，故意就是不告诉本杰明。

本杰明心痒难忍，拉着她的手又求又闹，执意要问出个所以然来。

薛怀安在一边看见这对小儿女又是挤眉弄眼，又是拉手扯衣角，还神秘兮兮微笑的模样，心里一阵不高兴，将本杰明拉到一边，说："小笨，我想好啦，我不打算带你去浪迹江湖啦，牛顿先生既然将你托付我，我就该负责，我送你去书院学习吧。"

本杰明一听，顿时哇哇大叫起来，抱住薛怀安的胳臂一边摇晃一边哀求说："不行，我就要和壮在一起，我不去书院，我要和初荷一起赚大钱。"

本杰明混迹街头，撒泼耍赖的功夫最是一流，此时铁了心要和初荷去赚钱，更是使出浑身解数和薛怀安纠缠，一把鼻涕一把泪地开始控诉薛怀安不负责任，不遵守承诺。两人扯了半晌，薛怀安终是斗不过本杰明，答应带着他一起走，本杰明这才罢休。

此时门口已有几人看了好一会儿热闹，薛怀安抬眼望去，见崔执、常樱、宁霜、叶莺莺甚至肖泉都到了，便笑着迎上去，说："大家都来送行啊？"

"可不是，你面子多大。"宁霜说道，"其实薛三儿啊，我最恨的就是你，若是没有你这个爱管闲事的，事情也不至于如此。"

薛怀安于这案子对宁霜其实仍有心结未解，见她这么说，一股意气涌上心头，也不理她，转而对崔执说："崔总旗，我走以后，你要多盯着宁家这位少东家，谁知道她还会做些什么。"

崔执点头答应，问："薛兄真的决定归于乡野了吗？可惜了这一身好本事。"

薛怀安笑笑："真的决定了，崔总旗当时点醒了我，我不是个适合做锦衣卫的人，至于这本事，我想总会有别的地方可用吧。"

常樱站在一旁，原本想说些什么，但听薛怀安对崔执如此一讲，便觉心意黯然，已是无话可说。

薛怀安却没有发觉常樱有何不对，笑着对她说："常百户，这次的事情无以言报，等到你和肖兄大婚的时候，我一定送你一份大大的贺礼。"

常樱听了，立时竖起眉头，骂道："谁说要和他成亲了！薛怀安，你这个浑人，什么大礼，你都浪迹天涯了，我到哪里找你要贺礼去！"

薛怀安想想常樱说的也是，便不好意思地嘿嘿笑了起来。

常樱越看他心中越是有气，一拳挥去，重重砸在他胸口，狠声道："我告诉你，你跑不了的，这天下就没有我查不出踪迹的人！"

薛怀安这一次被打得疼了，一时说不出话来，只得捂着胸口呵呵呼疼。

终于上了马车，薛怀安忽然又想起一事，挑起车帘子，向宁霜问道："喂，宁二，真的有那么个孩子吗？"

宁霜不想他此时问起这个，愣了愣才反应过来："没有，那是我瞎编的，我找了一个琼州的孤儿做戏罢了，可是唯有这样，他才会好好活下去吧。"

薛怀安闻言，释然地点点头，说："我就说嘛，看验尸报告中那女子的胯骨和耻骨尺寸，就不像是生育过的样子，年龄也就是十七八岁，难不成她十岁上就生了孩子？"

宁霜笑笑，一拍车帘，道："快走吧，什么都瞒不过你。"

车子没走多久，本杰明便睡着了。车厢里寂静无声，薛怀安和初荷各自舒服地窝在一角想着心事，车夫的声音突然从外面传进来："客官，您就只说要出城，还没说去哪里呢。这眼看着可就要出城了。"

"是啊，去哪里呢？"薛怀安搔搔头，自言自语道。

初荷一咬牙，仿佛下定了巨大的决心，拉住薛怀安的手，无声地说："花儿哥哥，我找到了一些我家人过去的线索，我现在知道了，曾祖父很长时间都住在西国，另外，我还知道当年的杀手里面有阉人。听说当年西国皇帝张献忠暴戾多疑，蓄养阉人干杀人勾当，因此，我家的凶案很可能和西国皇廷有关系。所以，我想去西国。"

薛怀安看着初荷的唇形变换，原本愈懒的神情转而变得异常严肃认真，待初荷说完，他用力地握住初荷的手，点了点头，道："好，我们去西国，到哪里我都陪着你。"

"会陪我多久？"

"嗯，你在问我一个关于时间的问题，回答之前，我想应该先确定一下以什么时间单位来衡量你问的时间。按照西人的分钟或者小时，还是按照我们的刻或时？"

"一个时间单位就是一生，一世，也叫一辈子。"

"那么，我想至少，三个时间单位吧。"

（全书完）

352

图书在版编目（CIP）数据

花雨枪 / 夏生著 . — 长沙：湖南文艺出版社，
2018.7
ISBN 978-7-5404-8342-5

Ⅰ . ①花… Ⅱ . ①夏… Ⅲ . ①长篇小说—中国—当代
Ⅳ . ① I247.5

中国版本图书馆 CIP 数据核字（2017）第 247081 号

上架建议：畅销·长篇小说

HUA YU QIANG
花雨枪

作　　者：夏　生
出 版 人：曾赛丰
责任编辑：薛　健　刘诗哲
监　　制：蔡明菲　邢越超
特约策划：郭琳媛
策划编辑：张思北　刘宁远
特约编辑：尹　晶
营销支持：张锦涵　傅婷婷
封面设计：利　锐
版式设计：张丽娜
内文排版：百朗文化
出版发行：湖南文艺出版社
　　　　　（长沙市雨花区东二环一段 508 号　邮编：410014）
网　　址：www.hnwy.net
印　　刷：三河市中晟雅豪印务有限公司
经　　销：新华书店
开　　本：787mm×1092mm　1/16
字　　数：330 千字
印　　张：22.5
版　　次：2018 年 7 月第 1 版
印　　次：2018 年 7 月第 1 次印刷
书　　号：ISBN 978-7-5404-8342-5
定　　价：49.80 元

若有质量问题，请致电质量监督电话：010-59096394
团购电话：010-59320018